革命キッズ
中路啓太
NAKAJI KEITA
REVOLUTION KIDS
光文社

革命キッズ

目次

1 骸骨男 4
2 思想検事 44
3 光と陰 83
4 弾薬と毒饅頭 124
5 戦争の亡霊 164
6 一寸先は闇 204

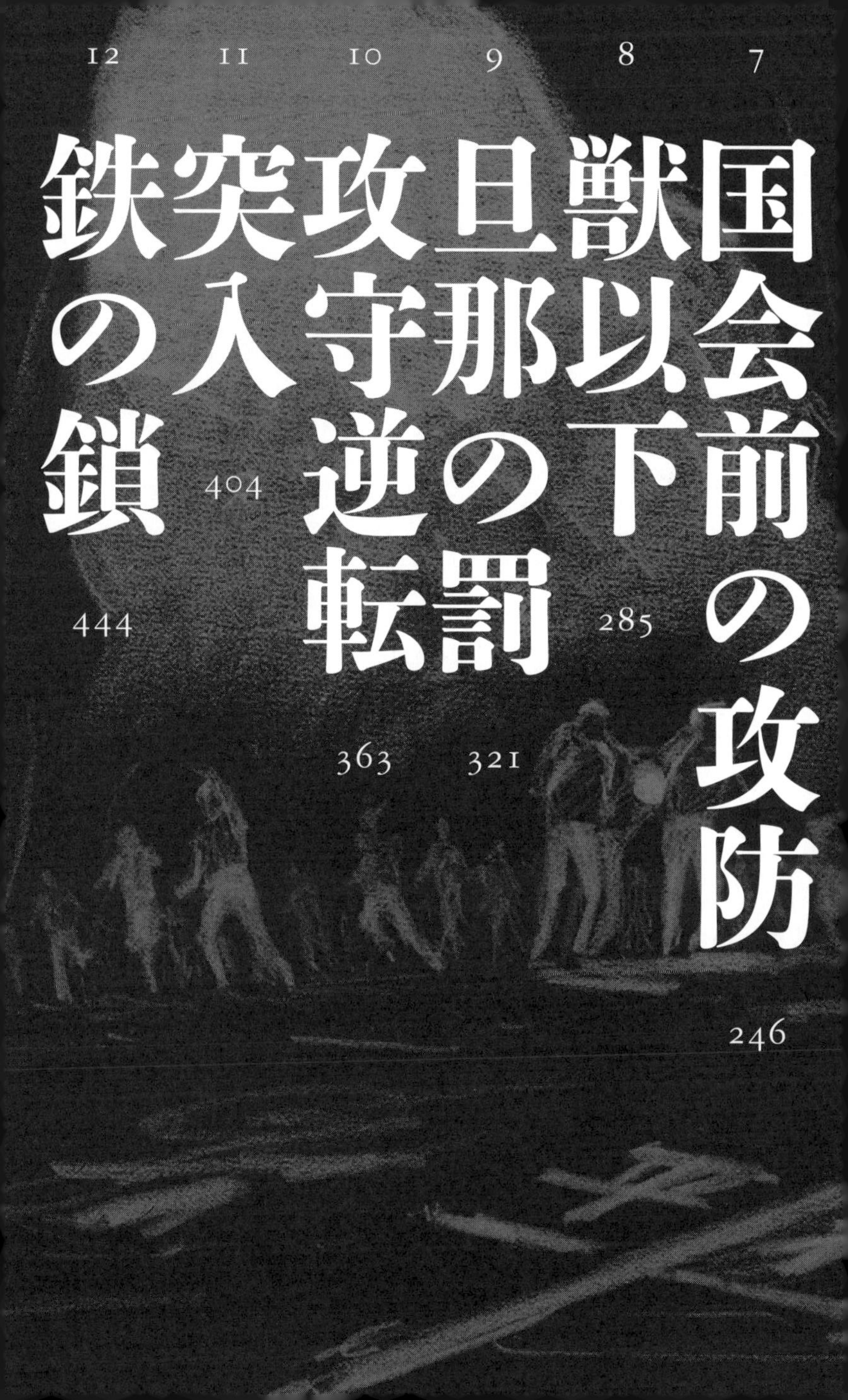

7 国会前の攻防 246
8 獣以下 285
9 旦那の罰 321
10 攻守逆転 363
11 突入 404
12 鉄の鎖 444

1 骸骨男

一

柩《ひつぎ》の中の、津長《つなが》のオヤジは安らかな顔をしていた。

禿《は》げ上がった頭や、煙草《たばこ》の脂《やに》で黄ばんだ白い髭《ひげ》はいつものままだが、失血のせいか、顔色は遺影のものよりずっと白く見えた。それには胸をえぐられたし、オヤジの子分たちが泣いているのも、オヤジより十五歳ばかり下の、まだ四十代の細君が泣き腫《は》らした目をかっと見開いて、柩の横に座っているのも見てはいられない。けれども、オヤジの死顔が静かに眠るようなものだったことが、天野春男《あまのはるお》にとっての唯一の救いだった。

正月の葬式とは因果なものだ。気が滅入《めい》って仕方がない。数珠《じゅず》を巻いた手を合わせながら、何度か念仏を唱えると、天野はすぐに亡骸《なきがら》のそばを離れた。

しかし、一緒について来た山科徹《やましなとおる》は、いつまでも柩のそばから動かなかった。

「許せねえ。絶対に許せねえ」

と繰り返しながら、泣きつづけている。

もういい加減にしな、という気持ちを込めて、天野が掌《てのひら》で、その陽《ひ》に焼けた、太い項《うなじ》のあたりを叩《たた》くと、山科はようやく柩から離れた。

本当は、オヤジが霊柩車《れいきゅうしゃ》に乗せられ、焼き場へと出発するのを見送りたかったが、引きあげることにした。その日、天野は忙しい身だった。

それにしても、津長のオヤジには似つかわしくない斎場である。ちんけな寺だ、と天野は思っていた。

津長宏一《こういち》は、首都圏ではかなりの勢力を張った親分だった。前妻とのあいだに一人娘がいて、その婿に中堅どころのゼネコンの社長をやらせ、津長自身はその会社の相談役になっていた。しかし津長はそのほかに、何とか報国会とか、何とか積善会《せきぜんかい》とかいった名前の、多くの慈善団体の役員を務め、募った寄付で、地域の祭りを後援したり、学校にピアノを寄付したり、また、保守党の政治家の政治活動を応援したりしていたのだ。津長の力の源は、この政治家とのつながりにあった。

津長は公共事業絡《がら》みの仕事を、中小の土木建設業者に振り分ける調整役を果たしていた。そして天野もまた、津長に世話になっていた一人だ。平たく言えば、津長は利権まみれの政治家や官僚とつるんだフィクサーであって、有力政治家の汚職疑惑をあつかった雑誌記事にも名前が出たことがあった。

しかし、オヤジをじかに知る者で悪口を言う奴《やつ》を、天野は見たことがない。津長は人情の機微に通じた、親分らしい親分だった。業者同士に怨《うら》みが残らないよう、仕事の配分の公平さには非常に気を使った。それでいて、ときには経営状態が悪化しているところへ、いちばん旨《うま》みのある仕事をまわしてやったりした。天野もまた、苦しいときに助けられたことがあり、その恩は忘れられない。マスコミの記者たちのように、綺麗《きれい》事を偉そうに並べ立てても、世の中はうまく動きはしないのだ。

いずれにせよ、それだけ人々から慕われ、影響力の大きかった人物ならば、その葬儀はもっと大きな、大物政治家や映画スターの弔いが行われるような斎場で開かれてもおかしくないはずだ。ところが、そこは聞いたこともないような、みすぼらしい寺だった。直参《じきさん》の子分たちも、とりわけ親分が非業《ひごう》の死を遂げたからこそ、派手な葬儀をやりたかったに違いないのだが、金がなくてできなかったようだ。それほどまでに、津長のオヤジは追い詰められていたということだ。

本堂にしつらえられた祭壇の前を離れ、門までの短い露地を歩く。並べられた献花の少なさにも、天野はあらためて、やり切れない気持ちになった。

政治家や官僚からの花など一つもないことは、はじめから予想していた。奴らはもともと損得勘定だけで動く、節操のない連中だ。富と権力が得られると思えばオヤジにすり寄っていくし、かえって損をすることになるとなれば、そばからさっさと去っていく。しかし、建設関係の花も、弔問客もひどく少ないことには腹が立って仕方がなかった。こう恩知らずだらけになっちまえば、世も末だ。

「立派な人だったな」

三十過ぎで、猪《いのしし》か熊かというような体つきながら、子供のように泣きじゃくりつづける山科に、天野はそう言った。

寺門を出たあと、天野たちはしばらく、住宅街を通る、門前の細い道を歩いたが、汚い靴を履いた、目つきの鋭い男たちがあちこちに立っていた。警察関係だろう。弔問に誰が来るかを見張っているのだ。

天野と山科は、路上駐車しておいた軽トラックに近づいた。いつも、資材を積んで現場に行くときに使う車だ。山科は運転席に乗り、天野は助手席に乗った。

葬式用の黒いネクタイをはずそうと、天野が結び目に手をかけ、ゆるめたとき、助手席側の窓を叩く者がいる。いや、運転席側にももう一人、立っていた。

「俺が話す。お前は大人しくしていろ」

山科にそう言ってから、天野は窓を開けた。

相手は、天野と同じ四十代後半くらいとおぼしき男だった。焦げ茶色の襟巻《えりま》きを着け、灰色のコートの襟を立てている。

「どちらさん?」

「そっちこそ、どちらさんだい?」

天野がぶっきら棒に応じると、男は警察手帳を示した。

「この国では、葬式に出ると、法律に触れるってのかい?」

「そんなにつっかからなくてもいいじゃないか。あんたらを引っ張ろうとか、そんなことを考えているわけじゃない。津長さんの事件はご存じでしょう?」

「存じているから、葬式に来たんだ。犯人についてなら、こっちが聞きたい。とっとと捕まえてくれよ」

「いま、全力で捜査しているところですよ」

津長は四日前、パチンコ屋の便所で、何者かに刃物で刺されて死んだ。護衛もついていたのだが、便所に一人で入ったところ、待ち伏せしている奴がいた。あまり長く出てこないので、護衛が心配し、便所を覗《のぞ》きに行ったところ、すでに腹と胸を突かれ、血だらけで倒れていたということだ。

「何か心当たりはありませんかね。津長さんを怨んでいた奴とか」

「心当たりなんかはねえがな……いま忙しいんだ。俺は天野組の天野春男ってもんだ。もし俺に用があるなら、事務所へ来てくれ」

山科は車を走らせた。ミラーに映る警察官は、突っ立ったまま、天野たちのトラックを見送っていた。


たしかに、天野たちは忙しかった。金策に走らなければならなかったのだ。金融機関では新たな融資をお願いしたり、債権者には頭を下げてまわり、返済期限を延ばしてもらったりしなければならなかった。

その日、最後に訪れたのは、支払いが残っているセメント会社の社長の家だった。土下座した天野の肩を、社長は足蹴《あしげ》にして怒りをあらわした。それでも、天野はじっと我慢し、何とか返済を待ってもらえることになった。

しかし、天野組が危機的状態にあることは変わらない。すっかり陽が落ちた空のもと、寒さに身を縮め、軽トラックへ引きあげる天野と山科は言葉も少なかった。そのあいだ、学生たちのシュプレヒコールばかりが喧《やかま》しく響いている。

「同盟、反対！　同盟、反対！」

社長の家から天野たちが歩いて戻ってきたのは、戦後の闇市から発展した繁華街の広場だった。映画館や劇場、飲み屋などに囲まれた、中央に噴水のあるその広場では、明るい時間には義手をつけた傷痍《しょうい》軍人の物乞いが、ハーモニカで軍歌を奏《かな》でていた。しかし、いまは姿を消しており、代わって旗を立て、プラカードを掲げた若者が群がり、騒いでいる。その殺伐とした雰囲気に恐れをなしてか、いつもは目立つ飲み屋の呼び込みや、娼婦《しょうふ》たちの姿もなかった。

群衆の中央には台が据えてあり、拍手と同時に一人の青年がそこに立った。演説をはじめる。

「かつての軍国主義者、河辺《かわべ》は、戦後は経済による帝国主義的膨張主義、覇権主義をとってきたわけであるが、いまや軍事同盟を改定することにより、文字通り、軍事的にも、ふたたび帝国主義的侵略を企図し、かつて支配した国々の労働者、農民、若者たちの敵たる真の姿をあきらかにしたのである。我らプロレタリアートは、国を超え、真に団結をし……」

気が立っていた天野は、苛立《いらだ》ちをさらに募らせた。

よくわかってもいねえ癖に、小難しい言葉を並べていい気になっていやがる。英雄気取りの馬鹿野郎が――。

いっぽう、山科は心ここにあらずといった体《てい》で、ずっと下を向いて歩いている。やがて、ぽつりと言った。

「どうすりゃ、いいんですかね？」

天野は黙っていた。まともな金蔓《かねづる》など思いつくはずもなく、答えようがなかった。

天野はもともと痩《や》せており、口さがない者には「骨と皮」などと言われもしていた。しかし、ここしばらくの気苦労で食も細り、さらにまた、ズボンの腹まわりがゆるくなったように思う。ときおりベルトを掴《つか》み、ずり落ちるズボンを引き上げながら、デモの群衆の脇をすり抜ける。道を曲がって広場から離れるように進んだとき、天野もつい言っていた。

「天野組を畳まなきゃいけねえかもな」

天野組は、小さな土建屋だ。津長の舎弟分が経営するゼネコンから仕事をまわしてもらい、何とかやってきたが、そのゼネコンが倒産し、手形が不渡りとなった。それがケチのつきはじめで、負債は瞬く間に、雪だるまのように膨《ふく》らんでいった。

弱音を吐いた天野を、山科は驚いた顔で見ていた。しかし、天野は知らぬ顔で歩きつづけ、路地をさらに左へ曲がった。外灯も店もあまりない、比較的静かな街区へと進む。

そのとき、後ろから複数の足音が迫っているのに気づいた。つけてくる奴らがいる。

ちらりと山科を見た。彼も気づいているようだ。だが、二人とも、素知らぬふりで駐車場に向かって歩く。

天野たちの業界は、荒くれ者だらけの世界だ。同じ組の労働者同士の喧嘩《けんか》もしょっちゅうだが、また別の組との縄張り争いも珍しくない。そしていま、天野組は金銭上のトラブルをあちこちに抱えているのだから、いつ襲われてもおかしくなかった。

やがて、天野組の軽トラックまでたどり着いたとき、前方からも、少なくとも二人の男が近づいてきていることがわかった。前後から挟まれては、躊躇《ちゅうちょ》は許されない。

山科は運転席のドアに手をかけた。そこへ、前方から来た男の一人が、おい、と声をかける。山科は振り返った途端、相手の胸を突き飛ばした。

「何しやがる」

すごんだ相手の顔面に、山科は踏み込んでストレートパンチを食らわせた。衝撃を受けた男はふらりと後退したが、その右側の暗がりから別の男が、山科の顎《あご》へショートフックを見舞う。山科も大きくよろけた。

いきなりはじまったな――。

荷台の脇にいた天野のもとへ、車の後方から三人の男が駆けてきた。天野は、荷台に置いてあった、長さ一メートルほどのスコップの柄《え》を摑んだ。それを両手で槍《やり》のように握りしめ、持ち手の輪っかを突き出す。

背の低い男の前歯が折れた衝撃が、天野の腕に伝わった。すぐさま天野はスコップをひらめかし、反対側の匙《さじ》の部分をくるりと前に出す。別の男の頭部をひっぱたいた。二人の男が、折り重なるように路上に崩れた。

「待った。待ってくれ」

背の低い、中折れ帽をかぶった男が、両方の掌《てのひら》をこちらに見せながら言った。

「静かに話をしたいだけだ。落ち着いてくれ、天野さん」

天野は槍のように構えたスコップの先を、その男にぴたりと向けていた。運転席のそばの山科は、二人がかりで地面に押さえ込まれている。そのうちの一人の手には、抜き身のドスがあった。

中折れ帽の男の後ろには、もう一人、ごつい体つきの男がいて、懐《ふところ》に手を入れている。手にしているのは刃物か、あるいは飛び道具かもしれない。

「静かに話をしに来たとは見えねえな」

「この若いのが、いきなりつっかかって来たから、おかしなことになってしまった」

中折れ帽は山科に目を向けながら言った。

「こっちが身構えて当然だろう。なぜこんなに大勢で来やがった。しかも、ドスなんか出しやがって」

「武闘派の天野さんのことだ。こっちも身構えるさ」

懐《なつ》かしい話をする奴だと思う。天野が「武闘派」などと言われていたのは、ずいぶん昔のことだ。

「金の話なら無駄だぞ。すぐには用意はできねえ」

「金を取りに来たわけじゃない」

「じゃ、何の用だ」

「車を待たせてあるから、それに乗ってもらいたい。詳しいことは、そこで話す。決して、あんたに危害を加えるようなことはしない」

「山科を放してやれ。ドスも仕舞ってもらおう」

「あの若いのを放せば、こっちの話を聞いてくれるかい？」

「わかった」

帽子の男は、山科を取り押さえている男たちに、放せ、と命じた。

二人の男たちは、山科から離れた。ドスも仕舞う。男たちは、血の混じった唾《つば》を吐いたり、顎のあたりをさすったりしている。山科のパンチはなかなか強烈だったようだ。しかし、山科にもまだダメージが残っているようで、彼は立ち上がるなり、トラックにもたれかかった。

「よし、車に行こう」

中折れ帽の男について天野が歩き出すと、ふらつきながらも、山科は追いかけて来ようとした。

「山科、来るな。大丈夫だよ。お前は少し休んだら、帰れ」

天野が一喝すると、山科は足を止めた。天野一人が、男たちと歩く。

どう見ても、カタギの連中ではなかった。けれども、こっちの命を取るつもりはないだろうとも思う。もし本気で殺《や》るつもりならば、どこかに身を潜め、不意を突いて刺してくるはずだった。津長が殺られたときのように。

中折れ帽の男と天野の後ろからは、他《た》の男たちがついてくる。狭い路地を左へ曲がって進むと、暗がりに車が停《と》めてあるのがわかった。外国産の大きな車で、ボディーは黄色がかって見えた。

中折れ帽の男は、後部座席のドアを開けた。天野が乗り込むと、彼もすぐ隣に入ってきた。

「俺たちをつけていたのかね」

「つけるなんて大袈裟《おおげさ》な話じゃない。金に困っているあんたが訪ねる先は、だいたい見当がつこうというものだ」

さて、どんな話を聞かせてくれるのだろうと天野が思っていると、運転席と助手席にも素早く男たちが乗り込み、エンジンがかけられた。車は走り出す。

「おい、どこへ連れていくんだ？」

中折れ帽の男は、それには答えなかった。天野は、もうじたばたするのはやめた。この連中が連れて行くところへ行ってやろうと思った。

車は東に向かっているようだった。十分くらい走っただろうか、学生たちが群れていたところよりは上品な雰囲気のネオン街にいたった。着物姿の女と、背広の男が何人も連れだって歩いている横を通り抜けると、車は右へ曲がり、外灯のあまりない坂道をのぼる。やがて車がついたのは、黒塀に囲まれた料亭だった。

促されるままに天野は車を降り、中折れ帽の男に先導されて、「瓢鮎《ひょうねん》」という扁額《へんがく》が掲げられた冠木門《かぶきもん》を潜《くぐ》った。石畳の露地を歩き、玄関へ来ると、奥から黒紬《くろつむぎ》姿の、四十は優に超えた女があらわれる。

太った女は髪を、まるで扇風機の蔽《おお》いみたいに、大きく膨らまして結っていた。顔は真っ白に塗りたくり、黒く目張りを入れ、分厚い唇には真っ赤な紅を引いているから、サーカスの道化のようだと天野は思った。

「遅かったわね。先生、お待ちかねよ」

「いろいろとありましてね」

中折れ帽の男が、帽子を脱ぎながら応じた。

女に案内されたのは、広い座敷だった。すでに二人の先客がいて、煙草をふかしているから、空気は白濁していた。

床の間を背に座っていたのは、六十前後と思われる男で、髪を七三に分け、鼈甲縁《べっこうぶち》の眼鏡《めがね》をかけている。背広姿のその男は、天野の顔を見るや、煙草を持った手を上げ、親しい友人に会ったような笑顔で会釈をした。その隣には若い、これまた背広姿の男がいる。

「さあ、座った。いっぱいいこうじゃないか」

天野は座卓を挟んで座ったが、気分はよくない。相手が徳利《とっくり》を持ち上げても、杯《さかずき》に触れようともしなかった。

「この国も堕《お》ちたものだ。大臣がヤクザの真似事《まねごと》をするんだからな」

目の前の男は、経済大臣の沼津健人《ぬまづけんと》だった。初対面だが、顔は新聞などでよく見ている。官僚出身で、政策通として知られたが、脇が甘いところがあり、たびたび失言問題を起こしていた。

「何かあったのかね？」

驚いた様子で、沼津は尋ねてきた。

「あんたの手先たちは、いきなり大勢で押しかけてきて、うちの若い者に刃物を突きつけた。そして、有無を言わさずに俺に車に乗るように言い、ここまで連れてきやがった」

沼津は顔に怒りをあらわした。天野の後ろに控えていた、さっきまで中折れ帽をかぶっていた男に言った。

「沢口《さわぐち》、いったい、どういうことだ？　本当なのか？」

「いや、それが……」

沢口と呼ばれた男が弁解しようとしたとき、新しい徳利をのせた盆を持ってきた、さきほどの道化のような顔の女が、沼津の何倍もの大声を出した。

「あんた、先生の顔に泥を塗ったのかい」

「いえ、そういうつもりじゃないのですが……」

「何がそういうつもりじゃないよ。あんたは先生の顔に泥を塗ったんだね」

すごい迫力の、野太い声だった。沢口は震え上がり、女に対してひれ伏していた。

「乱暴なことをするつもりは、これっぽっちもなかったんです。だけど、天野さんのところの若いのがいきなり暴れ出したもんですから……」

女は追及を緩めない。目をむき、真っ赤な唇をゆがめて、天野さんに謝れ、先生に謝れ、と怒鳴《どな》りつづけた。男のほうは、泣き声ですみません、すみません、と言っている。そのうちに、沼津が女を宥《なだ》めた。

「小松《こまつ》、もういいだろう」

それから、天野に目を向ける。

「この者に何か無礼があったのなら、私からも謝る。この通りだ。夜にこっそりと、人目につかないような形で君に会いたいと、私が彼らに頼んだんだ。だから、いちばんの責任は私にある」

「そうか。結局のところ、現役の閣僚が誘拐紛《まが》いのことをしたわけだな」

「君は、この私を脅《おど》かし、ゆすろうとでも言うのかね？」

「そうしてやってもいいが、俺はあんたらと違ってヤクザじゃない」

沼津は顔をしかめた。

「まいったね。そういう言い方はやめてもらえないかな……しかし、こんなことになったのも、こちらがいくら呼びかけても、君のほうが素直に会ってくれなかったからじゃないか」

沼津が会いたがっている、ということは、天野も様々な人から聞かされていたし、沼津の秘書と名乗る人物が直接、事務所に来たときもあった。しかし、天野は面会を断りつづけていたのだ。

「べつに、あんただけを避けていたわけじゃない。俺は、政治向きのことにかかわるのはもうやめたんだ。戦前には、そういうことにかかわっていたこともあったが、いまでは、自分の会社を守るのに精いっぱいでね」

「戦後も、労働争議に首を突っ込んだことがあるはずだ」

たしかに、天野は戦後も、知り合いに頼まれて労働争議の仲介を行ったことがあった。また、乱暴なデモ隊を抑え込むために、若い衆を連れて殴り込みをかけたこともある。しかしそれも、終戦直後の混乱を極めたときのことだ。

「とにかく、いまはもうやめたんだ」

「それは困ったな」

沼津が眉尻を下げ、煙草を持った手で額を搔《か》いたとき、小松と呼ばれていた女将《おかみ》らしき女が、卓上に鰐《わに》革《がわ》のハンドバッグを置いた。中から袱紗《ふくさ》の包みを取り出す。一瞬、袱紗を持った女の右手の指にゴキブリがとまっているのかと天野は思ったが、それは馬鹿でかい琥珀《こはく》の指輪だった。

「何だい、それは?」

「何でもいいじゃありませんか。お車代でも、ご祝儀《しゅうぎ》でも、前金でも」

小松は真っ赤に塗りたくられた上唇の両端《りょうはし》を角張らせながら言った。袱紗の中身は札束のようだ。彼女のにやついた顔を、沼津もまたにやついて眺めるのを見て、天野は確信した。この女と沼津はできている、と。

よくもこんな恐ろしい、化け物のような女と沼津はつき合っていられるものだ、と天野は感心する。二人きりのときに、あの野太い声でどやしつけられ、ゴキブリのひっついた手でひっぱたかれることを想像するとぞっとした。

「前金? 何のだ?」

沼津が口を開く。

「君に力を貸して欲しい。ちょいと、若者たちを支援してやって欲しいんだ」

「そりゃ、誰のことだい?」

「国会のまわりで騒いでいる連中さ。『同盟条約改定反対』と叫んで」

いま、この国の政治は揺れていた。それには、戦後のこの国の歩みが深くかかわっている。

約十五年前、この国は戦争に負けた。国中の主だった都市を徹底的に空襲され、国土は荒廃し、そこへ占領軍がやってきた。武装解除されたこの国は、占領軍当局の指導の下、戦争の放棄を謳《うた》った新憲法を制定することになった。

その後、戦勝国連合とのあいだで講和条約が成立し、ふたたび主権を回復したものの、充分な武力を持たないままでは独立を保つことはできない。なにしろ、戦後、世界は東側の社会主義陣営と西側の資本主義陣営にわかれ、睨《にら》み合うようになっていたからである。講和条約も、西側の国とのあいだでしか結べなかった。そこでこの国は、占領軍が駐留をつづける旨の軍事同盟条約を、西側の盟主であるA合州国と結んだのだった。

しかし、この条約には、駐留軍がこの国を守る義務を負うことは記されていなかった。しかも、条約期限の定めもなく、こちらが条約終了を希望しても破棄できない代物《しろもの》だった。よって、「これでは、単に占領の延長を取り決めたようなものではないか」との批判の声が、与野党を問わず独立後ずっと渦巻《うずま》いてきたのだ。

そこでいまの首相、河辺信太郎《しんたろう》は、同盟条約をより対等なものに改定してくれないかとA合州国にかけ合い、その交渉開始にこぎつけた。ところがそうなると、それまで条約改定に前向きだったはずの野党や、それと結んだ労働組合、左翼学生などが、「河辺はまた戦争をはじめようとしている」「我が国は同盟条約など破棄して、中立国になるべきだ」という批判をはじめた。そして、同盟条約改定反対のデモが全国各地で行われるようになったのだ。中でもその主な勢力は、若い学生たちだった。

「聞き間違えたかな。沼津さん、あんた俺に、学生たちを支援しろ、と言ったかい？　奴らの運動を潰《つぶ》せ、でなく？」

「支援してくれ、と言ったさ。君には左翼運動を潰した経験もあるだろうが、左翼運動を指導した経験もあるだろう」

「正気かい？　あんたは河辺内閣の閣僚なんだぜ。どうして河辺打倒を叫ぶ連中を支援しようとするんだ？」

沼津は隣の秘書らしき男と顔を見合わせ、にたにた笑っている。不愉快になりながら、天野は言った。

「一つだけはっきりさせておきたいことがある。俺は河辺なんざ好きでも何でもないが、しかし、国会を取り巻いている学生たちとはまったく政治信条を異にしているということだ。俺はミカドを尊崇《そんすう》しており、占領軍が押しつけたいまの憲法も改正すべきだと思っている。非武装中立なんてちゃんちゃらおかしい。我々は専守防衛隊とかいう変な組織ではなく、国軍を持つべきだ」

憲法には戦争を放棄し、武力を持たないという条文があっても、国家として武装しないわけにもゆかなかったこの国は、軍隊ではなく「専守防衛隊」を組織している。専守防衛隊が行使できるのは自衛のための最小限の実力であって「武力」には当たらないため、同隊は憲法に違反しない。政府はそのように説明しつづけていた。

天野の言葉を聞いていた沼津は、目尻に皺《しわ》を寄せ、小刻みに煙を吐いた。

「天野君、私と君とは気が合うようだね。私もミカドを中心とした我が国体は守るべきだと思っているし、同盟条約どころか、憲法も改正して、戦勝国との対等な関係を築いていくべきだと思っているさ。そもそも、憲法改正は我が党の党是なんだからね。まあ、その意味では、私と総理とのあいだにも意見の不一致はないんだ」

小松が、唇を大きく広げて笑い出した。

「男って、業《ごう》の深いものね。意見は同じでも、権力のためには戦わなくちゃならないんだから」

沼津は同盟条約の改定を達成したところで河辺には退陣してもらい、その後釜に座ろうと考えているらしい。

天野は問うた。

「危険な賭けじゃないかね？　あまりにも反政府派が勢いづけば、同盟条約改定も失敗するかもしれない。それどころか、保守党が下野することにもなりかねない。あるいは、本当に革命が起こるかもしれませんぜ。革命インターナショナルの手は、この国にも浸透しているんだ」

東側の盟主、S連邦は、世界に革命を輸出することを目的とする革命インターナショナルを通じて、各国で謀略活動を行っていた。

天野の問いに、まずは小松が応じた。

「何でも、塩梅《あんばい》が大事でしょうに。塩加減は弱過ぎても、強過ぎても料理を台無しにしてしまう」

沼津も、うんと頷《うなず》いてから語り出す。

「そりゃ、学生たちが極端な破壊活動を行うようであれば、あらゆる手を使って抑え込まなければならない。だが、連中はいまのところ、ただ騒いでいるだけだ。マスコミの前では意気がって、一丁前のことを言っていやがるが、このままあんなふうに統一的な、組織立った行動を取れないままでいれば、とても河辺の敵ではない。総理はとにかく、面《つら》の皮が厚いんだ。河辺の顔をひきつらせるには、反政権運動が、もっと大衆的な、力強いものにならなければならん」

天野は思った。政治家などというものはしょせん、国民の幸福よりも、まずもって自己の権勢について考えるものなのだろう、と。もちろん、戦後の荒廃からこの国が復興しつつあることに、政治家の手腕が寄与しているのも認めなければならないだろう。だが彼らが国の発展のために努力するのも、自分の有能さを誇示し、国民の支持を取りつけて権力を強めるために過ぎないのではないか。そして、政府への反対運動すらもまた、自分の権力を高める手段にしようと考えるのだろう。

「沼津さん、あんたが世の中をどう見、何を企《たくら》むかは勝手だ。しかし、俺にはかかわりのないことだ」

「つれないことを言わないでくれ。こっちは、そんなに難しい仕事を頼もうと言っているわけじゃないんだから。君から学生たちに金を渡してやってくれればいいんだ。そして、もっとしっかりやれ、と連中の尻を叩いてやって欲しい」

「そんな仕事、ほかに頼めばいいだろう。あんたの秘書でもいいし、息の掛かったフィクサーのような奴でもいい」

そこで、天野は小松を見た。

「何なら、あんたが金を持っていったらどうだい？」

目と口を大きく開けた小松をよそに、沼津は言った。

「そんなに簡単じゃない。私は、河辺内閣の一員なんだよ。私と浅からぬつき合いのある者が学生たちと接触したなんてことが明らかになっては、いろいろと困るんだ。それくらいのことは、君にもわかるだろう」

「総理の座が遠のくことになりかねないかね？　しかし、だからって、なぜ俺が、あんたの下働きをしなければならんのだ？　そもそも、俺が『沼津大臣から受け取った金を、学生たちに渡した』とマスコミに公表したらどうするんだ？」

「たしかにそうされてはまずいが、しかし、君はそういうことはしないのではないかと思う」

「へえ、なぜだい？」

「一つは、これは君に非常に適した仕事であり、君が引き受けるべき仕事だからだ」

聞けば聞くほど、沼津の話はわからない。しかし、沼津は明るい笑みで喋《しゃべ》りつづけた。

「君はかつて、武闘派として、反体制運動の先頭に立っていたじゃないか。なにしろ、一時は無期懲役の判決を受けたほどだからな。よって、国会議事堂や総理官邸に石を投げる学生たちの気持ちは誰よりもよくわかるはずだ。彼らが何に憤《いきどお》り、何に鼓舞され、何に不安や困難を感じているのかをね。だから、君なればこそ、彼らの心を摑み、運動をうまく導けるものと思う。現政権を倒すほどに力強く、しかも、国家体制を根底から壊すにはいたらないほどに安全に」

「俺はとっくの昔に転向している。学生たちからすれば、俺なんか、ただの裏切り者だ。最も信頼されない男だよ」

「そこを上手《うま》くやってもらいたいが……とにかく、奴らは金に困っている。事務所を維持するにも、電話線を引くにも、ビラを印刷するにも、莫大《ばくだい》な金がかかる。運動をもっと大きな、政権に打撃を与えられるようなものにするには、奴らがいま集めているような、ちまちましたカンパではとても足りない」

「人を動かすのは思想ではなく、金ってか？」

「まあ、そうだな。しかも、今度の仕事は、君のような武闘派に頼まなくちゃいけない。腕っ節《ぷし》に自信のある男にな」

　またぞろ、武闘派という言葉が出てきた。

「学生たちに袋叩きにされる可能性があるからかね？」

「学生なんかより、もっと危ないのが来るかもしれない」

「昔みたいに、俺に公安警察とやり合えと言うのか？」

「敵は警察のような上品な奴だけではないかもしれない。右翼やヤクザもいるだろうし、ひょっとすると海外からのお客さんもいるかもしれない。権力の座にある者は、やはり強い。河辺を守ろうとする奴らは、いくらでもいるんだ」

　沼津の言う海外からのお客さんとは、A合州国やS連邦の情報当局の連中のことだろうか。

「もちろん、報酬は充分に用意するつもりだ。はっきり言わせてもらうが、君も金に困っているようだからな」

　足下を見やがって、と天野はむかっ腹が立った。沼津は、金さえあれば、人を思い通りに動かせると思っている。いや、河辺にしろ、他の派閥の領袖《りょうしゅう》にしろ、政治家どもはそう思っているに違いないのだ。

「天野君、気を悪くしたのなら謝るよ。だが、金に困っていることそれ自体、恥でも何でもないだろう。

真面目《まじめ》にやっていたって、人間はいろいろな事情で金欠になることはあるんだからね」

沼津は、自分がいかにも人々の苦労に通じているような言い方をしたが、子供の頃はいざ知らず、役人になって以降は、彼が金に困ったことはないものと思われた。

「もちろん、とりあえずの報酬もはずむつもりだが、今後とも君とはいい関係でいたいと思っている。私が総理になったならば、君は生前の津長君のような役割を担えばいいじゃないか」

公共事業を分配するフィクサーになれということのようだ。

「金のことばかりか、学生たちの内部事情など、インテリジェンス関係もこの小松にまかせておく。何でも小松に相談してくれればいい」

沼津の言葉を聞く小松の笑顔は、自信にあふれて見えた。私こそが、沼津派の事実上の番頭だと言いたげだ。

天野は立ち上がった。

「俺は政治屋にはならん。今日の話は聞かなかったことにする。他言もしないから、安心してくれ」

襖《ふすま》を開け、外に出ようとしたとき、背中に沼津が言った。

「君は玉城寿三郎《たまきじゆさぶろう》が憎くないのかね？」

天野の足は止まった。冷静な雰囲気を保とうとしたが、玉城の名を聞いただけで、心の奥底の古傷が開いたような感覚に陥っていた。

振り返ったとき、一瞬、小松と目が合った。付け睫毛《まつげ》と目張りのせいで、蠅取草《はえとりぐさ》のような毒々しい印象のその目が、かっと見開かれている。男同士のぶつかり合いを見ると、この女は大いに興奮するらしい。

「河辺のそばには玉城がいる。やつは河辺を押し立てることで大儲《おおもう》けし、我が国を裏から牛耳《ぎゆうじ》ろうとしているんだ」

そのようなことは、沼津にいちいち説明してもらう必要はなかった。新聞、雑誌などでも派手に報道されていることだったからだ。

玉城は、与党内の派閥の合従連衡《がっしょうれんこう》を仲介するいっぽう、政府がA合州国から購入する戦闘機の選定などに深くかかわっているらしい。彼は戦前、軍部のために軍需物資を買いつける仕事をしていたため、戦後になっても、軍需産品のメーカーや、国防庁に幅広い人脈を持っていたのだ。また、彼自身、多くの愛国団体の会長を務めていたが、革命勢力による反政府運動に強く対抗するため、全国の仁俠《にんきょう》団体や愛国団体を糾合《きゅうごう》した統一組織を、与党の有力者の協力も得つつ、結成しようと動いているとの報道もあった。

「君と玉城とのあいだには、昔からいろいろと因縁があると聞いているが」

「そんなこともあったかな……」

天野がとぼけて言うと、小松の目からは輝きが失われた。落胆し、こちらをつまらぬ男と見下したのだろう。

「津長君を干し殺しにしたのは、玉城だということは知っているのかね？　役所からの仕事が、津長君のところへはまわらないよう、玉城が手をまわしたんだぞ。玉城が結成しようとしている全国愛国者の団体に、津長君は加盟することを拒んでいたからね」

津長への資金が突然断たれ、それまで津長の世話になっていた業者の資金繰りも悪くなり、やがて不渡りの連鎖が起こるにいたったというわけか――。

たしかに、玉城の目論見《もくろみ》に反対した者が、公共事業の配分から突如外されるということは充分にあり得た。政権にぴったりとひっついている玉城なら、簡単にできることだ。

天野は愕然《がくぜん》としていた。またしても、玉城が俺の人生にあらわれ、仇《あだ》をなしているのかと思って。

「津長さんが刺されたのだって、誰の差し金だろうかね？」

「いい加減なことを言いやがると、承知しねえぞ」

天野は沼津に怒鳴った。相手が誰であろうと、世話になった津長のオヤジの死について、軽々しく、冒《ぼう》瀆《とく》するようなことを言う奴は許せないと思った。

「いい加減な話だと思うのか？」

「犯人が捕まるまでわかるものか」

「犯人が捕まるかどうかもわからんぞ。玉城が政府や警察の誰かに鼻薬《はなぐすり》を利《き》かせりゃあ、チンピラ一人を逃がすことくらい造作もないことだろう」

「政治の世界にいる奴らは、本当に汚《きたね》えな。俺は、そういう汚れた世界にはうんざりしているんだ」

天野が部屋を出たとき、背後から沼津が、

「政治家全員が汚いように言われたんじゃ、心外だよ」

と言ったのが聞こえた。

玄関に向かって廊下を歩いていると、バタバタと小松が追いかけてきた。袱紗に入った金を突きつける。

「お車代」

「いらねえ」

叱りつけるように言って、天野はそのまま店の外に出た。


戦後の復興が進むにつれ、都心の西部の丘陵地には、鉄道会社によってどんどん宅地が造成されつつあった。

その住宅地と都心とを結ぶ鉄道の駅から歩いて二十分ほどのところに、天野組の事務所はあった。天野がそこへ帰ってきたとき、例の軽トラックはすでに戻っていた。

事務所は、宅地が造られる前の、戦時中に建てられたもので、トタンを張り合わせた、バラックのような造りだ。山科にはそろそろ建て替えてはどうかと何度か言われたことがあり、一時は天野も乗り気になったが、やがて金に困るようになり、話は立ち消えた。

事務所のドアを開けると、奥から山科が駆け寄ってきた。

「社長、無事ですか？」

「お前こそ、無事か？」

「はい」

他の若い社員も五人、事務所の中にいる。

「こんな時間に、お前ら、何でいるんだ？」

「社長に何かあったら飛んでいこうと思って、活《い》きのいいのを集めたんです」

山科は荒い息で言った。

「馬鹿野郎、何もありゃしない」

「あいつらは何者だったんですか？」

「それは、明日話そう。今日はもう帰れ」

「社長、ちょっと……」

と山科が言うので、天野は彼と二人だけで事務所の外に出た。砂利《じゃり》を敷いた駐車場に突っ立って話をする。

「従業員のうちに、心配の声があがっているんですが……ちゃんと給料を払ってもらえるのかと」

「大丈夫だ。従業員に迷惑をかけることはしない」

天野はそうは言ったが、入金の当てがあるわけではなかった。山科の目も心配そうだ。

「大丈夫だと言っているだろう。さ、もう帰れ。他のみんなも帰すんだ」

やっと説得をして若い連中を追い返すと、天野はがらんとした事務所の内部を点検してまわった。従業員たちの薄汚れた作業靴やヘルメットが並んだ用具室を覗いたとき、胸が詰まった。会社を潰したくないし、従業員を路頭に迷わせたくなかった。

点検を終えると、天野は事務所の裏手にある自宅へと向かった。

知人の伝手《つて》で譲ってもらった家屋は、もとはこのあたりの農家のものだったようだ。造りが悪く、引き戸を開けるのに少々苦労を要した。がたがたと大きな音を立てるから、家人に「おい帰ったぞ」と声をかける必要はないが、建設会社の社長の自宅としては不名誉極《きわ》まりないものである。

実際、そのときも引き戸を開ける途中で、奥の居間から妻の房子《ふさこ》が出てきた。玄関の電気はつけてあったが、彼女は壁を伝いながら歩いてくる。中に入った天野は、力を込めて引き戸を閉めると、急いで靴を脱ぎ、妻のそばへ行って、その手を取った。

「遅かったのね」

「迎えになんて出てこなくていい。また転ぶぞ」

天野は小柄な房子の腕を支え、ともに居間に入る。

「うまくいったの？」

房子も、いま天野組が苦境に陥っていることは知っている。

「何とかなりそうだ」

嘘《うそ》を言っていることは、房子も察知しているに違いなかった。しかし、彼女は金についてはそれ以上、触れなかった。

「津長さんのご葬儀はどうでした？」

「ああ、なかなか盛大だったよ」

天野はまた嘘をついた。

「そっちこそどうだったんだ？　医者へは行ったんだろう？」

「ええ、下田《しもだ》さんが連れていってくれて」

下田もまた、天野組の従業員の一人だ。

「悪いのか？」

「網膜が相当おかしなことになっているみたい。手術をしなければ、どんどん悪くなって、いずれは失明するらしいの」

房子は他人事《ひとごと》のように、けろりとした様子で言った。

「手術しろよ」

「私の目よりも、従業員の給料のほうが先でしょう。生活がかかっているんだから」

「従業員の給料も何とかなるが、お前の手術代だって何とかなる。心配するな」

房子はあまりよく見えない目を天野にひたと向けている。

「それならいいけど、危ないことだけはしないでくださいよ。政治向きのこととか」

「するわけないだろ」

まるで喧嘩のような言い方をしてしまった。それで、房子は黙った。天野は、こういう物の言い方しかできなかった自分を心底恥じていたし、憎んでいた。しかし、ほかにどうしようもなかった。

その夜、悲しく、ふがいなくて、天野はまるで眠れなかった。隣で横になる房子も、なかなか寝られない様子だ。

政治からは距離を取ってくれという房子の気持ちは、天野にもよくわかっていた。

戦前、天野は革命前衛党の委員長をつとめていたことがある。S連邦の指導の下、武闘方針を掲げ、刃物や拳銃すら用いて官憲に戦いを挑んだのだが、房子もそのときの党員の一人だった。やがて警察に追い詰められ、逃避行をつづける天野の側近、七、八名のうちにも房子は加わっており、隠れ家で二人は男女の関係になったのだった。しかし、結局のところ、天野ばかりか、房子も警察に捕まった。以来、彼女を前科者にしたのは自分だという後ろめたさを、天野はずっと抱きつづけている。

無期懲役を受けた天野は、のちに転向し、房子と獄中結婚した。そして十年余り服役した後、釈放され、先に娑婆《しゃば》に出ていた房子とともに暮らすことになった。

戦後、天野はミカドを尊崇する立場から、左翼のデモを批判し、ときに体を張って闘い、刃物で刺されたこともあった。右腕を浅く刺されただけだから、命に別状はなかったが、房子にひどい心痛を与えたことは間違いない。その後、房子に「もう政治はやらないで」と涙ながらに懇願され、政治活動からは足を洗うと誓ったのだった。

そうした過去の思い出が脳裏を駆けめぐり、房子が寝息を立てはじめても、天野は眠れないままでいた。

寒い夜だった。周囲もしんとしている。

郵便受けに新聞が投げ込まれる音が響いたときもまだ、天野は眠っていなかった。布団から出て、褞袍《どてら》を羽織って起き上がる。

重く、固い玄関の引き戸を、できるだけ音を立てないように苦労しながら開け、表に出てみると、細かい雪の粒が風に煽《あお》られ、夏の蛍のように舞っていた。

天野はしばらくそれに見入ってから、草履《ぞうり》を突っかけ、郵便受けに歩いていった。新聞を取り、玄関に引き返しながら、広げる。

粉雪が落ちる一面を眺めながら、天野は思わず立ち止まった。

二

翌日の午後、天野は作夜、沼津と面会した料亭「瓢鮎」にやってきていた。雪は朝のうちに、ほんの少し降っただけだったから、積もることはなかった。

玄関を開け、奥へ呼びかけると、中学を卒業したばかりと見える女が出てきた。掃除でもしていたのか、手拭《てぬぐ》いを頭に巻いている。

「女将いるか？　天野と言うもんだ」

女は不審げな目つきのまま、また奥へ入った。そしてずいぶん経《た》ってから、ふたたびあらわれ、

「どうぞ、お上がりください」

と言った。

天野が通されたのは、昨日よりも狭い座敷だった。政治家などが、よほど秘密の話をするところだろうか、などと思いつつ、茶を啜《すす》って待ったが、なかなか女将はあらわれない。茶が冷めきった頃、襖の向こうで、

「失礼いたします」

という声がした。

顔を出した小松の髪はきちんと結っておらず、ぺちゃんこになっている。これがどうすれば、あの扇風機のように膨れるのだろうか、と考えながら、天野は小松の髪を興味深く眺めた。

髪は〝準備中〟のようだが、顔はすっかり道化のようにこしらえてあった。

「天野さん、ようこそお出《い》でなさった。嬉《うれ》しいわ」

○3○

こちらの自尊心を傷つけずに迎え入れる態度は、さすが客商売を生業《なりわい》としている女のものだ。

「聞きたいことがあるんだ」

言うや、天野は持っていた新聞を卓上に広げた。

「この白鳥《しらとり》って男だが……」

ごく小さい記事だが、白鳥良純《よしずみ》という二十八歳の男が、津長宏一を殺害した容疑で、ドヤ街で逮捕されたと書かれてあった。

「この男の名前、聞き覚えがあるように思って、知り合いにもいろいろと問い合わせてみたんだが――」

「ああ、その人ね。玉城さんの子分の、子分の、そのまた子分みたいな人でしょ」

やはり、そうか――。

「あんたのインテリジェンスはなかなかのもんだな。それで、津長のオヤジを殺ったというのはたしかなのか？」

「それはもう、わかりませんよ」

「もう？」

「だって、死んだんだもの」

「死んだ？　昨日の夕方に捕まったんだろ？」

「ほんとですって。これはまだ、新聞にも、テレビにも、ラジオにも出てない話ですけど」

ゴキブリみたいな琥珀をつけた右手をゆらゆら揺らしながら、小松は話す。

「取り調べの最中に、急に具合が悪くなって、目を瞑《つぶ》ってしまったらしいんです。急性の心不全というやつで、警察のほうでは取り調べのやり方に違法性はなかったし、人権にはきちんと配慮していたと発表するとのことですわ」

「何でそんなことまで知っているんだ？」

「まあ、さっき天野さんがおっしゃった、インテリジェンスというやつですよ」

小松は得意げな顔をしている。

いずれにせよ、天野は確信した。昨夜、沼津が言っていた、津長を殺した黒幕は玉城だという話は、まず間違いない、と。そして、奴はその口封じのために、白鳥を殺したに違いないのだ。

「あの野郎め……悪魔のような奴だ」

天野が呟《つぶや》いたとき、小松は、膝元《ひざもと》に置いた鰐革のハンドバッグから、昨日とは違って裸のままの札束を取り出し、天野の前に置いた。

「天野さん、沼津先生の仕事、引き受けてくださいよ」

天野は、現金を見つめつづけた。

「あなたが、金のためだけに動く人じゃないことはわかっています。男として、玉城さんと勝負したいと思っていらっしゃるんでしょう。でも、遠慮なく、取っといてください」

天野がなお黙っていると、小松はまた言った。

「いろいろと大変なんでしょ？　従業員のお給料やら、何やら」

天野は自尊心を傷つけられた。しかし、自分が経済的に窮地に立たされていることはまぎれもない事実だった。

「ありがたいよ。遠慮なくいただいておこう。カミさんの治療代にも金がかかるんだ」

「悪いんですか？」

「目がね……手術をしないと失明するらしい」

すると、女は札束をもう一つバッグから取り出した。さらに天野の顔をじっと見た上で、また札束を取り出す。この鰐革のバッグにはどれだけ金が入っているのだろうか、と天野は思う。

「おいしいものでも食べさせてあげてくださいよ。病人は栄養をつけないと」

「いや、とりあえず、当面の治療費があればいい……沼津大臣の仕事は引き受けるが、しかしこれは、カミさんには内緒なんだ。ずいぶん前に、もう政治絡みの仕事はしないと約束してあってよ」

自嘲気味に言う天野に、小松は唇を波打たせながら問うた。

「奥さんを助けるために、奥さんに嘘をつくの？」

「笑いたきゃ、笑え。人間、追い詰められると、傍《はた》からは馬鹿馬鹿しくて笑いたくなるようなこともしなくちゃいけないもんだ」

小松は笑っているのではなかった。真っ赤な唇のあいだから歯を見せ、琥珀をのせた手を小刻みに震わせて泣いている。演歌歌手が、聴かせどころで気持ちを込め、コブシを利かせているような風情《ふぜい》だ。

「美しき夫婦愛……あなた、男の鑑《かがみ》ですわ」

そこで小松は、あっ、と叫んだ。

「お、落ちる……」

「え？」

「睫毛が」

小松の右の付け睫毛が、地毛の睫毛に引っかかってぶらぶらしていた。

小松は立ち上がると、奥へ逃げるように走り、襖戸をぴしゃりと閉めた。

一人になった天野は思った。夫婦愛などという、綺麗《きれい》なものでは自分の決断は説明がつかないだろう、と。金銭欲と復讐心という浅ましく、薄汚いものに突き動かされているだけのことだ。自分は政治家やヤクザのことを偉そうに罵《ののし》れる人間では決してない。

ふたたび戻ってきたとき、小松は付け睫毛の位置をきちんと整えていたばかりか、涙による化粧の崩れもしっかりと直していた。

「天野さん、必要なものがあったら、私に言ってください。金でも、人でも、それから、何といいましたか……インテリジェンスとかいうやつでも。少しくらい難しいことがあっても、私から先生に相談してみますので」

「人はいらない。仕事は全部、俺か、俺のところの若い者でやる。必要なのは、そのインテリジェンスだ」

鰐革バッグから、小松は今度は、六、七枚の写真を取り出して、卓上にぺたぺたと並べていった。学生らしき若者たちの顔写真である。左翼運動の中心人物なのだろう。卒業アルバムあたりから取ってきたものもあるらしく、やけに幼い顔の写真もあった。

「どんな連中だい？」

小松は、端から写真を指さしてゆき、名前や所属する大学、学部、出身地、成績の良し悪《あ》し、左翼学生の組織の役職などを説明していった。沼津に尻尾《しっぽ》を振る公安警察の幹部からの情報なのかもしれないが、それにしても、これだけの詳しい内容をすっかり記憶している小松の頭脳に、天野は感心せざるを得なかった。沼津が重宝するのもわからないではないと思いはじめる。

「まずは、どいつと話をつければいいんだい？」

「さてね……この人はちょっといい男そうだけど……こっちも可愛《かわい》い顔しているわね」

「男の品定めをしているわけじゃない。学生たちの中で、どいつがいちばん有力なのかを聞いているんだ」

「そこまでは、私も把握しておりませんわ」

冴《さ》えているんだか、いないんだかよくわからないインテリジェンスだと思いつつ、天野は写真を一枚一枚手に取って見ていった。

「これは、どういうんだっけ？」

天野が小松の前にさし出したのは、唯一の女の写真だった。これも高校卒業時の写真らしく、垢抜《あかぬ》けない、田舎臭《いなかくさ》い雰囲気だ。三つ編みのお下げ髪に、リボンが結びつけてある。

「天野さんだって、可愛い女を選んでるじゃないの」

「そういうんじゃねえよ、馬鹿」

「でも、この子は狙い目かもしれない。楡《にれ》久美子《くみこ》、帝都大文学部の二年生」

「どこにいる？」

「留置所にいますよ、H警察署の。例の空港占拠事件で捕まって」

この月、すなわち一月十五日夜から、十六日の朝にかけて、学生たちが首都空港のロビーに侵入し、占拠した。新軍事同盟条約を結ぶため、河辺首相がA合州国に出発するのを阻止すべく、彼らはレストランにあった椅子やテーブルを使ってバリケードを築き、立てこもったのだ。スクラムを組み、歌を歌い、気勢を上げて戦ったものの、結局みな、警察に排除された。逮捕者は七十人以上にのぼったという。

「このネエちゃんのどこが狙い目なんだ。パクられているんじゃ、接触のしようがないじゃないか」

「いや、明日には釈放されますよ。起訴もされないみたい」

何でもかんでもよく知っている女だ、とあらためて小松を見直す。

「よし、この楡という女にとりあえず当たってみよう。駄目なら、また別の奴だ」

「頼みますよ、天野さん。成功報酬もきっとはずみますよ、沼津先生は」

「さて、どうかね」

「だって、木米の総理大臣の約束ですよ」

「総理大臣の約束などというものくらい、信用ならないものはないぜ。嘘つきは泥棒のはじまりと言うが、泥棒以上の嘘もつけなければ宰相になどなれるものではないからな」

「まあ、そんなひねくれたことをおっしゃいますな」

小松は、例の琥珀の指輪をはめた手で、天野の手の甲を叩いた。その感触が脂《あぶら》ぎって感じられ、気持ちが悪かった。その上、何だか科《しな》を作って、

「ちょっと、一本つけましょうか？」

とまで言ったので、ますます気持ちが悪くなった。

「いらねえよ」

さっさと前金の札束を掴み上げると、懐に捻《ね》じ込み、天野は「瓢鮎」を去った。

三

耳が餃子《ぎょうざ》のように膨れた、厳《いか》つい体つきの警察官に付き添われて、楡久美子は昼前に留置所から出された。彼が案内してきたのは取調室ではなく、警察署の裏口だった。

男の同志たちは違うところに連れていかれたようで、ここに勾留されているあいだ、楡は彼らがそばにいる気配を感じなかった。その心細さの上に寒さもあって、夜もあまり寝られなかった。楡は、ズボンに、着古した毛玉だらけのセーターを着て、その上から安物の薄っぺらなコートを羽織っているだけだったのだ。

出口のそばの、リノリウムの廊下に突っ立って待っていたのは、痩せて頬《ほお》がこけた、背の高い、背広姿

の男だった。角刈り頭のその男は、ズボンのポケットに両手を突っ込み、じろりと楡を見た。

「先生、もうあんまり悪さはしないよう、よく言ってやってくださいよ」

付き添いの警察官が背広の男に言った。しかし、男はそれにはまったく反応せず、楡に問う。

「体は大丈夫か？　留置されているあいだ、ひっぱたかれたりしていないだろうな？」

「ひっぱたかれはしなかった。何度も、馬鹿とか怒鳴られたけど」

楡が答えると、警察官が慌《あわ》てて言った。

「乱暴なことなどしていませんよ」

背広の男は警察官に鋭い一瞥《いちべつ》を食らわせると、楡に言った。

「さ、行くぞ」

楡はいささか安堵《あんど》した気分になった。どうやらこの痩せた人は、学生運動にも理解がある、人権派の弁護士らしい。

「お母さんは、迎えには来られないと言っていた。だから、私が代わりに来たんだ」

そう言う男のあとについて、警察署の外へ出たが、そこにも同志の姿はなく、楡は少しがっかりした。

男は警察署の駐車場の外に歩いていき、やがて煙草屋の脇に停めてある軽トラックのところまで楡を連れてきた。

「送っていこう。さ、乗りな」

「これに？」

「不服か？」

「いや、だって……」

運転席にはすでに、作業着のようなものを着た男が座っている。

「電車で帰りますよ」

「まだ帰すわけにはいかない。手続きがある」

痩せた男は有無を言わさぬ口調で言った。楡は仕方なく、助手席のドアの取っ手に手をかける。

「そっちじゃない。荷台だ」

「え？」

「乗るんだ。早くしろ」

男はさっさと荷台に上がり、しゃがんでしまった。楡がためらっていると、男は言った。

「エリートのお嬢さんには、こういう乗り物はふさわしくねえと言うのかい？」

楡はかちんと来た。そういう物の言い方が、いちばん腹が立つ。負けじと、楡は荷台に手をかけ、跳び箱を跳ぶような勢いで上がった。その途端に、車は走り出した。楡はよろけながら、男の隣に座った。

「髪、切ったんだな。昔、三つ編みにしていただろ」

三つ編みにしていたのは、大学に入る前のことだ。いまは髪を、顎のあたりにかかる長さに切っていた。

「なかなか似合ってるぜ」

「あなた、弁護士さん？」

「ああ」

「ほんとに？」

「そう見えねえか？」

男は、向日葵《ひまわり》の花をかたどった、胸の記章をつまんで見せた。

「お前こそ、それでも革命家の端くれのつもりか？　乗っている車の種類で人を信用するかどうかを決めるなんてのは、本物の革命家とは言えねえ」

「べつに、あなたのことを信用しないなんて言ってないでしょ」

向きになって言い返したが、しかし、楡の胸にはこの男に対する不信が膨らんでいた。感じの悪い男だと思った。

真冬の街を、トラックは疾走していく。楡は髪を押さえ、風を避けるべく身を屈《かが》めた。並走する車の運転手が、若い女が荷台に乗っているのを珍しそうに見る。中にはからかうように手を振る奴もいたが、楡は無視した。

車はやがて幹線道路を離れ、小さな飲食店が並ぶ狭い道に入った。そして、一軒の料理屋の前に停まった。まだ暖簾《のれん》は出ていなかったが、サラリーマンのおじさんたちが仕事帰りに立ち寄るような店かな、と楡は思った。

痩せた男が、

「降りろ」

と言って、荷台から飛び降りたので、楡も勢いよく飛び、着地した。

男はまるで自分の家のように、勝手に引き戸を開けて店に入っていった。楡もあとからつづく。運転手はトラックに乗ったままだった。

店の中は、意外にも広かった。左手に七、八名が座れるカウンターがあり、それを通りすぎると、奥には座敷があった。男はその座敷に上がった。

「ま、座れ」

ガス焜炉《こんろ》が据えられた座卓を挟んで、楡と男は座る。

「手続きって何よ?」

「お前、昼飯食ってないだろ?」

男は胸の記章を取り外し、ポケットに仕舞いながら言った。

「あんた、誰なの？」

「天野って言う」

「本物の弁護士じゃないでしょ」

そのとき、割烹着《かっぽうぎ》姿の仲居が二人来て、鉄鍋と、野菜や肉を盛った皿を持ってきた。どうやら、すき焼きの準備をしているようだ。割り下が煮立つ香ばしい匂いが立ち込める中、薄切りの肉がずらりと並べられた皿に目を瞠《みは》りながら、楡は思わず言っていた。

「これって……もしかして牛肉？」

天野と名乗った男と仲居は動きを止め、笑い出した。

楡は悔しかったし、恥ずかしかった。しかし、母子家庭の実家では、すき焼きと言えば鶏肉《とり》か豚肉であった。もちろん、上京してからも、風呂なし、トイレ共用の安アパートで暮らし、学費の不足分を翻訳のアルバイトで補っている身だから、牛肉などほとんど食べられない。

天野は笑いながら言った。

「おう、牛肉だとも。たっぷり食え。いくらお代わりしてもかまわねえ」

「こんなの、食べられません」

「はやく生卵をといて準備しなよ」

男は自分の手元の皿に生卵を割り、箸《はし》でかき混ぜる。

「いったい、あなたが誰だか知らないし、こんなご馳走《ちそう》をしていただく理由もわからないし……」

「腹、減ってるんだろ？　食えよ。すき焼きを奢《おご》ってやったくらいで、見返りを要求するようなケチな真似はしない。ぐずぐずつまらねえことを言ってると、肉が硬くなっちまうじゃねえか」

○4○

男は大きな肉をつまみ上げると、たっぷりと卵をつけ、口に入れた。顔を皺くちゃにし、身震いする。

「うめえぞ。この店のオヤジはな、いい肉を安く仕入れる独自のルートを持っているんだ。さ、お前も食ってみろよ。さあ、さあ」

鍋から湧《わ》き上がる匂いと、牛肉を頬張って身震いした天野の姿に、楡は負けた。生卵を割り、そして箸を取る。

牛肉は旨かった。一つ口にしてしまうと、もう止まらない。次から次へと肉を食った。

「若いんだ。遠慮せず、どんどん食えよ」

天野は、何度もお代わりの肉を持って来させた。さらに、

「ビールを飲むかい？」

とも尋ねてきた。楡は何となく頷いてしまった。

結局、二人でビールの大瓶を三本飲んだ。いや、そのうちの二本分くらいは楡が飲んだかもしれなかった。お櫃《ひつ》のご飯も、天野より楡のほうが食べた。

「あー、食べちゃった」

「もう満足なのか？　まだまだ食っていいぞ」

「いや、お腹《なか》いっぱい。これ以上は入らない」

楡はセーターの上から腹を叩いた。腹が膨れ、酔っぱらうと、度胸が据わってきた。楡は問いつめた。

「ところで、いったいあなたは何者？　やっぱり、弁護士じゃないんでしょ？　ちゃんと答えて」

「本物の弁護士の先生は、俺たちが肉を食っているあいだに泡を食っていたことだろうよ。自分が身柄を引き取りに来る前に、お前がどこかへ行っちまったんだからな」

そう言いながら、天野は懐から名刺を取り出した。受け取ってみれば、〈天野組代表　天野春男〉と書

かれてある。

「あなたは私を誘拐したってわけ？」

「何が誘拐だ。俺はお前のことを縛り上げたり、脅かしたりなんかしてないぜ。逃げようと思えば、いつでも逃げられたはずだ。お前はさっきから、じっと鍋の前に座り、肉を食い、酒を飲んでいたんじゃないか」

楡には返す言葉がなかった。

「何でここに連れてきたの？」

「学生同盟の運動を支援したい。俺は、あんたら学生は偉いもんだと思っている。庶民のことを思い、権力と闘っている。そうだろ？」

怪しい男だと思いながらも、政治的な議論をもちかけられると、楡は反応しないではいられない。

「政府は、我が国の国家体制を、帝国主義的侵略戦争ができるものに変えようとしている。そんなこと、我々若者は黙って認めるわけにはいかない」

「頼もしいな。だから、俺はあんたらが好きなんだ」

天野はにっこり笑った。

「しかも、俺があんたらには見どころがあると思うのは、このあいだ雑誌で読んだんだが、革命前衛党とは袂《たもと》をわかったというからだ」

「だって、革命前衛党なんてのは、本当の労働者のための党ではないもの。あれは、大国の御用聞きみたいなものよ」

革命前衛党は、戦前から活動していたが、当局に徹底的に弾圧された。しかし戦後、それまで政治犯として獄中にあった、党の主立った人たちが釈放され、復活したのである。学生同盟の中心的な人々も、当初は革命前衛党に属していた。だがやがて、同党は東側の盟主、Ｓ連邦の世界戦略の手先になっているに過ぎないと批判し、離脱するにいたったのだ。

「しかし、残念なことに、河辺は飛行機で飛び立っちまったな。条約は調印されるだろうよ」

いかにも落胆した様子で天野は言う。

「まだ勝負は終わってはいないわよ。国会で承認されなければ、条約は成立しない。新しい憲法では、国会こそが国権の最高機関とされているんだから。我々は必ずや批准を阻止し、河辺反動政権を退陣に追い込む」

「ますます頼もしい。しかし、それには、金がかかるだろう。金集めにもたもたするうちに、条約は批准されちまうぞ。河辺もゆっくりと総理の椅子に座りつづけることになるぞ」

「じゃあ、どうすればいいって言うの？」

「だから、俺が金を出してやってもいいって言ってるだろ」

楡は、天野のことをじろじろと見た。

「天野さんって、そんなに金持ちなの？」

「そうは見えねえか？」

「もちろん、人を見た目だけで判断することはできないけど……車も汚いトラックだったし、すごく痩せているしさ。こう言っちゃなんだけど、貧相というのか……天野さんって、あれに似ていると思った。子供の頃に見た、紙芝居に出てくるやつ」

「なんだ、それ？」

「襟の高いマントを着た、骸骨《がいこつ》みたいな顔したヒーロー」

天野はむっとした顔で菜箸を匕首《あいくち》のように握りしめ、声を荒らげ出した。

「てめえ、若い女だと思って甘い顔をしていれば、酔っぱらって調子に乗り、好き勝手なことを言いやがって」

やばい、骸骨男に殺される――。

楡はとっさに、勢いよく立ち上がった。鉄鍋や皿がひっくり返るのもかまわず、出口をめがけて駆け出す。

「待ちやがれ、このアマ」

天野の怒声を無視し、楡はカウンターの脇を走り抜け、店の外へ飛び出した。

2 思想検事

一

「私には、こんな広い病室は必要ないわよ。よく見えないし、ここでじっとしているだけなんだから」

上体を起こしてベッドに座る天野房子は、不満を述べた。その左には大きな窓があり、夕陽に照らされた国会議事堂や、その奥には、ミカドの居城の堀が見渡せた。

「手術をすれば見えるようになりますよ。社長がこの部屋にしろとおっしゃったんだ」

ジャンパーにニッカポッカを身につけ、首に手拭いを巻きつけた山科徹が言うと、房子はすぐに言い返してきた。

「見えるようになったら、家に帰るんじゃないの。もったいない」

房子は細く、小さな女だった。ところが、いざ怒りをあらわにすると、熊のような体つきの山科がうろたえるほどの迫力がある。かつて、夫の春男とともに、革命運動の闘士として活躍していただけのことはあった。

「社長もそれだけ、おかみさんを大事に思っておられるということですよ」

そこは官庁街の近くにある国立病院の、七階の特別病室だった。房子の網膜の疾患を治すのはなかなか容易ではないらしいが、ここは国を代表する名医が集まる病院だ。

「正直におっしゃい。本当に、あなたたちに給料は支払われているの？」

「もちろんです」

「で、天野はいまどうしているんです？」

「ちょっと、お忙しいもので……仕事で地方へ行かなきゃならなくて」

「地方って、どこ？」

「西のほうで」

「西？　西のどこよ？」

「それが、方々でして……まあ、会社の仕事もまた上向《うわむ》いてきましてね。私らにとっても嬉しいことで。これから、ますます忙しくなりそうですよ。おかみさんも、ようやく安心だ」

真冬だというのに、山科は汗だくだった。房子の目はいま、あまり見えないらしいが、不思議なことに、その視線は山科には鋭く感じられる。こちらがいい加減なことを言っているのを、見透かしているに違いなかった。

「天野は、何か危ないことをしようとしてないでしょうね？」

「そりゃ、もう、最近は国の法律や、役所の指導も厳しくなって、現場の安全管理には、私らも万全を期さなきゃならないんで――」

「あの人、政治にはかかわっていませんね？」

「どうして、そんな……社長自身はおっしゃっていました。『政治はもうやらないって、カミさんと約束したんだ』って」

また、房子の鋭い視線を感じる。

「天野は、ここへ来るつもりはないの？」

「いえ、きっといらっしゃいますよ。目の前の仕事が一段落すれば」

いい加減なことを言っているがゆえに、山科の胸は痛んだ。房子の前から、早く逃げ出したかった。

「山科さん、天野にこう言ってやってください。『いま、あなたがどこで何をしているのか、仕事や会社の状態がどんなであるのか、あなた自身の口から私は聞きたい。そうでなければ、手術は受けず、すぐに退院します』とね」

「待ってください、おかみさん。手術は受けなきゃいけません。社長がせっかく、おかみさんのためを思って、この病室を押さえたんじゃないですか」

「夫から直接事情を聞いて納得できれば、手術は受けますよ」

山科は返す言葉を失った。もともと俺は、口喧嘩は苦手なんだ、と思う。

「伝えると約束してくださいよ、山科さん」

山科さん、山科さん、と言われるたびに、まるで五体に釘《くぎ》を打ちつけられていくような気分だ。

「わかりました。必ずお伝えいたします」

病室を出てきた山科は、エレベーターで下に降りるあいだ、馬鹿な約束をしてしまった、と思っていた。

冬の日は短いもので、車寄せのある病院の玄関から、表の通りに出たとき、あたりはずいぶん薄暗くなっていた。周囲は埃《ほこり》っぽい。鼻の奥がむずむずし、舌がざらつくのをおぼえた。隣に幕で覆われた、建設中の高いビルがあり、路上に何台ものトラックが停まっている。また病院の玄関の反対側では、水道管工事のためか、道に大きな穴が開いていていた。

冷たい風が吹き、襟巻き代わりの手拭いを首に巻き直したとき、山科は気づいた。強い視線が自分に向けられている。

人の目からは、見えないエネルギーが放射されているのではなかろうか、と山科は思ったりする。視線は玄関前の駐車場の車中や、街路樹の陰からも差し向けられていた。

山科はポケットから軍手を取り出し、両手にはめると、病院前の、堀端の坂道を下っていった。車道の左側を進んだが、反対側の歩道に尾行者がいる。口喧嘩は苦手な山科も、殴り合いなら、相手が複数であろうと、それなりに渡り合う自信があった。だから、大して慌てはしなかった。素知らぬふりで、ゆったりと歩きつづけた。そして、にわかに走り出し、左の植え込みを飛び越える。

道路の左側は、堀に向かって土の斜面がつづいている。山科は柔術の受け身の要領で体を丸め、斜面を転がっていった。腕や脚をうまく使って速度を調節しながら、斜面から堀の水面《みなも》に伸びた松の木に近づき、軍手をはめた手で枝を摑んだ。剝《む》けた木の皮や、葉が顔にどっさりかかる。地下足袋《じかたび》は堀の水面ぎりぎりにあったが、体は止まり、水に転がり落ちることはなかった。

斜面の上の道には、車のライトが行き交っている。それを、繁《しげ》る松葉のあいだから見上げれば、斜面や堀の様子をうかがう、いくつもの顔があった。

しばらくじっとしたのち、山科は脚を縮め、上半身に引きつけた。闇に紛れ、斜面を這《は》って移動する。土橋《どばし》の袂の、灌木《かんぼく》の茂みに、いくつものボートがつないであった。そのうちの一つに乗り込むと、山科は舫《もや》い綱を解いた。オールの先をボートの外に出し、漕《こ》ぎ出す。

夜の堀は暗く、寒かった。外灯の光もなかなか届かない水上で、山科を悩ませたのはゴミだった。堀の中には自転車やリヤカー、材木など、様々なゴミが不法に放り込まれているのだ。ボートに置いてあった、バンドつきのライトを山科は頭部に装着し、進行方向をしばしば振り返りながら進んだが、それでもボートは何度もゴミにぶつかったり、座礁しかけたりした。水深が浅いところではゴミが水面から大きく顔を出しており、その上を何匹もの鼠《ねずみ》が走っているのも見えた。

昨年、この街はオリンピック開催都市に選ばれている。開催予定は四年後のことだ。

二十年前にもオリンピックは開催されるはずだったのだが、世界各地で戦争が行われるにいたったため、中止された。この国自体も戦争に参加しており、やがては敗戦国となった。戦後、戦災で荒廃しきっていた国土や、ほとんど壊滅状態だった経済の復興が成し遂げられる中、街のゴミは増えていった。

そしてオリンピック開催が決まると、さらにゴミは増えた。敗戦国が見事に復興した姿を内外にアピールする絶好の機会と見て、国を挙げての建設ラッシュがはじまったからだ。あちこちで道路が舗装され、高速道路やホテルなどが造られている。

土地の権利関係の事情から、高速道路網は堀川の上を中心に建設される予定だ。ボートを漕いでいるあいだも、山科はいたるところで建設用の足場を見かけた。

これだけ現場がありながら、経営難に陥る土建屋があるとはな——。

背景をなすのは、やはり房子が憎む「政治」だった。政治絡みの闘争のせいで、潤う者と干される者が出てくるわけだ。

山科は鼻水を啜りながら、ゴミのあいだを縫ってボートを漕いでいったが、この都市はまさに「水の都」だった。河口を埋め立て、水路を張りめぐらせつつ発達してきたから、道路を進まなくても、曲がりくねった堀川をたどっていけば、いたるところにたどり着けた。木造ボートは、昔から「大川《おおかわ》」と呼ばれる、城東を流れる川にいたった。

流れにまかせて進み、やがて河岸に係留してある、うらぶれた一隻《せき》の船に近づく。十五メートルほどの長さで、船尾付近に操舵室《そうだ》がある。建設資材などをのせたボートを引っ張って航行するタグボートだ。

山科の頭のライトの光に、錆《さび》だらけの艫《とも》の文字が浮かび上がった。「勝鬨丸《かちどきまる》」と書かれてある。戦時中は戦地で物資の運搬に当たっていた、年代物の船だ。

勝鬨丸のすぐ後ろに来ると、山科はボートを河岸に係留し、上陸した。そして、勝鬨丸に乗り込む。

窓からランプの明かりが漏《も》れる操舵室に歩み寄ると、赤錆にまみれたドアのノブを摑んだ。がりがりと音を立てて開いたドアの向こうには、頬が落ちくぼむほどに痩せた男がいた。縕袍を羽織り、コーヒーカップを手にして、舵《かじ》の前の椅子に座っている。

「房子は入院させたか？」

「はい、社長」

山科の答えに、天野春男は満足げな顔になった。

「寒かっただろ。コーヒー、飲むか？」

「いただきます」

ストーブにのったポットから、天野はカップにコーヒーを注ぎ、山科に手渡した。たっぷり入る、武骨なブリキのカップだ。

天野は酒はあまり飲まないが、コーヒーが好きだった。戦後、コーヒーが庶民にとってまだまだ相当な贅沢品《ぜいたくひん》であった頃から、どこからか入手し、嗜《たしな》んでいた。

熱々《あつあつ》のコーヒーを啜った山科は、これこそが天野がいれるコーヒーだな、と思った。ひどく濃厚で苦いのだ。コーヒー好きとは言っても、天野は豆の産地とか、ローストやブレンドの仕方などにはあまり関心がないらしい。とにかく、濃くて苦いコーヒーを好んだ。

「おかみさん、社長に病室に来て欲しいとおっしゃっていましたよ。話したいことがある、って」

「いまは、そういうわけにはいかねえ」

この勝鬨丸は、古くから付きあいのある同業者から、天野が借りている船だった。しばらく、このおんぼろ船を根城にし、表の世界からは姿をくらまして、河辺政権とフィクサーの玉城寿三郎に対して勝負を挑もうとしているのだ。もちろん、天野の勝負ならば、山科も助太刀《すけだち》をしないわけにはいかない。

○5○

「しかし、おかみさんは、社長と話ができなければ、手術は受けないって……」

「馬鹿野郎。お前がちゃんと話をしねえからだ」

天野は怒鳴り声を上げた。

「申し訳ありません。でも、おかみさんは、私の話は聞いてくださらないんです。どうしても社長に直接来てもらわなくてはならないっておっしゃって」

天野は舌打ちをした。

「しようのない奴だ」

「おかみさん、社長がまた政治にかかわるつもりではないかと心配されていましたよ」

天野は黙ってしまった。苦み走ったその顔を見て、山科は思った。天野はきっと近々、房子に会いに行くだろうと。そしてそのせいで、山科は不安にもなった。

「誰のまわし者かはわかりませんが、国立病院のまわりに、変な連中がいましたぜ。私をつけてきました。撒《ま》いてやりましたが、おそらく奴らは、社長の動きを見張ろうとしています」

天野は厳しい顔でコーヒーを啜りつづけている。

「いったい、何者ですかね？」

「俺にもわかるわけがない。だが、敵であることは間違いないだろう。沼津も言っていた。総理を守ろうとする連中はいくらでもいるってな」

天野と玉城の争いは、閣僚の沼津健人と、総理の河辺信太郎との代理戦争のようなものらしい。そのことを天野から聞かされたとき、山科は、政治家というのは浅ましいものだと思った。握手しながら、蹴飛《けと》ばし合っているのだから。

「俺もだいぶ買いかぶられているようだな。こっちはまだ、何もはじめちゃいない。戦闘準備すらできていないんだぜ。それなのに、大いに警戒されている」

天野はそう言って、笑った。

「例のお嬢ちゃんのほうはどうだったんです？　学生同盟の闘士の」

「楡久美子か？　逃げられたよ」

「ふられたんですか、社長？」

山科は冗談を言ったつもりだったが、天野は少しも笑わなかった。かえって一瞬、じろりと睨《にら》んできた。

「沼津の彼女のところへ行って、また別の学生を紹介してもらうさ」

立ち上がった天野は、コーヒーカップを持ったまま、操舵室の窓の外の、暗い川面《かわも》を見つめた。ぼそっと言う。

「あの小娘、俺の顔が気に入らねえらしい。貧相だとか、骸骨のようだとか言いやがった」

舌打ちをした天野の背中を見ながら、山科は笑いをじっとこらえていた。

二

客人がやってきたとき、弁護士の寺原正吾《てらはらしょうご》は杖《つえ》を突きながら立ち上がり、みずから仕事部屋のドアを開けて挨拶《あいさつ》をした。

「ようこそ、お越しくださいました。寺原です」

「月岡《つきおか》と申します」

仕事部屋の外には、助手や秘書が詰める部屋がある。長年、寺原に仕えてきた彼らは、寺原の愛想のよさに驚いた顔をしていた。

客人は、頭をつるつるに剃《そ》り上げた、四十くらいの男だった。きちんとした背広を着て、ネクタイを締めている。

寺原は笑顔で、客人を仕事部屋に招き入れた。そして二人は、丸テーブルを挟んで腰掛けた。寺原は樫《かし》の杖の把手《とって》を、椅子の手摺《す》りに引っかける。

「今日はまた、ずいぶん寒いですな。先生、お体の具合はいかがですか？」

スキンヘッドの背の高い男は、微笑を浮かべて言った。

「この通り、相変わらずですよ」

寺原は右手で左腕をさすりながら応じた。四年前にわずらった脳梗塞の後遺症で、左半身には軽度の麻《ま》痺《ひ》があった。

茶を運んできた秘書の女性が外に出て、ドアを閉めると、寺原は切り出した。

「それで、今日はどういったお話でしょう？　法人様のご依頼とのことですが」

「専門家のお力をお借りしたいと思っておりましてね。手広く事業を展開しているものですから……長くおつき合いのできる方を探しております」

この客は逃してはならない――。

もう六十歳になる。体調のこともあって、普通なら引退をしてもよい頃だが、ゆっくりと余生を送れるような蓄えもなかった。優良な企業体の顧問弁護士の地位を得て、ゆっくりしたペースで仕事をしつつ、それなりの収入を得られるとなれば御《おん》の字だ。そうした期待が、寺原にはあった。

「お電話では、中心となる事業は海外との貿易だと伺いましたが、困っていらっしゃることを具体的にお聞かせいただければ、こちらとしても、どのような形でお力になれるかを検討できるのですが……」

月岡はにっこりと頷いたが、それには答えなかった。

「まことに不躾《ぶしつけ》ではありますが、どちらの先生にお願いするかを決める前に、まずは私が面会させていただこうと思いましてね。最終的には、弊社の代表と直接、条件面などについて話し合っていただきますが」

月岡は話しながら、部屋のいたるところへ視線を向けた。寺原は恥ずかしくなる。終戦直後から改築されていないこの建物は、周囲から取り残されたような古いものである上、椅子や机、その他の調度類も、安っぽいものばかりで埋め尽くされている。

やがて寺原は、自分のすぐ右後ろにある本棚の、本と本とのあいだに、飲みかけのグラスが置かれていることに気づいた。昨夜、仕事中にウィスキーを飲み、そこに置いたままにしたものだった。

月岡がほかへ目を向けているすきに、寺原は右手で、そのグラスを素早く摑んだ。体を大きく曲げて、自分が座る椅子の下に移す。

「どうかなさいましたか？」

寺原は愛想笑いを浮かべながら、首を横に振った。

しかしながら、どうしてこんな小さな、冴えない個人事務所に、幅広い事業を手がけていると称する企業が連絡を取ってきたのだろうか。そうした疑問を抱く寺原の前で、月岡はやおら名刺入れを取り出した。

「事業内容は本当に多岐にわたりますがね……しかし、私どもの代表をご存じであれば、話は早い」

月岡は一枚の名刺を差し出した。受け取ってみれば、月岡のものではなく、代表のもののようだが、奇妙な名刺だった。連絡先はいっさい書かれていないのだ。上部に下がり藤の紋が、そしてその下には、名前だけが印刷されている。

その名刺に見入るうち、寺原は眩暈《めまい》をおぼえ出した。

「申し訳ありませんが、お引き取りください」

「何ですって？」

「私は、あなたのところの仕事は受けません」

「こちらの話をまったく聞かず、追い返すと言うのですか？」

「私が断っても困らないはずだ。お宅の仕事を受けたい弁護士はいくらでもいるでしょう」

「理由をお聞かせ願いたい」

「私はチンピラの仕事は受けない」

会話を打ち切るべく、寺原が強い語気で言うと、月岡の顔も頭も見る見る紅潮し出した。彼は無言で椅子から立つと、みずからドアを開けて、仕事部屋の外に出ていってしまった。寺原は見送りもしなかったが、助手や秘書らに見送られて、月岡は事務所を去ったようだった。

テーブルの上に残された名刺には、〈玉城寿三郎〉と印刷されていた。


その夜、寺原は薄い布団の上に、全裸で仰臥《ぎょうが》していた。だらしなく膨れた腹の上では、トランポリンで遊ぶように、これまた一糸まとわぬ女が腰を動かしている。頬や唇にけばけばしく紅を引いてはいても、顔の造りは幼く、胸の膨らみ方も、少女よりも少年に近いと言うべきかもしれない。

二階屋の上階にある、狭い畳敷きの部屋だった。女が尻をバウンドさせるのに応じて、建物全体が軋《きし》み、天井から吊《つ》り下げられた裸電球が右へ左へと揺れる。窓のそばに立て掛けておいた寺原の杖も、ゆらゆらしていた。

すでに公娼《こうしょう》制度は廃止されたはずだが、このあたりでは昔ながらの売春宿がまだ営業をつづけている。ここは、そのうちの一軒だ。身寄りのない寺原にとり、月に二度、女を買うのがほとんど唯一の贅沢な楽しみだった。

しかし、本当に「楽しみ」と言えるのかは、正直なところ、寺原自身にもわからない。金を払って女を抱いても、その後はますます独り身の淋《さび》しさや虚《むな》しさがつのった。それを癒《いや》すために女を買い、そしてまた虚しくなるという、ある種の無間《むげん》地獄のようなものに陥っていることも、寺原は充分に気づいている。

その日の女は、あまりにも幼すぎて、本来の寺原の好みではなかった。けれども、金で抱ける、それなりに若い女なら、どのような顔や体つきをしていようとかまわないとも言えた。ちょうど、アルコール依存症の者が、上等な酒の味など求めておらず、ただ酔えればよいと思っているのと同じことである。

「ああ、そんなに激しく動いたら駄目だ」

寺原は喘《あえ》ぎ声を上げた。

「駄目だと言っている。我慢できなくなる」

「我慢しないで逝《い》っちゃいなさいよ、お客さん」

女は顔を近づけ、寺原の白髪《しらが》頭をかきむしりながら言った。

「ああ、駄目だ。悪い女だ」

虚しくてもやめられなくなる、あの一瞬が迫りつつあった。寺原の息がどんどん荒くなっていく。もう間近だ。もう……。

そのときだった。

部屋のドアががたがた鳴った。鉤《かぎ》を引っかけるだけの、簡素な鍵が弾《はじ》け飛ぶ音もする。と思ったら、ずかずかと人が入ってきた。スキンヘッドの背の高い男と、ずんぐりとした男だ。二人とも、土足で畳を踏みしめている。

寺原に跨《また》がっていた女が、ぎゃっと叫んだ。その女の長い髪を、スキンヘッドの男が摑む。

「うるせえぞ」

男は女を畳に引き倒した。それでも、女は泣き叫びつづけている。

「うるせえって言っているのが聞こえねえか」

男はさらに激しく怒鳴った。

「てめえ、どっちを選ぶ？　そのまま叫びつづけて死ぬか、黙って生き長らえるか」

途端に、裸でうずくまる女は、ぴたりと泣きやんだ。

寺原は、その一瞬を迎えられなかった。にもかかわらず、もはや彼のペニスはすっかり力を失っていた。痛いほど激しく脈打つ心臓のあたりに手を当てつつ、寺原は布団の上に起き上がった。

「お前は……」

スキンヘッドの男は、日中に事務所に来た月岡だった。

「先生、すみませんな。お楽しみ中なのに」

「どういうつもりだ。チンピラには用はないと言っただろう。帰れ」

寺原は布団から出て、武器にすべく、杖に手を伸ばした。ところがそれより先に、杖は月岡に取り上げられた。

「口は禍《わざわい》のもとと申しますよ、先生」

月岡は杖を振り上げ、寺原の左顳顬《こめかみ》をしたたかに打った。

寺原は気を失った。


遠くに声が聞こえる。検事さん、と言っている。

「そろそろお目覚め願いたいね、検事さん」

電流が走ったように、全身が痙攣《けいれん》した。頭が痛く、気持ちが悪い。

「なあ、検事さん」

瞼《まぶた》を開けようとしたが、目の前に強烈な白光があって、眩《まぶ》しい。手足を動かそうとしても、まるで動かなかった。

脳梗塞を発症したときの感覚にそっくりだ、と寺原は思った。頭が痛くて気分が悪く、手足を思うように動かせない。

「聞こえているかね、検事さん」

薄目を開け、何とかあたりをうかがう。そして、自分の体を見た。

手足が動かない理由を悟った。体には布団が巻きつけられ、その上から何本もの帯紐《おびひも》がかけられ、縛ってあるのだ。おそらくは、あの売春宿の布団だ。簀《す》巻《ま》きにされ、寺原は絨毯《じゅうたん》の上に転がされていた。

「検事さん、お目にかかれて嬉しいですよ」

さっきから話しかけてくる男は、白光の後ろにいた。はっきりとは見えないものの、ずいぶん太った男であることがうかがわれた。小袖のようなものを着流して、ソファーに身を預け、ブランディグラスを手にしている。

「誰だ、貴様は？」

「チンピラですよ。玉城寿三郎です」

河辺首相側近のフィクサー、玉城の名は誰もが知っている。

保守党は、革命を目指す勢力に対抗すべく、多くの保守系政党や派閥が糾合して、五年前に成立した。そのため、寄り合い所帯の党内では、つねに派閥が離合集散を繰り返し、権力闘争が行われていた。だからこそ、玉城のようなフィクサーが必要とされるのである。

昨日の敵は今日の友、今日の友は明日の敵といった情況が日常の政界にあって、利権や金銭の授受、大臣ポストの配分など、派閥間の裏の取り引きは欠かせない。しかし、表舞台で活躍する政治家は、人前で穏やかな笑みを浮かべ、清く正しいことを言わなければならない宿命にあるから、代わりに汚れ役のフィクサーたちが暗躍することになるのだ。

実際、マスメディアの報道によれば、長らく河辺の政敵であった沼津が、前年の六月ににわかに主流派に鞍替《くらが》えし、入閣した裏には、何らかの玉城の策謀があったということだ。

「気分はどうですかな、検事さん」

ぞっとしながらも、寺原は言い返した。

「その『検事さん』というのは、やめてもらえないか。私はもう、検事なんかじゃない。戦争が終わって何年経ったと思っている」

「これは失礼しましたな。ではやはり、『先生』とお呼びしましょうかね」

玉城は光の向こうの闇から、寺原を見つめてへらへら笑っている。

「すっかり忘れていました。私や総理と同様、先生も占領軍に不当に痛めつけられた口でしたね」

「あんたらの仲間のように言われたくはない。私は公職追放処分を受けたが、拘置所には入っていないぞ」

戦後、河辺や玉城は、占領軍当局に、戦争遂行にかかわった容疑で逮捕され、拘置所に収容された。他の多くの容疑者が訴追され、死刑を含む有罪判決を受けた中、彼らは不起訴処分となって釈放されているが。

いっぽう、寺原は終戦までは検事だったが、占領軍当局の指令で、公職追放処分を受けた。同僚たちの多くは、後にもとの職場に復帰したものの、寺原は追放が解除されても民間にとどまり、弁護士に転じている。

「それより、この布団をとってくれ。苦しくてたまらない」

「そうなったら先生、素っ裸になりますよ」

自分は売春宿で裸で簀巻きにされ、ここへ担《かつ》がれてきたらしい。

「玉城寿三郎ほどの男が、私のような体の不自由な者に暴れられては困るというのか？」

玉城の声が一段、低くなった。

「この私はしょせん、チンピラですからな」

「私がチンピラと言ったのが、そんなに気に入らんのか？　だが、あんたがやっていることは、拉致《らち》だ。誘拐だ。れっきとした犯罪なんだぞ。これぞ、チンピラの所業じゃないか」

「へえ、そうかい。じゃ、訴えるがいい」

「ああ、訴えるとも」

「訴えられればだがな」

「どういう意味だ？」

光の向こうで、ブランディを啜る音が響いた。

「たとえばの話ですぜ。とあるホテルの部屋の風呂場で、一人の弁護士さんが素っ裸でいるのが見つかったとしますわな。もう冷たくなっていて、呼吸はしていない。警察とすれば、調べないわけにはいきませんな。事件性があるのか、ないのか」

「何の話だ？」

「たとえばの話だと言っているだろ。黙って聞きやがれ、この野郎」

突然、玉城は怒鳴った。寺原の五体を震えが襲う。

「事件性があるかどうか調べるには、警察はどうするか。もちろん、法医学の専門家にまかせることになる。冷たくなった弁護士さんの体をメスで切り刻んで、脳味噌やら、肺やら腸やら、いろんな臓器を取り出し、秤《はかり》に乗せて重さを量ったり、組織を削り取ってすりつぶし、薬品に浸《つ》けたりして、いろいろと専門的に調べるわけだ。するってえと、弁護士さんの内臓からは、信じられねえくらい大量のヒロポンの成分が出てくる。驚いたことに、弁護士さんの自宅からも注射器が見つかる。この弁護士さんの体には麻痺があったようだが、そりゃ、ヒロポンなんてものを、こうもたくさん打っていれば、体もおかしくなるだろうよ、ってことになるわな」

「私は、ヒロポンなんてやったことはない」

「何度言わせる。たとえばの話だ、馬鹿」

情けないが、寺原の震えはまったく止まらなくなった。

「いったいこの弁護士さんの日ごろの生活ってものはどうなっているんだろうか？　心臓が止まる直前には、何をしていたんだ？　当然のことながら、そういうことを警察は調べなきゃならなくなるが、我が国の警察は世界的にも優秀だ。この弁護士さんが、淫売を買っていたということがわかる。しかも、その淫売は子供みてえな女だ」

「ちょっと待ってくれ――」

「しかも、可哀想《かわいそう》なことに、その子供までが死体で見つかる。この子もまた、ヒロポン漬けだ」

恐怖と憤りがないまぜになった息を、寺原は吐いた。いっぽう、玉城の語り口は、至極楽しそうである。

「ああ、何ということだろう。小児性愛の虜《とりこ》になった弁護士は、楽しみのために自分にヒロポンを打つばかりか、少女にもヒロポンを打ちまくり、さんざん遊んだ上で、その少女を死に追いやり、自分も死んじまった。こうなりゃ、まったく鬼畜の所業だ。こうして、週刊誌がひと儲けするというわけだな」

寺原は反論した。

「私はべつに、小児性愛者ではない。さっきのは、たまたまあの娘しかいなかっただけで――」

「つべこべ弁解するんじゃねえ。てめえが子供と交わっていたことはたしかじゃねえか。しかも、この国ではもはや、売春は違法行為だ。そんなことくらい、弁護士ともあろう者が知らねえとでも言うのか」

玉城は立ち上がりざま、グラスの中のブランディを寺原の顔面に叩きつけるように浴びせた。寺原は言葉を失った。玉城は誰よりも、人を恐れさせる術《すべ》に通じていた。

「教えてやるから、よく聞きやがれよ。一つ言えることはだな、ヒロポン漬けになって死んだ奴は、どんなに頑張っても人を訴えることはできねえってことだ」

「わかった。チンピラと言ったことについては謝る。許してくれ」

「じゃ、こっちの話を聞いてくれると言うんですかい？」

「私に、何をさせようと言うんだ？」

ライトの光に、立ち上がった玉城の顔が浮かんでいた。膨れた頰が、口の脇に皺を作って垂れ下がり、顎のまわりにもたるんだ脂肪がついている。耳朶《みみたぶ》も非常に大きかった。しかし、はっきりと見えたのはつかの間で、玉城の顔はふたたび、光の向こうに隠れてしまった。

「先生に、ぜひ調べていただきたいことがありましてな。学生たちのことについてなんですが。国会に突入したり、空港を占拠したりしている、エネルギーのありあまった連中のね」

玉城は丁寧な言葉遣いに戻りながら、滔々《とうとう》と語り出す。

「立派な学校を優秀な成績で卒業した先生や総理みたいな人に対しては、こんな言い方をするのは失礼かもしれませんがね、私は『優等生』ってのが大嫌いでしてな。私の場合は、もともと頭のできも良いほうじゃなかったが、かりに良かったとしても、上の学校に通える身分ではなかった。私の両親は、早いうちに亡くなっちまったもんですから」

玉城は貧しい家に生まれた上、幼くして両親を亡くし、親戚のもとを転々として育ったと聞く。やがて、右翼活動に身を投じるうち、戦前の軍部に取り入り、財を築いて、戦後はフィクサーとして活躍する地位を得たとのことだった。

「あの乱痴気騒《らんちき》ぎをやらかしている学生たちは、親に金を出してもらい、一生懸命に勉強はしてきたんでしょうな。それは、いいんだ。若者がよく勉強し、お国のために役立つ立派な人物に育つのは、喜ばしいことです。だが、私に言わせりゃ、連中はしょせん、占領軍学校の『優等生』に過ぎないんだ。占領軍当局が行ってきた薄っぺらな宣伝を、占領が終わっても一生懸命勉強し、後生大事に信奉していやがる。女郎屋の煎餅《せんべい》布団よりも薄っぺらな、まったくつまらねえ宣伝をだ」

部屋には他にも人がいるように思えた。けれども、玉城の言葉だけしか聞こえない。

「薄っぺらな優等生どもは、総理が悲願とする同盟条約の改定や憲法の改正を、とんでもない悪事のように言う。しかしそれらは、我が国が真の独立国となるためには必ず成し遂げねばならんことだ……まあ、そんなことは、国のために懸命に働きながら、公職から不当に追放された先生には説明するまでもないとは思いますがね……ああ、不当と言えば、公職追放だけではありませんでしたな。先生は、空襲で奥さんも、娘さんも亡くされている。あの国際法違反の、無慈悲、非人道の空襲によってね」

空襲で死んだ妻子のことを言われると、寺原は胃にむかつきをおぼえた。自分が公職追放処分を受けたことは、「戦争に負けたんだから仕方がない」と思えた。しかしながら、何の罪もない、非戦闘員の妻子が焼夷弾《しょういだん》で焼け死んだことだけは納得できなかった。勝った連中は、我が国のことを侵略者だ、犯罪者だと責めるが、「お前たちにそんなことを言う資格があるのか」と言ってやりたくなる。

亡くした妻子のことを思って、幾度となく寝床の中でのたうちまわり、泣いてきた寺原は、このときもまた、悲しみや怒りを押し殺し、落ち着きを取り戻すまで、しばらく時間を要した。

「玉城さん、あんたの言わんとすることはわかったよ。だが、私は弁護士なんだ。探偵じゃない。しかも、もう無理の利かない体だ。学生たちの身上調査のようなことは、べつの人に頼んだほうがいいと思う」

「私が、先生にお願いしたいと思った理由を率直に言いましょう……例の左翼学生たちのそばで、天野が動いているようなんですよ」

寺原は天野という名を聞いて、娼婦を抱いている最中に部屋に押し入られたのと同じか、あるいはそれ以上の衝撃を受けた。

「天野春男のことか……嘘だ」

「私も嘘であって欲しいと思っています。だが、学生同盟の中心人物の手に、奴の名刺がわたっているんだ」

「天野が危険な革命家だったのは、もうずいぶん前のことだ。いま、学生と接触を持ったとしても、デモを潰すためだろう」

「そうならよいのですが、もし奴がもういっぺん革命家に戻り、学生を煽動《せんどう》しはじめたとしたら厄介だ。だいたいあの野郎は、この私のことを、いつまで経っても目の敵《かたき》にしていると聞いておりますからな。まったくの言いがかりのような理由でね」

天野のことを語るうち、あきらかに玉城は興奮していった。

「自分の政治的信念を達成するために闘うんならいい。だが、この玉城寿三郎に対する私的な怨みのせいで、天下国家のための総理の仕事を妨害しようと考えているとすりゃ、あの野郎は外道もいいところだ」

「私にも飲ませて欲しい」

玉城はグラスにブランディを注ぎ、立ち上がって近づいてきた。また、垂れ下がった頬肉や、大きな耳朶を持つ顔が光の中にあらわれる。

玉城は、グラスを寺原の口にあてがってくれた。寺原の舌の上や、喉《のど》の奥に、アルコールの痺《しび》れが広がった。

「先生にご依頼申し上げたいという私の気持ちは、もうおわかりでしょう?」

「だが、私は何年も天野とは会っていないし、あんたたちのほうが、調査力はたしかなはずだ」

「もちろん、私たちもいろいろと調べていますし、天野の行方《ゆくえ》も追っています。奴の細君はいま、国立病院に入院している。天野の野郎はつまらねえ男で、女といえば、細君ばかりに執心していやがる。だから、きっと見舞いに来るだろうと思って見張らせているんですがね、なかなか姿をあらわさない」

「私に、天野の居所などわかるものか」

「できる範囲でかまわんのです。奴の居所や企みについて、手がかりを探す手伝いを、先生にもしていただきたいんだ。報酬は充分にお支払いする」

また、玉城は寺原に酒を飲ませてくれた。とてもやさしい微笑《ほほえ》みを浮かべながら。

ほんの少し飲んだだけなのに、寺原は興奮と鎮静がないまぜになったような、奇妙な陶酔に陥っていった。

三

すでに日付も変わった深夜、寺原は自宅の書斎で、本の山に囲まれながらブランディを飲んでいた。

自宅は、事務所からバスで十五分くらいの距離にある。一人暮らしの家には、書斎だけでなく、居間にも、寝室にも、はとんど物置として使っている六畳間や廊下にも、壁という壁に本棚が設置してあった。その上、それでも収まりきらない本が、床にも積み上げられている。中心は法律書だが、百科事典や文学全集、小説の単行本なども多かった。

書斎の大きな机の上にも書類や本が積み重ねてあるから、事務作業や読書に使える空間はごくわずかだ。そこにグラスとボトルを置いて、琥珀色の液体を舐《な》めている。

ボトルは、玉城のものであった。素っ裸で簀巻きにされた寺原を目の前に引き据え、脅かしながら、彼が飲んでいたブランディだ。

玉城が「先生を楽にして差し上げろ」と命じると、暗闇に潜んでいた手下どもが帯紐を解き、布団から寺原を解放した。着衣も返してくれた。

寺原と玉城、および彼の四人の子分たちがいたのは、ホテルの一室だった。国会まで車で十分ほどの距離だから、保守党の多くの有力政治家も事務所を構える一流ホテルである。そこから寺原を解放する際、玉城は餞別《せんべつ》として、飲みかけの高級ブランディのボトルを持たせてくれたのだ。さらにこの自宅まで、ハイヤーで送ってもくれた。玉城に協力することを、寺原が承諾したからにほかならなかった。

だが、寺原は本心ではなおも、「玉城など、チンピラ以外の何ものでもない」と思っている。

寺原は戦前、いわゆる「思想検事」だった。すなわち、国家体制の破壊を目的とするテロリストたちを、警察とともに取り締まり、糾弾することを任務としていたのだ。

いっぽう、若い頃の玉城は、大物活動家らが率いる右翼組織の、末端の構成員に過ぎなかった。しかも、親分から別の親分のもとへと転々と仕える先を変える、根無し草のような奴だった。その間、何度か政治家に対する脅迫事件を起こし、三年あまりの服役経験もあったはずである。

体制側にいた寺原にとって、当時の玉城は敵だが、小物に過ぎなかった。後にどれだけうまく立ちまわり、富や権力を手にするにいたったとしても、チンピラだという印象は拭えない。そして、いかに落ちぶれようとも、そのようなチンピラのために働くほどには、自分は零落してはいないという矜持《きょうじ》も、寺原は持っていた。

だがそれでも、玉城の依頼を引き受けると答えてしまった。あれ以上、玉城に痛めつけられたくなかったためでもある。だが、最大の理由は天野春男だった。

脳梗塞を患ってからは、酒はもう飲むなと医者にも言われている。だが、天野のことを思うほど、寺原はグラスに、またブランディを注ぎ足してしまう。


もう三十年くらい前のことだが、天野にはじめて拘置所で会ったときのことを、寺原は昨日のことのように記憶している。

ひどい顔だった。皮膚はあちこち青黒く変色し、ほとんど瞼を開くことができないほどに、目のまわりは歪《いびつ》に腫れ上がっていた。額にも、鼻梁《びりょう》にも、血の滲んだ切り傷があった。拷問の痕《あと》であることは、すぐにわかった。

いまの若い連中は、戦前の警察や検察といえば、血も涙もない鬼の集団のように思っているらしい。体制に反抗的な者は、嬲《なぶ》り殺しにしていたのだろうと。だが、寺原に言わせれば、それはあくどいプロパガンダに過ぎない。

そうしたプロパガンダが驚くほど功を奏し、人々のあいだに浸透しているのは、玉城が言っていたように、世の中が「優等生」だらけであるためだろうか。それは寺原にはわからなかった。しかし、多くの人が、「戦前は人権などまるで顧《かえり》みられない暗黒時代だった」と信じたがっていることは間違いないだろうと思う。戦争の惨禍は政治家や役人によって引き起こされたもので、一般国民には責任はまったくないと思いたいのだ。そして、戦後のいまの世の中は、貧困や公害など、深刻な問題がいろいろとあったとしても、かつてよりはずっとよい、とも信じたいのだ。

だが、戦前の憲法であっても、国民の権利や自由は幅広く保障されており、いくら凶悪犯だからといって叩きのめすことは、憲法違反以外の何ものでもなかった。また、思想犯の取り締まりに当たる特高警察や思想検事たちのあいだには、「思想犯に死刑なし」を合言葉に職務に励んでいた者も少なくなかった。思想犯の中心人物の多くは、インテリの若者たちだ。反体制思想は流行性感冒《かんぼう》のようなものであって、国家社会にとって有益な、将来有望な青年たちがそれに一時的にかぶれたとしても、罪罰はできるだけ軽いものにしてやり、早く社会復帰させてやろうと考えていたのだ。

たしかに戦後に比べれば、戦前のほうが官憲の立場は強かったから、いまから考えれば人権侵害と非難されるような取り調べも多かったかもしれない。けれども、長年検事を務めた寺原でも、あれほどひどい被疑者の顔を見たことは後にも先にもなかった。

天野は当時、国家が最も危険視していた革命前衛党の委員長だった。同党は私有財産制を否定し、ミカドを中心とする国体を破壊することを目論む集団だが、天野委員長の時代は武闘方針を掲げ、角材や鉄パイプどころか、刃物や銃器をもって武装し、警察官に次々と襲いかかった。その結果、二十人以上の警察官を傷つけ、そのうちの一人は死にいたらしめている。

天野を逮捕した特高警察の者たちにしてみれば、彼は自分たちの仲間を殺傷した仇《かたき》である。よって、取調室で天野に向き合った瞬間から、その感情はひどく高ぶっていたものと思われる。

しかも、天野のほうも敵対心をむき出しにして、「権力の犬どもめ」と官憲を罵倒《ばとう》する。傷ついた警察官について問われても、「奴らは労働者の敵だ。殺られて当然だ」とか、「お前たちもやがて、俺の仲間に血祭りに上げられるだろう」などとわめいたという。こうして、取調官たちの理性は吹き飛んでしまったのだろう。大勢で天野を押さえつけ、縛り上げて、散々に殴る蹴るの暴行を加えるにいたった。

もとの人相がまったくわからなくなるほど顔を腫らして送検されてきた天野は、それでも革命家としての志操をまるで失っていない様子だった。ごく細く開かれた瞼のあいだから覗く黒目には、「権力の犬」に対する憎しみと侮蔑《ぶべつ》が、あい変わらず湛《たた》えられていた。

寺原は、天野を殴らなかったばかりか、怒鳴りつけさえもしなかった。威圧するような態度を取っても、天野には役に立たないと思ったからでもあるが、何よりも、「敵ながら天晴《あっぱ》れな奴だ」という敬意を抱いたからだった。尋問よりも、体の傷の治療を優先させもした。

寺原は、天野を国家保安法違反で訴追したが、公判では、彼は国体改変を企んでいたことも、そのために警察官に対する暴行を指示したことも否定しなかった。それらを義挙と信じていた天野にすれば、当然のことであったろう。よって、すんなりと無期懲役の判決が下った。

天野は獄中で、同じく革命前衛党の党員だった女と結婚している。房子という名だ。彼女もまた逮捕され、服役していた。生きては二度と会えないかもしれないにもかかわらず、天野春男と房子は書類上、結婚したわけだが、それだけ深い絆《きずな》があったのに違いなかった。

寺原は毎月のように、服役中の天野や房子に面会に行った。そして、別々の刑務所にいる配偶者の様子を、それぞれに教えてやったりした。天野の母は、彼が潜伏中に亡くなっていたが、その墓地を見つけ、埋葬する面倒まで見てやったのも寺原だった。天野も次第に寺原に心を開いていき、房子への言伝《ことづて》を頼んだりするようにもなった。

天野が服役してから三年ほどが経ったとき、寺原にとって忘れられない日がやってきた。天野が「転向」を表明したのだ。「北風と太陽」の話で言えば、寺原は太陽策をとってきたが、それが真に功を奏した瞬間であったと言える。

天野はもちろん、当時の社会問題に対する批判をやめたわけではない。貧富の差に苦しむ庶民が大勢いることに対する憤りは抱いたままだったし、それを解消すべく、富の分配を進めるべきだという信念はまったく変えなかった。ただ、そうした変革は合法的に行うべきであると考えるにいたり、暴力に訴える方針を捨てたまでである。

けれどもこの天野の転向は、多くの人から寺原の大きな功績と見なされ、称揚された。寺原自身も振り返ってみて、自分の思想検事としての最大の成果は天野を転向させたことではないか、と思っていた。

戦前の思想検事を、軍国主義の手先であり、人道に背いた悪魔だと言いたい奴は言えばいい。だが、現役時代の自分は、天野のような危険な者を抑え込み、さらには温情をもって改心させることに成功したのだ。社会を平和にすることに、たしかに貢献したのだ。そういう自負を、寺原は心の奥底に抱いてきた。

その天野がまた革命家に戻ったとしたら、戦前の自分の人生は、現役時代は、まったくの無であったことになりはしないか――。

もともと衰えた体に、過度なアルコールがまわって、気づいたときには寺原は動けなくなっていた。グラスにはまだ、琥珀色の液体が残っている。だが、もう飲めなかった。

書斎で寝るのは体によくない。ベッドに行くべきだ。意識の片隅ではわかっていながら、寺原は体を折り曲げ、足下の石油ストーブをようやく消すと、椅子に座ったまま、本や書類の山に埋もれるようにして眠りに落ちた。


翌日の午後、寺原は国立帝都大学のキャンパスを訪れた。

木板と鉄枠でできた古風な門を通り抜け、銀杏《いちょう》の並木道を歩きながら、寺原は背中や臀《しり》に強い痛みをおぼえていた。昨夜、玉城たちに拷問されたばかりか、椅子に座ったまま眠ったせいだ。

こわばる体を精神力で引きずるように前に進めつつ、寺原はキャンパス内の様子に嘆息していた。

周囲は落ちついた雰囲気の住宅地で、「お屋敷」と呼ぶべき瀟洒《しょうしゃ》な家も多い。だが、大学の敷地内に入

○7○

るや、光景は一変するのだ。あちこちに雑然と立て看板が立てられ、植え込みには、木切れや紙ゴミなどがあふれている。

立て看板にはペンキでべたべたと、激越なタッチの文字が書き連ねてあった。内容も激越だ。「帝国主義打倒」「戦争反対」「同盟条約破棄」「河辺内閣を倒せ」などというのはまだ大人しいほうで、中には「河辺を殺せ」などというものまである。

政治的主張を表明するだけならいざ知らず、政治家個人の殺害を唆《そそのか》したり、予告したりすれば、憲法が変わった戦後においても法律違反のはずだ。このキャンパスのありさまが、理想的な戦後民主主義の姿であるとは、寺原にはとても思われなかった。

高い時計塔の前を歩いていくと、やがて横長の、四棟の建物が平行して並ぶ場所に来た。見るからに堅《けん》牢《ろう》な印象の、三階建てのビルだ。この大学の学生たちが暮らす寮だった。

かつて首都圏が大地震に見舞われ、多くの建物が倒壊して、広範囲に火事が起こったことがあった。その後の復興事業において、国の未来を背負う学生たちを守るべく、当時の技術の粋を集めた、耐震設計の寮が造られたのだ。

寺原には、皮肉なものだと思えてならなかった。国家が多額の税金を投入し、育て、保護しようとしてきた学生たちが、いまや保守党政権の打倒だけでなく、革命による国家の転覆すら叫んでいるのだから。学生同盟の主立った者たちは、この寮の一室にしばしば集い、協議を持っているらしい。それを玉城のもとで聞かされて、寺原はここへ来てみたのだ。しかしそのとき、寮の建物はひっそりしていた。学生たちは遊びや集会のため、街へ繰り出しているのだろうか。あるいはクラブ活動などを行っているのだろうか。

代わって目についたのは、野良猫の姿だった。学生が餌《えさ》をやるので、あたりに住み着いてしまったのだろう。いま姿が見えるのは六、七匹だが、建物の奥や、周囲の植え込みなどにはもっと多くが隠れているものと思われた。

人間がそばを通っても、猫たちは逃げようとしなかった。陽だまりに座ったり、寝そべったりして暖をとっている。政治をめぐって怒声を上げ、対立している人間よりも、猫たちのほうがよほど「大人《たいじん》」の風があるかに見えた。足を止めて彼らを見つめる寺原の心も、おのずと和《なご》んだ。

ところがそのとき、寮の建物と建物のあいだの通路から、一匹の猫が慌てた様子で飛び出してきた。陽だまりでのんびりとしていた猫たちが、身を硬くし、顔を上げる。さらに、新たに二匹の猫が、通路から飛び出てきた。緊張は猫から猫へと伝播《でんぱ》していく。

寺原も杖の把手を強く握った。ふたたび足を進め、通路の中に入っていく。

通路の奥から、複数の若者たちの、喧嘩腰の声が聞こえた。声は、右手の寮の中から響いてきているようだ。

「私は裏切り者なんかじゃない。逃げてきたって言ったでしょ」

ひときわ大きな女の叫び声とともに、重たそうな寮の木製のドアが勢いよく開いた。中から若い女が駆け出てくる。その後ろから、六、七人の男が追いかけてきた。彼らは女を逃がさぬよう、取り囲む。

「奢ってもらったんだろ、すき焼き」

学生服を着た、背の高い、刈り上げ髪の男が、目をむいて言った。ズボンを穿《は》き、茶色のコートを着た女は言い返す。

「だからって、なぜ自己批判なんかしなきゃいけないのよ」

「相手が誰だかわかっているのか？　ミカドを崇拝する右翼だぞ」

男の手には紙片が握られていた。名刺らしい。

「この男はな、労働組合の活動を阻止したこともあるんだ。俺たちの敵だ。反動勢力だ」

男は、名刺を投げ捨てた。紙片は地面の上で跳ね、風に煽《あお》られてころころと転がる。

「そんなこと、知らなかった」

「相手が誰だかわからなくても、牛肉を目の前にしたらなびくのか。ふしだらな女だ」

「何よその言い方。女性蔑視よ」

「どこがだ」

罵り合いはエスカレートしていった。その様子を、寺原は少し離れたところに足を止め、青桐《あおぎり》の木の陰に半ば身を隠すようにして見ていた。

「お前は牛肉に目がくらんで、敵に接触した。それは、我々の運動に対する反逆行為だ。まさに反動だ」

「私はただ、どんな男かわからないけれども、私たちを支援しようという変な人がいたと報告しただけじゃない」

「何と言おうが、ふしだらだ。お前は売女《ばいた》に過ぎない」

いきなり、女は角刈り男の頬をはたいた。

男も女の頬をはたき返す。力の差は歴然で、女の体は吹き飛び、地面に倒れた。それでも女は怯《ひる》まない。地面に手を突いて座り込んだまま、男に言った。

「女に暴力をふるうなんて最低よ。そんな男に、学生同盟を指導する資格はない」

「先に暴力をふるったのはお前だろ。女だから叩かれないと思っているのは甘えだ。革命精神が欠けている証拠だ」

罵り合う二人のあいだに、長めの髪を七三に分け、黒縁眼鏡をかけた男が割って入った。女を糾弾している男の襟を摑む。

「お前、その言い方はないぞ。たしかに女性蔑視と言われても仕方がない」

「何だ、惚《ほ》れた女の肩を持つというわけか。貴様は公私の区別がついておらん」

「惚れた……何を言っているんだ」

二人の青年は取っ組み合いをはじめた。

困った奴らだ――。

寺原は彼らのもとへ近づいていった。しゃがみ、地面に落ちた名刺を拾い上げる。そこには、〈天野組代表　天野春男〉と書かれてあった。

周囲の学生たちが「やめろ」「落ち着け」などと言っても、興奮した二人は互いの襟を摑み、もみ合いをつづけている。二人の学生服はくしゃくしゃになっており、七三分けの男の眼鏡は斜めにずれてしまっていた。

「おい、やめんか」

寺原が怒鳴りつけると、若者たちはいっせいに動きを止めた。みな、呆気《あっけ》にとられて寺原を見た。

「誰だ、あんた？　教授か？　ここは、あんたらが来るところじゃない」

学生寮は学生たちの自治にまかされるべきで、教職員が介入すべき場所ではないと思っているようだ。

「勘違いするな。学生寮は治外法権など有していない。殴り合いをすればれっきとした犯罪だ。いますぐに争いをやめ、解散しなければ、警察に通報する」

「警察だと。大学の教員たるものが、学問の自治を侵《おか》そうというのか？」

「お前たちのくだらない喧嘩と、学問の自治という崇高な理念とのあいだに何のかかわりがある？　失《う》せろ」

寺原は歳《とし》を取り、杖を突いて歩く弱い男に過ぎないが、学生たちは色を失い、「覚えておけ」などと捨て科白《ぜりふ》を吐きながらも、散っていった。

烏合《うごう》の衆め——。

残ったのは、まだ地面に座ったままの女と、その女を助けようとした眼鏡の男だけだった。寺原は女に声をかけた。

「怪我《けが》はないか？」

「大丈夫です。ところで、あなたは誰ですか？」

女は立ち上がったが、打たれた頬は赤らんでいる。よほど悔しい思いをしたのだろう、目は潤んでいた。

「人の名を尋ねる前に、まずみずから名乗るのが筋じゃないかね」

寺原に促され、女は楡久美子、男は辛島輝之《からしまてるゆき》と名乗った。二人とも、この大学の学生だった。

「私は寺原正吾という。弁護士だ」

二人は意外そうな顔をした。やがて楡久美子のほうが、きつい表情で言う。

「本当に弁護士？」

寺原は胸の弁護士記章を指さしたが、彼女は納得しない様子だ。そこで、上着の内ポケットから弁護士連合会の身分証明書を取り出し、見せてやった。

「書いてある内容をメモして、あとで問い合わせてみろ。寺原という弁護士が実在するかどうか」

しかし、楡はそのまま証明書を返してきた。

「ところで、君は天野春男に会ったのかね？」

寺原はさきほど拾った名刺を、楡に見せた。すると、辛島輝之が割って入るように言った。

「弁護士が、いったい何の用なんだ？」

「君たちの活動には関心がない。天野という人の行方を探しているだけだ」

「どうして、ここに来たんだ？」

「天野が学生同盟の活動に興味を持っていると聞いたものだから、ここへ来れば何かわかるかもしれないと思ったまでだよ。もし、彼に会ったのなら、どんな話をしたのか、いまの居場所はどこなのか、教えてくれないか」

「居場所は知りません。ただ、私たちの活動に期待しているから、活動費を出したいって言ってきたんです」

と、楡は言った。

「あの人、何か事件を起こしたんですか？」

「べつに何もしちゃいない。私の古い友人だ」

するとまた、辛島がつっけんどんに言う。

「何もお話しすることはない」

「わかったよ。邪魔をしたな。病院のほうを当たってみることにしよう」

「病院？」

楡が問うてきた。

「彼の奥さんが入院しているというんだ」

寺原は、二人に背を向けて歩き出した。

「助けてくださって、ありがとう」

楡が言ったのに、寺原は振り返ることはせず、ただ杖を少し持ち上げて応えた。その後、楡と辛島は何か小声で言い合っているようだった。

銀杏並木を歩き、門まで戻ったとき、寺原は後ろから走り寄る足音を聞いた。

「寺原さん、待ってください」

振り返ると、楡と辛島がこちらへ駆けてきていた。

四

寺原、辛島と連れ立って国立病院を訪れた楡は、すぐにロビーの様子がおかしいことを悟った。診察を終え、会計を待つ患者たちも、窓口の会計係も、また、忙しく歩いている白衣を着た看護婦たちも、やけに緊張しているのだ。いかがわしい雰囲気の男たちが、あちこちに二、三人ずつ散らばっているためだ。全部で十二人ほどか。髪形も、額の生え際に剃り込みを入れてあったり、つるつるに剃り上げてあったりする。派手で大きなシャツの襟を、背広の上着からはみ出させ、金ぴかのネックレスや腕時計を着け、ぴかぴかのエナメル靴を履いている。歩いている者はひどくガニ股《また》で、座っている者も脚を大きく広げたり、膝を高く上げて脚を組んだりしていた。

ロビーを行き交う人々を、彼らは顔を伏せながらも、睨むように見た。目立ちたいのか、目立ちたくないのかわからない、不思議なふるまい方だ。「俺は怒らせたら怖い男だぞ」とアピールしながら生きているため、目立たないようにしているつもりでも、日ごろの癖が出てしまうのかもしれない。

楡もそうだが、辛島も、場のただならぬ雰囲気に呑《の》まれているようだった。だが、先を行く寺原だけは、杖の先で床を鳴らしながら、悠然《ゆうぜん》と歩きつづけた。そして、仲間とともに壁にもたれかかって立つスキンヘッドの男に、

「やあ」

と会釈をした。

相手はきまり悪そうな笑顔になった。二人が知り合いであることは間違いない、と楡は思った。

寺原はやがてロビーの奥の、エレベーターホールに来た。すぐ脇には大理石の階段があったが、三人ともエレベーターに乗り、最上階の七階まで上がった。

七階のエレベーターホールのベンチにも、レンズに色の入った、銀縁の眼鏡をかけた男が座っていた。口髭を細く、短く整えて、眉はまったく剃っている。寺原が会釈すると、男はびくりとして居住まいを正し、頭を下げた。

いったい、この人たちは誰――。

寺原は落ち着き払って男の前を通り過ぎると、病室のドアが並んだ廊下へ進んでいった。楡と辛島もあとを追う。

寺原はやがて、とあるドアの前で立ち止まった。ノックする。

「どうぞ」

中から、中年の女性の声が聞こえてきた。寺原はドアを開け、中に入った。学生二人もあとにつづく。

豪華ホテルの、スイートルームのような部屋だった。広い窓があり、茜色《あかね》に染まる都心の街並みが見渡せた。部屋のいちばん奥まったところにベッドがあり、四十代くらいと見える、小柄な女が横たわっている。ごく庶民的な、つましいたたずまいで、この特別病室には似つかわしくないように、楡には思われた。

これが、天野という人の奥さんか――。

天野はいかがわしい人物には違いないが、どういう目的で自分に接近してきたのかが気になって仕方がなかった。だから、辛島も説得した上、楡は寺原に「一緒に奥さんのお見舞いに行きたい」と願い出たのだ。

「久しぶりだね、房子」

寺原は懐かしそうに呼びかけながら、ベッドに近づいていった。

「どなた?」

「寺原だよ」

房子はゆっくりと上体を起こした。

「まあ……本当にお久しぶり。お元気でしたか?」

「元気だ、と言いたいところだが、しばらく前に病気をしてね。いま、杖が手放せないんだ」

目の悪い房子に聞かせるためだろう、寺原は杖の先で床を突き、音を立てた。

「でも、何とかやっているよ。そっちこそ、容体《ようだい》はどうなんだ?」

「何でもありません」

「何でもなかったら、入院なんかしないだろ」

二人はくすくすと笑った。だがそれもつかの間、房子の表情が曇り出す。

「寺原さん、なぜここへいらしたの?」

「天野の奴はいま、どうしているんだ?」

房子は、寺原の真意を探るような目つきになった。

「主人は、何か危険なことにかかわっているのですか? だから、寺原さんがここへ……」

「勘違いをしないでくれ。私はもう、ただの民間人だ。捜査をするような立場ではないんだよ。歳を取り、あれこれ人生を振り返る中で、天野がどうしているか知りたくなっただけだ。それで友人とともに来たんだ」

辛島輝之と楡久美子は自己紹介をした。

「あら、若いお友達なのね」

「学生同盟の闘士たちさ。天野が、彼らに資金提供を申し出たと言うんだが……」

房子も釈然としない顔つきだ。

「あの人、もう政治にはかかわらないと言っていたけれど……私には何が何だかわからない。主人はあれだけお金に苦労していたというのに、ここに来て、私をこんな上等な病室に入れたりして。しかも、忙しくて見舞いにも来られないと言うなんて」

「天野がいる業界では、大きな仕事を受注できれば、それまで苦しくても、一気に羽振りがよくなったりするものだろうがね……あいつが真面目に、しっかりやってくれているんなら、私も嬉しいよ」

二人のやり取りを聞いていた辛島が、楡に耳打ちした。

「やっぱり天野って人、おかしいよ。僕は信用できない」

楡も頷きはしたが、彼女の関心はそれよりも、房子に強く引きつけられていた。また会ったばかりだが、一見、非力そうでも、とても腹が据わっているようで、ある種の憧《あこが》れすらを彼女におぼえ出していた。

五

建設中のビルの足場の鉄骨を、地下足袋を履いた男がよじ登っていた。

建物のおよその形はでき上がっているが、外壁の塗装も、内装もまだこれからという状態だ。けれども、日も暮れたその時間には、建設作業をする者の姿はない。

いくら高く登っても恐れることなく、男は鉄骨から鉄骨へとどんどん移っていき、とうとうビルの天辺《てっぺん》まで来た。隣に、こちらより二メートルくらい低いビルがあって、その屋上は、低い塀と鉄柵で囲まれて

○8○

いる。ビルとビルのあいだは二メートル以上離れているだろう。ビルに挟まれた谷間を見下ろしながら、男は呟いた。

「房子の奴め」

天野だった。彼はビルの端から少し離れると、助走をつけ、隣のビルに向かって跳躍した。鉄柵を蹴飛ばし、屋上のコンクリートの床に、右上腕を打ちつけながら転がる。

痺れた腕を押さえて、天野はしばしうずくまった。しかし、骨は折れてはいまい。痛みをこらえて立ち上がると、屋上から階下へ下りるドアに向かって走った。

鉄製のドアノブには鍵がかかっていた。上着のポケットからピッキング工具の束を取り出し、鍵穴に差し込む。鍵は難なく開いた。ドアを開け、建物の中に侵入すると、目の前には階段がある。

階段を下りていくと、エレベーターホールにいたる。そのベンチに、サングラスをかけた男が座っているのが、階段の途中から見えた。眠っているのか、うなだれている。

それまで足音を忍ばせていた天野は意を決し、サングラスの男の前に大股に駆け寄った。はっとして顔を上げた男は、半ば立ち上がりながら、叫ぼうとした。その首に、天野は手刀を打ち込む。

「うっ」

失神し、床に倒れようとする男を、天野は抱きとめる。そして、後ろの壁に寄りかからせながら、またベンチに据えた。

廊下へと進んだ天野は、一つのドアをノックもせずに開けた。部屋の中に入り、ドアを後ろ手に閉める。

広い部屋の中で、ベッドの脇の小さい電灯だけがついていた。

「どなた？」

「俺さ」

天野は房子のそばへ行った。

「来てくださったの？」

「お前が来いって言ったんだろ？」

「寺原さんがいらっしゃいましたよ」

一瞬、天野は言葉を失った。

「あの寺原さんか？　検事さんだった？」

房子は頷いた。

「あなた、説明してください。いったい、何がどうなっているのか」

「俺にもわからん。寺原さんがどうして来たかなんて」

「あなたはしばらく忙しいと聞いたけれど、いったい、どこでどんな仕事をすることになったのです？」

「また新しい現場だ。オリンピックがやって来る」

房子の瞳が、こちらにひたと向けられる。

「もう政治にはかかわらないって約束してくれましたよね」

「オリンピックは平和の祭典だ。政治とは関係がない」

房子は泣き声になった。

「私、悲しいわ。これほど長く連れ添っていながら、嘘をつかれるのかと思うと」

天野は言葉に詰まった。そして、みずからも落涙した。

「すまない……今度だけは勘弁してくれ、房子。お前に苦労をかけ通しだってことはわかっている。もう、苦労なんかかけたくない。だが、今度だけは勘弁してくれ」

自分でも情けないと思いながら、天野は涙を止めることができなかった。泣きじゃくりながら何度も、勘弁してくれ、と言った。

　そのとき、背後でカーテンが引き開けられる音がした。驚いて振り返ると、応接間のほうから、三つの人影があらわれた。

「天野」

　言ったのは、杖を突いた男だった。かつてより太り、老《ふ》けているが、寺原に間違いなかった。

　その傍《かたわ》らには、二人の若い男女がいる。女のほうは、楡久美子だということもわかった。

「やはり、お前は来たな。細君のもとへ」

　寺原は白髪に、皺だらけの顔で微笑んでいた。

3 光と陰

一

「やはりここに来ると思っていたさ。天野、久しぶりだな」

寺原正吾は嬉しかった。やはり天野春男という男は変わっていないと思ったからだ。妻の房子にだけは頭が上がらず、つねに彼女のことを思いやっている。戦災で家族を亡くしてしまった寺原には、天野と房子の関係が羨《うらや》ましくもあった。

房子のそばに立つ天野は、あきらかに狼狽《ろうばい》していた。だがやがて、表情に強い憤怒《ふんぬ》をあらわにした。

「寺原さん、何のつもりですかね？」

「いったい、何を企んでいるんだ？ お前が、この青年たちに資金提供を申し出たと聞いた。俺には、転向したお前が、また革命家に戻ったとは信じられない」

「いや、また革命家に戻ったんですよ。国家体制をひっくり返すことに決めたまでです」

「なぜ、嘘をつく？」

「何をわかったようなことを言っているんです？」

天野は不敵な笑いを浮かべた。寺原が握りしめている杖は、小刻みに振動する。

「お前が言うのが本当なら、総理周辺も黙っていないぞ。すでにこの病院にも、玉城寿三郎の手下《てした》が大勢いる」

「知ってますよ。だから、ここへ来るのにも苦労したんだ」

天野は寺原の傍らに立つ、楡久美子と辛島輝之を睨みつけた。

「俺がそいつらに近づいたのは、なっちゃいないからですよ。いまの学生たちのデモは、可愛いニイちゃん、ネエちゃんのピクニックみたいなもんだ」

「何だと……自分こそ、わかったようなことを言いやがって」

辛島が怒鳴り返した。天野はにやりとする。

「ほう、元気だけはいいな。だが、元気にわめいていれば河辺が『ごめんなさい』と言うと思っているのか？　てめえらは、見ていて苛々する。だから、本当の喧嘩の仕方を教えてやりたくなったんだ」

「お前の助けなんか、誰が借りるか」

「それなら好きにしな。天下に恥を晒《さら》し、河辺を喜ばせればいい」

天野はさらに、房子に向かって、

「そこで大人しく寝ていろよ。じゃあな」

と言うや、走り出した。病室の外へ飛び出していく。ベッドの房子が「あなた」と呼びかけ、また、寺原も「待て」と言って杖を前に出したが、追いかけられるわけもなかった。

楡の隣で、辛島が言う。

「喧嘩の仕方だと。あの野郎、カミさんの前でめそめそ泣いていたんだぞ。笑わせやがる」

辛島は鼻で笑い、同意を求めるように楡を見た。けれども、楡はこう応じた。

「私、あの人のこと見直した」

「え？」

「見直した」

「あんな泣き虫のどこを？」

「泣き虫だから、見直した。私、あの人を追いかける」

楡もまた、走り出す。

「おい、待てよ」

と、辛島は言ったが、彼女は無視して病室を出ていった。

「何で、あんな奴を……」

呟きながら、辛島は呆然《ぼうぜん》と立ち尽くしている。

ベッドの上で泣く房子のもとに、寺原は歩み寄った。

「あいつは、どうしたんだろうな」

声をかけると、房子は言った。

「主人は、玉城寿三郎を怨んでいます……玉城が、私の兄を殺したと思っているんです」

寺原の体重を支える杖は、また震え出していた。


楡が病室の前の廊下に出たとき、すでに天野の姿はなかった。楡はエレベーターの前に走った。ホールのベンチには、例のサングラスの男が、壁にもたれて座っていた。寝ているようだ。あたりはしんとしていて、ほかに人の気配はない。

ボタンを押すと、驚いたことに、すぐに扉が開いた。エレベーターは七階に止まったままでいたのだ。天野が一階まで下りたあと、また誰かが七階までエレベーターに乗ってきたとは思えなかった。

エレベーターの左手奥には階段があった。そこに近づき、手摺《てす》り越しに下を覗くと、階段が矩形《くけい》に折り返しながらつづいていた。上から風が吹いてくるのを感じる。階段は上にもつづいていた。上は暗かったが、楡は階段をのぼってみることにした。

のぼり詰めると、金属のドアがあり、少し開いていた。冷たい風は、そこから吹き込んでいる。ドアを押し開けると、壁と鉄柵に囲まれた、屋上のフロアに出た。そこにも、人の姿はなかった。

風の冷たさに首と肩をすくめながら、足を進めた。柵の向こうには、多くのビルの窓や、低い家々の窓、外灯などがきらめく、都会の夜景が広がっている。楡は、感傷的な気分にとらわれた。

楡は思った。自分は、社会をリードすべく、故郷から首都に出て、大学生となった。戦後になって新たに可能性を与えられた、選ばれた女性なのだ、と。

そのことは、楡に希望や誇りを与えるとともに、重圧や不安、そして淋しさをも与えた。不思議なことに、本来いるべきところへようやく来た、という感覚と、本来いるべきところからずいぶん遠くに来てしまったという感覚が、同時に襲ってくる。

目を潤ませながら夜景に見入っていた楡だったが、我に返った。隣に建つビルに目を留める。

こちらのビルよりも高い、建設中のビルだった。その窓の中からロープがまっすぐに、自分が立っている病院のビルに向かって延びているのに気づいた。ロープの先は、こちらのビルの鉄柵に縛りつけてある。

向こうのビルの窓の中に、人影が見えた。痩せた、長身の男性が、背中をこちらに向けて歩いている。だが、それもつかの間で、姿はすぐに楡のところからは見えなくなった。

楡は鉄柵に歩み寄り、ロープを握りしめ、引っ張ってみた。フックのようなもので引っかかっているのか、ロープは向こうのビルのどこかに、しっかりと固定されていた。柵の隙間からビルとビルの谷間を見下ろすと、地面が遠くて目がくらくらした。男の影を追いかけたかったが、とてもこのロープを伝って向こうへ渡る気にはならない。楡は柵を離れると、建物の中へと引き返した。

また階段をおりていったが、七階のエレベーターホールの手前で足を止めた。忍び足で後ずさる。人の声が聞こえてきたのだ。

「しつこいぞ。知らんと言っているだろ」

寺原が怒鳴っている。

「いい加減なことを言うと、ただじゃおかないぞ」

「天野なら、だいぶ前に病室を出ていったさ」

寺原が、誰かと激しく言葉をぶつけ合っているが、その姿は楡のところからは見えなかった。

「女もいただろ。あいつはどこへ行った？」

「彼女も先に出ていったよ。天野を追いかけて」

つっかかるように言い返したのは、辛島の声だ。

やがて、手摺り越しにエレベーターホールを見下ろす楡の視界に、人の姿があらわれた。病室前の廊下のほうから、杖をついた寺原と辛島、さらに彼らを取り囲むようにして三人の男たちがやってきたのだ。男たちのうちの一人は、病院のロビーで寺原が会釈をしたスキンヘッドの男だった。

彼らはエレベーターの前まで来ると、立ち止まった。エレベーターのドアが開いて、寺原と辛島が乗ると、あとから、スキンヘッドの男と、その手下らしき者たちも乗り込んだ。

ドアが閉じ、エレベーターが下に降りると、七階は静かになった。楡はゆっくりと、できるだけ物音を立てないように階段を下りた。

エレベーターホールには、誰もいなかった。眠っていたサングラスの男もいない。房子の病室があった廊下のほうにも人の気配はない。楡は、さらに階段を下りていった。

息を弾ませながら一階まで下りてみると、すでにロビーは閑散としており、電灯も一部しかついていなかった。薄暗いロビーを歩く、寺原と辛島、および三人の厳つい男たちの後ろ姿が見えた。彼らは、表玄関を出ていった。

楡は、表玄関とは反対につづく廊下を進んだ。左手に通路があらわれる。その奥に、非常口を示す小さな電灯がともっているのが見えた。そこへ駆け寄り、ドアを押し開けると、狭い通りに出た。

通りを挟んで、例の建設中のビルが聳《そび》えている。一階部分は、鉄のフェンスで覆われていて、そのうち、フェンスが隣のフェンスとドア状に蝶番《ちょうつがい》でつなげられているところがある。そこに楡は走った。留め金ははずれており、鍵もついていなかった。楡はドアを開け、フェンスの内側に入った。

会社の事務所などが入る予定の建物だろうか。幕に覆われた、建設途中のビルの外壁は、これからでき上がる真新しいものというよりは、すでに完成していたものが、朽《く》ちてきているような、凄《すさ》まじさを醸《かも》して見えた。まだ扉が取りつけられていない玄関から、暗いビルの中に入っていこうとするときも、古い墓の中にわざわざ入るような恐怖を楡はおぼえた。

内部は、塗料や接着剤のものだろうか、鼻を突く薬品の臭《にお》いが満ちていた。暗い中、恐る恐る足を前に出すうち、けたたましい金属音が響いた。床の上に放ってあったワイヤーの束を踏んづけてしまったらしい。楡は気が動転して、しばらく動けなくなった。薬品の臭いのせいで、頭も痛くなってきたが、じっと耳をすます。このビルに、天野がいるのではないかと思って。

天野と話がしたくてたまらなくなり、咄嗟《とっさ》に追いかけてきたことを、実は楡自身も驚いている。

楡は男性の革命家たちに、いつも違和感をおぼえてきた。学生運動を行っている男たちは、世の中の不平等性、不合理性をいろいろと理論立てて批判し、平等な社会の実現を唱えて、女にも「共に闘おう」と呼びかけている。けれどもその実、「女などは闘士としては二流だ」と見下していることが、彼らの態度からはひしひしと伝わってくるのだ。

あるいはその点では、天野も同じかもしれない。いや、彼は戦前に革命家として活躍していたという古い男だから、いまの学生たちよりも、もっと旧弊な考えの持ち主だろう。実際、どこか冷たい感じがして、人を威圧する風があり、若い女を馬鹿にするような喋り方をしていた。

けれども、その天野が、房子の前で臆面《おくめん》もなく涙を流し、許しを請《こ》うていた。また、天野を責め詰《なじ》っていた房子の態度にも、実のところ、夫を思いやる深い気持ちがあらわれているようだった。その夫婦の姿を目《ま》の当たりにしたとき、楡の天野に対する見方は一変したのだ。

あのような湿っぽいやり取りに心を動かされるようでは、やはり「二流闘士」だと批判されるのかもしれない。けれども、あのときの天野夫婦に、長い年月をかけて築かれた、人と人との真の絆を見せつけられた思いがした。それは、自分と歳の近い、学生たちのうちには見出《みいだ》せないものだった。そしてそのような、地に足のついた人間関係を、人生の荒波の中で築いてきた人のアドバイスを、まずは聞いてみたくなったのである。

じっと息を潜め、耳をすますうち、楡ははっとなった。誰かに肩を叩かれたからだ。叫びかけたが、声はすぐに抑え込まれた。後ろから抱きすくめられ、口元を手で押さえられたのだ。

「大人しくしな」

耳元で言ったのは、天野ではなかった。腕も天野よりずっと太いようだ。半ば持ち上げるように抱かれているから、楡はつま先立ちになっている。

「こんなところで、一人で何をしている?」

尋ねられても、口を覆われている以上、答えようがなかった。ただ、男の獣じみた口臭と体臭を感じていた。

そのとき、神経をずたずたにするような、不快な音が聞こえてきた。何かを引きずったり、切り裂いた

○9○

りするような音が、遠くからこちらに近づいてくる。

「誰だ？」

　と男が言うと、声が返ってきた。

「ネエちゃんを放してやれよ」

　楡を締めつける、男の腕の力が強まった。自分の鼓動だけでなく、背中に男の激しい鼓動も感じる。

　不快な音は、なおもつづき、迫ってくる。床に何か硬いものをこすりつけている音のようだ。

「放してやれってのが、聞こえねえのか」

　また声がした途端、不快な音はやんだ。直後に、白い光があらわれ、楡たちのほうへ投げかけられた。

　眩しい。

「天野か――」

　楡を抱える男が呟いた。ひやりとした感覚が楡の頰を走る。男の右手にはいつの間にかナイフが握られており、その刃が、ぴたりと楡の頰に押しつけられたのだ。

　目の前に、懐中電灯を左手で持った男が立っていた。その光はこちらに向けられているから、相手の姿ははっきりとは見えなかったが、声といい、背格好といい、天野に間違いないと思われた。右手には、大きなスコップを提げているのもわかる。さっきまでの不快な音は、その匙の先を床にこすりつけていたものだろう。

「かよわいネエちゃんに刃物をつきつけるようじゃ、仁侠道もあったもんじゃねえな」

「つまらねえことをほざくな――」

　そのとき、楡の顔に風が迫った。金属と金属がかち合う音がする。天野のスコップの匙が、男のナイフをはね飛ばしたのだ。

男はうめき、楡を放した。

天野はさらに、スコップの匙を振り上げ、男の頭部に叩きつけた。白光が舞う中、男は吹っ飛び、がちゃがちゃと喧しい音を立てて床に倒れた。

天野が持つ懐中電灯の明かりが止まった。ワイヤーの束の中に横たわる、太った男の顔が照らし出される。濃いもみ上げの男は、すっかり眠っていた。だがすぐに光は消え、楡はまた闇に包まれた。

「来い」

天野は楡の手首を摑み、強く引っ張った。引かれるままに楡は走った。

天野は部屋を出て、隣室に入る。その奥にまた、ドアの取りつけられていない出口があった。

出口の外に出ると、目の前に鉄のフェンスが並んでいる。天野は勝手を知っているようで、ためらわずにその一角を押すと、フェンスは動いた。

「こっちだ。さ、行け」

楡は言われるまま、フェンスの外に出た。天野もあとからついてくる。

そこは、さっきよりもさらに狭い裏通りだった。すぐそばに、ゴミ収集用の大きなリヤカーが二台、並んで置かれてある。

「助けてくださって、ありがとう」

楡が礼を述べた刹那《せつな》、天野は後ろから、彼女の両の脇の下に手を入れた。楡の体を持ち上げると、リヤカーの荷台の、背の高い荷籠の中に放り込んだ。

野菜屑《くず》や紙屑、襤褸布《ぼろぬの》などの中でもがきながら、楡は叫び声を上げた。

「やだ、助けて――」

「静かにしやがれ」

上から、天野に叱りつけられた。すでに荷籠の縁によじ登っていた天野は、スコップの柄を握ったまま、自身もゴミの中に飛び込んできた。直後に、リヤカーは動き出す。

「玉城の手下どもをまくまで、我慢しろ」

小声で言ってから、天野は立てた指をおのれの口に当てた。

並んで胸までゴミにつかったまま、楡と天野はどこかへ運ばれていった。

二

料亭「瓢鮎」は、今日も客で賑《にぎ》わっていた。そこで開かれる宴席のほとんどが、官僚による政治家への接待、および財界人による官僚への接待だった。

いま国を挙げて経済発展に邁進《まいしん》しているが、政府がそのための様々な施策を行うには、法律を制定する必要がある。その際、法案を作るのは各省庁の官僚たちだ。けれども、彼らが役所に泊まり込み、心血を注いで書き上げた法案でも、与党の政治家が了承し、国会に提出してくれなければ意味がない。そこで、官僚たちは政治家連中を料亭に招き、おいしい酒食でもてなしてご機嫌を取りながら、新しい法案の内容を説明するわけだ。

また、財界人たちは、いまどういう法案が作られようとしているかを官僚たちから聞き出そうとする。公金がどの方面に支出されるかを知った上で経営方針を立てれば、間違いなく儲けることができるからだ。また、自分たちの業界がどういう問題を抱えているか、役所がどういう施策をとってくれれば大きな発展が見込めるかということを官僚に聞いてもらいたいとも思う。自分たちの要望を法案作りに活かしてもらえれば、さらに儲けることができるからにほかならない。そういう思いから、財界人も官僚たちを料亭に招き、おいしい酒食でもてなして、彼らのご機嫌を取ろうとする。

そういうご時世にあっては、「瓢鮎」が繁盛《はんじょう》するのは当然だ。みずからも官僚出身で、役所に隠然たる権力をふるう大政治家、沼津健人と、女将の小松は浅からぬ仲なのだから。沼津の口利きもあって、政官界の人々や、それとつるむ財界の人々がおのずと集まってくるのである。

毎日、扇風機の蔽いのように膨らませて髪を結い、白粉《おしろい》と目張りと口紅で顔を塗りたくって、座敷から座敷へと忙しく挨拶をしてまわる小松のほうも、客たちの事情には通じている。客の顔色から、かなり際どい、秘密の利権の話でもしているなと察すると、「どうも、先生、いつもありがとうございます。御用がありましたら、お申しつけくださいませ」などと笑って言い、さっさと引き揚げてくる。

その夜も小松は、これからは事業を世界に展開させると豪語するどこかの社長や、上司がいかに難しい人かと顔をゆがめながらこぼす高級官僚のもとをまわり、地元に銅像が建ったと嬉しそうに笑っていた代議士のいる座敷から出てきた。するとそこに、女中の一人が待ちかまえていた。

「源《げん》さんが、『どうしましょう？』って言うんですが……」

源さんとは、下足番の源次郎《げんじろう》という年寄りのことだ。

「店の前に、変な人がおるって……」

仕方なく、小松はぴかぴかの板廊下に足袋をこすりつけながら、玄関に向かった。

やや腰が曲がりながらも、きちんと髪を整え、こざっぱりと袢纏《はんてん》を着こなして三和土《たたき》に立つ源次郎は、框《かまち》の上の小松を渋い顔で見上げた。

「どうした？」

「ありゃ、ブン屋かな。表の往来をうろうろしていやがる」

政治家や高級官僚らが来る料亭にとっては、ここで誰と誰が面会しているかを新聞記者に調べられ、あることないこと記事にされるのは、はっきり言って面白くない。けれども、記者が表で張り込んでいるくらいでは、文句をつけるわけにもいかないだろう。

「ほっときなさいな。表をうろついているだけじゃ、法律違反にはならないんだから」

それでも、源次郎は前歯がほとんどない口をゆがめて言う。

「うるさく飛びまわる蝿みてえで、気に入らねえな」

年寄りが記者に喧嘩でもふっかけてはあとあと面倒だと思った小松は、みずから草履をつっかけ、外へ出ていった。

露地を通り抜け、「瓢鮎」の扁額を掲げた門まで来ると、たしかに道の反対側の電柱のところに、男が立っているのが見えた。トレンチコートを着て、ハンチング帽をかぶり、煙草をくわえていて、いかにも「俺様は新聞記者だ」と言っているような格好だった。小松を見ると、驚いた様子で顔を伏せた。

「寒いのにご苦労さんですな」

声をかけると、相手はまた、びっくりした目を向けてきた。

「そこに立っているのはかまわないですけど、煙草の吸い殻は散らさないようにしてくださいよ。あとで掃除をするのが大変ですからね。じゃ、風邪《かぜ》を引かないように気をつけて」

呆然とする男を残し、小松はまた店の中に引っ込んだ。

ところがしばらくすると、今度は源次郎自身が持ち場である玄関を離れ、板廊下で小松を待っていた。

「変な奴が来やがりまして」

「ほっときなさいって言ったでしょうが」

小松はため息交じりに言う。

年寄りは頑固だから困る――。

「女将さん、ちょいと来てくださいい」

「私は忙しいんだから――」

「来てくださいって」

源次郎は、有無を言わさぬ態度で玄関に向かう。仕方なく、小松も源次郎のあとへついていった。

すでに玄関の三和土には、人が突っ立っていた。それも男女二人組である。

男は、さきほどのハンチング帽の男ではない。土木現場から直接来ましたというような、汚れきった作業着姿の天野だった。大きなスコップまで手にしている。もう一人は現代風な女だが、こちらもコートもズボンも汚れており、髪はぼさぼさだった。

二人とも生ゴミのような、ひどい臭いを放っている。思わず紬の袖で鼻を覆った小松に、天野は問うた。

「予約もせずにいきなり来たんだが、部屋は空いてるかい？」

小松の耳元で、源次郎が弁解がましく言う。

「私は追い返そうとしたんですがね、あの野郎、なかなかの剣幕でして……」

「学生運動の闘士、楡久美子女史が俺と話をしたいらしい」

堂々と言った天野に対し、楡のほうは、汚い格好で人前に立っていることをひどく恥じている様子だ。

これが例の女学生か――。

「上がってください」

小松が言うと、源次郎は目を真ん丸にしていた。

天野はすぐにスコップを下足箱に立て掛け、地下足袋を脱いで框を上がったが、久美子は三和土から動かない。

「おい、何していやがる」

天野に乱暴に言われ、彼女もようやく、

「失礼します」

と小声で言って、革靴を脱ぎ出した。きちんと靴を揃《そろ》えてから玄関を上がる。

小松は、他の客と鉢合わせしないかと冷や冷やしながら、臭い二人を案内した。招じ入れたのは客間ではなく、女中たちが身支度などをする座敷である。

「何があったんです？　二人とも」

小松は、大きな琥珀の指輪をはめた手で鼻を覆い、もう片方の袖で空気を煽ぎながら尋ねた。

「タクシーを拾ったんだが、その車がだいぶ汚れていてね。まいったぜ」

天野は言うと、畳の上にどっかと座った。畳が臭くなると思って、小松は慌てる。

「あんたら、せっかくの話し合いの前にまず、お風呂に入ってきたらどうです？」

「このあたりに、銭湯はあるかい？」

「すぐ近くにありますよ」

「そうかい」

と言ったものの、天野は畳の上から動こうとしない。腕組みをして、楡に厳しい目を向けた。

「お前、何で俺を追っかけてきた？」

唇を引き結んだまま立ち尽くす楡は、怯《おび》えているようにも見える。心配になって、小松は口を挟む。

「天野さん、そんな言い方をしなくてもいいでしょう。せっかく、学生さんたちと協力関係を結ぶことになったんだから」

「まだ、そんな関係になったわけじゃねえ」

小松に言ってから、天野はまた、楡を睨みつけた。

「だいたいてめえは、せっかくすき焼きを奢ってやったのに、俺のことを骸骨だとか貧相だとかさんざん抜かした上、皿を蹴散らして逃げていったんじゃねえか。どういう風の吹きまわしだ？」

小松はぷっと噴き出す。

「あんた、ほんとにそんなこと言ったの？　なかなかやるね」

楡はうなだれたまま、天野に頭を下げた。

「ごめんなさい、失礼なことを言ってしまって……」

「だから、何で俺を追いかけてきたんだって聞いてんだ」

楡は勢いよく、腰から上体を折った。

「あの……私たちを助けてください。河辺総理と闘えるように……」

小松は嬉しくなった。天野は、おっかない顔をしていながら、なかなか女の心を捉えるのがうまいのかもしれないと思う。

ところが、ようやく学生のほうが歩み寄ってきたというのに、天野の無愛想は相変わらずだ。

「助けてくれって言うが、それは学生同盟の総意なのか？　それとも、お前一人の意思か？　お前一人がそう言っていても、他の幹部連中を説得できなければ駄目じゃないか」

「これから、説得します」

「これから？　本当にできるのか？　お前にどれだけの影響力があるんだ？」

「できますよ、この人。帝都大の女子学生第一号でしょ。そこらのお嬢ちゃんとは出来が違うんだから」

小松は助け船を出したつもりだったが、楡は泣きそうな顔になってしまった。何かをぶつぶつ言っているようだが、よく聞こえない。

「煮え切らねえな。俺はそういうぐじぐじ言っている女がいちばん気に入らねえんだ。新しい時代の女だなんて気取って、デモなんかやってねえで、故郷《ふるさと》に帰っちまえよ」

　小松は腹が立ってきた。

「男の癖に、貧相だって言われたくらいで、そんな当たり方をしなくたっていいでしょう」

「やかましい。てめえの顔のまずさはな、てめえで一番わかってるんだ。傍からごちゃごちゃ言われたくねえや」

　そのとき突如、楡が大声を出した。

「だから、ごめんなさいって言ってるでしょ。ごめんなさい」

「何でえ、どうしたんだ？」

　天野も、いささか泡を食った様子だ。

「ごめんなさい、ごめんなさい――」

「わかったから、ちょっと落ち着きなさいよ。他のお客さんもいるんだから」

　泣き叫ぶ楡を宥《なだ》め、黙らせてから、小松は天野に言った。

「もう臭くてたまらないから、さっさとお風呂に行ってきなさいよ」

　天野は舌打ちをして立ち上がった。

「風呂屋はどっちだ？」

「そこを出て、ずっと右へ行ったら、銭湯の煙突が見えますから。さあ、行った、行った」

「すまんが、手拭いと着物を貸してくれ」

　小松は部屋の簞笥《たんす》から一揃えを取り出し、天野に突きつけた。

「寝巻きみたいなものしかありませんけど」

「ああ、かまわねえ。じゃ、行ってくるわ」

天野は、部屋を出ていった。

楡は少し落ち着きを取り戻したようだが、汚れた頬には、涙が伝った跡がくっきりとついてしまっている。

「もう、あんまり泣きなさんな。この世の中には、頭の悪いのと、口の悪いのを治す薬はないんだから」

「私、みんなを説得できるかな……」

「そんな弱いことでどうするの。あんた、優秀なんだから、男に負けちゃ駄目よ」

「男に負けちゃいけないと頑張っているつもりなんですけど、どうも強く出られないといいますか……強く出られるときもあるんですけど、今度は強く出過ぎてしまうのか、うまくいかないことが多くて……」

あまりにも弱気な楡の姿を見て、小松も本気で心配になってきた。

「あんた、何でも自分でやろうとするんでしょ？　優秀な人にはそういうのが多いけれど、それが駄目なのよ。政治家でも、役人でも、出世する人は、甘え上手《じょうず》で、うまく助けてもらえる人よ。あと、根回しも大事。いきなり正論をどんと相手にぶつけてもうまくいきませんわ。私がこの商売で食べていかれるのも、役所の会議室や国会で話し合う前に、まずはここで根回しをしようって人たちが大勢いるからよ」

何とか楡を元気にしようと思って、小松は思いつくことを口から出まかせに喋りつづけた。しかし、楡の表情はますます暗くなる。

「私、根回しとかは苦手でして……」

小松はため息をついた。

「あんたも、とりあえずお風呂に入ってきなさいよ」

「はい。銭湯はどっちでしたっけ」

「お風呂、ここにあるから。あんた、女だから、とくべつに使っていいわ。お湯、まだ温かいと思う」

小松は楡を奥の風呂場に連れていきながら、思った。

私も、こういうぐずぐず言っている女は嫌いだわ――。


ひと風呂浴びて、さっぱりした天野は、小松に借りた袷《あわせ》の小袖を着て、その上から縕袍を羽織って銭湯から出てきた。しかし、背の高い天野には小さ過ぎて、裾《すそ》から臑《すね》がむき出しになっており、寒くて仕方がない。おそらくこれは、沼津健人の着物なのだろうと思った。

風邪を引いちまうぜ――。

汚れた服をまとめた風呂敷包みを持って、繁華街の裏道を、「瓢鮎」に向かって小走りに進んだ。ところが、すでに店じまいをしている煙草屋の先の角を右に曲がろうとしたとき、真っ赤なポストの陰から人が出てきて、

「ちょっと、すみません」

と声をかけてきた。

足を止めた天野に、男は問うた。

「ひょっとして、天野春男さんじゃありませんか？　かつて、革命前衛党の委員長だった……」

「お前は誰だ？」

「日讀《にちよみ》新聞の渡瀬武夫《わたせたけお》と申します」

自己紹介した男は、まだ三十代と見え、ハンチング帽をかぶり、トレンチコートを着ている。

「天野さんですよね、戦時中に転向された……ひょんなところで、ひょんな人に出食わしたもんだ」

天野は無視して、また歩き出した。男はついてくる。

「待ってくださいよ。『瓢鮎』にお帰りですか？　ちょっとだけ、お話を伺いたいんですが。さっき、学

生同盟の女学生と一緒でしたよね？」

天野はふたたび足を止めた。この男が何を探っているのかを確かめたほうがよいと思い直す。

「わかった、一緒に来い」

渡瀬のコートの襟を、天野は柔道着を摑むように両手で摑んだ。

「ちょっと、乱暴はいけません」

「例の女学生とも一杯やりながら話をしようぜ」

ぎょっとした表情の渡瀬を、天野は引きずるように「瓢鮎」に連れていった。

三

翌朝、まだ薄暗いうちに、楡久美子は帝都大学のそばにある下宿に帰った。

大家の趣味で、大小様々な大きさの植木鉢がまわりに並べられた玄関の引き戸は、鍵がかけられていなかった。そっと開けて、中に入る。

大きな靴箱が置かれた玄関を上がると、長い廊下がある。その左側は大家の関口《せきぐち》夫妻の居住空間で、廊下の先の階段を二階へと上がると、下宿人の部屋が並んでいた。下宿人は四人で、すべて女性である。一人は昨年、中学を卒業し、上京して玩具メーカーに勤めている。そして、二人は大学病院附属の看護学校の学生、それに大学生の楡だ。

大家さんを起こさないように気を使いながら廊下を歩き、階段を上がろうとしたとき、左手の板戸がすっと開いた。

「楡さん、朝帰りかい？」

関口さんのご主人だった。老人の朝は早いというが、すでに起きていたようで、きちんと着替えており、灰色の長袖シャツの上に、赤茶色の、厚手のチョッキを羽織っている。

「あ、おはようございます」

「若いお嬢さんが、あんまりゆっくり帰ってくるのはどうかと思うよ」

「大学の寮で、友達と勉強して遅くなってしまったものですから、そのまま泊まりまして……」

「勉強熱心なのは感心だけど、それならそれで、連絡を入れて欲しかったね。私も、親御さんからあなたを預かった身だから」

「すみません」

楡は何度も頭を下げ、階段を上がろうとした。

「ちょっと待って。荷物が届いているよ」

関口さんは一度部屋の中に入り、木箱を持ってきた。

「ありがとうございます」

受け取った楡の腕に、ずしりと重みが伝わる。送り主は実家の母だった。

そのまま、二階へ上がろうとしたとき、関口さんが言った。

「見慣れない服を着ているんだね」

楡は、「瓢鮎」の女中の一人に借りた、臙脂色《えんじいろ》のワンピースに、黄色のコートを着ていた。汚れた服は洗濯に出してもらっている。

「最近のお嬢さんの服は、ずいぶん派手なんだね」

と言って、関口さんは奥に引っ込んだ。

六畳の自分の部屋に入ると、楡はさっそく、箱を開けた。中身は米やじゃが芋のほか、缶詰と、わずかな現金だった。

楡の故郷は、北国の漁師町である。父は、都会の建設会社に勤務する人だったと聞いている。港湾建設の仕事で母の暮らす街に赴任していたとき、母と恋仲になったが、仕事が終わると町を去ってしまったらしい。すでに楡を身ごもっていた母はその後、魚の加工を行う工場で働きながら、女手一つで楡を育ててくれた。

実家の経済状態は本来、娘を大学にやれるようなものではなかったはずだ。けれども、楡の成績が地元では抜群によかったため、「学費の安い国立大学に進む」という条件で、母は親戚に頭を下げ、学費を工面してくれた。上京した楡は、奨学金と翻訳のアルバイト代で何とかやっている。

荷物の中に入っていた缶詰は、母が働く工場で捌《さば》いた鯖《さば》を使ったものだった。鯖缶の、朝陽のマークのラベルを見つめる楡の胸は疼《うず》いた。

上京した楡が学生運動に深くかかわり、そのせいで警察に留置されたことも、母は知っていた。楡自身は、自分が正しいことをしていると信じてはいるが、心配する母のことを思うと、罪悪感を禁じ得ないのだ。

しばらくして、朝の陽光に光る窓がこつこつと鳴ったのを聞いた。磨《す》りガラスの向こうに、人影がある。

楡は四つんばいで窓に近づき、ネジ式の鍵を開けた。窓を引き開ける。

外には、高い楠《くすのき》が立っていて、学生服姿で、黒縁眼鏡をかけた男がその枝に足をかけ、幹にしがみついていた。辛島輝之だった。すぐに窓の外の手摺りに手を伸ばし、部屋の中に入ってくる。

「ここに来ちゃ駄目って言ってるでしょ」

楡は文句を言ったが、辛島が入ってくるのを止めようとはしなかった。かえって、彼が下に落ちないよう、手助けをする。

辛島のほうも、木から窓枠に移ると、慣れた手つきで靴を脱いだ。手摺りに靴を置くと、部屋の中に入ってきた。楡はすぐに窓を閉める。

「ここは男子禁制なのよ。大家さんにばれたらどうするの？」

「大丈夫だよ」

「声が大きい――」

辛島は楡の唇を吸った。楡も、しばらく吸われるままにしていたら、辛島はさらに胸を触ってきた。楡は、辛島を押しのける。

「ここじゃ駄目って」

「平気さ」

「平気じゃないから」

「洒落《しゃれ》た服、着ているな。どこか行くの？」

「行かないよ。ところで、昨日、あれからどうしたの？　変な男に囲まれてたでしょ」

「見てたのか？　あいつら、病院の外までついてきて、『天野はどこへ行った？』ってごちゃごちゃ言ってきたけど、『そんなの知らねえよ』って言いつづけてたら、どこかに行っちゃったよ。それより、そっちこそ、あれからどうしたんだ？　いなくなっちゃったじゃないか」

「輝ちゃん、お願いがあるんだけど」

「何？」

「今度の幹部会のとき、協力して欲しいんだ。みんなを説得したいから……私たち、天野さんの支援を受けるべきだと思う」

「馬鹿な――」

「声が大きいって」

辛島は口をつぐんだ。楡は声を低めて言う。

「みんなを説得する最中に私が言葉に詰まっちゃったら、援護射撃してよ」

「昨日、あいつと話したのか？」

楡は頷いた。

風呂から上がったあと、浴衣《ゆかた》姿で、「瓢鮎」の一室で天野と向き合った。そして、『何とか頑張ってみんなを説得するから待っていてくれ』と天野に話したのだ。どういうわけか、そこには新聞記者も同席していて、「もし説得がうまくいったら、僕も君たちに微力ながら協力する」と言っていた。そうしたことを、楡は辛島に語った。

「輝ちゃん、玉城寿三郎って知ってる？」

「右翼のフィクサーか？　河辺の側近とかいう」

「天野って人は、玉城って人を怨んでいるみたい。だから、本気で私たちを助けようと思ってるよ」

「あいつは駄目だ。絶対に信用できない」

「私たちの若さだけじゃ、河辺には勝てない。お金もそうだけど、知恵の面でも、あの人の協力があったほうがいい」

辛島は不満そうな顔のままだ。

「『とりあえず、あの人の話をみんなで聞こう』って言うだけでいいから。それくらいのお願い、聞いてくれてもいいでしょ」

楡は畳に手を突いて頭を下げた。

「よりにもよって、何であんな奴に……」

「助けてよ、輝ちゃん。ここじゃなければ、おっぱい触ってもいいから」

それまで文句ばかり言っていた辛島が急に静かになった。きっとこちらの願いを聞いてくれるだろう、と楡は思った。

四

大川縁《べり》の堤防に停泊している、年代物のタグボート、勝鬨丸の甲板《かんぱん》で、天野と山科徹はコーヒーを飲んでいた。

曇り空の日で、大川を行き来する他の貨物船から吐き出される煙も、すぐに白い空に紛《まぎ》れていく。風はあまりなく、ここ数日に比べて暖かいから、二人とも操舵室の外のベンチに腰掛けていた。

そこへ、

「この船ですか？」

と言いながら、誰かが堤防を下り、こちらへやってきた。ハンチング帽にトレンチコート姿の男だ。

「おう、来た、来た」

天野は男に手を振った。それから、怪訝《けげん》そうな顔の山科に言う。

「日讀新聞の渡瀬さんだよ」

「新聞記者？」

怪訝な表情を強めた山科だったが、渡瀬武夫が自己紹介をしながら乗船すると、みずからも、

「山科徹と申します」

と挨拶した。

舷《げん》に腰掛けた渡瀬は、天野に尋ねた。

「ここで、学生同盟の学生たちと話し合いをするんですね？」

「このあいだのネエちゃんから、うちの事務所に電話が来たんだよ。みんなを説得したって」

「それは、楽しみですね」

「だが、あのネエちゃんが、本当に他の幹部連中を連れて来られるかどうかは、まだわからないな」

山科は操舵室から、カップに注いだコーヒーを持ってきて、渡瀬に渡した。コーヒーを啜った渡瀬は、鼻に皺を寄せ、顔をゆがめた。

「ずいぶん濃いですね。砂糖はありますか？」

「ここは喫茶店じゃねえ。そんな洒落たもんはないよ」

天野がつっけんどんに言ったとき、山科が口を開いた。

「来ましたぜ」

山科の視線の先を見れば、男子三人と、女子二人が堤防の上に姿をあらわしていた。男はみな、学生服を着ていたが、そのうちの一人は、寺原や楡とともに房子の病室にいた眼鏡の奴だった。

女の一人は楡だ。いつものようにズボンを穿き、安っぽいコートを着ていた。もう一人の女は、非常に背が高かった。楡が髪を短めに切り、ボーイッシュな印象なのに対して、長い髪を玉を作って結い上げ、スカートを穿いて、洒落た青いコートを着ているから、ちょっと外国の映画女優のようでもあった。

学生たちは堤防を下り、舷側《げんそく》まで来ると、いちばん背の高い男子学生が、

「乗ってもよろしいですか？」

と礼儀正しく問うてきた。

「おう、乗れよ。よく来たな」

天野が言うと、学生たちは甲板上に次々と乗り込んできた。天野や渡瀬を取り囲むように突っ立つ。

「私は、田神志郎《たがみしろう》と申します」

先頭の学生は、またもや礼儀正しく名乗った。

この田神という角刈り頭の学生のことは、天野も知っていた。雑誌や新聞でも紹介されていたし、テレビのインタビューも受けていたからだ。ラグビーなど、運動も得意らしく、文武両道の闘士としてもてはやされているらしい。

「お前たち、コーヒーを飲むか？」

「いえ、結構です」

田神は緊張した面持《おもも》ちで言った。

「まずは、お聞きしたい。なぜ、天野さんが私たちを支援しようと思ったのかを」

「そんなことが重要かね？」

「当然でしょう。あなたが敵か味方かわからない。いや、世の大方は、あなたを私たちの敵と見るでしょう」

「俺がミカドを尊崇している男だからかね？」

「それもあります。その上、あなたは転向者で、戦後、デモ潰しを行ったこともあると聞きます」

学生たちが一様に、敵対心むき出しの目つきになった。すると楡が、空気を和らげるように言う。

「でも、天野さんは本気ですよ。本気で、私たちを支援しようとしているんです」

「どうしてそんなことがわかる？」

田神は叱りつけるように、楡に言った。

「天野さんは、河辺政権に反対しているから」

楡は食い下がったが、田神はまた天野を睨みつけた。

「あるいは、この人は、我々に協力するふりをして、実は河辺とつるみ、罠《わな》にかけようとしているのかもしれないぞ。この機会に、俺たちを一網打尽にするつもりじゃないのか」

「この人は、河辺の側近に怨みがあるの。決して河辺のまわし者なんかじゃない」

天野は感心している。数日前にはぐずぐず言っていた楡だが、今日は、なかなか頑張っているな、と。

だが、田神も引かなかった。

「だから女は甘いと言うんだ」

するとそこで、女優のような出立《いでた》ちの女が声を上げた。

「待ちなさい。女を十把《じっぱ》一絡《ひとから》げにしないで。私も、この人に近づくのは反対です。我々が少しでも支援金を受け取ったあと、この人自身がそれを新聞や週刊誌に漏らしたりしたら、私たちは人々の信頼を失うことになると思う」

「新聞記者なら、もうそこにいるぜ」

天野は渡瀬を指さした。渡瀬は帽子の先をちょっとつまんで、学生たちに会釈をした。

「日讀新聞の渡瀬です。よろしく」

いっそう緊張した面持ちになった学生たちに、天野は言った。

「べつに、お前たちをはめようと思って渡瀬さんに来てもらったわけじゃない。もし、お前たちが俺と握手をしてくれるなら、渡瀬さんにも一緒に闘ってもらおうと思ったまでだよ」

渡瀬も言う。

「君たちに不利なことを記事にするつもりはない。私も、国民との対話を重視しない河辺総理のやり方は問題だと思っているんだ。ペンの力をもって、君たちを応援したいんだ」

他の学生たちが黙っている中、楡が、

「私は、その……」

などと、もじもじと言いかけたとき、先日、楡と一緒にいた眼鏡の男が発言した。

「このあいだも言ったけど、とりあえず、天野さんがどういうことを考えているのか、話を聞いてから結論を出せばいいんじゃないだろうか」

けれどもまた、例の背の高い女が反論した。

「私は、その必要はないと思う。もう帰りましょう」

田神も頷く。

「やはり、それがいいかもしれないな」

天野は大声で笑い出した。田神がきつい目つきになる。

「何がおかしい」

「このまま帰っちまうなら、なぜここに来たんだ？　お前たち、金がねえんだろ？」

天野はへらへらと笑いつづけている。

「勝負に勝つ気がねえなら、とっとと帰れよ。俺も、お前たちを見損なった。支援する気が失せたぜ。向こうも必死なら、こっちも必死ってのが戦いなんだ。使えるものは何でも使おうって気概がなけりゃ、勝てるものかよ。金がないとなれば、金持ちの金だろうが、敵の金だろうが使うのが真の闘士だろ。歴史を振り返ってみろ。世界の革命家たちはな、無産階級の代表であっても、有産階級と共闘し、革命政権の樹立に成功したところで、有産階級をみんな粛清してしまい、権力を握ってきたんだ。軒先を借りて、母屋を分捕《ぶんど》ってしまうくらいの根性もねえのに、革命家面するのはやめときな。そんな甘い考えで、戦前、戦中、戦後と、ずっと体制側の権力者として生き抜いてきた河辺に太刀打ちできるとでも思っているのか、馬鹿」

田神は悔しそうに肩を怒らせ、ぎゅっと拳《こぶし》を握った。他の学生たちの体も強《こわ》ばっている。

楡はまわりのみなに何か言いたげにきょろきょろしていたが、結局、何も言わず、さっきまで楡の肩を持っていたかに見えた眼鏡の男も、やはり黙っていた。

やがて、田神は天野の前を立ち去って船を降り出した。他の学生たちもそれにつづく。楡も、申し訳なさそうにも恥ずかしそうにも見える目つきで天野を見た後、やはり他の者につづいて船を降りてしまった。

彼らは列をなし、堤防を越えて姿を消した。

「いいんですか、天野さん。みんな、帰っちゃいましたよ」

渡瀬が言うと、山科も呆《あき》れ顔で天野を責めた。

「階級がどうしたとか、難しいことはわかりませんがね、社長ははっきりと物を言い過ぎなんです。いまの若い奴らには、もう少し柔らかい物の言い方をしなきゃいけません」

「どうせ、俺は古い人間だよ」

と言い返したものの、天野もこれからどうすべきかわからずにいた。

山科は、天野を責めつづける。

「社長は、勝つためなら何でもするのが戦いだっておっしゃいましたよね？」

「当たり前だ。先の大戦を考えてみろ。勝つためなら、資本主義者と社会主義者が手を組んだんじゃねえか。それで、我が国みたいな、生っちょろいほうはやられちまった」

「だったら、社長だって、勝つために味方を選んでいる場合じゃないでしょう。河辺を倒し、玉城を倒すためなら、生っちょろい連中とだって上手くやらなきゃならんはずです」

頭に来たが、天野は反論の言葉が見つけられなかった。立ち上がり、操舵室へ行って、ストーブの上にのせてあったコーヒーポットをつかむ。そして、カップにコーヒーを注ぎ、がぶりと飲んだ。途端に吐き出す。

「熱いっ」

口の中を火傷《やけど》してしまった。

畜生《ちくしょう》め。ろくでもないことばかり起こる——。

甲板で、山科と渡瀬がぼそぼそと喋っている声が聞こえてきた。どうせこっちの悪口を言っているのだろうと思うと、ますます腹が立ってくる。

やがて、山科が大声で呼びかけてきた。

「社長」

天野は無視した。

「社長。ちょっと、社長。聞こえてないんですか？」

「うるせえぞ、てめえ」

操舵室のドアから顔を出し、天野が怒鳴りつけたとき、山科は堤防のほうを指さした。

「あれを見てくださいよ、社長」

学生たちが、田神を先頭に堤防をおりてくるのが見えた。勝鬨丸のそばまで来ると、また田神は言った。

「乗っても、よろしいですか」

「乗りたきゃ、乗りな」

学生たちはふたたび、次々と船に乗り込んできた。

「どうしたんだ？」

「あなたの支援を受けたいと思うのですが……」

田神はためらいがちに言った。

「やはり、天野さんの言う通りだと思います。帝国主義者、河辺に立ち向かうには、我々には綺麗事を言っている余裕はありません。そのことを、あなたに教えられました」

楡が得意げに、天野に微笑みかけていた。

「そうか。わかってくれたか」

「はい」

「だが、金を渡すには条件がある」

「え？」

と驚きの声を上げたのは、山科だった。渡瀬も、心配そうに天野と学生たちの顔を窺《うかが》っている。

「条件というのは、おめえたちの闘争方針のことなんだ。帝国主義がどうの、ブルジョアジーがどうのってのは、一般国民には難しすぎる。いまのままじゃ、お前たちは大衆からは、『ああ、若い人が変なものに取り憑《つ》かれて騒いでいる。哀れなことだ』って思われるだけだぞ」

「じゃ、どうすればいいんです？」

「『同盟反対』とか、『戦争反対』とか、『戦犯・河辺を打倒せよ』とか、そういう単純なお題目だけ掲げておけばいい」

みな、不服そうな顔になった。楡すら不満げである。

「おめえたちと違って、一般大衆ってのはそんなに賢くはないんだ。難しいことを言っていねえで、『昔、戦争指導をしていた奴が、また戦争をはじめようとしている。このままでは平和な暮らしが失われるぞ』って訴えておけばいいんだよ。そうすりゃ、巷《ちまた》のお父ちゃん、お母ちゃんでも、『これは大変だ』と思って、お前たちのことを一生懸命に応援してくれるさ」

学生たちは黙って、顔を見合わせている。どうすべきか決めかねているようだ。そこでまた、楡が勇気を見せた。

「私は、天野さんの言うことは一理あると思うんだけど……」

しかし、楡の言葉は単発で、みなの意見をまとめ上げるような力を持たない。彼女の言葉が尻切れトンボに終わると、例の眼鏡の男があとを引き取った。

「僕も同意見だ。とりあえずは国民の反政府の力を一つにまとめ上げ、それを弾みに、運動を次の段階へと進めるべきじゃないだろうか」

しかし、別の太った男子学生が反論の声を上げる。

「俺は、その考えはおかしいと思う。我々の運動を堕落させることにしかならんだろう」

その通りだ、いや、そうじゃないと、学生たちは互いに罵り合い出した。

天野はうんざりして言った。

「お前たち、何ならもういっぺん船を降りて、相談してきたらどうだ。話がまとまったところで、結論を聞かせてくれ」

喧しく論じ合っていた学生たちはふたたび黙った。そしてまた、田神が歩き出し、船を降りたため、他の学生たちもつづいて降りていった。列になり、堤防の向こうに消える。

「せっかく彼らが戻ってきたというのに……このまま帰ってこなかったら、どうするつもりです？」

山科はまた非難したが、渡瀬は楽しそうに顔を輝かせている。

「さて、学生たちはどうするかな？　彼らが天野さんの考えを取り入れ、広く国民の支持を得られるスローガンを掲げるようになったら、たしかに面白くなりますね。傲岸不遜《ごうがんふそん》で知られた河辺総理も、うかうかしていられなくなるんじゃないかな」

その後、曇り空を滑る水鳥を眺めながら、三人でコーヒーを飲んでいたところ、三十分ほどして、学生たちがまた堤防の上にあらわれた。田神を先頭に、船に近づいてくる。

「乗ってもよろしいですか？」

「いいに決まっているだろ。それで、結論は出たのかい？」

学生たちは甲板に上がり、天野たちの前に並んだ。田神が代表して言う。

「協議の結果、あなたの提案を受け入れることにしました。今後の活動に勢いをつけるためにも、一般大衆にわかりやすいスローガンのみを掲げるべきだという結論に達したのです」

「お前たち、やはり見どころがあるぜ」

天野は、田神と握手をした。

楡は目を潤ませているように見えた。いっぽう、山科は、目の前のことが信じられないというように、呆然とした顔つきをしていた。

五

白壁の、明るく広い洋間には、一度に二十人は同席できるような、大きなテーブルがあった。玉城寿三郎は、その隅についていた。

同じテーブルには、保守党の重鎮たちが座っている。玉城から見て左側には、河辺総理の五歳下の実弟で、いま財務大臣を務めている伊藤英三《いとうえいぞう》、そして右側には河辺派の番頭格で、総理より六つ上の代議士、海山政夫《うみやままさお》がいる。海山は、保守党の幹事長だった。そのさらに右隣には、外国人もいた。A合州国大使館の一等書記官、フレッド・フォスターである。

ここは、国営鉄道の駅から徒歩十分ほどの住宅地にある、河辺総理の自邸だった。総理大臣官邸をはじめ、省庁などの公的な建物はいくつもあるけれど、この国では、政治家の私邸に閣僚や官僚、秘書官、公党の役員などが詰め、会議が行われることが多い。よって、総理大臣や、総理を目指す派閥の領袖ともなれば、それなりに立派な邸宅が必要なのだ。河辺の邸宅も広い庭を持ち、五月のいまは、薔薇《ばら》や芍薬《しやくやく》が咲き乱れている。客たちが集うこの居間兼会議室の、大きなテーブルといい、革張りの椅子といい、まさに、総理大臣の邸宅にふさわしく、デザイナーに特注で造らせたものだった。

四十代の半ばになってきて、玉城は太りつづけていた。衣服を作っても、どんどんサイズが合わなくなっていく。いま着ている背広も、上着のボタンを留めると腹が苦しく、ズボンの内腿《うちもも》のあたりもぱんぱんだ。その玉城の体を、この河辺邸の椅子のクッションは、やわらかく、それでいてしっかりと支えていた。

だが、洗練された景観や調度に包まれながら、玉城は寛《くつろ》いだ気分にはなれなかった。いや、同席する伊藤も、海山も、フォスターも、みなぴりぴりとした雰囲気だ。屋敷はデモ隊に包囲されており、「同盟反対」のシュプレヒコールがこだましつづけているのだ。

玉城も、ここを訪れる途次からぞっとしたものである。車がこの屋敷へと向かう坂道をのぼっていたときから、黒山の人だかりが望見できた。玉城は「強権政権を支える、右翼の政商」として批判されてきた身であるから、もし車の中に自分がいることを知られたら、袋叩きにされるのではないかとすら危ぶんだ。

河辺邸から少し離れたところで車を降りた玉城は、護衛に囲まれて、裏の細い通路に入った。その通路をたどれば、屋敷の裏口に出られるようになっており、多くの要人がそこを使っていた。玉城もまた、裏口から河辺邸に入ったのだ。

やがて、別室で電話をかけたり、客人と面会したりしていた河辺総理自身が、玉城たちが集まる居間にあらわれた。戦前から権力の中枢で活躍しながら、まだ六十代前半の若さの河辺は、細長い顔で、前歯が出ている。

　玉城は、河辺はさぞ生きた心地がしていないに違いないと思っていたが、彼はけろりとした表情で、

「騒がしくてすまんね」

　などと言った。

「総理、ここにいて大丈夫なのですか？」

「さて、どうかな。このあいだは、庭に火炎瓶を投げ込まれてね」

　弟の伊藤が、葉巻をくわえながら、下膨《しもぶく》れの顔をむっとさせている横で、兄の河辺はにこにこ笑って答えた。

「警備の諸君には面倒をかけることになった。火を消すのに、ちょっと苦労していたからね」

「デモ隊の人数がずいぶん増えたようですね。かつてに比べて」

「それは、僕も驚いているんだが……」

「新聞記事の内容も、ここへ来て変わってきたように思います。先日の日讀新聞の記事など、改定同盟条約の中身になどまるで触れず、ただただ総理のことを、戦争好きな人間のように書いて罵倒しているだけでしたからな」

「僕の人相が悪いのも原因なんだろうが、やはりどこかから、反対派に大きな金が流れるようになったんだろうね」

　笑って言う河辺に、金髪をポマードでぴたりと撫《な》でつけているフォスターが、この国の言葉で流暢《りゅうちょう》に尋ねた。

「その資金は、やはりＳ連邦の工作員から流れているとお考えですか？」

「それもあるかもしれないが、敵は意外に近くにいるかもしれないね」

「近くとは、保守党内ですか？」

「味方のような顔をしているのが、案外危ないんだ。この部屋にいる者にも気をつけなければならんかもしれない」

河辺が楽しそうに言ったのに、フォスターと玉城は揃ってにたりと笑った。海山もお愛想程度に相好《そうごう》を崩したが、伊藤はむすっとしたままだった。

政権を守ろうとする者と、倒そうとする者との複雑な動きを、玉城もすべて把握しているわけではなかった。しかし、彼が苦々しい思いとともに、「敵」としてまっさきに想起したのは天野春男だった。

「まあ、しかし、玉城君、私はそれほど心配はいらないと思っている。警察当局の話だと、デモの参加者は日当を貰《もら》っているそうだよ。つまり、一部の者を除けば、政治的な主張のためというよりは、小遣い稼ぎのために参加しているんだ。デモの声が国民全体の声をあらわしているとはとても思えない。だって、デモ隊が我が家や国会議事堂を取り囲んでいるあいだも、野球場はいつもいっぱいなんだからね。僕は民主主義国の総理として、国民の声なき声を聞いて、国のためにやるべきことを実行していきたい」

堂々と述べた河辺を見て、玉城は、「この人は常人とはかなり変わっている」との思いを強めた。新聞記事や、デモ隊からどれほどの悪口をぶつけられても、彼は平気なようなのだ。

いまでは民衆の声など顧みない独裁者と考えられている戦前の軍人たちなども、実際に間近で接していた玉城にとっては、国民の支持を失うことを非常に恐れる臆病者ばかりだった。

軍人が力を持つ前の時代に、国民が期待を寄せたのは議会であり、政党政治家であった。だが、議会政治は手続きが煩雑で、具体的な施策を進めるのに時間がかかるものだ。その上、与野党の罵り合いやスキャンダルの暴露合戦に国民はうんざりしてしまった。やがて国民は、テロリズムで社会変革を遂げようとする過激青年将校たちや、外国との悶着《もんちゃく》を、大規模な軍事行動で一気に解決することを主張する軍司令官たちに希望を託すようになった。

そうした世相の中、政治的な発言力を強めた軍人たちは、「自分たちも国民に見限られれば、政党政治家と同じ運命をたどることになる」との恐れを抱かざるを得なかった。デモクラシーの時代を経験した社会にあっては、どんな者も国民の負託がなければ政治的な力など行使できないものなのだ。かつて軍人たちが、本心では戦争に打って出るのをためらいつつも、自信満々にふるまい、勇ましい発言を繰り返していたことも、また、戦時中には戦果を水増しして報道していたことも、すべては国民を恐れるがゆえであったのだろう。そのように、玉城は思っている。

ところがである。河辺は、信念を貫くためには、国民からいくら嫌われてもかまわないと見えた。あるいは、民主政治の〈民〉は、彼にとっては現在の国民だけでなく、過去の国民、さらには未来の国民をも含んだものだということなのかもしれなかった。いま多少の批判を受けたとしても、長い時間軸で考えれば、将来的には「あのときの河辺の政策はまことに正しかった」と言われるに決まっている、と信じ込んでいるらしい。それが、玉城が河辺に信頼を寄せる理由でもあるのだが、同時に、いささかの気味の悪さをもおぼえないではいられない。

「とにかく、合州国大統領閣下の我が国への訪問は、今年の六月二十日頃と決まったんだ。それまでには何としても改定同盟条約を成立させておかなければならない。両国にとっての新時代を、内外にアピールしなければならないからね」

河辺は、もはや改定が既成事実であるかのような、自信あふれる態度で言った。しかし、伊藤は渋い顔のままだ。

「だが総理、そうなると、大統領がいらっしゃる日よりも三十日前には、下院で条約が承認されなければならんのだよ」

彼が言った「三十日前」というのは、現行憲法に規定された下院の優越性によるものである。予算や条約の承認については、下院が議決したあと、上院が三十日経っても議決しないときは、下院の議決を国会の議決とするという規定があるのだ。

「だとすれば、総理、のんびりとはしていられないよ」

「そうだな……しかし、野党の諸君にも困ったものだよ。だいたい、もともとは彼らも同盟条約の改定には賛成だったんだからね。『占領状態を継続させているだけの条約は変えるべきだ』と言っていたんだ。ところが、どこかからの指示を受けてのことか、あるいは、国民のあいだに反対の声が大きくなったことに影響されてかは知らんが、急に反対、反対だよ。そして、国会ではナンセンスなことばかり言っている」

河辺が言うように、国会審議は迷走をつづけていた。メディアに歩調を合わせ、野党議員も、「条約を改定しては、我が国は合州国の戦争につき合わされることになる」と言い、「戦時中の閣僚であり、一時は戦犯容疑者として収監されていた総理の経歴からしてそれは間違いない」というキャンペーンを張っているのだ。つまり、彼らはまともに議論をしようとしているのではなく、審議を引き延ばして、条約を廃案にしようとしているだけにしか思えなかった。

「このままでは、いつまで経っても埒《らち》は明きませんよ。連中は会期切れを狙っています」

海山幹事長が焦った様子で言った。目鼻立ちがはっきりしており、なかなかの好男子とも知られるが、戦前から議員活動を行う海千山千の男で、「寝業師《ねわざし》」の異名もとっていた。

「国会混乱の非は向こうにあるのです。ここは、強行採決をもって会期延長をはかるべきではありませんか？」

海山の提案に、河辺はすぐに返事をしなかった。腕組みをして考え込む。

「たしかに、幹事長の言うのはわかる。民主主義というのは多数決で物事を決める制度なんだ。それなのに、少数者が負けるに決まっているから多数決を行いたくないといって、妨害ばかりをするというのは、民主主義の破壊だ。非は向こうにあると言えるだろう……けれどもね、こちらとしてもこそこそ逃げるようなことはしたくない。正々堂々と議論を行ってこそ、国民のあいだに、この条約の重要性に対する理解が広がっていくのではないだろうか」

玉城は苛立《いらだ》ちをおぼえた。河辺は間違いなく、非常なリアリストなのだが、変なところで青臭いことを言い、細かい節にこだわろうとする。自分は裏方だと思って、黙っていた玉城だったが、我慢できなくなった。

「これは総理や保守党の面目の問題じゃありませんよ。国家間の信義の問題であり、我が国の国際的な信用の問題なんです。信義のためには、多少荒っぽいやり方もとらなけりゃいけない。それが政治じゃないですかね」

伊藤が膨れ面で反論してきた。

「だが、強硬な手に出れば、総理はますます反民主主義者だと宣伝されることになる。野党と結んだデモ隊の連中の破壊活動も、さらに盛んになるだろう」

今度は海山が言い返す。

「早い行動に出たほうが、騒ぎが大きくなる前に仕事を終えることができると私は思う」

周囲がいろいろと言うあいだ、河辺は腕組みをして黙っている。

玉城もまた言った。

「まったく、占領軍がおかしなことをしてくれたものだよ。我が国の警察力は、かつてにくらべて弱体化してしまった」

玉城はフォスターを睨みつける。

「我が国そのものを弱体化させるために、あんたらが変な改革をしてくれたおかげで、おかしな若者ばかりになってしまった。彼らは、国家権力が弱まれば、人々は自由を謳歌《おうか》して幸せに暮らせると思っている。個人の自由や権利は、権力がしっかり機能しているから守られるという常識を、まったく弁《わきま》えない者だらけになってしまったんだ。世界の紛争地域へ行き、ゲリラにマシンガンを突きつけられながら、我が国の憲法の条文を読み上げて、『君たちは私にマシンガンを突きつけ、捕虜にするとは何事だ。基本的人権を尊重しなければならない』と言ってみればいいんだ。頭を撃ち抜かれておしまいだよ」

「それはまったく、君の言う通りだとは思うがね――」

と、伊藤が口を挟む。

「しかし、総理は社会の治安にも責任があるんだ。弱体化した警察力や、間違った考えを持った若者が大勢いるという現状のもとで、策を講じなければならない。それもまた、政治の現実だ」

「警察の力だけでは不充分だというのであれば、その不足分を私たち愛国者が補いましょう」

「どういうことだい？」

「向こうが法秩序を無視した荒っぽい手で来るというのなら、こっちも体を張ろうというまで。そのために私は、全国の仁侠団体や愛国団体の統一を目指しているのです」

三人の政治家の表情が硬くなった。玉城は鼻で笑う。

「ご心配には及びませんよ。これはみなさんたちのような『先生方』とはかかわりのないことだ。私たちが、自発的にやることですからな」

玉城は思っている。光だけでは世界は成り立たない。自分たちのような影の存在があってはじめて、世界は完成するのである。

しばらく、光の世界の人間たちは玉城に気を呑まれ、動きを止めていた。やがて、海山がゆっくりと動きを再開し、口を開いた。

「総理、ここは腹を括《くく》ってください。国会のほうは、私にまかせていただきたい。採決をしてしまえば、反対する連中がいくら騒いだところで、もはや手も足も出ません」

なお腕組みをして考え込んでいた河辺は、こくりと頷いた。

「わかった。みな、よろしくやってくれ」

それを聞いて、玉城は立ち上がった。

「総理、電話をお借りしたいのですが」

「ああ、いいとも。書斎のを使うといい」

玉城は広い居間から廊下に出て、向かいにある河辺の書斎に入った。書斎とは言っても、河辺と客人が密談をするための場所で、机のほか、椅子が二脚だけ置かれた、狭く、殺風景な部屋だった。

玉城は部屋のドアを閉めてから、机の上の電話の受話器を取り上げ、大きな福耳にあてがった。相手が出たところで、ひそひそと話した。

「いよいよ、出動してもらうことになった……そうだ……もちろん、〝鉄砲玉〟もいる」

それだけ言うと、玉城は電話を切り、書斎を出ていった。

4　弾薬と毒饅頭

一

山科徹は、ごつい体にニッカポッカと半袖シャツをまとって自転車に乗り、夕闇迫る街を走り抜けていた。周囲を警戒しながら、明るい表通りを避け、曲がりくねった裏道を進む。そうしてたどり着いたのは、料亭「瓢鮎」の勝手口だった。

扉を開け、黒塀のうちに自転車を引き入れると、厨房《ちゅうぼう》脇の土間に入り、

「まいど」

と挨拶をした。

すでに、客がやってくる時間帯で、ビール瓶を運ぼうとしていた女中が手を止め、案内してくれた。表玄関からは一番奥まったところにある六畳間で、女将の趣味か、背の低い桐簞笥の上に、とぼけた顔をした、白い招き猫がいくつも並んでいた。

冷めた茶を啜りながら二十分ほども待っていると、女将の小松がぜいぜい息を切らしながら、いつもの厚化粧であらわれた。

「お待たせ、お待たせ。今日は暑いねえ」

「やあ」

「山科さん、元気そうで。社長さんは元気？」

「あいかわらず、元気を持てあましているようです。だから、こっちはどやしつけられ、追い使われることになる」

大きな琥珀の指輪を見せつけるようにして手で口元を覆い、小松は笑った。

天野春男はいま、例のおんぼろ船、勝鬨丸にほとんど籠もり、山科をはじめとする天野組の社員や、学生同盟の連中に指示を出していた。デモ隊に対抗する公安警察や、玉城寿三郎の手の者から身を隠すためだ。妻、房子が待つ家にもまったく帰っていない。その日も、山科は天野の指示で「瓢鮎」に来たのだった。

「弾薬のことで、相談があって来たんですがね……」

小松は手招きをしながら立ち上がった。

「いらっしゃいよ。紹介するから」

「女か？　俺は太っているから、ほっそりした人がいい」

小松はまた、琥珀を見せびらかして、かっ、かっ、と笑う。

「男の人ですよ。さ、来て」

部屋を出ると、小松は廊下を進み、とある客室に山科を連れていった。二十人以上が会合を開けるような広い部屋で、赤漆《あかうるし》塗りの、鏡のように輝く長い座卓が置かれている。周囲にはいくつもの座椅子が並べられてあったが、床の間に掛けられた、大蛇がのたくったような文字が書き連ねてある軸物を背にして、六十絡みの男が一人でぽつんと座っていた。スーツ姿で、短く刈った頭をきちんとわけて整え、眼鏡をかけている。右手には火のついた煙草があった。

小松は掛け軸の前の男に言った。

「先生、こちら、山科さんですよ。天野組の方」

「おお、そうか。さ、遠慮せず座ってくれ。まずは一杯いこう」

徳利を持ち上げ、明るく言ったのは、経済大臣の沼津健人だった。

山科は正直なところ、沼津のことはあまり好きではなかった。何度も舌禍《ぜっか》事件を起こし、政局を招いてきた男だが、報道された問題発言の内容というのが、「緊縮財政策によって、中小企業の経営者が自殺してもやむを得ない」とか、「貧乏人は麦を食えばいい」とかいうものばかりだったからだ。沼津は、自分たち庶民を見下しているのではないかと思えてならなかった。

けれども山科は座卓を挟んで対座するや、

「お目にかかれて光栄でございます。よろしくお願いいたします」

と丁寧に挨拶をした。沼津は天野にとって、重要な連携者だからだ。

「堅苦しい挨拶はいいから、まずは飲もうじゃないか」

「せっかくですが、私は仕事中でございまして――」

「男は飲みながら仕事をするものだ。一杯くらい、いいじゃないか。さあ、さあ」

沼津が大酒飲み、かつ、ヘビースモーカーであるのは有名だ。山科は杯を受けた。

「山科君だったかな？　君は天野君とはだいぶタイプが違うようだ。礼儀正しく、言葉遣いもきちんとしている。どうして、天野君のところなんかにいるのかね？」

沼津は笑いながら尋ねた。

「現場で拾われたんですよ。『俺のところに来ないか』って」

「現場？」

「占領軍の基地の、日雇い仕事です。道路や滑走路を造るために、コンクリートを打っていました」

「兵隊には行ったのかい？」

「幸い、内地勤務でしたが。本土決戦要員として……でも、どやしつけられながら、塹壕《ざんごう》や防空壕を掘らされる毎日は、結構きつかったです。戦後もまた、天野に叱りつけられながら、現場で土まみれで働く毎日ですがね」

沼津は今度も、楽しそうに笑い声を上げたが、山科は少しも楽しくなかった。実際に会ってみて、やはり沼津のことがますます嫌いになってきた。

沼津は戦前、戦中からの財務省のエリート官僚だったが、戦後、役所の先輩たちが戦争責任を問われて追放されたため、瞬く間に出世した。その後、政界に進出し、ほどなくして大臣にもなり、以降、財政・経済関係の重要閣僚を歴任してきた。つまり、有史以来のこの国の動乱期に、ずっと中央の官庁で算盤勘《そろばんかん》定《じょう》をしていた男なのだ。戦時中は現場で穴を掘ったり、弾雨の中で駆けずりまわったりし、戦後も食うや食わずで、日雇いの仕事を必死に求めていた兵隊たちの苦労など、彼にはわかるはずもない。そのように山科は思った。

「ところで、天野君は元気でいるのか？」

「元気過ぎて、ますます山科さんたちを追いまわしているみたいですよ」

とロを挟んだのは小松だった。

「山科さん、天野さんから先生に何かお願いがあるんでしょ？」

促されて、山科は切り出した。

「弾薬をもう少しお願いしたいんです」

「これか？」

沼津は、親指と人さし指で輪をつくって見せた。山科は頷く。

「僕は天野君に、事が成った暁には、充分なものを払うと約束しているんだ。だから、そっちも約束を果たしてもらわないと——」

「天野組や天野自身のための弾薬をお願いしているんじゃないんです。あくまでも、敵を倒すための軍資金ですよ。デモも佳境に入ってきました。国会前にさらに多くの人を集めるには、まだまだバスが必要だし、ビラもたくさん撒《ま》かなければならない。学生たちがそう言っているんです」

「ま、それくらいの相談に乗ることは吝《やぶさ》かではないけれども……」

と、沼津は煙草をふかしながら、渋い顔で言う。

「事態が進展しているのは、僕にもわかっているんだ。大規模なデモは国会前ばかりか、全国規模で頻繁に行われるようになっている。河辺総理に対する国民の不快感も相当ひろがってきたようだ……だがね、総理自身はまったくへこたれていないんだよ。あの人は、言わば〝変態〟に類すると思う。どれだけ批判されても、『私は国民の声なき声を聞く』などと言って、涼しい顔をしているんだから」

「そうですか」

「そうですか、じゃ困るんだ」

沼津は語気を強めた。

「僕が天野君に頼んだのは、河辺政権を追い詰め、倒すことなんだよ。このままじゃ、あの人はいつまで経っても政権の座に居座りつづけることになりかねない」

「じゃ、どうすればいいとおっしゃるんで？」

「もっと河辺を心理的に追い詰めて欲しいということなんだ。『ここまでの混乱を引き起こし、人々から憎まれているのなら、早々に退陣を考えなければならないな』と彼が思うようにしてもらいたいんだよ。たとえば、条約承認手続きの途中にでも退陣表明をしようという気になるとかね」

「だけど、もし河辺総理が〝変態〟だとすると難しいですよね」

沼津は天を仰ぎ、卓を掌で叩いた。ずいぶん苛立っているようだ。

「君ねえ――」

「やはり、沼津先生ご自身が、政権内で揺さぶりをかけ、総理に退陣を迫るしかないんじゃないですか？」

山科が言うと、沼津は煙草をくわえながら、呆れたように顔をゆがめた。何か言いたそうだが、なかなか言い出さない。

代わって、小松が口を開いた。

「河辺派は保守党内の最大派閥ですからね。次の総裁選で、河辺さんが先生を支持してくださればよいけれども、もし先生以外の候補者を支持することになれば、行方は渾沌《こんとん》としてきますでしょ」

「面倒ですな。喧嘩相手に支持してもらおうなんて……」

困惑する山科に、小松はぴしゃりと言った。

「それが、政治というものよ」

「そんな、難しい……」

すると、沼津がまた言った。

「難しいから、天野君に協力を依頼したんだ。充分な報酬も約束した。私は嘘は言わない」

沼津は卓上に両肘《りょうひじ》をつき、身を乗り出すようにして、山科に顔を近づけた。

「天野君本人と、また直接話し合ってみたいと思うのだが……」

「いまは難しいですね。社長は身を隠さなきゃなりませんから」

「彼はどこにいるんだ？」

「教えられません。私でさえ、外出の際には、尾行されていないか注意しているのです。ここへ来るにも、わざと遠回りをして来たんですよ」

「急がなきゃならんのだよ」

「どうしてです？」

「海山幹事長が中心となって、下院で近々、強行採決を行う計画を進めている。すんなり会期延長や新同盟条約が採決されてしまえば、憲法の規定から、上院での審議はしなくてすむことになるだろ」

「じゃ、もうじき条約は成立するんですね……」

「そうだ。そうなれば、もう勝負はついたようなもので、河辺政権の前途に大した波風は立たなくなるだろう。総理は新同盟条約が正式に締結されたあとも、のうのうと政権の座に居座ることになりかねないんだ」

沼津の顔つきは、本当にいまいましげだ。

「だから、僕は天野君本人から、いったい、これからどうするつもりなのかを聞きたいんだ。ここがまずければ別の料亭でも、ホテルでもいい。場所はそっちが指定してくれてかまわんから、とにかく沼津が会いたがっていると伝えてくれないか。弾薬のほうは何とかするから」

「わかりました」

沼津の前をさがったあと、小松から札束を受け取って、山科は「瓢鮎」を去った。

翌日の昼頃、大川の河川敷を、山科はリュックを背負って自転車で走っていた。いまにも泣き出しそうな空で、体に当たる風はじめじめしている。だんだん近づいてきた勝鬨丸も、雨雲に覆われた太陽の鈍い光を受けて、いつも以上に老朽して見えた。

やがて船の脇に来ると、山科はスタンドを立て、自転車を降りた。乗船する。例のごとく、天野は錆だらけの操舵室の前のベンチに座り、学生同盟の辛島輝之、楡久美子とともにコーヒーを飲んでいた。

「お前、どこかで田神を見たか？」

山科の姿を見ると、天野は唐突に尋ねてきた。山科はかぶりを振る。天野は学生たちのほうへ顎をしゃくりながらつづけた。

「ひょっとしたら、田神がここにいるかもしれないと思って来たって言うんだが……」

田神志郎は、革命前衛党の指導から脱却し、独自の立場で新同盟条約に反対する、学生同盟のリーダーだった。

「連絡がつかないのかい？」

山科が問いかけると、眼鏡の辛島が、ふさふさの髪をかき上げながら答えた。

「またどこかで、テレビか新聞のインタビューを受けているんだとは思いますけどね」

辛島の言い方には、棘《とげ》があるように感じられる。

「あいつ、ちやほやされて、ちょっと浮かれているんですよ……そんな場合じゃないのに。戦いは大きな局面に来ているんだから」

「山科、弾薬を渡してやってくれよ」

天野に促されて、山科はリュックから丸めた新聞紙を辛島に渡した。労働組合が作った機関紙だが、中には札束が入っている。

「お前たち、仲間割れしているのか？」

天野が問うと、辛島は楡とちらりと顔を見合わせてから言った。

「仲間割れというわけではないけれど、あいつはものすごい自信家ですからね。河辺のことを独裁者だと言っていながら、あいつ自身が独裁的なんですよ。自分だけが正しいと思い込んでいて、他の奴の意見は聞こうとしない。有無を言わさずに、久美子をひっぱたいたこともあるんですから」

天野の顔から、笑いが消えた。明らかに不機嫌な表情になる。天野は、口は乱暴だが、女や子供、年寄りなど、弱い者をひっぱたくような奴が大嫌いなのだ。そしてそういうところこそが、山科が一面では天野のことを偏屈だと思いつつも、やはり身を預けるにふさわしい人物として尊敬し、慕ってきた理由なのであった。

「あの野郎、そんなことをしやがるのか？」

楡は首をかしげて小さく頷いた。天野は、辛島をにらみつける。

「お前は、彼女がひっぱたかれたとき、黙ったままでいたのか？」

「黙ってないですよ。やり返してやりました。だけど、あいつは絶対に自分の非は認めない男なんです」

天野は今度は、楡に言う。

「お前も、やられたまんまでうじうじしてちゃいけねえ」

「うじうじなんてしてないですよ」

「革命戦士の端くれならば、女でも、もっとガツンといかなきゃいけねえんだ。わかってるのか？」

興奮すると、天野も相手の言うことに聞く耳を持たなくなる。自分の主張を、怒鳴りつけるようにぶつけるだけだ。山科は、そこは天野のよくないところだと思っている。

「わかってます」

と楡は言ったが、しょんぼりとうなだれてしまった。すると、辛島が庇《かば》うように引き取る。

「彼女だって、ガツンといくときはいきますよ。本物の革命戦士です」

「本当か？」

「今夜だって、彼女は同志たちの前で演説をするんだし」

「じゃ、せいぜい頑張って来な」

いかにも投げやりで、励ましている感じがまったくしない言い方だった。若い男女はふてくされた様子で、連れ立って船を降りていった。彼らが河川敷を歩き、堤防をのぼっていくのを見送りながら、山科は天野に尋ねた。

「奴らは社長の敵ですか？　味方ですか？」

「何だ？」

「学生たちの話を聞くのは不愉快なんですか？」

天野は黙った。しばらくしてから口を開く。

「愉快なわけがないだろ。俺はあいつらを見ていると、恥ずかしくなってくるんだ」

「昔の自分を思い出すからですか？」

ずばりと聞いてみた。天野は渋い顔で頷く。

「青臭い理想を掲げて、必死に頑張っている連中の姿を見ると、俺は後悔の念に嘖《さいな》まれて、死にたい気分になる」

天野の口から「死にたい」などという言葉が出てきたので、山科はいささか驚いた。

「まったく、俺は馬鹿だったよ。革命思想などにかぶれて、自分の青春時代を台無しにした。それだけじゃない。親にも、妻にも、また妻の家族にも大変な迷惑をかけた……そりゃ、死にたくもなる」

「誰だって、若いときには馬鹿なことをやらかすもんでしょう」

「馬鹿にも程度ってものがある」

「度を越した馬鹿の先輩として、馬鹿の後輩たちをもう少し温かい目で見てやってくださいよ」

「てめえに、そんなふうに偉そうに言われたかねえよ、馬鹿」

「どうせ馬鹿ですよ。馬鹿社長の会社の社員ですから」

「馬鹿野郎、てめえ――」

「でも、学生たちを助けるって決めたのは社長ご自身だ。だから、私らも一緒になって闘おうって覚悟を決めたんです。下城を倒し、津長のオヤジの仇を討つためにも、会社を建て直すためにも、それから、おかみさんの治療のためにも、どうかもう少し、学生たちの馬鹿っぷりに寛大になってやってください。お願いします」

房子は右目の手術は終えている。名医の処置によって、右目は失明の危機を脱したが、もうじき左目の手術をするために、また入院をしなければならないのだった。

「俺としては、あれでも一生懸命、連中に優しくしているつもりだ。だが、どうしても、奴らを片っ端からぶっとばしてやりたい気持ちが湧き上がってくるんだよ」

山科は笑ってしまった。「死にたい」などと言うよりは、誰かを「ぶっとばしてやりたい」と言うほうが、天野にはふさわしいと思った。

「ところで社長、昨夜、『瓢鮎』で沼津大臣に会ってきましたよ」

「へえ、そうか」

「大臣が、どうしても社長に会いたいっておっしゃっていました」

「なぜだ？」

「デモ隊の数が増えたことは認めるけれども、このままじゃ新同盟条約は強行採決されてしまうって……」

「そりゃ、そうだろうな」

天野は暢気に言った。

「沼津の奴は何を焦っているんだ？　あいつ自身、俺の前で、新同盟条約は成立させたい、って言っていたんだぞ。俺だって、現行条約なんぞ、さっさと改定したほうがいいと思っているんだ」

「新条約は、本当に成立させてしまっていいんでしょうかね？」

山科自身も、玉城を怨んでいるし、金も欲しいとは思うが、いろいろな報道に接したり、学生たちの姿を間近に見たりしていると、条約を改定することが本当によいことなのか、わからなくなってきていた。

あるいは、反対派の人々が言うように、新条約によって、我が国は合州国の戦争に巻き込まれることになるのではなかろうか、とも思えてくる。

「お前まで、何を言っている」

馬鹿にしたように、天野は顔をしかめた。

「社長は、合州国が好きなんですか？」

「好きとか、嫌いとかそういう問題じゃないだろ」

「我が国をさんざんに打ち負かした合州国に、河辺政権はいつまでも媚《こび》を売っているようにも思えるのですが……戦争が終わって、もう十五年が経つというのに」

「現行条約こそ、我が国を属国扱いするものなんだぞ。改定するのと、しないのと、どっちが媚を売ることになると思っているんだ？」

「そうですか、なるほどね……」

納得したわけではないけれども、山科はそれ以上、議論するのをやめた。

「沼津大臣は、河辺総理にへこたれた様子がないから、このままでは条約成立後も退陣しそうにない、って言うんですよ」

「俺は沼津には会わないぞ。会っても仕方がないからな。いまのところは、反対運動はこの程度でいいんだ。河辺を本格的に追い詰めるのは、強行採決とやらが行われてからだよ」

鰾膠《にべ》もなく、天野が断言したため、この話は打ち切りとなった。

二

その日、すなわち五月十九日、本来は議論の場であるはずの国会において、憲政史上の汚点となる乱闘が繰り広げられた。

すでに最大野党の進歩党は、午前九時の段階で「質疑打ちきりと会期延長には実力で対抗し、阻止する」との方針を確認した。そして、行動隊を集合させた。午後になると、野党と連携する労働組合、学生たちなどを中心としたデモ隊が、国会周辺に続々と集まってきた。

野党がデモ隊を国会内に引き入れるかもしれないと案じた政権与党側も、国会の警備に当たる警察官の数を増やした上、下院内の衛視《えいし》の数も倍近くに増やした。それればかりか、仁侠団体、愛国団体などの人々にも国会周辺に集まってもらうよう手をまわしている。もはや与党も野党も、憲法の平和主義や国家の安全を問題にしながら、「戦争」の準備を着々と整えていたわけだ。

午後四時半頃、国会下院の議員運営委員会理事会が開かれ、与党保守党側は会期延長を提案した。しかし、会期切れによって改定同盟条約を廃案に持ち込もうとする野党側は当然、反対した。話し合いが決裂すると、保守党のみで、会期延長案を本会議に上程することに決した。

もちろん、野党もそのまま引きさがりはしない。進歩党の議員や秘書たちは、本会議の開会を阻止すべく、下院議長室前の廊下などで座り込みをはじめた。議長が本会議場に赴けなければ、開会できないからだ。

午後九時過ぎになって、議長はとうとう、警察官の導入を決定した。五百人の警官隊が通路を占拠する者たちの排除に乗り出し、抵抗する進歩党の議員や秘書たちとのあいだで大立ちまわりが行われるにいたる。調度が次々と壊れたり、ドアが蹴破られたりと、まさに目も当てられないような情況を呈した。

いっぽう、人々が乱闘とその後始末に気を取られている最中の午後十時半過ぎ、同盟条約問題特別委員会でも、与野党の議員がもみくちゃになって衝突した。新条約およびその関連法案の採決が強行されたからである。

午後十一時四十分頃、議長はようやく、衛視に囲まれ、保守党議員に抱えられるようにして議長席につき、五十日間の会期延長を宣言した。そしていったん散会後の二十日午前零時五分、本会議は再開され、新同盟条約関係案も上程され、可決された。この本会議には野党議員ばかりか、保守党の反主流派に属する十数人の有力議員も欠席している。

勝鬨丸の甲板上には、田神志郎と辛島輝之、楡久美子の三人の学生がいた。みな、くたびれきった様子で両脚を腕で抱えたり、背後に両手をついたりして座っている。辛島は頬に湿布らしきものを貼っていた。

「その面はどうした？」

ベンチに腰掛けた天野が尋ねると、辛島は、

「柄の悪い奴にひっぱたかれたんです」

と言った。

「私を守ってくれて……」

と楡がつづける。

昨夜、強行採決をめぐって国会内で派手な乱闘が行われていたとき、楡は雨の中、国会前で演台に立ち、デモ参加者の前で、政権批判の演説をしていたという。そしてその最中、暴力団風の連中が十数人、角材などを持って突進してきたため、楡はひっくり返って腕を擦《す》りむき、彼女を守ろうと、彼らともみ合った辛島は顔を殴られたというのである。

とにかく前日からその日の未明にかけて、スクラムを組み、大声を上げつづけ、さらには取っ組み合いも行ってきた学生たちは、くたくたに疲れた様子で、声もかすれきっている。山科の諌《いさ》めを思い出した天野は、彼らに温かい、慰労の言葉をかけてやろうと思った。

「そりゃ、災難だったな……お前たちに乱暴した奴らはおそらく、玉城の手の者だろうよ……」

そこまで言ったところで、次の言葉が出てこない。

やはり、柄にもないことをするのは難しい――。

「これから、僕らはどうすればいいんですかね……」

田神が力なく言った。

「会期延長どころか、条約の承認までなされてしまったんです。政権与党は、あとは何もせず、自然成立を待っていればいい」

哀調を帯びる田神の声に合わせるように、辛島と楡も悲しげな顔になっている。

天野は鼻で笑った。

「おう田神よ、やけに弱気だな。いつもは意気がっている癖に、だらしがない。勝負はこれからじゃないか」

「これから何ができるんです？　新同盟条約は成立したも同然じゃないですか」

「もともと、野党やデモ隊に条約締結を阻止する力なんかあるものかよ」

驚いた顔を、学生たちはいっせいに天野に向けた。

「お前たちがどれだけ『数の暴力だ』とか言って騒いでもな、民主主義ってのは多数決の制度なんだよ。選挙で多数を押さえているほうが国会で勝つのは当たり前だろ。本当に同盟をやめ、中立政策をとろうというのなら、まずは次の選挙で野党が過半数を制することだ。そうだろ？」

気づけば、天野はやはり叱りつけるような物の言い方をしてしまっていた。

いっぽう、学生たちの顔には激しい怒りや焦りがあらわれていたものの、彼らは反論の言葉を発することができないでいる。

「お前たちの理想をかなえるには二つの方法がある。一つは暴力革命を行い、いまの国家体制を転覆させることだ。しかしそれには、広範で、強力な国民の支持がなければならない。警察や専守防衛隊の関係者までが『俺たちも一般国民とともに武器をとって立ち上がらなければならない』と思うにいたるほどの支持だな。だが、残念ながら、そのような現状にはない」

「天野さんが考える、もう一つの方法は何です？」

田神が尋ねてきた。

「さっきも言ったように、合法的に政権交代を成し遂げることだよ。それも非合法な手段を使って」

ぴんと来ない様子の学生たちに、天野は説明した。

「今回、河辺たちが強硬手段に出たのは、合州国大統領の来訪までに新同盟条約を成立させておきたいからだろ。かつて戦った両国の首脳が手を取り合い、新条約成立を祝うセレモニーを行えば、新しい関係が築かれたことを内外にアピールできるからな。だとすれば、お前たちがやるべきことは、大統領来訪の徹底的な妨害だ。お前たちがこれからもっともっと大暴れして、向こうに『こんなひどい治安の国には、とでも大統領を行かせられない』と思わせることができれば、河辺の面子《メンツ》も、我が国の面子も丸潰れになるだろう」

「そうすると、どうなるんです？」

楡が尋ねた。

「国民は、本当に河辺に対して愛想を尽かすだろう。『とてもではないが、あいつは総理大臣にはふさわしくない』とな。保守党の主流派の派閥のボスたちも、『もう河辺政権は支えられない』と見限って策動をはじめ、党内は混乱状態となる。国民の多くが河辺を憎み、保守党内も足並みが揃わない中、強気な河辺がかっとなって解散総選挙に打って出たりすりゃ、次の選挙では野党が大躍進する可能性が高くなる。そしてそうなれば、どういう枠組みかはわからんが、『同盟を破棄し、中立国になろう』という方針を掲げた政権ができ上がるかもしれない……その程度では、お前たちの理想にはほど遠いことだろうが、それでも現状からすれば、大きな前進と思わなければならんはずだ」

学生たちは黙って考え込んでいる。最初に言葉を発したのは田神だった。

「でき上がりますかね、そんな政権？」

「うーん、でき上がらないかもしれないな。だが、でき上がることに期待する以外に、道があるかね？　それとももう、民主主義の敵、河辺との戦いはやめるか？　勝ち目はないとあきらめて」

「戦いはやめません」

田神ははっきりと言った。いや、他の二人の学生も、やめるものか、と口々に言った。

「それでいい。だが、忘れるな。てめえらの敵はあくまでも政権だぞ。仲違《なかたが》いなんかするんじゃねえ」

そこまで言って、天野は田神を睨みつけた。

「とりわけ、女に手を上げるような真似はするなよ」

田神はばつの悪そうな面持ちで頷いた。

ちょっと厳しく言い過ぎたかな——。

山科の顔を思い浮かべた天野は、また笑顔を作った。

「じゃ、頑張れよ」

船を降りた学生たちは、ときおり振り返り、天野に手を振った。天野もにっこり笑って手を振り返してやりながら、

「哀れなくらいに可愛い連中だな」

と、吐き捨てるように言っていた。

三

昼過ぎの住宅街と言えば、本来、いたって静かであるはずだが、いまは物々しい雰囲気に包まれていた。お屋敷が並ぶこの地域の中でもひときわ広い、高いコンクリート塀に囲まれた邸宅の周囲に、黒服に身を固めた、鋭い目つきの男たちが点々と立っているからだ。

いかにも頑丈そうな鉄製の正門がときどき開いては、黒塗りの車が入っていく。あるいは、黒の羽織《はおり》袴《はかま》や背広を着た男たちが、五、六人群をなして、徒歩で入っていく姿も見られた。

門の内側には、車寄せ玄関を持つ建物があった。入り母屋《いもや》屋根が複雑に重なりあった和風建築だが、三階建ての鉄筋コンクリート製である。玄関前には砂利を敷いた広場があって、そこにいま、四台もの車が停まっていた。いや、屋敷の前の道路にも、高級車が何台も駐車してある。

建物の一階には、柔道場かと見まがう広さの座敷があった。大きなガラス戸越しに、回遊式の池泉《ちせん》庭園

を見渡せるその座敷の上段には、神々の名前が記された掛け軸が並べられ、それを背にして和装の玉城寿三郎が、座布団の上にぶくぶくに膨れた尻を据えていた。そばには、二人の側近が控えている。一人はスキンヘッドの月岡で、もう一人は、比企《ひき》という大男だった。比企はまるで、古いＳＦ映画の、屍肉《しにく》を寄せ集めて作られた怪物みたいに無表情である。

座敷内を睥睨《へいげい》する玉城の前には、男たちが左右に七、八人ずつ列を作り、中央を向いて並んで座っていた。どれをとってもなかなかの面構えの者たちだ。全国から集まった、愛国団体、仁侠団体などの代表たちである。玉城が月岡と比企のような、いかにもカタギではない雰囲気の男たちを侍《はべ》らせているのも、一同を威圧する一助としようとの魂胆があってのことだ。

「私は悲しい」

玉城は身を震わせて言った。さっきから一同の前で何度も、悲しい、と繰り返している。

「この国家の危機を、諸君が必ずしも真摯《しんし》に受け止めておられないのではないかと思われて、悲しくてならんのです……国賊どもがあちこちで、これほどまでに暴れまわり、秩序を乱しておる。そしてとうとう、我が国の国際的な信用を大いに失墜させる事件まで起きてしまった……」

玉城が言っているのは、合州国大統領の「新聞係秘書」の車が、デモ隊に襲撃された事件のことだった。新聞係秘書は大統領来訪の準備のために首都空港に到着したが、空港は海を埋め立てて造られており、そこから都心部に移動するには、運河にかけられた橋を渡らなければならない。その橋の付近で、乗車が包囲され、身動きが取れなくなってしまったのだ。

襲撃者の中心は、大統領来訪を阻止しようとする学生同盟の学生たちだった。彼らは新聞係秘書が乗る車に石をぶつけたり、またその上に飛び乗ったりしたため、窓ガラスには罅《ひび》が入ってしまった。けれども、我が国の警察にはなす術がなく、結局のところ秘書は、国内基地から飛び立った、合州国軍のヘリコプターで救助されたのだった。

「ご存じのように、我が国の警察力は、占領軍の悪《あ》しき政策のせいで、弱体化されたままである。しかしそれならば、警察力の足らざるところを愛国者が補うべきでありましょう。そのことを、充分にはおわかりいただいていないようで、私は悲しいのであります」

玉城はいま、各地の愛国団体を束ねる全国統一団体を結成しようとしていた。まだそれは完成していないが、ここに集まっているのは、玉城の趣旨に賛同してくれた親分衆だった。西の地方の者は少なく、ほとんどが東や北の地方に勢力を張る人々ではあるが、玉城は彼らに、もっと積極的に河辺総理を支え、デモに参加する者たちを抑え込んで欲しいと発破をかけているのだ。

ところが、玉城から見て右側の列の、前から三番目の男が、腕組みをしながら、不服そうに発言した。

「さきほどから話を伺っていても、ご趣旨がよくわかりませんな」

引き締まった中背の体に、羽織袴をぴたりと着こなしたその男は、首都圏北部に縄張りを持つ城北連合の会長、筒田《つつだ》卓四郎《たくしろう》だった。生え際が後退した白髪を短く刈り、鷲鼻《わしばな》の下に、端が跳ね上がった、いわゆる「カイゼル髭」をはやしている。

「まるでここに居並ぶ我々が、愛国者ではないかのごとき言われようだが」

筒田は知人らの誘いもあって、統一団体結成計画に賛意を表明したものの、これまで何かと玉城に楯突《たてつ》いてきた。歳が十近くも上だというだけでなく、彼が「シマ」とする地は、この国が近代化する以前からの有名な侠客の産地で、また、城北連合も戦前からの長い伝統を持つ組織だということもあって、「どこの馬の骨ともわからない玉城などの下風《かふう》に立てるものか」という意識を持っているらしい。

「筒田さん、私はあなたを含め、ここに集まっておられる方々が愛国者であることは承知しています。しかしながら、これほどまでに国賊どもが暴れまわり、国家的な危機にいたっているのですから、もっともっと力強く、国のために働いていただいてもよいのではないか、と申しているのです」

「国難に際して、傍観したままでいるような、卑怯《ひきょう》な真似をするつもりは毛頭ない」

自慢の髭をひっぱりながらそこまで言うと、筒田は玉城をじろりと睨んだ。

「だが、あなたに一つ聞きたいことがあるんだ。さきほどからあなたは『国家の危機』というようなことを繰り返しておられるが、現状は本当に危機的でありましょうかな？」

「違うと言われるのか？」

「たしかに、各地で無軌道なストライキが行われ、国会や総理官公邸ばかりか、外国の要人が襲撃される事態ともなった。けれども、そうした所業をなすゴロツキどもも、もはや新同盟条約に対しては実質的に何もできはしないのではないですかな？　自然成立をじっと待てばよい情勢なのだから」

「だがデモ隊や野党の連中は、河辺総理を辞職させようと躍起です。いや彼らだけではない。与党内にも、いまいましいことに、デモが沈静化しないことをもって、総理の責任とし、倒閣をはかる者どもがいるのです」

「それは『国家の危機』ではなく、単に『河辺政権の危機』ではありませんかな。片々《へんぺん》たる内閣が一つ倒れようと、私にはそれほど大したこととは思えない。条約が成立し、今後とも我が国が自由主義圏の一員として立っていくことがはっきりすれば、それでいい」

「立っていけるかどうかがわからないではありませんか。大統領本人が来訪したとき、その身に危害が及ぶようなことになれば、同盟条約など死んだも同じになりかねませんぞ。ぜひとも、条約成立の立役者たる河辺総理を守り、また大統領も守り、二人揃って新同盟条約の成立を世界に示す機会を守らねばならんのです。それには、ここにいるみなさんの協力が必要だ。どうか国賊どもに体当たりでぶつかる気概を持ち、もっと人を出していただきたい」

「気概が足らぬとな……あなたに真の愛国者の何たるかを決めてもらう筋合いはない。あなたから親子の杯を貰った覚えもないからな」

座敷に緊張が走る中、筒田は立ち上がった。

「待った」

玉城は慌てて呼びかける。

「気分を害したのなら、謝る。席に戻っていただきたい」

「どうやら、私とあなたでは、愛国者の何たるかについて見解の違いがあるようだ。私は私なりの愛国の道を歩ませてもらう」

「いま、我々が対立すれば、ならず者どもを利するだけだ。それが真の愛国者のとる道ですかね？」

「私が愛国者でないとすれば、あなたはどうするつもりか？　体当たりでぶつかってくるか？」

筒田の頑固さに相当に立腹していた玉城は、

「お望みとあらば、それでもかまわぬが……」

と口走っていた。

筒田は鼻で笑う。

「チンピラのようなことを言う男だ」

「チンピラ……」

呟く玉城をよそに、筒田は手の甲で袴をはたき、去っていった。

他の客たちも、白けた顔で物も言わず、三々五々、帰っていった。彼らに対する玉城の権威が失墜したことは間違いないものと思われた。

だだっぴろい部屋に残った玉城は、荒れ狂った。酒を持って来い、ぐずぐずするな、と家人に命じ、や

がて、すぐそばにいるにもかかわらず、大声で、

「月岡、おい月岡」

と呼んだ。

「はっ」

月岡は飛んで来て、玉城の前に平伏した。

ときどき夜の相手をさせている、住み込みの女中に酌《しやく》をさせ、杯をあおりながら、玉城は月岡に問うた。

「学生たちへの金の流れを摑み、遮断しろと命じておいたな。ありゃ、どうなっているんだ?」

「すみません、会長。全力を傾けて探っている最中でして……」

「天野の居所はわかったのか?」

「それも、目下捜索中であります」

「てめえは屑だ」

怒鳴りつけるなり、玉城は手にした杯を、月岡の剃り上げた頭部に投げつけた。頭の天辺のあたりがぱっくりと割れ、血が滲んだが、月岡は伏せたままでいた。

女中はわなわな震え、酌ができなくなった。その手から玉城は徳利を取り上げると、手酌で飲んだ。

「おい、月岡、お前は自分の仕事がわかっているのか?」

「わかっております」

なおもじっと伏せている月岡に、玉城はさらに大声で言った。

「わかってたら、もたもたするな。さっさと立て」

「はっ」

月岡はがばと立ち上がると、駆け足で部屋を出ようとした。ところがすぐに、玉城は、

「待て」

と止める。そして、まだ震えつづける女に命じた。

「墨を磨れ」

「はい」

女は立ち上がると、足をもつれさせながら部屋を出ていった。

どうしてよいかわからず、突っ立っている月岡に、玉城は言った。

「筒田氏に詫《わ》び状を書こうと思うが……プチは呼んであるか？」

「はい」

「よし、こっちはプチにまかせることにしよう。お前は、先生のところへ行け」

その後、玉城は月岡にいろいろな指示を出したが、そのあいだに、段々と冷静さを取り戻していった。

四

玉城邸を去った筒田は、気分直しに知人と食事をしたあと、護衛の子分二人をともなって、首都東部の旅館に戻った。城北連合の会長が止宿するところにしては、いささかみすぼらしい宿と言えた。

有名な観光地の仙草寺《せんそうじ》の近くにあり、かつてはそれなりに上等で、賑わった宿だったのだが、街が復興し、多くの近代的な建物が建設される中、年を追うごとに垢抜けない宿となっていったのだ。けれども、筒田は昔から、上京する際にはそこを定宿《じょうやど》としている。

「まったく無駄な上京だったな」

と言いながら草履を脱ぎ、帳場へ行くと、背の低い受付の男がぺこぺこと頭を下げながら、

「お帰りなさいまし」

と挨拶をした。

見かけない顔だった。すでに三十過ぎのようにも見えるし、小中学生のようにも見える。男にしては髭も薄く、つやつやした肌で、女性的な印象もあった。

男は部屋の鍵を渡しながら、子供のような甲高《かんだか》い声で尋ねてきた。

「何か、お祝い事でございましょうかね？　お届け物がありましたが……」

筒田には何のことかわからない。子分二人もきょとんとした顔をしていた。

「なかなか大きなお荷物です」

「誰からだ？」

「えーと、玉城寿三郎様からです」

筒田はぞっとした。子分たちの顔も強ばっている。

玉城は、自分に逆らう者を決して許さない。ひょっとすると贈り物とは毒饅頭《どくまんじゅう》か、あるいは爆弾かもしれない。そう筒田は思って、受付の男に言った。

「かまわんから、捨ててくれ」

「すでにお部屋にお運びしてございまして……捨ててよろしいのでございましょうか？」

子分たちと顔を見合わせた筒田は、どうすべきか思案していた。玉城の贈り物を受け取りたくはないが、自分がびびっている姿は子分たちに見せたくない。

「わかった、もうよい」

筒田は帳場の前から、階段のほうへ歩き出した。ぎしぎし軋る木造の階段を子分たちとともに三階まで

のぼる。そして廊下を歩き、部屋の前まで来たとき、鍵を持った子分が言った。

「親分、下がっていてください」

部屋に置かれた玉城の贈り物が危険物だった場合、身代わりになりましょうと言いたいらしい。しかし、まだ二十歳《はたち》を過ぎたばかりの子分の顔からは、血の気が失せている。やはりこの男もまた、本心ではびびっていながら、親分に臆病な姿は見せまいという見栄《みえ》に縛られているのだ。

「大丈夫か？」

「はい」

子分は鍵を開け、部屋に入っていった。スリッパを脱ぎ、框を上がって、右手の襖戸の奥に消えた。

筒田ともう一人の子分は入り口から部屋の中を覗き込んでいたが、若者はなかなか戻って来ないし、物音もしない。

「おい、どうした？」

筒田が声をかけてからだいぶ経って、件《くだん》の若者は上がり框に戻ってきた。首をかしげている。

「どうしたんだ？　何がある？」

「さあ、何ですかね……」

要領を得ないので、筒田は意を決し、みずからも部屋に上がることにした。

座敷が二間つづきで、その先には椅子とテーブルが置かれた広縁《ひろえん》がある。奥側の座敷にはすでに布団が敷いてあり、筒田が足を入れた手前の座敷の中央には座卓が置かれていた。

座卓の上には、二つの風呂敷包みがのせてあった。細長い風呂敷には酒の一升瓶が二本、たばねて包まれているようだ。子分の一人が、四角い箱のような形の風呂敷をほどいてみると、中は葛籠《つづら》で、その蓋を開けると、卵がたっぷり入っていた。その数、百個ほどだろうか。筒田が一つ手に取り、卓上で回転させると、くるくると回りつづける。茹《ゆ》で卵だ。

茹で卵を食べながら酒を飲むことを、筒田は好んでいた。それを知って、玉城はこのような贈り物をしてきたものと思われる。

茹で卵の横に、封筒が置いてあるのもわかった。取り出し、中を覗くと紙が入っている。巻紙に墨書《ぼくしょ》された手紙だった。筒田はカイゼル髭をいじりつつ、読み出した。

それは〈先程の無礼、何卒《なにとぞ》御容赦戴《いただ》き度《た》く〉と、会合で言い合いになったことを丁重に詫びる手紙であった。そして、自分の心中には愛国心しかなく、ぜひ国のためにあなたの力を拝借したいと思っていると、下手《したで》に出ながら切々と訴える内容になっている。最後には〈玉城寿三郎〉の署名があった。

読み終えた手紙を丸めると、筒田は葛籠の中に放った。子分たちに命じる。

「捨てろ」

意外そうな顔つきの子分に、もう一度言った。

「全部、ただちに捨てるんだ。つまみ食いなんかするんじゃねえぞ」

卵や酒に毒が入っていようがいまいが、この程度のもので籠絡《ろうらく》される筒田だと見られているのが癪《しゃく》だった。

子分たちが、玉城からの届け物を持ち去り、一人きりになると、筒田はせいせいした気分になった。卓上にあった水差しからコップに水を移す。そして、部屋の隅に置いてある、革製のバッグのファスナーを開け、黒いポーチを取り出した。中の錠剤を口に含み、水を飲んだ。降圧剤である。筒田は血圧が高かった。

浴衣に着替え、布団に横になると、いつになく強い眠気がやってきて、瞬く間に眠りに落ちた。

それから、どれくらいの時間が経っただろうか。筒田は目を覚ました。親分、親分、と呼びかける声が聞こえる。

「親分、起きてください」

「誰だ？」

筒田は起き上がろうとしたが、意識が朦朧《もうろう》として、体も重たい。布団の上で寝返りを打つのが精いっぱいだ。すると、誰かが手を貸し、体を引っぱり上げてくれた。肩の下に潜り込み、胴体に抱きついて、筒田の体を立たせる。

「お前は……」

筒田を支えているのは、帳場にいた、子供か大人かわからない風貌の男だった。背は低いが、肩にはもりもりと筋肉がついていて、腕の力も強い。手にはゴムの手袋をはめていた。レスリングでもやっていたのか、足腰もしっかりしているようで、足下のおぼつかない筒田の体を、どんどん運んでいく。

「さ、こちらです」

男は例の甲高い声で言う。

「どこへ行く……」

「こっち、こっち」

座敷と広縁とのあいだの障子戸は閉めてあったはずだが、開いており、さらにテーブルの先の窓も大きく開かれて、外気が吹き込んでいた。そこに向かって、男は進んでいく。

「おい、どこへ行く。放せ……」

頭がふらふらしながら、筒田は言った。しかし、どうしたことか、四肢にまったく力が入らない。小男は筒田の意向などおかまいなしに進み、彼を広縁に立たせた。

「どこへ――」

「地獄だよ」

言うなり、小男は筒田の体を窓の外へ放り投げた。

両脚が窓枠にぶつかり、筒田は頭から真っ逆さまに下に落ちた。見開いた眼前に、未舗装の道路が急激に迫ってきて、衝撃とともに頭蓋骨は砕け、首は折れた。


筒田が血だらけで暗い路上に倒れているのを確認した小男は、すぐに窓の内側に身を引っ込めた。

「もったいねえことに、会長のせっかくの厚意を無にしやがって。てめえは死んで当然だ」

呟きながら、小男はゴム手袋をはめた手で、筒田の旅行鞄《かばん》を探り、黒いポーチを見つけた。中から錠剤を紙袋ごと取り出し、ポケットに入れる。代わりに、睡眠薬の瓶を取り出すと、蓋を開け、中身の一部を布団まわりにころがし、瓶は枕元に置く。それから、部屋を出ていった。

五

どんよりとした梅雨空《つゆぞら》で、ときおり小雨が降るのもかまわず、田神志郎は喋りつづけていた。

彼のまわりには、記者たちがいた。大きなテープレコーダーを肩からベルトで提げ、マイクを手にしていたり、手帳を広げ、せっせと鉛筆を走らせたりしている。写真班も出張《でば》っており、田神はさながら、映画やテレビに出てくる俳優のようだった。

「河辺がやっていることは、数の横暴にほかならない。反対派の声に耳を傾けず、数の力で押しきろうとしている」

怒りをむき出しにして言う田神の背後には、中央に塔を持ち、その左右に上院と下院の建物が翼を広げたように連なる、国会議事堂の建物が聳えていた。

いま、議事堂の周囲は、花が群れ咲くように傘で埋め尽くされている。同盟条約や、その審議をめぐる河辺政権のやり方に反対するデモ参加者だけでなく、単にデモの様子を見物に来た弥次馬《やじうま》までもが詰めかけているのだ。

その群衆の中心に、田神はいた。田神を取り巻く記者の周囲には、大勢の学生や労働組合員がいて、彼に眩しそうな視線を送る。

「いちばん重要なことは、民主主義の回復である。だいたい、雪解けの時代に軍事同盟など必要ないではないか。我々が進むべきは、中立国の道以外にない」

田神の力強い言葉に、そうだ、そうだ、と同調する声が湧き上がった。

ひとしきり演説を終えると、田神は記者たちの輪から離れ、煙草をくわえた。よくやった、と言うように、彼の肩を叩く仲間たちがいる。田神のほうも、煙草をはさんだ手を上げたり、にっこりと笑い返したりして応えた。

一連の様子を、さっきからずっと見ていた寺原正吾は、田神の周囲が静かになったところで、彼に近づいていった。

「現代の英雄といったところだね」

寺原の声に込められた皮肉を感じたのか、田神は煙たそうな顔を向けてきた。しばらく、寺原の顔や体つき、さらには手にした杖に視線をやったのち、言った。

「弁護士さんでしたっけ？　デモのために来たんですか？」

笑顔で頷いた寺原に、さらに問う。

「そう言えば、天野という人には会えたんですか？」

「君も会っているんだろ、天野に？」

田神が警戒感を抱いたのが、その表情から見て取れた。

「勘違いしないでくれ。私は、君の力になりたいんだ」

「どういうことです？」

「君は、なかなか成績優秀らしいじゃないか。それに野心もあるようだ」

田神は周囲を気にするように、視線を左右に走らせた。

「若き英雄と、じっくりと話をするチャンスをくれないか？　決して悪いようにはしない」

「話を伺うのはかまいませんが……」

「じゃ、行こう」

寺原が議事堂とは反対方向に歩き出すと、田神もついて来た。

群衆の輪を抜けようとするとき、しばしば、田神は知り合いに出会った。彼らは寺原のことを訝《いぶか》しげに見たあと、たいてい、「インタビューか？」と聞いた。それに対して田神は「ま、そんなところだ」などと曖昧《あいまい》に答えていた。

人だかりがだいぶ減ったところで、寺原はタクシーを拾った。先に田神を乗せ、あとから寺原が乗る。

車が走り出すと、雨が叩く窓を見つめつつ、寺原は、

「さぞ、小気味いいだろうね」

と話しかけた。

「君たちが学生同盟を作ったとき、革命前衛党は、君たちを激しく批判もし、また、『あんな若造に何ができるものか』と見下しもした。しかしいまや、革命前衛党の連中などより、君たちのほうがデモに大勢の人間を動員できるようになった」

田神が少しだけにやりとしたのを、寺原は目の端にとらえた。そこに、田神の非常な自信を見て取る。

「でも、あなたは内心では、僕たちを馬鹿にしているのではありませんか？　デモ隊の数を増やし、マスコミの注目を集めていることなど、実際にはそれほど大したことではない、と」

「どうして、そんなふうに思うんだい？」

「河辺はおそらく、新同盟条約を成立させてしまうから」

田神は案外、醒《さ》めた感覚の持ち主だ、と寺原は思った。

「しかし君も、一生、学生運動の英雄でいるつもりはないんだろ？　合州国への留学を望んでいるそうじゃないか。将来、エンジニアとして大いに羽搏《はばた》くために」

「何でそんなことを知っているんです？」

「知っていておかしくないだろう。君くらいの有名人のことなら」

またもや、田神の顔に得意げな色があらわれる。寺原は笑顔をつくってみせた。

「優秀な若者が、大きな夢と向学心を持つのは素晴らしいことだ。だから、君に会わせたい人がいるんだ」

タクシーが着いたのは、国会からそれほど遠くない帝王ホテルの玄関だった。我が国が文明開化の道を歩み出した当初、外国の要人を迎える施設がなかったため、政府の肝煎《きもいり》で創設された由緒《ゆいしょ》あるホテルである。シャンデリアの下がったロビーを、杖を突く寺原の歩調に合わせて、田神もついてきた。

エレベーターに乗り、降りると、二人はまた、廊下をゆっくりと並んで歩く。

「僕に会わせたい人って誰ですか？」

「海外で勉強するには、大いに力になってくれる人だ」

まだまだ貧しいこの国では、外貨の持ち出し制限があって、ごく限られた人しか海外渡航はできなかった。ましてや、学位取得を目指して留学するとなれば、相当な後ろ盾が必要となる。

やがて、とある部屋のドアの前で寺原は足を止め、ノックした。ドアが開いて中から出てきたのは、金髪の痩せた男性だった。田神は目を瞠っている。

「フレッド・フォスターさんだ。合州国大使館の一等書記官でいらっしゃる」

フォスターは満面の笑みを浮かべ、

「ようこそ、いらっしゃいました。どうぞ、お入りください」

と、この国の言葉で田神に挨拶した。

迷ったような顔を向けてきた田神に、寺原は言った。

「私はこれで失礼する。君は中に入りなさい。フォスターさんは、きっと君の勉学の力になってくれる」

田神は、フォスターとともに部屋の中に入った。ドアが閉まる。

寺原は向きを変え、廊下を戻った。そしてしばらく行った先の、右側のドアをノックした。

ドアを開けたのは、頭をつるつるに剃った男だった。かつて、寺原を痛めつけた月岡である。その日は、頭の天辺に大きな絆創膏《ばんそうこう》を貼っている。

「やあ、先生」

月岡は笑いかけてきたが、寺原は目も合わさず部屋に入った。

そこはスイートルームで、入ってきたところにはテレビと、低いテーブルとソファーがあり、ソファーには玉城が座っていた。その傍らにはもう一人、護衛として眠たげな顔つきの大男が立っており、その背後に、おそらくは寝室に通じると思われるドアがあった。

玉城の隣には、細身の、三十過ぎと見える和服姿の女が座っている。クラブあたりの女だろう。

「先生、どうぞお座りください」

にこにこしながら、玉城は目の前の椅子をすすめる。寺原はゆっくりとそこに座ると、膝の上に杖の把手を載せた。寺原の前であろうとかまわず、玉城は女の肩に腕をまわしている。

「首尾はどうですかな、先生？」

玉城は煙草をすすめてきた。寺原は手を上げて断る。すると、玉城はみずから煙草をくわえた。すぐに女がライターで火をつける。

「田神を連れてきましたかね？」

「いま、フォスターさんの部屋へ入っていったよ」

「そいつは嬉しい。やはり、ああいう優等生を説得するには、先生のような立派な人に頼むに限る」

玉城は満足そうだ。

「それで先生、田神ってのはどんな奴です？」

「頭のいい男だよ。いい意味でも、悪い意味でも」

玉城はますます満足げな笑みを浮かべた。

「では、天野に義理立てをして、自分の将来を台無しにするようなことはないですな。活動資金の出所についても、天野の居所についても話してくれるだろう」

寺原は自己嫌悪に陥っていた。一人の若き英雄を堕落させたように思えてならなかった。

それをよそに、玉城は女に目配せをする。女は膝元に置いた大きな封筒から、厚みのある、細い茶封筒を取り出し、テーブル上に置いた。

「先生、どうぞお納めください。今後ともよろしくお願いしますよ」

玉城のその丁重な言葉遣いに、寺原は腹が立った。自分の思い通りに事が運ばなければ、一転して人に悪罵《あくば》を浴びせ、どんな乱暴なこともする癖に、と思う。

けれども、腹立たしい、嫌だ、と思いながら、寺原は黙って封筒を取り上げ、上着の内ポケットに押し込んだ。

「隣の部屋にもう一つ、先生に受け取って欲しいものが置いてあります。私は、恩のある人には贈り物をしないではいられない性分でしてな。では、私たちはこれで引き揚げますから、先生はゆっくりしていってください」

ぽかんとする寺原を置いて、玉城と女は立ち上がり、そして月岡と大男も伴って出ていった。

隣室のドアを見つめながら、しばらく寺原は動けなかった。

贈り物とは何だろうか――。

いろいろな想像が頭の中をよぎる。毒饅頭かもしれない。あるいは、ドアを開けた途端に、爆弾がどかんと破裂したり、殺し屋が武器を持って立っていたりするかもしれない。田神を籠絡したことが露見しないよう、口封じのために殺されてもおかしくないような気がした。

耳をすましても、隣室から音は聞こえてこなかった。寺原は杖を取って椅子から立ち上がった。そのまま去るべきか、いちおう隣室を覗くべきか迷った揚げ句、隣室のドアに背を向け、部屋の出口のほうへ歩き出した。そのとき、隣室から声が漏れてきた。

「ねえ、まだ?」

女の声だ。

好奇心に負けた。隣室のドアへ歩み寄り、ノブに手をかけた。開ける。

そこはやはり、寝室だった。キングサイズのベッドの上に、黒い下着をつけた若い女が横たわっている。

下着はメッシュ地で、ブラからは乳首が、パンツからはアンダーヘアが透けて見えていた。腹筋のありようがわかるくらいの細い女だったが、胸や尻の肉付きはなかなか豊かだった。枕にのせた頭部からは、長い髪が滝のように流れ落ちている。

女は寺原と目を合わせると微笑んだ。

寺原はさらに嫌な気分になり、玉城を大いに憎んだ。

人を馬鹿にしやがって——。

玉城は俺を蔑《さげす》んでいる、と思った。いや、あの男は、周囲の者みなを自分の道具と思っており、敬意など少しも持ち合わせていないのだ。河辺総理でさえ、奴にとっては野心を満たすための道具に過ぎないに違いない。

寺原は売春婦を抱いているときに玉城の手下に踏み込まれ、彼に協力せざるを得ない情況に陥れられた。そして玉城が望む手柄を立てると、その褒美《ほうび》として売春婦を宛てがわれている。「俺はお前の底の浅さ、弱みをよく知っているぞ」と玉城に言われているように思えてならなかった。

寺原は寝室のドアを開けたことを後悔していた。じっと立ち止まっていると、女は不思議そうな顔つきをした。

「どうしたの、いらっしゃいよ」

女は手招きをした。自分の性的魅力によほどの自信があるらしい。「私が誘えば、普通の男ならば飛びついてくるはずだ」と思っているのだろう。たしかに、寺原がいつも立ち寄る売春宿の女たちより、よほどの上玉だった。けれども、寺原は言った。

「せっかくだが、失礼するよ」

「私じゃお気に召さない？」

「いや、そういうわけではないが……」

「別の娘《こ》を呼びましょうか？　私が嫌なら、遠慮なさらずにそう言えば？」

単に自分の魅力を鼻にかけた、高慢な女というわけでもなさそうだ、と寺原は思った。あきらかに、焦った様子になっているからだ。やはりこの女も、自分を支配する者を恐れながら、形振《なりふ》りかまわずに生きのびているのだろう。

「私が君を抱かなければ、君は誰かにぶたれたりするのか?」

女はかぶりを振った。

「じゃあ、いいじゃないか」

「でも、あなたに楽しんでもらうのが、私の仕事だから」

女の目は悲しげに見えた。

「私が充分に楽しんだ、と報告すればいい」

寝室の入り口から立ち去ろうと歩き出したとき、杖を突き損ねて、寺原はよろけた。そのとき、女がふっと息を吐いたのが聞こえた。振り返ると、女は安堵したような笑みを浮かべ、起き上がった。

「そういうことだったのね」

「何が?」

女はベッドから脚を出し、寺原がたずさえる杖を指さした。そして、くすくすと声を立てて笑った。

「何がおかしい」

「あら、ごめんなさい。でも……知らなかったから」

「何を?」

「あなた、できない体なのね」

寺原の内部で、理性の器とでも言うべきものが砕け散り、どろりとした中身が迸《ほとばし》り出た。

寺原は寝室に入り、女に近づいていった。そして、杖を持った拳で、女の胸を強く突いた。彼女はベッドに背中を叩きつけるように倒れた。胸を強く打たれた衝撃で、彼女はシーツの上に髪をまき散らしながら、咳《せ》き込んでいる。

「何をするのよ？」

「俺ができるか、できないか、確かめてみろ」

寺原は女の体に乱暴におおいかぶさった。女は悲鳴を上げたが、それも最初のうちだけだった。結局、寺原はその女を抱いた。

部屋を去るとき、寺原はたとえようもないほどの後悔と、いっそうの自己嫌悪に陥っていた。

六

大川の両岸の地域には、中小規模の町工場の煙突や倉庫がひしめいている。

その一角にある、金型プレス機で機械の部品を作る工場の屋根の上に、昼の日中《ひなか》、大きな双眼鏡を手にした男がいた。そこは物干し台で、従業員が仕事で使う衣服や手拭いなどが紐にいくつも吊《つ》ってある。そのあいだから顔を出し、双眼鏡を覗いている男は背が低く、だぶだぶの白い長袖シャツをだらしなく着ているから、一見、子供のように見えた。しかし、衣服の上からでもちょっと触れてみれば、その体は筋骨隆々に鍛え上げられていることがわかった。

コンクリートで固められた堤防と岸壁とのあいだに挟まれた大川の河川敷には、原っぱや、野球場などがあった。だが、男の視線は川を越え、対岸に停泊している古ぼけたタグボートに向けられている。甲板上には、一人の男の姿があった。

「いるか？」

プレス機がうるさく音を立てる中で、隣に立つ、背の高い、スキンヘッドの男が尋ねてきた。玉城の手下、月岡である。

「いますな」

「たしかか？」

「ええ。見間違えるものですか、あの顔」

「俺にも見せろ、プチ」

月岡は、双眼鏡を引ったくった。このプチと呼ばれた男こそ、城北連合の筒田を窓から放り投げた犯人である。

「おい、どこだ？」

「あっち、あっち」

双眼鏡のピントがようやく合い、月岡もタグボート上の男の姿を見た。

「おう、いた、いた。あの骸骨のような奇っ怪な顔は、たしかにほかにはいねえな。あれに比べれば、お前も相当にいい男だよ」

プチが不機嫌そうに鼻から息を吹いたのをへらへら笑って聞きつつも、月岡は双眼鏡から目を離さない。

天野はくつろいだ様子で甲板に突っ立ち、川面の水鳥を眺めながら、握り飯を食べていた。咀嚼《そしゃく》に合わせて動く細い顎や、こけた頬が何とも不細工だ。

「やはり、あの田神という学生、本当のことをしゃべりやがったんですな」

プチが言ったのに、月岡は笑い声を上げる。

「どんなに優秀な学生だろうと、政治家だろうと、しょせん人間は欲望につき動かされるということだ。出世欲、権力欲、名誉欲、金銭欲、性欲……欲望のためなら、仲間も平気で裏切る。それが人間だよ」

月岡は視線を外し、双眼鏡をプチに返しながら言った。

「天野の居所がわかれば、お前の出番だな」

小男の目がやけに輝いて見える。

「プチよ、お前を動かしているのは、どういう欲望だ？　殺人欲か？」

プチは何も答えず、純情な少年のような微笑みを浮かべるのみであった。

5 戦争の亡霊

一

楡久美子の体に、天野春男は後ろから抱きついている。

天野の右腕は、ドット柄のシャツを着た楡を、その両腕の上からきつく抱えており、彼の左手は楡の口をしっかりと押さえていた。楡はもぞもぞと体をよじるが、逃げることはできない。

やがて天野は、楡の体を持ち上げた。運動靴が地面から離れると、楡は天野の手のうちで悲鳴を漏らした。さらに天野は、楡の体を左右に振りはじめた。楡の白い靴がスイングする。

「このアマ、てめえをこのまま連れ去り、川に放り込んで、魚の餌にしてくれる」

天野はドスの利いた声で、楡の耳元で言った。

そこは、いつもの河川敷だ。すぐそばには、おんぼろタグボートの勝鬨丸が停泊している。六月の曇天ながら昼の日中、犬を連れた人や、ランニングをしている人が何事かと目を向けてきてもかまわずに、楡を担いだ天野は、どんどん川岸に近づいていった。楡はうめき、天野の左手を唾液《だえき》でべたべたにしたが、それ以上のことはまったくできなかった。

「もう、やめてあげてください」

すぐそばで声が上がった。天野と楡がもつれ合っているのを、男女の学生たちが二十人ほど取り巻いて見ていた。その輪のうちから、辛島輝之が言ったのだ。

「乱暴過ぎますよ」

学生服を着て、黒縁眼鏡をかけた辛島は、長髪をかき上げながら言った。彼は楡とつき合っているらしい。

「彼女には、無理ですよ」

学生たちのリーダー、田神志郎も言った。

天野はため息をつくと、楡を放した。ふらふらとよろめく楡をよそに、天野は学生たちに怒鳴る。

「この程度で乱暴過ぎるなどと言っていたら、ポリ公やヤクザどもには太刀打ちできねえぞ。何のためのトレーニングだ」

ここのところ天野は、学生たちに戦い方のレクチャーをしていた。

天野は若い頃、空手に打ち込んでいただけでなく、革命家として官憲たちと渡り合い、刑務所から出たあとも、建設現場の荒くれ者たちを相手に、しばしば立ちまわりを演じてきた。つまり、実践を通じて喧嘩術を身につけてきたわけだが、その数々を、デモに参加する学生たちに教えているのだ。たとえば、力強く拳や掌底《しょうてい》を相手に叩き込む方法、相手の体勢を崩し、投げ飛ばす方法、警棒や角材を躱《かわ》す方法などなど。

そのときは天野は、非力な女が屈強な男に後ろから抱きつかれたときの対処法を教えていた。

「お前、何しているんだ？」

すっかり放心状態の楡に、天野は苛々と言った。

「及ばずながらも、何とか抵抗しようとしなくてどうするんだ」

「もう頭の中は真っ白で、心臓はドキドキするし、どうしていいかわからなくなっちゃって……」

楡は泣きべそで答えた。

「お前は体が伸びきってしまっていた。あれじゃ、何もできなくなる。組みつかれたら、まずは重心を落とすことだ」

天野は、やや前傾姿勢ですばやく両膝を屈め、腰を落としてみせた。楡も真似をして、腰を落とす。

「もっとこうだ。体の芯はぶらしちゃいけねえ。まっすぐに落とすんだ。そうだ、それでいい。そうしたら、次は踵《かかと》で相手の足の甲を踏みつぶす」

言うなり、天野は足の裏を地面に打ちつけた。楡も真似をして、地面を踏みつける。天野は、よし、と頷いた。

「そうしたらすかさず、肘打ちだ」

天野は右肘を横に突き出しながら、上体を素早く右にひねった。

「こうやって、相手の肋骨《ろっこつ》を砕いてやれ」

楡も真似をしたが、切れが悪い。天野が体をひねると、肘が空《くう》を切る音がするが、楡の場合はまったく音がしなかった。

そこで天野は、辛島を立たせた。

「お前、彼女に後ろからしがみつけ」

辛島は楡の背後から、柔らかく両腕をまわした。途端に、

「よ、色男」

などと弥次を飛ばす奴がいる。学生たちのあいだで笑いが広がった。辛島と楡は揃って、照れ臭そうに顔を赤らめた。

天野はかっとなる。

「馬鹿野郎、真面目にやれ。アベックが暗がりで乳繰《ちちく》り合ってんじゃねえんだぞ。もっと腕に力を込め、がっちりと抱きつくんだ」

辛島は楡をぎゅっと抱きしめた。楡は、あっ、と声を漏らしただけでじっとしている。

「教えた通りやれよ。まず腰を落とすんだろ」

天野に叱られて、楡は何かが取り憑いたようにかっと目を見開いた。腰を落とす。それから、辛島の足の甲を力まかせに踏んづけた。

「ああっ」

辛島は叫んだ。楡はすかさず体をひねり、右肘を辛島の脇に打ち込んだ。辛島はうずくまり、地面に座り込んでしまった。

学生たちがいっせいに立ち上がり、辛島のもとに殺到した。口々に「大丈夫か」「救急車を呼ぶか？」などと言って大騒ぎになった。楡は口元を押さえて、ごめんなさい、ごめんなさい、と繰り返している。

天野も驚いて、大丈夫か、と言いながら、辛島のそばへ行く。

「少しは手加減しろよ」

田神が楡に責めるように言った。楡はまた、泣きべそをかいている。

そのとき、堤防のほうから駆け足にやってきた男がいた。ワイシャツの袖をまくり、夏物のハンチング帽をかぶっている。

「何の騒ぎですか？」

言いながら、学生たちをかきわけて輪の中に入ってきたのは、日讀新聞記者の渡瀬武夫だった。

「軍事教練の最中に、ちょいと事故が起きてさ。入っちゃったんだよ、肘打ちが」

天野の話を聞いた渡瀬は、地面にうずくまる辛島のそばにしゃがんだ。

「どこをやられたんだ?」

「右脇です。でも、大丈夫ですよ」

とは言いながら、辛島は汗まみれで、苦しそうに顔をゆがめている。やがて、楡に強ばった笑顔を見せた。

「これだけきつい肘打ちができるんなら、心強いよ」

「ごめんなさい、本当に」

若い男女がお互いを庇い合っているのもかまわず、渡瀬は辛島の脇を触った。辛島はまた顔をゆがめ、身をよじる。

「医者に行ったほうがいい。肋《あばら》は簡単に罅が入ったり、折れたりするからな」

渡瀬と辛島のやり取りを聞いていた天野は、辛島の脇腹に伸ばした渡瀬の、右の二の腕に目を奪われた。その上部に、ケロイド状の傷痕があるのに気づいたのだ。

辛島が立ち上がったところで、渡瀬は顔を輝かせながら、天野に言った。

「天野さんが軍事教練の教官なら、河辺政権の運命も極まったようなものですな。あるいは、同盟条約の成立も阻止されるかもしれない」

天野は笑顔を作っただけで何も言わなかった。

「政治部のデスクも、天野さんの方針を指示してくれていますよ。『民主主義の敵め』『元戦犯容疑者め』という調子で、河辺を大いに叩くべし、ってね。最前線で戦う若い彼らを、私もペンをもって大いに支援するつもりです」

「そいつはありがたい」

話を聞いていた田神が割り込んで、渡瀬に手をさし出した。渡瀬はその手を握って言った。

「頑張ってくれよ、田神君。君は学生たちだけでなく、平和と民主主義を求める多くの国民にとっても、若き英雄なんだからね」

田神は、はにかんだような笑みを浮かべている。

「ところで、聞いていいものかどうかわからんがね……」

と、天野は渡瀬に声をかけた。

「何です？」

渡瀬は田神の手を離し、天野のほうへ向く。

「いや、その……君の腕の傷なんだがね」

「ああ、これですか」

渡瀬は右腕を突き出して見せた。

「戦争でか？」

渡瀬は頷いた。

「ただ、この傷は敵とやり合ってできた、名誉の傷ではないんです。駐屯地で、倉庫の砲弾が爆発する事故が起きましてね」

「それは災難だったな。そうか、砲弾でな……」

「何か？」

「いや、以前に君のとそっくりな傷を見たことがあってさ」

天野はそこで、話を打ち切った。そしてふたたび、

「さ、次の技に行くぞ、お前たち」

と学生たちに呼びかけた。

二

「貴国の新聞係秘書が暴漢に襲われた件に関しましては、まことに申し訳なく思っております。我が国を代表し、深く陳謝いたします」

河辺信太郎が頭を下げた相手は、五十過ぎの、痩せた白人男性である。A合州国大使、ディヴィッド・マッカートニーだった。

「謝罪の言葉は、外務大臣からも、警視総監からも伺いました。ですから、総理から陳謝していただく必要はありません」

そうは言いながらも、マッカートニーの青い目は、憂《うれ》いを帯びている。

二人がいるのは、準総理官邸とも言える、河辺の私邸の居間だった。閣議もできるような大きなテーブルにつき、通訳だけを同席させて話していた。彼らが語り合うあいだも、屋敷の外からは、「打倒河辺」「戦犯河辺」「戦争反対」などの声が響いてくる。数百人のデモ隊が取り巻いているのだ。

「本国政府が心配しているのは、本当に大統領の貴国への訪問が実現できるのかということです。総理は、どの程度の自信を持っておられるのでしょうか?」

「もちろん、大統領来訪と歓迎式典は必ず実現させる覚悟でおります」

とは言ったものの、河辺は内心、ひどく動揺していた。マッカートニーからこのような質問を受けたのははじめてだったからだ。

かつて、戦争指導者の一人であった河辺は、占領軍当局によって戦争犯罪容疑で逮捕され、拘置所に収監された。しかし、不起訴処分で釈放され、独立回復後に政界に復帰するや、合州国政府からは、保守本流の政治家として、一貫して強い支持を得てきていた。

合州国の立場のほうが圧倒的に強かった古い同盟条約を、できるだけ対等な形に変えようとする今回の改定作業についても、提案者が河辺ではなく、他の政治家であれば、合州国側はおそらく応じなかったものと思われた。つまり、合州国側は「河辺ならば多少譲ってやったとしても、合州国の国益や両国の友好関係を極端に損じない形で国内をまとめられるだけの見識や政治力を備えているだろう」と見てくれたということなのだ。ところが、自分へのそうした強固な信頼が、ここへきて明らかに揺らぎ出しているのを河辺は感じた。

言いづらいけれども、言わざるを得ないというような、苦渋に満ちた表情でマッカートニーは話した。

「新たな両国関係の構築のため、同盟条約を対等なものに改定しようとの総理のお考えを、私がこれまで高く評価し、その実現のために一貫して協力を惜しまずに来たことは、おわかり頂けることと思います」

「もちろん、よくわかっております」

「新聞係秘書に対するテロ事件が起き、本国政府内に動揺が広がる中でも、私は『大統領の訪問は必ずや実現させなければならない』との進言をつづけてきました。総理がもし、国内治安に充分な自信がある、と明言されるならば、私は今後とも、総理に対して最大限の支援を行うことをお約束申し上げます」

「大使、あなたのお心遣いには衷心《ちゅうしん》より感謝申し上げます。そして、あなたにこのような心配をおかけしていることについては、お詫びしなければなりません」

「総理、どうなのでしょう？　自信のほどをはっきりとおっしゃっていただきたい」

「もちろん、自信はあります。私は必ずや、大統領閣下の来訪を実現させてみせます。そのことは信じていただきたい」

マッカートニーは、ようやく笑みを浮かべた。

「安堵いたしました。それでこそ、河辺総理です。私はただちに大使館に帰り、あなたの力強いコミットメントについての報告書を、本国宛てに作成することにいたします」

握手をしたのち、マッカートニーは裏口から去っていった。この屋敷に来る要人たちはいつも、デモ隊が殺到する表門を避け、裏側の目立たない通りを使って出入りしていた。

マッカートニーを見送ったあとも、河辺の心中は穏やかではない。デモ隊のシュプレヒコールを遠くに聞きながら、治安の回復と、党内体制の維持のために、何をすべきかと頭を悩ませる。

そこへまた、裏口から一人、予定外の客が訪れた。サスペンダーでズボンを留めた太った男が、体を揺らしながら、のしのしと居間に入ってくる。玉城寿三郎だった。

「飲むかね?」

玉城が酒好きなのを知る河辺は尋ねたが、玉城はぶすっとした顔で、

「結構です」

と応じた。

何か重大なことを報告しに来たな、と河辺は悟った。

「客人には飲んでもらわないと、申し訳ない気分になるんだ」

河辺は明るく言うと、家人にウィスキーを持って来させた。そして、自分でボトルからグラスに注ぐ。

河辺自身はそれほど酒には強くないが、形だけ自分のグラスにも注いだ。

「では、いただきます」

玉城は一礼すると、グラスを持ち上げ、ぐいと飲んだ。顔をしかめ、生《き》のままの蒸留酒を喉に落とすと、やおら言った。

「ようやく、金の出所を摑みました」

「金？」

「デモを行う学生たちの資金です」

「革命インターナショナルあたりかね？　S連邦は、いまの条約反対騒動を勢力拡大の好機ととらえているようだから」

革命インターナショナルとは、S連邦が設置した、世界革命を目指す国際指導機関である。

「S連邦がちょっかいを出してくることは、はじめから想定していたことでしょう。しかし、もっと警戒すべき先があるのです」

そう前置きをしてから、玉城は語り出した。

「学生たちに直接接触しているのは、天野春男という屑野郎です。かつては、革命を起こすべく武装闘争をしていたのですが、捕まって獄中で転向表明をし、ミカド主義者になったなどと抜かしておりました。その後、ちんけな土建屋を経営していたのですが、またしても革命を目指す学生同盟とつるむようになった。要するに、思想信条などとは無縁の、損得勘定や、逆恨みで行動するような、まさに唾棄《だき》すべき、人間の屑であります」

玉城はやけに興奮しながら天野について語った。

「その屑野郎の周囲を調べさせたところ、土建屋の社員どもが、ある料亭と、天野や学生たちとのあいだを走りまわっていることがわかりましてね。その料亭で金のやり取りを行っているようなのですが、そこの最大のスポンサーというのが総理の近くにいる方でして……」

「え？　誰だい？」

「沼津経済大臣です」

河辺は内心の動揺を抑えるべく、長く息を吐いた。胸には驚きだけでなく、やはりそうか、という思いも湧き上がる。

いま、河辺政権は実質的に、河辺派はもちろん、弟の伊藤英三が率いる伊藤派、そして沼津健人が率いる沼津派など、「官僚派」によって支えられていた。そして反主流派の中心を形成しているのは「党人派」であった。

だが、主流派といえども一枚岩ではない。中でも沼津は長らく、河辺の政敵であった。つい前年の六月までは反主流派の先頭に立って、「河辺総理とはともに仕事はできない」などと発言していたのだ。

しかし、河辺が次期総理の座の禅譲を仄《ほの》めかすや、沼津はにわかに主流派に加わることを表明し、入閣を決めた。つまり、沼津が主流派にまわったのは権勢欲のために過ぎないのであって、河辺も、彼のことは「油断のならぬ奴」と警戒していた。けれども、閣僚の身ながら、これほどあからさまな反政府活動を行っているとは呆れるほかない。

「そうした金は、よりにもよって、沼津とつるむ右翼団体から、『瓢鮎』の女将のもとに届けられているようですな。ちなみに、その女将は沼津のこれのようです」

玉城は右手の小指を立ててみせた。

それから玉城は、金の流れについての詳細をいろいろと河辺に聞かせた。たとえば、総会屋などをやっている裏社会の人間たちが、名だたる大企業から金を集め、沼津に反政府資金を渡していると言った。また、そうした裏社会の人間の一人は、筒田卓四郎だとも語った。

「城北連合の筒田と言えば先日、新聞に名前が載っていたんじゃなかったかね？」

「旅館の窓から転落死しやがった男ですよ。国賊の癖をして国士のふりをするなど、節操のないことをやらかしているうちに頭がおかしくなり、大量の睡眠薬を服用するようになったらしいですな。そしてその揚げ句、寝ぼけて窓から落ちてしまった」

たいして面白くもない話だ、というような、冷たい口調で玉城は言った。

河辺は問う。

「金のために節操なく動く人がいるのはわかる。だが、沼津君自身はいったい何を企んでいるんだろうかね？」

「おそらく、デモ隊を支援すれば、総理の椅子が自分のところに早くやって来ると思っているのでしょう。沼津大臣もまた、窓から落ちた奴と同じく、節操なしなのではありませんかな」

「困ったものだ」

「しかし、閣僚に節操なしがいるとなれば、笑ってはすまされません。下手《へた》をすれば、政権の命取りとなりかねませんからな。やはりここは、総理ご自身が沼津大臣としっかりお話をされるべきではありませんか？」

「わかった。そうしよう」

言うなり河辺は立ち上がって、電話機のもとへ行った。


その夜「瓢鮎」の門前で車を降りた沼津には、見慣れているはずのその店が、まるで別の場所のように見えた。門前を通る人々も、いつもいる下足番の爺《じい》さんも、何だかぴりぴりした雰囲気である。周囲に多くの制服、私服の警察官がいるためだ。

玄関へ出迎えた小松も、大きく膨らませて結った髪や、派手な化粧は普段通りだが、やけにそわそわしている。

「いらっしゃってますよ」

「もう？」

沼津は舌打ちをした。約束の時間まで、まだ二十分もある。

客間に行くと、相手はひとりでぽつんと座っていた。沼津の顔を見るなり、出っ歯をむき出して、にっこりと笑った。河辺総理だ。

「遅くなりまして……」

「何を言っているんだい。僕のほうが早く来すぎちゃったんだよ」

河辺は朗《ほが》らかに言った。さらに、沼津が目の前に座ったところで、とぼけた様子で尋ねてきた。

「この店には、君はよく来るのかい？」

「ええ、まあ……」

沼津は、ともに部屋に入ってきた小松とちらりと目を合わせた。小松は、付け睫毛をばたばたと動かしている。

「なかなかよいところだね」

「あ、ありがとうございます、総理」

小松はおどおどと応じる。声がいつもより上ずっていた。

沼津は笑みを浮かべつつも、内心では苛立っている。完全に河辺のペースに呑まれていると思ったからだ。

会って話がしたい、と電話をかけてきたのは河辺のほうだった。話をするのなら、官邸なり、河辺の私邸なりに呼びつければいいはずなのに、彼はこの店を指定した。「行ってみたい店があるんだよ。『瓢鮎』というところなんだが、なかなか評判でね」などとわざとらしく言ったものだ。小松と沼津が浅からぬ仲であるのを、どこかで聞きつけたに違いない。

河辺は腹に何も蔵していないような明るい口調で、酒といくつかのつまみを小松に注文した。それらが部屋に運ばれたあと、沼津は河辺と二人きりになったが、わずか数秒が一時間にも感じられるような気まずい沈黙を経験した。沼津は煙草をふかしながら、いったい何の用で呼ばれたのだろうか、と考えている。

やがて、河辺が口を開いた。

「現実問題としてだ、いまの反主流派のだね、党人派の諸君に、政権を渡すわけにはいかないと思うんだ」

いきなり、きな臭い話をはじめたものだ——。

「彼らには国家観がない。この国がどうあるべきか、どの方向へ進むべきかといった方針を立て、それに向かって派閥を超え、党を超えて一致協力するなどということは、とうていできない連中だ。自分たちの権勢のためならば、国家がどうなってもかまわないという輩だからね……ということは、どういうことか、わかるね？」

いきなり問いかけられて、沼津は面食らった。

「さて……」

「私の次の政権のことだよ」

話がどこへ向かうのかがわからない沼津としては、河辺の細長い顔を見つめるしかない。

「今後、政権を担うべきは、僕の弟の伊藤か、君かのどちらかだということだ。しかし、兄の次にすぐに弟が総理になれば、世間のイメージはよくない。まるで、兄弟で国の政治を私物化しているみたいに思われるだろう。ということは、次は君がやるのが順当なわけだ……本来ならね」

沼津には、河辺が思わせぶりに「本来ならね」と言ったことが引っかかった。以前には、次期総理の座は自分に引き渡してくれると約束していたではないか、と思う。

「何か、問題でも？」

「君も同意してくれると思うが、改定同盟条約締結にせよ、合州国との良好な関係にせよ、それらは我が国の今後にとってきわめて重要だ」

「そりゃ、もちろんです。先日、閣議の席で、『デモ隊を抑えるためには警察だけでなく、専守防衛隊も投入すべきだ』と私が申したのも、新同盟条約の成立と大統領の来訪は必ず成し遂げなければならないと思っているからです。閣僚の中には、それはやり過ぎだと難色を示した人もいましたが、法秩序があってこそ、民主主義は守られ、国は発展できるのです。暴徒には断乎《だんこ》たる態度で臨まなければなりません」

「なるほど、私と君は基本的に同意見だということが確認できて嬉しいよ。ということは、条約反対運動を行っている学生たちに資金援助をするような者は、総理にふさわしいとは言えないということも、君は同意してくれるものと思う」

バレていたか――。

煙を吐きながら、沼津はどう反応しようか考えた。

たしかに、俺は学生たちを資金援助している。だから何だと言うんだ。俺を敵にまわすのはかまわないが、いま俺が閣僚を辞任すれば、河辺政権なんかおしまいだぞ――。

開き直ってそう啖呵《たんか》を切り、席を立ってやろうかとも考えた。

しかし、そのようなことをすれば、変節漢と罵られながらも、総理の椅子に近づくために主流派に転じたことが無駄となろう。反主流派から主流派へ、また反主流派へと風見鶏《かざみどり》のように向きを変える信用ならない男という印象を強めた上に、河辺派の支援も得られないとなれば、沼津の党内基盤が相当に弱体化することは間違いなかった。

沼津が黙り込んでいると、河辺はまた言った。

「実は、君に関して、よからぬ噂《うわさ》を耳にしてね……君に近い人が、デモを行う学生たちに金を融通していると言うんだ。私は、君に限ってそのようなことはないと思っているが」

河辺は、睨むでなく、笑いかけるでなく、何の表情も見えない顔で、沼津の目をじっと見つめている。それだけで、沼津はますます冷静さを失った。これまで何人もの政敵を潰し、党内最大派閥を築いて、総理にまでのぼり詰めた河辺は、どうすれば相手をたじろがせることができるのかをよく心得ていると見えた。

「そりゃ、私もいろいろな人とつき合いますよ……総理も同じだと思いますが……我々のような立場であれば、事務所にいかがわしい人物が出入りすることもあります。そういう輩が、私のあずかり知らないところでおかしなことをすることだってあるかもしれない……」

「そうだろうね」

河辺はすまして言ったが、こちらの言い訳などまったく信じていないに違いなかった。

「そうだろうが、いまは改定条約にとっても、大統領の迎接《げいせつ》にとっても、非常に大事な時期なんだ。いや、保守本流の政治家として、今後この国を背負って立つ君にとっても大事な時期だろうね。だから、君にもこれまで以上に注意を払って、身辺の変な動きは極力抑えてもらいたいと思う。そのために、今日は君にわざわざ時間をつくってもらったんだよ」

「あ、なるほど……ご心配をおかけしまして――」

「じゃ、そういうことでよろしく頼むよ。忙しいところ、ありがとう……しかし、ここは評判通り、よい店だね。勘定は私が持つから、君はゆっくりしていきなさい」

そう言うと、河辺はさっさと帰っていった。

一人になった沼津は、また新たな煙草に火をつけた。気づけば、卓上の陶製の灰皿には吸い殻が山盛りになっている。ほとんど、沼津が吸ったものだ。

しばらくして、小松が顔を出した。小走りに沼津のそばに近づいてきて座ると、興奮気味に言う。

「総理大臣ともなると、お付きの人の数もすごいんですね。秘書やら警備の人やら、ぞろぞろ大勢引き連れて帰られましたわ。同じ『大臣』でも、やっぱり経済大臣とは違いますわね……あら、先生、どうなさいました？　元気ないですな」

「元気なんかあるわけないだろ」

沼津は、悔しかった。河辺に格の違いを見せつけられたように思っていた。

河辺は終始、穏やかに話していたが、その実、「俺が辞めたあとの総裁選で支持して欲しければ、大人しくしていろ」と脅してきたのだった。それに対して、こちらは何の反撃もできなかった。

沼津の心中の煩悶《はんもん》をよそに、真っ赤に塗りたくった大きな口を動かして、小松は喋りつづける。

「何か、難しい話だったんですか？　そんな暗い顔をして、先生らしくも――」

「いいから、もっと酒を持ってこい。今夜は飲むぞ」

「はい、はい……しかしまあ、そんなに苛々して、先生は総理とよほど反りが合わないと見えますな。そういう私も、河辺先生って好きになれませんわ。あの人、私のことじろじろ見て、『あんたが女将か。人の好みもいろいろだね』とか言って、まったく失礼しちゃう……」

ぶつぶつ言いながら立ち上がり、小松は部屋を出ていった。

小松が新しい徳利を持って戻ってくると、沼津は打ち明けた。

「学生に金を渡しているのを、総理に知られた」

「あれ、ま……」

「それで、さっき総理から、もうおかしなことはするな、と釘を刺されたんだ」

「どこから、バレたのかしら？」

「お前が言っていたように、総理大臣と並の大臣では格が違うんだ。総理のまわりには、資金や情報を持った連中が集まってくる」

「で、どうするんです、これから？　天野さんとのおつき合いはもうやめるんですか？」

「そんなことは言っていない」

「やめなければ、次の総裁選で、河辺派の支援は受けられなくなるんでしょう？　私、先生には、何としても総理になっていただきたいの」

「私は嘘は言わない。天野君との約束は守る」

沼津はきっぱり言った。

「金をここで渡すのはやめる。別のルートを考えるさ。河辺を必ずや政権の座から引きずり下ろしてくれる。そして必ず、次はこの俺が総理になる」

「ああ、それでこそ、私の惚れた先生。権力のためにあきらめずに戦う男が、私は大好き」

小松はうっとりとした目で沼津を見ている。

「当たり前だ。あきらめるものか。河辺なんかに負けてはいられない」

沼津の心中にはふたたび、闘志がめらめらと燃え出していた。

三

狭いガレージの一角に、天井から電球が下がっている。その光のもとで、小さな男が金属の防護面をかぶり、溶接機を使っていた。筒田卓四郎を旅館の窓から投げ飛ばして葬った、殺し屋のプチである。

プチは表向きは、機械の修理工場を営んでおり、ガレージにはオートバイや車のエンジンの部品などが雑然と置かれていた。その中でプチは鼻歌をうたいながら、排気管のような鉄の筒に、金属の板を貼りつけている。

そこへ、すっかり陽が落ちた表から、一人の男がやってきた。それに気づきながら、プチは火花を散らしつづけた。

訪問者はすぐそばまで来ると、プチの作業を興味深そうに見ながら言った。

「喜べ。ようやく、会長のお許しが出たぞ」

プチは手を止めると、防護面を取った。相手はスキンヘッドの、背の高い男だった。玉城の直々《じきじき》の子分、月岡である。

「じゃ、殺っていいんだね、天野を。ようやくこいつの出番だ」

太さといい、長さといい、ビール瓶くらいの鉄の筒を、プチは持ち上げて見せた。

「何だい、それは？」

「船ごと、あの骸骨野郎をドカンと吹き飛ばすんだ」

月岡は、ぎょっと目を見開いた。

「そりゃ、駄目だ」

「どうして？」

「天野が、たとえば船から落ちて溺《おぼ》れ死ぬならいい。だけど、爆発事故が起きるなんてのは派手すぎる。そんなことをしたら、マスコミは大騒ぎだ。警察も必死に動かないわけにはいかなくなるだろう」

「人によって殺し方は違ってくる。船から落としても、あの男は死なないよ」

「しかし、ドカンってのは駄目だ」

「爆弾がもうじき完成するってときに、そんなことを言うなよ」

プチは腹を立てた。「殺しの現実」というものを知らない奴に、わかったようなことを言ってもらいたくなかった。天野には、自分の考えるやり方が一番よいのだ。しかも、この筒型爆弾をここまで作るのに、どれだけの時間がかかったと思っているのか。

「よく聞いてくれ。これは完璧な方法だ。天野はときおり、船を動かしてどこかへ行ってしまう。おそらく、ずっと同じところに船を停泊させていては、かえって目立つと思っているんだろう。しかし、しばらくすると、手足として使っている連中や、学生たちと会うために、だいたい同じところに戻ってくるんだ。この爆弾で、天野が船を動かしている最中を狙う。移動中に爆発が起きても、世間は、戦時中に敵がまいた機雷に接触したと思うだけだ」

戦時中、合州国はこの国の周辺海域に機雷をばらまいた。輸送を途絶えさせ、国民を飢えさせるためだ。もちろん戦後、政府によって掃海《そうかい》作業は進められていたが、まだまだ多くの機雷が残っており、しばしば輸送船や漁船などが触雷する事故が起きていた。

プチはさらに、手にした円筒形の爆弾について説明した。

「素人《しろうと》には玩具《おもちゃ》みたいに見えるかもしれないが、とても美しい装置だ。感度は多少違うが、かつて敵が空からまいた機雷とだいたい同じ方式を使っている。この筒を、あの汚ねえ船の底にくっつける。そして、船が走り出すと、水がこの筒の中を通る。その水流の強さがある程度にまでなると、絶縁体がはずれ、回路が閉じてドカンってわけだ。まったく、美しいだろ？」

月岡は呆然とした顔で、プチを見守った。だいぶ経ってから、ようやく言った。

「戦時中の機雷についてそんなに詳しいなんて、お前、いったい幾つなんだ？」

「無粋《ぶすい》な人だね、あんたは。殺し屋に歳はないのよ」

鼻白《はなじろ》んで言うと、プチはふたたび防護面を顔に当て、火花を散らし出した。

プチが自転車に乗ってガレージを出発したのは、真夜中をとっくに過ぎた未明の時間である。半ズボンの水着を穿き、上は肌着のみを着ていた。そして、長いストラップをたすき掛けにして、ゴム製のバッグを背負っている。また腰にはナイフや、兵隊の弾薬盒《だんやくごう》のような小さなバッグがついたゴムベルトを巻いてある。

ガレージは大川のそばの、町工場が集まる地域にあった。プチは堤防沿いを走り、しばらくすると自転車を降りた。堤防にのぼると、川の水面に外灯が淡く反射する中、勝鬨丸の影がぼんやりと眼下に見えた。

プチは堤防をおり、河川敷を歩いていった。

川岸まで来ると、艫側から勝鬨丸に近づいていった。そして二十メートル以上手前から、川に入った。そこからは泳いで、勝鬨丸に近づいていく。

プチは泳ぎが得意だった。濁った水はドブ臭く、脚には水草が絡みついたが、手のひと掻き、脚のひと蹴りごとに水をしっかり捉え、ぐんぐん進んでいく。この時間には川を通る船はほとんどないから波もなく、流れも穏やかだった。

勝鬨丸の甲板上に明かりは見えなかったから、人が乗っているのかどうかはわからなかった。それでも艫まで来ると、プチは船上から見つからないよう、できるだけ船体に身を寄せた。

上体に巻きつけたストラップを動かし、背中のバッグを腹側にまわした。立ち泳ぎをしながら蓋を開け、中に手を入れる。そのとき突如、船のエンジンが起動した。船体が振動し、内部の機関ががたがたと重たい音を立て出す。いかにも年代物という感じだ。

プチは驚いている。ここのところ観察していた限りでは、こんな真っ暗な早朝に勝鬨丸が動くことはなかったからだ。

急がなくては――。

プチはバッグの中を探ると、鉄の筒を取り出した。息を大きく吸い込み、頭を下にして水中に潜る。船の下側に入り込んで泳ぎつつ、船底を手で触って探っていく。そして、スクリュー近くの場所に、筒を強力な磁石でぱちんと貼りつけた。その直後、強い水流を受けて、プチはバランスを失った。スクリューが回り出したのだ。

プチは渦に巻き込まれないよう、必死に手足を動かし、水面に顔を出した。勝鬨丸の船上には、すでに明かりがあった。船から離れようと、プチは泳いだが、離れられない。体は、動き出した船に引っ張られていく。水中で泳いでいるあいだに、爆弾を入れていたバッグのストラップがゆるみ、船体のどこかに引っかかってしまったようだ。船底の突起物か、あるいは船底に貼りついた爆弾そのものにでも引っかかっているのだろうか。暗い上に水が濁っているため、水中の様子はわからない。

船はどんどんスピードを上げ、河口へ向かって走っていった。プチはときおり水面に口を出し、息継ぎをしながら、ストラップを摑み、動かしてみた。だが、びくともしない。このままゆけば、船底に取りつけた爆弾もろとも、自分も吹き飛ばされてしまう。もはやバッグは捨てようと、ストラップを体から外そうとしたが、背中に食い込んで上手くゆかなかった。水流が激しく、溺れないでいるのがやっとだ。

腰のベルトから潜水ナイフを抜き、ストラップに当てたとき、船上から強い光が投げかけられ、長い棒で突《つつ》かれた。木製の棒の先には鉤状の金属がついていた。舫い綱をひっかけて水中から拾い上げたり、船を他の船や岸に近づけたりするときに使うボートフックだった。

「てめえ、そこで何していやがる」

船の上から叫びながら、ボートフックで突いたり、ひっぱたいたりしてくる男の人相は暗くてわからなかった。だがそのシルエットから、背が高く、痩せ細った男であることはわかった。

船上に、もう一つの人影があらわれた。ずんぐりした男だ。彼もまた、ボートフックを手にしている。息継ぎをするたびに、プチは二本の棒でひっぱたかれたり、突かれたりしはじめた。棒はプチの額や鼻っ柱《ぱしら》にも当たり、激痛が走る。すでに船は海に近づき、水の味はしょっぱくなっていたが、それに加えてプチの口中には鼻血の味も広がり出した。さらに、フックが腕にも引っかかり、切り傷がいくつもできて、そこに塩水が沁《し》み、痛くて仕方がない。

ボートフックによる攻撃に耐えながら、プチはナイフをバッグのストラップに当てつづけた。なかなか切れない。だがそのうちに、船底のひっかかりがはずれた。

しめた——。

と思ったものの、プチの体は水飛沫《みずしぶき》を上げながら、船と並走しつづけている。フックを、腰のベルトに引っかけられてしまっていたのだ。さらに、もう一つのフックが、左手の防水時計のベルトにも引っかかった。

プチの体は水面から引きあげられた。左腕からは血が流れ、激痛が走る。

「やめてくれ」

プチは泣き叫びつつ、腰のベルトのバックルに手をかけた。バックルがはずれた、と思ったときには、船の上に引っぱり上げられていた。

船上からボートフックを突き出していた天野ははじめ、子供が船にいたずらをしているのかと思った。船にくっついて来た奴は、何しろ体が小さいだけでなく、叫び声も甲高かったからだ。しかし、早朝の真っ暗な時間に川を泳いでいる子供などそうそういないだろうし、ライトを当てて見てみれば、時計やナイフ、ベルトなど、子供には似つかわしくない装備を身につけている。

操舵室で舵を握っているのは、山科と同じく天野組の社員で、天野と同年配の下田という男だった。天野と山科とがボートフックを船外に突き出しているあいだは、下田は小男を逃がさないようスピードをゆるめた。しかし、鮪《まぐろ》か何かのように小男が、船端《ふなばた》に引っかかりながら引き揚げられると、またスピードを上げた。

山科は小男の時計のベルトからフックをはずすと、それで小男の背中を突いた。

「このガキ、何していやがった」

下半身には半ズボンの水着を、上半身には半袖の肌着をつけた小男は、疲れた様子でしばらくうつぶしていたが、まるで狸《たぬき》や狐《きつね》が走り出したように、にわかに甲板上を転がった。

山科がボートフックを振り上げて追いかける。男は勢いよく立ち上がりざま、刃物をひらめかせた。

「うっ」

山科がうめきながら後退した。左の二の腕を切られたようだ。

天野が手にしているボートフックの先には、小男がさっきまで腰に巻いていたバッグが絡みついていた。それを振りほどくと、小男の後頭部めがけて、横薙《な》ぎにボートフックを振った。

小男は身を低めて躱す。そして、驚くほどの跳躍力を発揮して、天野に向かって跳んできた。その右手には、血塗られたナイフがある。

天野は下から上に、ボートフックを振り上げた。先端が、小男の手首にしたたかに当たる。ナイフは宙を舞い、暗い水面に飛んでいった。

それでも、小男は怯まない。天野の振りまわす棒を身を低くして躱すと、さらに跳躍した。両腕で、天野の腰にしがみつく。天野はよろけ、船端に追い詰められた。

何だ、こいつは——。

一見、子供のような体つきながら、動きが俊敏で、しかも物凄《ものすご》い膂力《りょりょく》を持っていた。片腕は天野の腰にまわし、もう片方の手で太股《ふともも》の裏側をがっちり摑んで放さない。そうして、肩を天野の腹に押し当てて前進してくる。背中を船端に押しつけられた天野は、前後からの圧迫に苦しみ、うめいた。

小男は天野の脚を持ち上げ、船外に落とそうとする。天野は小男の首のまわりに手刀を一発、さらにもう一発と打ち込んだ。しかし、びくともしない。小男の肩のまわりには、鎧《よろい》のように、もりもりと筋肉がついていた。

天野は小男の顔に手をまわした。鼻の穴に人さし指と中指を突っ込み、鼻骨をひねり上げる。

小男は、女のような悲鳴を発した。腕の力が弱まる。天野は体を入れ替え、小男を船端に押しつけてやった。その腹に膝蹴りを二発、ぶち込む。それから、小男の体を甲板上に引き倒した。すかさず、山科がボートフックを、小男の背中に叩きつけた。

甲板上にうつぶせに伸びた小男は、鼻と口から血を噴き出させながら言った。

「船を止めろ」

「何だ？」

「早く、止めろ……爆発する」

何を言っているのかわからず、天野は山科を見た。ボートフックを振り上げたままの山科も、ぽかんとした顔をしていた。

その直後、耳をつんざく爆音がした。艫のあたりに水飛沫が上がる。とっさに天野と山科は体を屈めたが、頭から海水が叩きつけるように降ってきた。操舵室のある船の後方から火が噴き出している。

燃料の油にも燃え移ったのか、火はもうもうたる黒煙を上げた。操舵室から、下田が飛び出してきた。

仕事場では予期せぬ事故や喧嘩が起きても、さしてうろたえた姿を見せない男なのだが、そのときは明らかに面食らった目つきをしていた。生え際が後退した頭に手をやり、きょろきょろしている。

やがて、さらなる爆発が起きた。天野はとっさに伏せたが、下田は横向きに甲板上に転がる。山科は後ろ向きに吹き飛んで、仰向《あおむ》けに倒れた。

船は推進力を失って、左に傾きながら漂い、沖合へ流れていった。小男が甲板上でもがく姿が、マストのライトと、後方の炎の明かりで浮き上がっている。まだダメージが残っているようで、立ち上がろうとしてなかなか立ち上がれずにいる。

「山科、下田、大丈夫か？」

天野は腕を上げ、炎の熱気から顔を庇いながら叫んだ。山科のもとへ向かう。

山科は意識を失ってはいなかった。

「耳が変です」

と言いながら、起き上がり、傾いた甲板に座る。下田が無事かどうかは、黒煙のせいで確認できなかった。そのあいだも炎は強まり、船は喘ぐような、ぞっとする音を立てながら、どんどん左へ傾いていった。

天野も山科も左側の船端へ滑っていく。

気づけば、小男は起き上がっており、海に飛び込むつもりか、船端にしがみついていた。

「待て」

天野はボートフックを手にして立ち上がると、船端につかまりながら小男を追いかけた。船端の手摺りに足をかけ、乗り越えようとする小男の肩口に、フックの先を叩きつける。棒を手元にたぐり寄せるように引くと、フックの先が男の肩の肉に食い込んだ。小男はまた、甲板上にずり落ちた。

「痛い。痛いって」

小男は甲板上で身をよじり、肩をかきむしるような仕草をした。天野は逃がしてたまるかと、棒を引きつづける。小男の白い肌着は、瞬く間に血に染まっていった。

そこへ、さらに天野がまったく予期していなかったことが起きた。もがく小男のすぐそばの船端から、二つの人影がぬっとあらわれ、船内に乗り込んできたのだ。さらにまた、ほぼ同時に二つの人影があらわれ、乗り込んでくる。彼らはみな、潜水服で身を包み、水中マスクをつけていた。

「何者だ、てめえら……」

呆気にとられ、天野が手の力をゆるめた隙に、小男は肩からフックを外した。立ち上がり、海に飛び込もうとする。潜水服の一人が、とっさに摑みかかり、背後から羽交《はが》い締めにして小男を持ち上げた。

小男は足をバタバタと振った。ふたたび甲板に両足をつけると、後ろの男を背負い投げにした。潜水服の男が仰向けにひっくり返ったところで、小男は、まるで鞠《まり》のように身を丸め、甲板上を転がった。

「動くな」

別の潜水服の男が叫んだ。自動拳銃を手にしている。

「止まれ、撃つぞ」

他の一人も拳銃を構えている。

何だ、こいつら――。

小男は止まらなかった。銃の狙いが定まらないように右へ左へと素早く動きながら、甲板上に放置されていた、ベルトにつけられたバッグを摑む。

バッグの中に手を突っ込むと、小男は電球のような、きらめく球を取り出した。そしてそれを、拳銃を構える男の一人に投げた。

球はマスクをつけた男の、潜水服の胸のあたりに当たり、砕けた。途端に、マスクの男は拳銃を落とし、顔や体を掻きむしって苦しみ出した。

「ああ、熱い。助けてくれ」

叫びながらよろけ、船端にぶつかり、船外に落ちてしまった。水音が響く。

別の潜水服の男が発砲をはじめた。爆音とともに、いくつもの火花が暗闇をつんざく。

天野が伏せながら見ると、小男はまた傾いた甲板を転がり、舷側から海に飛び込んでしまった。

天野はよたよたと、傾いた甲板を進んだ。左舷から船外を覗き込もうとしたが、さらに大きな炎が上がり、背後から熱風に煽られて、よろけた。

「さ、逃げましょう」

潜水服の一人が、天野に語りかけてきた。聞いたことのある声だった。

「ボートに乗り移ってください」

男は、海上を指さした。見れば、黒い小型ボートが勝鬨丸にぴたりとつけられている。特殊部隊が上陸作戦のときに使う、エンジン付きのゴムボートのようだ。操舵手が一人、ボートに残っていた。

「さ、天野さん、早く飛び降りて」

マスクを外しながら言ったのは、驚いたことに、日讀新聞記者の渡瀬であった。

「何で、お前がここに？」

「いま、説明している暇はありません。早くしないと」

そこへ、煙の中から、山科が下田に肩を貸しながらあらわれた。二人とも、煤《すす》で真っ黒な顔をしている。

下田は苦しそうによだれを垂らしながら、咳《せき》をしていた。

「よしわかった。まずお前たちから飛び込め」

天野は山科と下田に命じた。

「ぐずぐずするな。早くしろ」

二人は次々と海に飛び込んだ。つづいて天野も飛び込む。後から、後から、潜水服の男たちも飛び降りた。天野がボートに泳ぎ着くと、先に乗り込んだ山科と、もともと船上にいた男が腕を掴み、引きあげてくれた。

操舵手は、渡瀬と天野、山科、下田だけを乗せてボートを発進させた。他の潜水服の男たちは、海に落ちた小男や仲間を捜すためか、タンクを背負い、レギュレーターをくわえて海に潜っていった。

水浸《みずびた》しでボートに乗る天野は、空が白む中、遠ざかる勝鬨丸を見つめていた。煙を上げる船が、次第に沈んでいくのがわかる。この船は、天野の持ち物でなく、知人の建設会社社長から借りていたものだ。

「また借金が増えたな……」

呟く天野の隣で、山科と下田も重たいため息をついていた。

空が明るくなるにつれ、進行方向に、オレンジ色の大きな船がはっきりと見えてきた。どうやら、ボートはそこに向かっているようだった。

「これは貨物船だな？　排水量は何トンだ？」

「さて、一万トンには満たないでしょう」

渡瀬が答える。

ボートが近づくと、貨物船からはタラップが降ろされた。

四

コーヒーカップから口を離した天野は、言った。

「まずいなあ」

まるで、ただの黒い湯を飲んでいるみたいだ。

「社長のいれたコーヒーに慣れた者の口には、何の味もしませんな」

下田が言うと、山科も笑いながら頷いた。

三人がいるのは、安っぽいテーブルと椅子が並べられた、貨物船の食堂だった。一度に二十人くらいの船員が食事できるだろう。船が揺れても動かないよう、椅子もテーブルも鎖で床とつないであった。

三人の前にはアルミ製の盆が置かれ、その上に黒パンと、ソーセージやキャベツ、玉葱《たまねぎ》などの野菜が入ったスープ、それにチョコレートとコーヒーがのっていた。山科と下田はそのほとんどを平らげていたが、天野はどれも少しずつ手をつけただけだった。ただ、小さい板チョコレートだけはすべて食べた。疲れているせいか、甘い物は旨く感じた。

この貨物船に乗り込んだとき、天野たちは全身、煤や油にまみれ、誰が誰だかわからないほど真っ黒な顔をしていた。だが、シャワーを使わせてくれ、船員用の、灰色の制服も貸してくれたから、そのときにはみな、さっぱりした顔つきだった。

切り傷や打ち身、火傷の手当てもしてもらっており、幸い、誰もそれほどの深手は負っていないこともわかった。その上、食事まで用意してくれたのだから、まずくても文句は言えない。

やがてそこへ、これまた同じ制服を着た渡瀬が入ってきた。

「お食事はいかがですか？」

天野は旨いとも、まずいとも言わず、ただ、

「馳走になったよ」

と言っておいた。その上で、渡瀬に言った。

「そろそろ、種明かしをしてくれないか？　お前さんとそのお仲間は何者だ。なぜ、俺たちを助けてくれ

た?」

「私たちのことをお話しする前に、天野さんたちに見ていただきたいものがありますから、ついてきてください」

「ずいぶんと、もったいをつけるな」

仕方なく、天野は立ち上がった。山科と下田も立ち上がり、渡瀬について食堂をあとにした。

蛍光灯の無機質な光に照らされた、てかてかした廊下を歩くあいだ、天野は船内の案内プレートなどを興味深く見たが、どれも横文字で書かれていた。

渡瀬が天野たちを連れてきたのは、医務室の奥の一室だった。手術台のようなものがあり、傍らには白衣を着た白人男性が立っていた。手術台には布がかけられてあったが、それが人形《ひとがた》に盛り上がっている。

渡瀬は白衣の男に会釈してから、手術台の布をめくった。横たわっていたのは、裸に剝かれた男だった。短い黒髪は濡《ぬ》れている。黄色人種のようだが、呼吸はしていないものと一見してわかった。かなり鍛え上げられた体つきだったが、天野はちょっと見ただけで目を背けたくなった。顔や首のあたりが赤紫に膨れ上がり、爛《ただ》れている。

「船から落ちた人か?　ガラス玉をぶつけられて」

天野が問うと、渡瀬は頷いた。勝鬨丸が沈んだ海域に残った男たちが遺体を発見し、運んで来たのだろう。

「この傷には見覚えがある……お前さんにも、あるだろう?」

天野が問うと、渡瀬は右の袖をまくった。上腕にケロイド状の傷があらわれる。

「戦時中の事故で負った傷だと言っていたが、ひょっとして、傷ができたのは戦後じゃないか?」

「嘘をついていてすみません……後に知ったことですが、私はあのとき、天野さんの義理のお兄さんと一緒だったようです」

　渡瀬の告白に、山科と下田がはっとして、天野に目を向けてきた。

　天野は震えていた。思い出したくもない過去の記憶が、鮮やかに蘇《よみがえ》ってきたからだった。


　天野は戦時中に恩赦を受けて出所後、知人の助けを受け、建設会社を経営していた。当時は、軍関係の仕事がほとんどだった。はじめのうちは倉庫や工場の建設を請け負ったりしたが、やがては空襲された基地や工場の残骸を片づける仕事が多くなった。

　終戦によって国軍が解体され、占領下に置かれた時代には、生きるのに必死で、受けられる仕事は何でもやった。もちろん占領軍の基地の整備や兵舎の建設などを請け負ったこともあるが、そうしたおいしい仕事は、天野組のような弱小業者にはなかなか回ってこなかった。

　その中、やけに報酬のよい仕事の話を持ちかけられたことがあった。仲介者は、戦前から保守系政党の地区支部長を務めていた、六十代半ばの男だった。名前は星田《ほしだ》と言った。戦時中は「聖戦完遂」を地域住民に熱心に説いてまわっていたため、戦後、公職から追放され、その頃は、企業間で仕事や融資の斡旋《あっせん》をして、顧問料や手数料などを貰って暮らしていた。

　仕事の内容は、首都からほど近い、かつての軍需工場の片づけだった。不用品をそこから運び出し、海に捨てるだけという簡単な仕事なのに、報酬は他の三倍ほどにもなるという。

「話が旨過ぎるように思うんだが」

　天野が疑念を述べると、星田は、

「急いでいるんだろう。その土地を買って、別の工場を建てる話があるらしい」

と言った。

「どうして、うちに?」

「天野さんのところは、かつて、軍の施設の片づけもやったことがあるだろ」

「しかし、そんな業者は他にもいくらでもあるだろうに」

「詳しい事情はわからないが、旨みのある仕事だ。他に取られないうちに引き受けたほうがいいと思うがね」

たしかに、天野も仕事が欲しくて欲しくて仕方がなかった。にもかかわらず、

「ちょっと考えさせてくれ」

と言っておいた。

いくら星田の説明を聞いても、どうも胡散臭《うさんくさ》い、という思いを払拭《ふっしょく》することができなかったのだ。

誰もが生きるのに精いっぱいの時代には、人を騙《だま》す奴が大勢あらわれる。実際、仕事をしたけれども、金が払われなかったなどということは、当時はいくらでもあった。あるいは金は払われるにしても、旨みのある話が、わざわざ天野組に持ち込まれたということが怪しく思えた。他が引き受けたがらない事情が隠されているかもしれず、知らぬ間に犯罪の片棒を担がされ、また刑務所に入るようなことになってはたまらない。そう思って、とりあえず結論は先送りし、背後関係を調べてみることにしたのだ。

発注元は大東亜《だいとうあ》興業という中堅どころの会社で、その社長の千原某《ちはらなにがし》はかつて、玉城寿三郎の仕事を手伝っていた人物のようだった。玉城は戦時中、軍需物資を集め、軍部に納入する仕事をしていたが、その頃はA級戦犯容疑者として拘置所に収監されていた。

この仕事を受けるべきか否かについて、天野が相談したのは、当時、天野組の仕事を手伝ってくれていた、房子の兄、宮田晋作《みやたしんさく》だった。

かつて医学生だった宮田は天野の労働運動仲間で、特高警察に引っ張られた経験もあった。しかし、天

野が委員長を務めた革命前衛党には在籍していなかったために起訴は免れ、大学を中退後、出征することになった。

復員してきた宮田は、天野夫婦のもとに身を寄せた。そして、スコップや荷車を手にして、義弟の天野と一緒に働いてくれた。天野のほうも、宮田のことを共同経営者のように遇していた。

「これだけ払ってもらえれば、経営はだいぶ楽になるじゃないか。君は車も欲しいと言っていただろう。たしかに、怪しい感じがするのはわかる。でも、天野組の現状は、仕事のえり好みをしている場合ではないのではないかな？」

と、宮田は前向きな意見を述べた。

だが、天野はやはり、乗り気がしない。一番引っかかったのは、大東亜興業が玉城の関係者によって運営されているということであり、かつ、片づけるべき旧軍需工場も、かつて玉城が頻繁に出入りしていたところであるということだった。

国家を挙げて、生きるか死ぬかの戦いを行っていた戦時中は、国事のほとんどすべてが軍事を中心にまわっていたと言っていい。それはつまり、軍人や、軍部に出入りする民間業者が幅を利かせる世の中だったということであって、彼らの中には、特権意識から、かなりあくどいことを平気でしていた者もいた。そして、その代表の一人が、玉城ではないかと天野は思っていた。

裕福ではない立場から身を起こしながら、有力な将軍たちや、戦争指導を行った政治家たちに取り入って財をなした玉城は、いっぽうで、弱者には冷たい奴だという評判をとっていた。「お国のためだ」と言って、国内や、外国の占領地で、軍が必要とする物資を独占的に、しかも不当に買い叩いていたという。また、逆らう者には暴力をふるうこともしばしばあったと噂されている。彼の事業の周辺では、行方不明になる者や不審死を遂げる者が何人もいたらしい。

結局、天野は、この仕事は断るという結論を下した。宮田も、残念そうな様子ながら、

「社長がそう言うなら、私にも異論はない」

と同意してくれた。

だが、それは表向きだったのだ。

宮田は天野に内緒で金をかき集め、人を募集し、トラックを借りて、大東亜興業からの仕事を受けていた。いつまでも妹やその夫に厄介になっているのを潔《いさぎよ》しとせず、早く金を貯めて独立したかったのだろう。

「知人が事業を興してね、祝賀会が開かれるんだ。それに出席するため、二、三日の休みが欲しい」

そう言って、宮田は出かけた。だがそれが、天野と房子が宮田を見た最後だった。

天野と房子が宮田の亡骸と対面したのは、漁師町の、小さな病院であった。まだ春先で、病院の玄関先には蒲公英《たんぽぽ》がたくさん咲いていたのを覚えている。漁港からほど近い病院では、霊安室にも潮の香《か》が満ちていた。

宮田は、天野とは違って昔から美青年として知られ、女性によくモテた。房子にとっても自慢の兄だった。だが、彼の亡骸は変わり果てていた。顔は赤黒く腫れ上がり、焼け爛れていたのだ。爛れは首や肩、さらには両腕にも及んでいた。

兄と対面した房子は、ハンカチで顔を覆いながらふらついた。それを抱きとめ、支えながら、天野は医師に尋ねた。

「交通事故か何かですか?」

あるいは、宮田が運転していた車が大破し、炎上でもしたのではないかと思ったのだ。しかし、一杯ひっかけているらしい町医者は、うっすらと赤い顔でかぶりを振った。

「劇薬を浴びたのだと思う」

「どこで？　何を？」

食ってかかるように天野は問うたが、医者はまたかぶりを振る。

「私にも事情はよくわからんのです。警察もここへ来てご遺体を調べたが、やはりよくわからないと言っていてね……何かを海に捨てる仕事をしていたらしいが、その最中に気分が悪くなる者や、火傷をする者が続出したらしい。そして、この人のような死者も出た……こういう症状は、大学病院へでも行って調べてもらわないとな」

医者は宮田の遺体を見下ろして、ぶつぶつと言った。まるで、自分のような田舎の町医者のところへ持ち込まれても迷惑だ、という口ぶりであった。

その後、天野は地域の警察署へ何度も足を運んで、調査の進み具合を尋ねた。また、地元選出の議員のもとも訪ね、いったい何があったのか究明してくれと陳情したりもした。けれども、どういうわけか、警察の捜査は進展せず、事実上、中途で打ち切られた。

もちろん、大東亜興業に賠償請求をしようと思い、仲介者の星田に連絡を取って住所を教えてもらった。だが、大東亜興業の事務所があったはずの建物はすでにもぬけの殻となっており、とうとう社長の千原を見つけ出すこともできなかった。


「あの仕事にはいくつかの人入れがかかわっていたようですね。私は、宮田さんとは別の業者に雇われたのですが、木箱をトラックから岩浜に降ろし、海へ放り投げる作業をしていたとき、原因不明の火傷を負って……」

渡瀬は、天野たちとともに手術台にのせられた遺体のそばを離れながら、悔しそうに話した。

「私も、治療費くらいは貰いたいと思ったのですが、大東亜興業はもちろん、人入れとも連絡がつかなくなって……それっきりです」

隣の診察部屋に移ったとき、天野は足を止め、渡瀬に尋ねた。

「あんたや、宮田が軍の基地から運び出し、投棄したのは毒ガス弾かね？　投擲《とうてき》式の？」

渡瀬は頷く。

「糜爛《びらん》性の薬剤を、ガラス製や陶製の容器に詰めたものでしょう。敵に投げつけると、外側の器が壊れて中身が飛び散る。それを浴びた者は肌が爛れ、吸い込めば呼吸困難に陥り、肺水腫《はいすいしゅ》などを発症して死ぬという代物です。そんな兵器が、戦争が終わった後も、軍の施設には大量に集積されていたんですよ」

「軍はそんなものを作っていたんですか……」

信じられない、というように呟いた山科に、渡瀬は皮肉な笑いを浮かべてみせた。

「それだけじゃない。青酸ガスやマスタードガスを入れたもの、さらには細菌を入れたものまで研究していたんですよ、軍は」

「しかし、そんなものを手投げ弾で使ったら、味方まで危ないじゃないですか」

今度は下田が言ったのに、天野が応じた。

「だから、戦後になっても山ほど残ったのさ。馬鹿な話だ」

ガラス玉などに危険な化学薬品を詰め、敵に投げつける兵器は、主に緒戦において、戦車やトーチカを攻略する際に用いられた。しかし、戦時中を通じて、使用例はごくわずかである。各部隊に配布されても、兵たちが携行したがらなかったのだ。行軍の最中などに外側の器が割れれば、自分の身が危なくなるからだ。よって、前線から離れた後方基地に置きっぱなしにされたり、兵たちによって密《ひそ》かに土に埋められ、廃棄されたりした。現場の部隊が配備を望まない以上、軍需工場の倉庫などに未使用のものが大量に残ったわけである。

「糜爛剤を扱う場合には、当然のことながら、それ相応の防護服が必要だ。それなのに、連中はそんなものをまったく配らず、しかも、中身が何かも知らせずに、投棄させたんだ。そうして、宮田や、渡瀬君のような犠牲者が出た」

「私はたまたまガスを吸い込まなかったので、死なずにはすみましたがね」

と渡瀬が言うと、山科は問うた。

「それは、玉城の仕業というわけですか？」

「もちろん、玉城もかかわっていたと俺は睨んでいる」

と答えたのは天野だった。

「拘置所内からでも指示はいくらでも出せるだろ。弁護士との接見は認められていたんだからな。戦犯容疑で起訴されるか否かという時期に、自分があんな化学兵器の製造にかかわっていたことが判明してはやばいと思って、廃棄を急がせたんだろう……だが、玉城一人の仕業とも言いきれない」

ガス兵器の投棄は、玉城一人の責任というよりは、当時の多くの戦争指導者や軍関係者の責任をもみ消す行為ではなかったかと天野は思っていた。軍部や政官界、産業界を問わず、国際法違反の嫌疑をかけられかねない兵器の開発・製造にかかわった多くの者が、証拠隠滅のために動けば、作業の発注元が忽然《こつぜん》と姿をくらましたり、警察の捜査が中止されたりしても不思議ではないだろう。

「しかし、あの小さな男は、投棄されたはずの兵器を持っていたわけですね……亡霊が蘇ったみたいだ」

山科の言葉に、渡瀬が応じた。

「投棄せずに残っていたものがあったか、あるいは昔ながらの製法でまた作ったかのどちらかでしょうがね……たしかに亡霊ですね。私も驚きましたよ」

「あの小男もおそらく、玉城の手下だろうよ。あいつは目的のためならば、人の命など何とも思わない男だ」

　まさに玉城そのものが、戦争の亡霊が化けて出てきたような男だと天野は思った。

「だが、それはそれとしてだ、渡瀬君よ、そろそろ正体を明かしてくれよ。ただの新聞記者じゃねえだろ、あんた」

「正体だなんて、大仰《おおぎょう》なことを言わないでください。私はただの新聞記者ですよ」

「じゃ、何で火事になった船に、銃を持って乗り込んできたんだ？」

「私は拳銃は持っていません。彼らが持っていただけです」

「彼ら？」

　渡瀬は、もったいをつけるようにしばらく間を置いた。

「東側も、天野さんの動きには大いに関心を持っているということです」

「東側？　ということは、お前さんと一緒にいたのはＳ連邦の工作員か何かか？」

　それには、渡瀬は答えなかった。

「彼らは、天野さんの真意を知りたいのです。あなたはかつて、革命前衛党の委員長だった。表向きはその後、転向し、ミカド崇拝者になったと聞いていますが、しかし、いままた革命を目指す学生たちを支援している。もしあなたが本当はずっと革命家であったのなら、あるいは、ここにきて革命家に戻ったというのなら、東側はあなたと提携したいと考えています。そしてその場合、あらゆる面での支援提供の用意があります」

「お前さんも、新聞社に潜り込みつつも、ずっと東側のエージェントとして働いていたというわけか？」

「ずっとじゃありません。この腕の傷を負った直後、一度、スカウトされたことはありました。そのときは断ったんですが、数年前にまた向こうから接触してきまして……」

「それで、連中と一緒に俺たちを見張っていたということか？」

「そうです。腕の傷のことで嘘をついたのも、お義兄《にい》さんとの縁を知られると、こちらのことをいろいろと探られると思ったもので」

「ふざけやがって」

「でも、密かに見張っていたからこそ、あなたたちを助けることができたんですよ。玉城がいかがわしい者を天野さんのもとに差し向けようとしているという情報も、我々は摑んでいましたから」

まるで、天野たちがいま、生きていられるのは自分たちのおかげだというような、恩着せがましい言い方に聞こえた。

「で、どうなんです、天野さん？　私たちと手を組む気はありませんか？」

そう持ちかける渡瀬の表情は真剣そのものだった。天野は自分の心臓が激しく脈打つのを感じていた。

6　一寸先は闇

一

「忙しいぞ、忙しいぞ……」

繰り返し呟きながら、黒いスーツに身を固めた玉城寿三郎は、自邸の玄関から出てきた。コンクリートの大きな庇《ひさし》がついた車寄せには、ミカドの御料車のような、黒塗りの自動車が三台、待機していた。

「まったく忙しい」

真ん中の車の後部座席に大きな体を据えた玉城は、ため息交じりにまた言った。しかしその実、気力に満ちあふれている。

戦いは正念場だ——。

そう思うと、若年から政治権力をめぐる闘争に身を投じてきた玉城の五体は、かえって燃えるように熱くなるのだ。

見送るべく、玄関に立っていた子分の一人がドアを閉める。

「出発いたします」

ハンドルを手にした運転手は言ったものの、なかなか車を動かさなかった。門のほうから、広場を横切って駆け寄る男がいたからだ。

「会長」

叫びながら走って来るのは、背の高い、スキンヘッドの男だった。月岡である。

車外に立つ子分が、車窓越しに玉城と目を合わせた。玉城が頷くと、子分は後部座席のドアを開けた。

月岡が顔を覗かせる。

「会長、ご報告が――」

「乗れ」

月岡が玉城の隣に乗り込むと、ドアはまた閉められた。運転手はクラクションを一つ鳴らす。すると、前の車が走り出し、玉城たちが乗った車も、そのあとにつづいて走り出した。後ろから、もう一台もついてくる。

三台が車寄せをぐるりと回り、広場を通り抜けて門へと近づくと、門扉《もんぴ》が素早くスライドした。車列が出ていくと、門扉はまたすぐに閉まる。

「これを見てください」

都心へと向かう車の中で、月岡は新聞紙を玉城へさし出した。しかし、玉城は窓外から目を離さず、

「静かなもんだな」

と言った。

新聞やテレビによれば、全国各地で政府への抗議活動が行われ、デモ行進やストライキによって、交通が麻痺したり、警官隊との衝突事件が起きたりしているという。ところが、首都郊外の住宅地である玉城邸の周囲はその朝、静寂のうちにあった。梅雨空も小休止で、陽も差している。

「はあ、そうですな……」

月岡が戸惑った様子で相槌《あいづち》を打ったとき、玉城はようやく、彼が手にした新聞紙に目をやった。ここだ、

とばかりに月岡は、一枚の写真を指先で突いた。

不鮮明な白黒写真を、玉城は目を細めて見る。航空写真のようで、海上から黒煙が上がる様が写っていた。

「爆発して、沈みました。天野の船です」

月岡は嬉しそうに口を開いた。奥の金歯がきらめく。

「天野はもう、この世にはいません」

テレビでも、タグボートが事故を起こして沈んだというニュースをやっていた。機雷に接触したらしいとのことだったが、天野が乗った船だとは、玉城は思っていなかった。

「本当か？」

「プチの奴は爆弾を使いました。乗員は全員行方不明というから、まず間違いなく、生きている者はいないでしょう」

「プチに確かめたのか？」

「奴もあれから、姿をあらわしません。たぶん、天野たちと一緒に爆死してしまったんでしょう……正直言って、プチのことを気持ちの悪い奴だと思っていました。だけど、死んだとなると、可哀想《かわいそう》ですな」

その後も、月岡はいろいろと話したが、玉城の耳には全然入っていなかった。プチが死んだことなど、もうどうでもよかった。

ようやく、天野の屑野郎が目の前から消えてくれたか——。

そうは思ったが、あまり明るい気持ちにはなれない。たしかに玉城にとって天野は、人生の大きな目的を果たす上での障害だったが、多くの障害のうちの一つに過ぎなかったからだ。

三台の車は、帝王ホテルの、重厚なレンガ造りの玄関に着いた。前後の車と、真ん中の車の助手席から、鋭い目つきの護衛たちが降りた。そのリーダーは無表情の大男、比企だ。玉城の車の周囲を素早く固める。それから、月岡と玉城は車を降りた。黒ずくめの五人の男たちに囲まれながら、玉城がホテルの中に入っていくのを、月岡は直立して見送った。

押さえていたスイートルームに玉城が入ると、五十代の白人男性が待っていた。コーヒーカップを手にして寛《くつろ》いでいたが、玉城を見るや立ち上がり、右手を出して握手を求めた。玉城もその手を握る。A合州国大使のデイヴィッド・マッカートニーである。玉城は大勢の護衛に囲まれ、ベルボーイらをびくびくさせながらやってきたというのに、大使のほうは目立つのを避けるためか、たった一人で来たようだった。

マッカートニーは合州国を代表して、この国の外交当局とともに、改定同盟条約の条文作りに尽力してきたが、その協議もこのホテルで極秘に行われることが多かった。この国の要人らとお忍びで面会するのは、マッカートニーにとっては日常のことなのだ。

玉城が席に着くと、比企が彼の前にもカップを置き、ポットからコーヒーを注ぎ入れた。玉城は低い応接テーブルの上の、シュガーポットを引き寄せる。そして、ティースプーンに山盛りの砂糖を、カップに四杯入れた。その様を、眉をひそめて見た後、マッカートニーは口を開いた。

「甘いものが好きなんですね」

「私の人生には、苦々しいことが多いですからな」

フィクサーとして、合州国から輸入する軍需装備品の選定などに深く関与してきた玉城は、マッカートニーともこれまで何度も会談している。そのため、二人のあいだには砕けた雰囲気が漂っていた。

「玉城さん、今日の用事は何ですか？」

「大統領来訪を確実に実現させるための相談ですよ。大使は心変わりなさっておらんでしょうな？」

「私があなたの期待を裏切るとでも思っているのですか？　大統領ご自身も、必ずや訪問を実現させたいとお考えです。彼は、信頼する河辺総理にお目にかかることを楽しみにしています。ただし、貴国の側が、歓迎の態勢をきちんと築けるかどうかが問題です」

マッカートニーは笑顔で言った。会話の内容を漏らさぬため、他の護衛たちは部屋の外に出ており、玉城が用意した通訳が一人だけ同席している。

「そちらの誠意を確認できて、安心しました。そこで、大使にお願いしたいことがあります。国内態勢を整える上で重要なことです」

「私に？」

マッカートニーは意外そうな顔つきで、自分の胸に親指をつきつけた。

「大使もご存じのことと思いますが、いま我が国を混乱状態に陥れている改定同盟条約反対運動は、一見、左右陣営の政治思想の対立のようながら、実際はそんなに簡単なものではない。デモ隊を煽っている者のうちには、保守党内の連中や、彼らとつながっている利権屋たちもいる。河辺総理を引きずり下ろし、その後釜に座ろうと企んでいるのです」

「いまの混乱が、一種のショーであることは、私にもよくわかっています。しかし、私はこのショーの出演者でも、演出家でもありません。せいぜい観客に過ぎないと思うのですが……」

調子のよいことを言うものだ、と玉城は思った。

「この国で総理大臣になり、さらには政権を維持するために何が必要かはご存じでしょう？」

質問の意図がわからない、というように、マッカートニーは眉根を寄せた。

「それは……貴国は民主主義国ですから、議会で多数を占めることでしょう。現実から言えば、保守党内で多数派を形成することです」

「もちろん、それもあります。しかし、それだけでは駄目だ。もう一つ、貴国の支持がなければならん」

マッカートニーは目を見開き、両手を広げた。玉城の言葉が信じられない、と言いたげだ。

「玉城さん、占領はとっくに終わりましたよ。貴国は独立国です。どうして我が国が――」

「私とあなたのあいだで、そういう他人行儀はやめてもらいたい」

玉城は声を荒らげた。

「貴国に睨まれれば、我が国は資源の確保にも、国内産品の輸出にも困難を来《きた》す。もちろん、軍事的にも圧迫を受ける。そしてその結果、国内政治が大きく動揺してきたのは、戦前も戦後も変わらないじゃないですか」

玉城は話しながら、怒りをたぎらせていた。この国の置かれてきた立場、背負ってきた運命を思うと、悔しくてたまらなかった。

遅れて近代化した小さな島国には、独立国として、進路をみずから決めることなど許されないのだ。つねに強大国に運命を左右されてきた上、戦後は敗戦国として妙な憲法を押しつけられた。なにしろ、戦争と武力の放棄を謳《うた》う条文があるために、戦後に再建された軍事組織は「国軍」を名乗れず、「専守防衛隊」などという妙な名を与えられているほどだ。よって我が国は、戦勝国の顔色を窺いつつ、その国際戦略の一翼を担うことによって生きていくよりほかはないのだ。

玉城の苛立った姿にたじろいだのか、マッカートニーはおずおずと尋ねてきた。

「それで、私に何をしろと言うのです？」

「ある男を脅かしていただきたい」

「脅かす？　誰をです？」

「沼津経済大臣です」

唖然《あぜん》となったマッカートニーに、玉城は説明した。

「いまの騒動を唆す者のうちでも、沼津は非常に大きな影響力を持っています。あの狸め、閣僚でありながら、革命家崩れやデモ隊に金を融通し、また、メディアの幹部を唆して、デタラメな記事を書かせている」

「だからといって、なぜ私が……総理の側も金を使って、政権擁護のニュースを流せばよいじゃないですか？」

「大使、あなたは全然わかっていない。戦勝国がこの国に、どれほどおかしな種を蒔《ま》いたかを。本来、政治家がやるべき最大の仕事は、国の安全を守り、社会の治安を維持することだ。それ以外は、国民や民間組織に自由にやらせておけばいい。ところが、この国ではあべこべに、政治家が安全保障や治安にかかわる仕事を進めようとすると、悪魔か何かのように徹底的に批判される。ましてや、先頭に立つ総理が、かつての戦犯容疑者ともなればね。……だが、こういう倒錯した論調のものでなければ、新聞は売れんのです。そういう国に、戦勝国がしてしまったんだ」

玉城による戦勝国批判が終わったあともしばらく、マッカートニーは顳顬《こめかみ》に指を当てながら、黙っていた。やがて、微笑を浮かべる。

「それで、私に脅しをやれと？　私は外交官に過ぎません。あなたと違って、人を脅かすことは得意ではありませんよ」

何を言っていやがる。てめえのところの外交は恫喝《どうかつ》ばかりじゃないか——。

たぎる思いを、玉城はぐっとこらえた。

「得意でないとおっしゃるのならば、お教えしましょう。簡単なことですよ。沼津に『いま下手な動きをすれば、合州国はあなたが総理になることを喜びませんよ』と言ってくださればいい」

こつこつと、顳顬を指で突きつづけていたマッカートニーは、顔を上げた。

「玉城さん、沼津さんと会う機会を設けてくださいますか？」

「お安いご用です。あいつがいつ、どこにいるかは、だいたい把握していますから」

「私は人を脅かすのは不得手ですが、できる限り努力してみましょう」

マッカートニーは微笑みながら、しゃあしゃあと言った。玉城は腹を立てながらも、彼が沼津と面会する意向を示したことには満足していた。

二

帝都大学の学生寮の一室は、約二十四畳の広さで、五、六人の学生が同居できるようになっている。いまそこに、二十人くらいの学生たちが、膝や肩を接するようにして、畳の上に座っていた。みな、学生同盟の中心的メンバーだ。楡久美子や辛島輝之、田神志郎もその中にいる。

六月の蒸し暑い昼間に、若者がそれだけ集まれば、部屋に熱気が満ちるのは当然だ。その上、彼らは興奮していたから、頬を上気させ、汗まみれだった。

全国の労働組合や、改定同盟条約に反対する団体らによる、大規模な統一行動が二日後に迫っていた。その闘争方針について、彼らは意見をぶつけ合っているのだ。誰かが立ち上がり、演説すると、一同のあいだから賛成や反対の叫びが湧く。

辛島は立ち上がったとき、新聞紙を手にしていた。それを掲げながら話す彼の眼鏡は、部屋の熱気のせいか、涙のせいか、真っ白に曇っている。

「この勝鬨丸沈没事件は、明らかに権力の横暴だ。我々は全力の決戦を挑み、河辺は必ずや打倒しなければならない。このような暴挙を許してなるものか」

そうだ、そうだ、と賛同の声が響く中、

「そういう単純な決めつけはよくない」

という声も上がった。田神だった。

辛島は言い返す。

「いや、河辺の差金に決まっている。我々は、天野さんの弔い合戦をしなければならない。天野さんは、名もなきプロレタリアートのために犠牲になったんだ」

田神は立ち上がった。

「いや、待て。あの人がプロレタリアートの代表だなどというのは変だ。転向したミカド崇拝者じゃないか」

辛島も負けじと言う。

「たしかにあの人は、思想的には我々とは相容《あいい》れないかもしれない。でも、我々を助けるために全力を傾けてくれた。戦い方も教えてくれたし、金もたくさん用意してくれた。その恩は忘れてはならない」

「あの人と手を結んだのは、一時の方便に過ぎない」

「方便とは、何だ？」

「これは天野さん自身が言っていたことだぞ。先の世界戦争においてだって、勝つために社会主義者と資本主義者は手を結んだんだ、って。だから我々は、勝つための手段として、天野さんの援助を受け入れたんじゃないか」

辛島は目を真っ赤にし、洟《はな》を啜りながら反論する。

「いや、何と言われようと俺は、明後日《あさって》は天野さんの弔い合戦だというつもりで戦うぞ。警官隊を突破して、国会に突入するんだ。改定条約成立は、必ずや阻止しなければならない」

部屋がどっと沸いた。またもや、そうだ、と同調する声が響きわたる。

楡の胸も熱くなった。辛島はなかなかいいことを言うと思った。

天野は言葉遣いも悪い、むかつく男だった。人相もお世辞にもよいものではなかった。けれども、天野が死んだとなると、非常な心細さを感じた。しかも、彼の死が官憲の陰謀によるものと思えば、やはり怒りを抑えることはできない。病気の夫人もきっと悲しむだろうと思うと、やり切れなかった。

「落ち着け。ここは冷静になるべきだ。我々の運動方針を考え直すときに来ているものと思う」

田神は一同を圧するような大声を出した。

「どういう意味だ？」

問い返した辛島に、田神は言った。

「天野さんが亡くなってしまったということは、我々は資金源を失ったということなんだぞ」

楡も我慢できずに立ち上がった。

「金がないから何だと言うの？　我々のこの熱い思いをぶつければ、金などなくても、必ず河辺を倒すことができる」

すると途端に、田神は馬鹿にしたような顔を楡に向けた。また女が浅はかなことを言っている、というように。

「我が国は、補給を無視した戦争をして負けたんだぞ。それと同じ愚を犯そうというのか？　金がなければ、大勢のデモ参加者を継続的に集めることは困難だ」

楡は驚いている。これまで学生たちのリーダーとして、戦いの先頭に立ってきた田神の言葉とも思えない。

「じゃ、改定同盟条約は成立してもいいというの？　そんなことになれば、国民はまた、悲惨な戦争に巻き込まれることになる」

「そもそも、天野さん自身が『改定条約締結の阻止なんかできやしない。せいぜいできるのは、合州国大統領の来訪阻止くらいだ』と言っていたんだぞ。それに、警察力の弱さを嘆く河辺は、国会警備に専守防衛隊を投入することも考えているという噂だ。もしそんなことになれば、デモ隊にどれほどの犠牲者が出るかわからない。指導者として、そんなことを許していいのか？」

専守防衛隊と聞いて、学生たちのあいだには緊張が走った。辛島が叫ぶ。

「そんなことをしてみろ。それこそ、河辺にとっての政治的な死が訪れる。怒った国民が立ち上がり、革命が起きるぞ」

楡も言った。

「どうしたのよ、田神さん。あなたらしくもない。一緒に戦いましょう」

田神はかぶりを振る。

「戦いにもいろいろなやり方がある。無謀な冒険主義を許すわけにはいかない」

「危険なことがあっても、若い我々には、行動を起こさず、じっと黙っていることはできない。民主主義の実現には、必ず血が流れるものでしょ」

楡の訴えに、またも同調する声が湧き起こる。自分の主張が受け入れられず、悔しそうな顔をしている田神を見ながら、楡は非常な高揚感に浸った。勇ましく戦うべきことを堂々と主張し、それが多くの者から支持されることの、何と気持ちのよいことか。

「愚かだ。つき合いきれん」

田神が言うと、多くの学生たちがいっせいに立ち上がり、彼に臆病者、裏切り者との罵声を浴びせ出した。田神は知らぬ顔で、部屋から出ていこうとする。

「お前も、しょせんは日和見《ひよりみ》主義だな」

「官憲の力が強いとみるや、意気地《いくじ》をなくしやがって」

そう言って、立ちふさがる者たちの手を払い、体を突き飛ばして、田神は外に出てしまった。

騒然とする中、楡のもとには、他の学生たちが集まってきた。みな、

「久美子、見直したよ」

「楡さん、あなたの言う通りだと思った」

と褒めてくれる。

楡は誇らしい気分に浸りながら、仲間たちの手を握りしめていった。


その夜、戦前は思想検事、戦後は弁護士として活躍してきた寺原正吾は、ひとり事務所に残っていた。脳梗塞の後遺症が体に残り、歳も取ってきた寺原は、一時は自身の経済的な先行きを心配していた。しかし、いまでは玉城の援助を受け、懐事情はなかなか潤沢だった。よって、弁護士業などやらなくても食べていけるのだが、以前から引き受けていた裁判関係の資料を読んでいた。

そのうちに、玄関の呼び鈴が鳴った。

誰だろうか――。

時計を見ると、九時を回っている。机にもたれるようにして立ち上がった寺原は、自分が非常に疲れていることに気づいた。老眼鏡を外し、瞼の上から眼球を指でマッサージする。それから、杖を突いて仕事部屋を出ていった。

玄関のドアを開けると、立っていたのは帝都大学の学生、田神だった。寺原は彼を招き入れると、仕事部屋に通した。もう仕事はやめることにし、棚からグラスを二つ取り出して、ブランディを注ぐ。そのボ

トルもまた、玉城のもとから届けられたものだった。

「留学の準備は進んでいるかね？」

面会用のテーブルを挟んで座るや、寺原は尋ねた。

「その前に、こっちで大学院に入らないと」

田神は、帝都大の大学院に進んだ後に、海外へ留学することを考えているらしい。

「君の実力なら、大学院入試などわけないだろう」

ブランディを口に含んだ田神は、少し微笑んだだけで何も言わなかったが、全身から自信のほどが窺われた。彼は、決して謙遜したりなどしない男だ。

田神は、頭のまわりがよく、物怖《ものお》じしない。野心家で計算高く、人を引きつける魅力もある。背が高く、笑顔になると、なかなか可愛げも感じさせるから、マスメディアの受けがよいのもわかる。かつては丸刈り頭だったのに、最近では少し伸ばし、映画俳優のように横へ流したりしているから、メディアが彼に冠してきた「若き英雄」のイメージは、いっそう強まったと言えるだろう。

けれどもいっぽうで、寺原はいまの田神の姿に、何とも言えない違和感もおぼえていた。酒を飲む姿が、どことなく卑《いや》しく感じられる。

「学生同盟のほうは、どうなっている？」

田神はときどき、学生同盟の内情を報告するために、寺原のもとを訪ねていた。

「もう、僕の手には負えませんよ」

田神は、吐き捨てるように言った。

「奴らは、感情にまかせて暴走しようとしている。あれは政治運動というよりは、ヒロイズムに酔いしれた者たちのマスターベーションにほかならない」

以前には田神は、自分の力によって多くの者をデモに動員できることを誇っていた。学生同盟やデモ隊は、言わば彼の自慢の「作品」のようなものであったはずだ。しかし、いまや酔いのまわった田神の目に、いじけたような色が浮かんでいる。そして、それを見て取った寺原の胸には、疼きに似た感覚が広がった。田神と自分は似ていると思ったのだ。

俺たちは二人とも、堕落したのだ――。

「デモや学生同盟がどうなろうと、どうでもよいじゃないか。そんなことは、君の輝かしい将来とは関係のないことだ」

寺原は、田神だけでなく、自分自身を慰めるためにもそう言った。実際、寺原は、デモがどうなろうが、改定条約や河辺政権がどうなろうが、まるで関心を持てなくなっていた。

国がどの方向に進むべきかとか、誰が政権を担うべきかなどといったことは、自分がそれなりに立派な人間だという思い上がった認識がなければ、真面目に考えたり、論じたりできないものなのだ。みずからが汚れ、堕落しきっていると自覚する者には、政治家、あるいは国家そのものが堕落していようが、べつにかまわなかった。

寺原の無気力、無関心には、天野が死んだことも大きく影響していた。

先日沈没した勝鬨丸は天野が乗っていた船であり、その後、天野の行方がわからなくなっていることは、寺原も田神から聞いていた。「天野は権力によって謀殺された」と憤っている学生も多いらしい。

そもそも、戦災で家族を失い、公職追放処分を受けた寺原は、人生に何の希望も展望もなく、木乃伊《ミイラ》のように干からびた心身を引きずって日々を過ごしていただけだった。ほとんど死んだも同然だったと言っていい。ところが、かつての宿敵であり、かつ、転向者となった天野が、ふたたび左翼運動にかかわっていると知ったことで、寺原は自分の人生とキャリアを振り返り、その意味を考えざるを得なくなった。その間、戸惑いつつも、木乃伊化した心身に、いささかながらも潤いが蘇っていたように思う。だが、その天野が死んだことで、寺原はまた死んだのだ。そして二度目の死は、より大きな死であった。この世のすべてのことに、まったく関心を持てなくなった。

寺原の思いが何らかの形で伝わったのか、赤らんだ顔の田神が言った。

「若い頃の天野さんって、どんな人でした？」

「どうして、そんなことを聞くんだ？」

「ただ、どんな人だったのかなって思っただけです……思想的な敵であるはずなのに、学生同盟の者たちも、あの人にはすごい思い入れを持っているみたいで……」

「まっすぐな男だったよ」

驚いた顔の田神に、寺原はつづけた。

「忙しい奴だった。左へ走ったり、右へ走ったり、裏に潜ったり、表に飛び出したり、悪く言えば節操がない……いや、俺も節操なんかない人間だが、奴はいつも全力疾走だった。全身全霊で困難にぶつかっていき、いつも傷だらけになって……そして、死んでしまった」

うなだれた寺原は、田神に尋ねてみた。

「君にとって、天野とはどういう男だったかね？」

田神は少し考えてから話した。

「人生について、いろいろと学ばせていただきましたよ、あの人から」

「どんなことを？」

「何事にも、裏と表があるということを。政治にも、人生にも」

顔を上げると、真っ赤になった田神の笑顔があった。瞼が厚ぼったく、眠たげに見える。

「だから、天野さんは恩人と言えるでしょうね。あの人に会ったことで、人生を切り開き、自分の可能性を開花させるためには、人を裏切ることも、敵と手を結ぶことも厭《いと》わない覚悟を、僕は固めることができたんだと思います」

寺原は気分が悪くなって、田神とは話をしたくなくなった。二人のあいだで交わすべき言葉がなくなると、田神は帰っていった。

その後も、一人で飲みつづけた寺原は、激しい憎しみをおぼえていた。それは田神に対するのと同時に、自分自身に対する憎しみでもあった。

三

両側に百貨店や呉服店、高級洋品店などが並ぶ大通りを、警官隊に見守られながら、デモ隊が行列をなして歩いていた。参加者の多くは若者たちである。プラカードを掲げ、「改定条約反対」「打倒河辺」といったシュプレヒコールを上げながら、のろのろ歩いている。

歩道に突っ立ち、それをしばらく見守っていた日讀新聞の渡瀬武夫記者は、頭にのせていたハンチング帽を目深《まぶか》にかぶり直し、また歩き出した。彼が向かったのは、四つ角に建つ、天然石を用いた建物だった。角に面した壁面は、曲線状に弧を描いており、建物の天辺には時計塔が建っている。

そこは宝飾店であった。中に入ると、床も壁も大理石張りで、細長いガラスケースがいくつも置かれている。ケースの中には洒落たデザインの、高級時計がずらりと並んでおり、渡瀬は自分の腕にはめている安物の時計を隠したい気分になった。

ガラスケースの向こう側に、男女の店員がいて、入ってきた渡瀬に笑顔を向けた。渡瀬もそこに近づいていったが、どこからか、細身に黄色いワンピースをぴたりとまとった女が、他の者に接客させてなるものかとばかりに、足早に近づいてきた。団子を作って、項が目立つように結い上げた髪も、瞳も茶色がかっていて、鼻は白く、高い。

「どうぞこちらへ」

女は大理石の床をヒールで忙しく叩きながら、店の奥のエレベーターへと進んでいく。渡瀬もついていった。

エレベーターの扉は格子状の、蛇腹《じゃばら》式のものだった。女はそれを手で開けると、渡瀬に乗るよう促した。渡瀬のあとから自分も乗り込んで、また扉を閉める。

大きな振動とともに、エレベーターは上昇をはじめた。乗っているあいだ、二人は何も喋らなかった。最上階の六階でエレベーターが止まる。女は扉を開けた。降りてみると、そこの床も大理石張りで、その先に、これまた大理石で作られた階段があった。折れ曲がりながら上へ、すなわち時計塔へとつづいている。

振り返ると、女はエレベーターの中にとどまったまま、にこりと笑って上方を指さす。渡瀬は女に背を向けた。アラベスク模様の、ブロンズ製の装飾をもつ大きな窓から、外光が降り注ぐ階段をのぼり出した。

のぼりきると、天井が低く迫る空間に来た。建物全体を震わすように、ガチガチと時計の機械音が聞こえる。隅に鉄製の細い階段があって、上部の扉につづいていた。時計を管理する技師が、そこから出入りしているのではなかろうか、と渡瀬は思った。

その階段の先に、外光の当たらない、暗い一角があり、そこにも金属製のドアがあるのを見つけた。渡瀬はそばに行き、ドアに耳を近づけた。

中から、変な音が聞こえる。何かをずるずる啜るような音だった。何をしているのかわからないが、人がいるのは間違いないと思った。

ドアノブを握り、回し、引く。ドアは開いた。

ドアの向こうは、石壁と石床に囲まれた、八畳ほどの部屋だった。古ぼけたベッドとソファーが左右の壁沿いにあり、ドアと反対の奥にはブロンズの装飾が施された、大きな窓があった。窓の前には作業机のようなものが据えられているが、中央に敷かれた一畳分ほどのカーペットの上に卓袱台《ちゃぶだい》も置かれてある。

この部屋にも機械音は響いていたが、予想に反して人の姿はなかった。ただ、卓袱台の上に、茶碗《ちゃわん》と箸と鉄の急須がのっているだけだ。よく見ると、急須の注ぎ口からは、うっすらと湯気が立ちのぼっている。

何だか雑然とした、建設現場の飯場のような雰囲気で、高級宝飾店のビルの中にこのような場所があるとは意外だった。

渡瀬はゆっくりと足を進め、部屋の中へと入っていったが、別の部屋に通じると思《おぼ》しき出入り口は見当たらない。

窓に、外に出られるような細工があるのだろうか――。

渡瀬は、大通りを見下ろすと思われる窓へと歩み寄っていった。すると、右の向こう臑に激痛が走った。右側に置かれたベッドの下から、地下足袋を履いた足が突然出て、蹴ってきたのだ。渡瀬は、うつぶせに床の上に倒れた。帽子がすっ飛ぶ。

ベッドの下から、物凄い勢いで人が這い出てきた。渡瀬の背中に飛び乗る。

「助けて……」

相手は、後ろから首に腕を巻きつけてきた。

「私です。渡瀬です……やめて……」

首に巻きついた腕を、渡瀬は必死にタップした。

やがて、首の絞めつけがゆるんでいった。背中の圧迫も失せる。ふう、と息をついて、渡瀬は仰向けになった。目の前に星が舞っている。その向こうに、骸骨のように痩せた男が、片膝立ちでこちらを見下ろしていた。

「何だ、お前か」

言うと、天野は立ち上がった。

「ひどいな。危ないじゃないですか」

渡瀬は詰りながら、上体を起こした。

「そっちこそ、危ないじゃないか。昆布《こぶ》茶漬けを食っているときに、突然やってきて、脅かしたりしやがって。もう少しで人を殺《あや》め、また何年も臭い飯を食うところだったぞ」

「脅かすつもりなんかありませんよ。様子を見に来ただけです。何か不自由なことがないかと思って」

どうして自分が叱られなければならないのかとの不満を抱きながら、渡瀬はもう一度、卓袱台の上を見た。

「何でも注文できるんだから、もっといい物を食べればいいのに。茶漬けなんて……」

「馬鹿野郎。俺は昆布茶漬けが大好きなんだ」

「へえ、そうなんですか」

「そうだ。昆布はしょっぱければ、しょっぱいほどいい。俺は甘くないことばかりの人生を歩んできたから、並のしょっぱさでは味を感じないのさ」

天野は窓に近づいた。下界を見下ろす。

まだ眩暈がしながらも、渡瀬はゆっくりと立ち上がった。天野のそばに近づいていき、同じく、窓外の景色を見る。大通りをゆくデモの行列は、なおつづいていた。

「他の人たちは、どうしたんです？」

「山科と下田か？　大一番の準備をすべく、走りまわっているだろう」

「あんまりおおっぴらに動くと、玉城の手先に見つかるかもしれませんよ」

「俺たちがあんたらの支援を受け入れたのは、逃げ隠れするためじゃない。戦うためだ。そっちも、俺たちに手を差し伸べたのは、戦いの駒にするためだろ」

「戦いに勝つためならば、誰とでも手を組むのが、天野流の喧嘩術というわけですね」

「それは革命インターナショナルも同じだろ」

「まあ、そうですかね……」

「俺は、誰の子分にもならない。革命インターナショナルの偉いボスに振りまわされるのには、もう飽き飽きしている」

渡瀬ら東側の工作員たちは、勝鬨丸が爆弾を仕掛けられ、沈没したとき、乗っていた天野たちを救出した。その後、「社会主義陣営のために働かないか」と持ちかけたところ、天野は「俺は右のボスの子分にも、左のボスの子分にもなるつもりはねえ。ただ目先の戦いに勝つために手を結ぼうと言うのなら、遠慮なく支援は受ける」と言ったのだった。そこで渡瀬らは、天野たちを密かに上陸させ、社長が東側のシンパであるこの宝飾店に預けたのだった。

「天野さんは、ボスの子分にはならないと言いながら、ミカドは崇敬するんでしょ？」

「ミカドは、この国の文化や伝統の中心、人々の団結の中心であらせられる。俺がミカドの御前《おんまえ》で頭《こうべ》を深く垂れるのは、ミカドが体現されている、この国の歴史や伝統、文化に対して敬意を払うからだ。ミカドご自身やミカドのご祖先だけでなく、豊かで、平和な国をつくるために努力してきた、この国の古今の立派な人たちみなに頭を下げているんだ。ミカドを尊崇しているような顔をしながら、その実、腹の中では選挙に勝ったり、大臣になったりすることばかりを考えている政治家や、金儲けばかりを考えている政商たちに頭を下げているわけじゃねえ」

「なるほど、わかりましたよ。まずは目先の共通の敵のために、協力しましょう」

天野のような頑固な男を変えることは簡単にはできないと思って、渡瀬は苦笑した。

「それで、戦況はどうなっているんだ？」

「明日は、大規模な統一行動が計画されていて、学生たちは国会内に突入しようと意気込んでいます。いっぽう、全国各地から、仁侠団体や愛国団体の構成員たちが続々と上京しています。おそらく、玉城の指示でしょう」

「そうか。学生たちの突入を、俺が必ず成功させてやる。河辺やその手下の官憲どもなどに、大した力はないことを世界中に見せつけてやるんだ……ところで、お前たちブン屋の戦闘準備はどうなんだ？」

「もちろん、新聞社ばかりでなく、テレビ局も全力で報道態勢を整えていますよ。私は腕っ節のほうは駄目ですが、ペンの力で、天野さんたちを支援します」

繁華街の大通りを見下ろしながら、微笑んで頷く天野に、渡瀬は言った。

「玉城はあなたを殺そうとした。生きているとわかれば、また殺そうとするはずです」

「そりゃ、覚悟の前だ」

「それはそうでしょうが……天野さんにとって玉城は、自分自身だけでなく、お義兄さんの仇でもある」

「だから何だ？」

「天野さんは、玉城さんやその手下を殺さないですよね？」

渡瀬は心配になっていたのだ。かつて武装闘争を行っていた天野が、また殺人に手を染めるのではないかと。

「さっきも言っただろ。臭い飯は食いたくねえって。俺は戦前、十年以上も監獄にいたんだぞ。もうあんなところは、二度とご免だ」

渡瀬がほっとしたのもつかの間、天野はこうも言った。

「しかし、そうは思っていても、戦う以上、殺らなきゃならねえときもあるわな」

夕陽を浴びて、静かに言った天野の姿に、渡瀬はぞっとなっていた。

四

漆塗りの座卓に置かれた、陶製の灰皿には、どんどん吸い殻が溜《た》まっていった。巻き紙が崩れ、中の刻み煙草が飛び出しているものばかりだ。強い力で押しつけられた証《あかし》だった。

灰皿を取り換えても、取り換えてもきりがないので、小松はたまりかねて言った。

「ちょっと吸い過ぎじゃないですか、先生。どうしたんです？」

すると、沼津健人は卓に肘を突いたまま下を向き、頭を抱えた。

「もう、俺は終わりかもしれない」

そこは、料亭「瓢鮎」の一室だ。その日、沼津は、とくに誰かとの面会の予定もなく、一人で部屋に籠もっていた。

「終わり？」

これほど弱気な沼津を見たことがない小松は驚いている。

「マッカートニー大使が、俺に会いたがっているんだ」

「だから、何ですの？」

「閣内にいながら、俺が条約改定作業の足を引っ張っているのが、合州国の怒りを買ったんだろうよ、きっと」

沼津は、なおも下を向いている。

「もう、俺は総理になれない。なれないどころか、政治家としても終わり……どうせ、河辺が大使に、俺を呼んで、叱りつけてくれ、と頼んだのだろう。同級生のことを教師にチクる餓鬼《がき》みてえな野郎だ、河辺は」

「何でよその国の人に叱られると、先生が政治家として終わりになるんです?」

「わからん奴だ。独立国になったと言っても、この国の実態は、市田《いちだ》先生の時代と変わらんのだよ」

市田先生とは、沼津や、河辺の弟である伊藤英三の師匠に当たる政治家、市田繁夫《しげお》だった。戦前は外交官だったが、戦後、占領下で何度も組閣した。

当時はもちろん、何事も実質的に占領政策を主導した合州国の意向で動いた。占領軍が支持したからこそ、市田は長期政権を維持できたし、市田に逆らう者は、占領軍当局の意向で追放処分を受けたりして力を失った。沼津は、そのような状態が独立後もつづいていると言いたいらしい。

「いいか小松、こんなに世の中が大騒ぎになるのもかまわず、河辺が条約改定に力を注いできたのも、旧態依然とした、不平等極まりない両国の関係を、少しでも平等なものに近づけたいと思ったからだ」

「だったら先生も、改定条約に反対する人たちなんかを支援しなければよかったのに」

「わからん奴だ」

沼津は怒鳴り声を上げた。

「いい歳をして、小娘のようなことを言うな。お前にもわかっているだろ。政治や権力というのは、そんな単純なものじゃないってことくらい」

「あら、失礼いたしました。大娘になりましても、中身はまったく成長いたしませんで」

小松は恭《うやうや》しく頭を下げてから、また問うた。

「で、その怖い大使さんとは、いつお会いになるんです？」

「まだ、わからん。今日、明日のうちにも連絡してくるらしい。我が党の、外務省出身の某君がこっそり教えてくれた」

沼津は座布団から腰を上げると、四つんばいで小松のもとに近づいてきた。眼鏡をはずし、卓上に置くと、小松の膝に顔を埋《うず》めた。おいおいと泣く。

「あら、ま、先生……子供みたいに」

小松の着物に鼻と口をくっつけながら、沼津はわめく。

「負けた……悔しい……俺は敗残者だ。負け犬だ、ああ……」

「先生、着物が汚れますって。これ、先生からいただいた物ですよ」

「そんなもの、いくらでもまた買ってやる」

そこへ、部屋の外から、女将さん、と呼びかける声がした。

「どうした？」

襖が開いた。この店の女中だ。部屋の中を覗き、沼津が小松の膝で泣いているのを見て、驚いて襖をまた閉めようとする。

「かまいませんわ。入りなさい」

二十歳そこそこの女中は、泣きつづける沼津をじろじろ見ながら部屋に入ってくると、小松の耳元にひそひそと囁《ささや》いた。

「あら、ま……」

小松はしばし絶句してから、女中に囁き返した。

「準備があるから、別の部屋に通して。できるだけ時間稼ぎをしてよ」

女中が頷いて出ていったところで、小松は沼津の背中をはたいた。

「ちょっと先生、いつまでも泣いている場合じゃありませんよ」

「着物くらい、また買ってやると言っているだろ。もう少し、このまま泣かせろ」

「いまお客さんが――」

「他の客なんか、放っておけ」

「先生がいらっしゃるなら、お目にかかりたいっておっしゃっているみたいで……外国のお客さんが」

「え？」

沼津は顔を上げた。そのまま小松の顔を見た後、卓上の眼鏡をかけ、さらにまた、まじまじと見る。

「外国のお客だと？」

「例のそれですわ……マッカートニー大使さん」

沼津は小松の顔を見つめたまま、凍りついたように動かなくなった。しかしやがて、わなわなと震え出した。

「先生、しっかりしてください」

「どうしていきなり、こんなところへ来たんだ」

「果たし合いの刻限にわざと遅れていったり、逆に突然、敵の目の前にあらわれ、パッと斬りかかったりするのは、剣豪の常套《じょうとう》手段でしょうが」

「もう駄目だ。俺は本当に駄目だ」

震える手足を動かして、沼津はうろうろと畳の上を這いまわる。

「先生、犬じゃないんですから。しっかりして」

「ああ、ああ」

「早く、顔を洗ってきなさい」

小松は沼津の肩を摑むと、大きな琥珀の指輪をはめた手で、その頰を力まかせにひっぱたいた。沼津は、ばったりと畳の上に転がった。

便所から帰ってきた沼津は、頰に赤い手形はついていたが、さっきよりましな顔になっていた。座布団に尻を据え、煙草に火をつけると、沼津は小松に言った。

「さ、客を呼べ」

「大丈夫ですか？」

「俺を誰だと思っている。沼津健人だぞ」

力強い言葉に、小松は少し安心した。

「で、先生、大使には何とおっしゃるおつもりで？」

「もうこうなったら、はっきり言ってやる。『俺はデモ隊の支援はやめない。河辺内閣をひっくり返してやるぞ』ってな」

「まあ……」

「どうせ総理になれないんなら、せめて河辺を総理の座から引きずり下ろしてくれる。刺し違えだ」

沼津がやけくそになっている姿を見て、小松は不安になってきた。

「先生、少し落ちついてください」

「うるさい。俺は一度約束したことは守る男だ。嘘は言わない男なんだ。いいから、つべこべ言わず、大使をここへ呼んで来い」

仕方なく、小松は立ち上がった。そして別室で待機している客人を呼ぶべく、部屋を出ていった。

背の高いマッカートニー大使と、大使館の通訳者らしき者をともなって小松が戻ってきたとき、短軀《たんく》の沼津は、座ったまま胸を張り、にっこり笑って言った。

「やあ、こんなところで奇遇ですな」

沼津と、大使と通訳は、長方形の座卓を挟んで座った。胡坐《あぐら》に慣れない様子のマッカートニーは、長い脚を無様に折り曲げ、膝を立てるようにしている。

「突然に、お邪魔してすみません」

マッカートニーが言うのに対して、沼津は、

「いや、淋しく飲んでいたところです。お出《い》でくださって嬉しいですな」

と言った。余裕を感じさせようとしているのだろうが、小松には、沼津の声がいささか上ずっているのがわかった。

「大使は、米と水で作られた、我が国の酒はお好きですかな？」

「ええ、大好きです」

「そいつはいい。小松、たくさん持ってきてくれ」

「畏《かしこ》まりました」

小松はいったん部屋を出、別の女中とともに徳利を持って戻ってきた。みなに酌をし、下がろうとしたとき、

「待て」

と沼津に引き止められた。

「お前もここにいて、一緒に飲めよ」

「でも、お客様との大事なお話があるというのに……」

きっとこれから、政治権力をめぐるきな臭い話をするのだ。自分は外すのが当然だ、と小松は思っている。

「そんなに遠慮する必要はない。お客様のほうが、我々のところに勝手に押しかけてきたんじゃないか」

やはり、今日の沼津はおかしい——。

「困った先生だこと。何をおっしゃっているんだか。じゃ、これにて」

小松が頭を下げると、また沼津が引き止める。

「いいから、こっちへ来て、酌をしてくれよ」

それから沼津は、マッカートニーに尋ねた。

「大使は、女将がここにいて不都合ですかな？」

マッカートニーも、沼津のいつもと違う雰囲気に戸惑った様子ながら、笑顔で言った。

「いえ、見事な髪形をした、美しい女性がここにいて、不都合などということはありません。一緒に楽しいときを過ごしましょう」

「ほら、大使閣下もそうおっしゃっているじゃないか。それなのに、引きあげたら失礼だぞ」

仕方なく、小松は沼津の隣に座った。

険悪なムードを払拭するように、マッカートニーは笑顔で徳利を持ち上げ、小松にさし出した。

「あら、恐れ入ります」

小松は慌てて杯を持ち上げ、酒を受けた。

やがて、マッカートニーは自分の杯を掲げて言った。

「沼津総理大臣に乾杯！」

つられて杯を掲げかけた沼津は、目を三角にした。

「何の真似ですかね。つまらん冗談はやめてもらいたい」

「冗談を言ったつもりはないのですが……」

「私が経済大臣であって、総理大臣ではないことは、誰もが知っていることだ。もう、腹を割って話し合おうじゃないか。今日、わざわざここへ来た理由を伺おう」

「たしかに、沼津さんはいまは経済大臣です。しかし、もうじき総理大臣になりますでしょう」

大使はにっこり笑って言った。沼津は呆れたようにため息をつく。

「馬鹿なことを言ってもらっちゃ困るよ。河辺総理は、そう簡単には政権を投げ出したりしない。あの人は、いくらデモ隊に囲まれ、石をぶつけられたって、へこたれない。そのことは、大使もよくご存じのはずだ」

沼津は不躾にも、マッカートニーを指さしながら話している。

「総理がなぜ、あんなに強気でいられるのか。もちろん、河辺派は保守党内の最大派閥だからでもあるが、あんたらが他の誰よりも河辺総理のことが好きだからさ。合州国政府の後ろ盾こそ、彼の強い政治力の源泉だ」

喉が渇いたのか、言い終えて沼津はぐいと杯を干した。そして手酌で、またつぎ足す。

マッカートニーは困惑げに言った。

「たしかに、河辺さんは有能な方ですが、べつに我々が沼津さんのことを嫌いだというわけではありません」

「そんなおべんちゃらなど言ってくれなくていい。私も、今日は社交辞令なんていっさい言うつもりはないぞ、大使殿。総理大臣にはなれないと決まった日だ。あんたに、本音を洗いざらいぶつけてやる」

「先生、飲み過ぎじゃありませんか」

小松は窘《たしな》めたが、沼津は見向きもしない。

「そりゃ、飲みたくもなるわ」

沼津は徳利を持ち上げ、直《じか》に口をつけて飲んだ。そして、喧嘩腰で話しつづける。

「さあ、上品ぶっていないで、そろそろ本音を述べたらどうかね。私に話があるから、わざわざここへ突然、来たんだろ？」

助けを求めようと思ってか、マッカートニーは一瞬、小松と目を合わせた。小松は心のうちで「ごめんなさい」と唱えながら、頭を下げるしかなかった。

マッカートニーは沼津に向き直る。

「大臣は誤解なさっている。私たちは今後とも、大臣とはよい関係を維持したいと思っているのです。さらによりよい関係を築きたいと思ってもいます」

「それは、ありがたいね」

本気にしない様子で高らかに笑い、また徳利に口をつけた沼津に、マッカートニーは静かに語りつづけた。

「我が国と貴国との関係強化に、河辺さんが果たしてきた役割については、たしかに私どもは非常に高く評価していています。しかしいま、河辺さんが総理でいることが、両国関係にとってよいことかどうか……」

「うん？　どういうことだ？」

徳利からどんどん酒を飲む沼津の目は、据わっている。

「本国からの訓令も、情況に応じて刻々と変わっていきます。いまや、河辺さんへの貴国民の反感は、条約の相手国である我が国へも向けられるにいたりました。そのことを、本国政府も憂慮しています。すでに、改定条約成立は時間の問題ですし、河辺さんが両国のためにできる最善の選択は、政権の座を退くことではないかと思うのです。そしてその次の総理は、また保守党から選ばれることになるでしょうが、我が政府が適任と考えているのは……」

マッカートニーはそこで言いよどんだ。沼津は、ごくりと唾を飲み込む。

「我が政府が考える適任者は、沼津さん、あなたなのです」

沼津はしばらく、大口を開けてマッカートニーの顔を見つめた。そしてぼそっと、

「ほんとですか……」

と呟いた。

「沼津さんご自身は、どう思っているのです？　総理になろうという意欲はないのですか？」

「そりゃ、もちろん、政治の世界に入った以上、いずれ総理になりたいと思わない人間はいないでしょう。誰だって、みずからの思った通りに国の舵取りをしたいと思うはずだ」

「そうでしょう。それだけの実力が沼津さんにはあると、私たちも思っています」

意外な展開になってきた――。

驚く小松に、沼津のほうも呆然と目を向けてきた。やがて、沼津はにたりと笑った。

「なんだ、そういう話だったのですね。誤解して大変すみませんでしたな。合州国からそのように評価されているとは、私も光栄ですよ」

ゆるみきった顔つきで沼津がそう言ったとき、反対にマッカートニーが厳しい表情をつくって、

「ただし――」

と言った。

「私たちはいっぽうで、沼津さんに危惧《きぐ》の念も抱いています。あなたには、本当に両国関係を重視するつもりがあるのかどうか、見極めることができないのです」

「私が、両国関係の発展を重視しないわけがないではないですか」

「その言葉を我々が信じるためには、学生同盟や天野という男、およびその関係者と手を切っていただく必要があります」

金縛りにでもあったように、沼津は一時、固まってしまった。だがすぐに、言った。

「手は切りましょう」

小松は開いた口が塞《ふさ》がらない。沼津はついさきほど、デモ隊への支援はつづけると言い張っていたというのに。

いっぽう、沼津はわざとらしい笑顔で、マッカートニーに対して弁解がましく言った。

「というより、もともと手など結んでいないのですよ。私がデモ隊とつながりがあるように勘ぐられるのは、天野という厚かましい男に周囲をうろつかれたからです。しかし先日、警察官僚からちょいと聞いたんだが、どうやら天野は海に沈んで死んでしまったらしい。もう、変な疑いをかけられる心配もなくなったというわけです」

「では、本当にもう、改定条約を妨害したり、左翼勢力とかかわったりすることはないわけですね？」

「この沼津に限って、そのようなことがあるわけがない」

沼津はからからと笑った。そのとき一瞬、小松と目を合わせたが、沼津はばつが悪そうに、すぐに視線を逸《そ》らした。

「それを聞いて安心しました。我々は、沼津総理の誕生を全面的に支持いたします」

「これで、両国の関係も安泰ですな」

マッカートニーと沼津は卓越しに、力強い握手をした。

大使が帰ったあとも、沼津はご機嫌だった。呂律《ろれつ》のあやしい口調で言う。

「今日は祝杯を上げよう。国会前の大騒ぎは、河辺政権のお葬式みたいなもんだな。まさに、一寸先は闇だ。ざまあみろ、あの餓鬼め」

「先生、もう今夜はおやめなさい。ずいぶん酔っておいでですよ」

「何を言う。今夜こそ飲まなくてどうする」

沼津総理の誕生をずっと念願してきた小松だったが、気分は浮かない。

「先生、伺いますが――」

「何だ？」

「河辺政権が倒れることになれば、天野さんの手柄ということになりはしませんか？」

「まあ、彼にも手柄の一端はあるだろうがね、しかし、政権が短命に終わることになったのは、河辺の身から出た錆さ。あの傲慢《ごうまん》な態度、そして強引な政権運営のせいだ」

「天野さんは亡くなってしまったかもしれないけれど、奥さんや、会社の方たちには、報酬をお支払いすべきではないですか？　政治家として、あるいは男として」

「馬鹿なことを言うな。そんなことをすれば、合州国がどう思うか。せっかく総理の椅子がやってきたというのに、それに座れずじまいになるぞ」

「先生はさっき、俺は嘘は言わないっておっしゃってたじゃないですか」

沼津は不機嫌な顔になった。新しい煙草に火をつける。

「お前はいったい何年、俺のそばにいるんだ？　小娘じゃあるまいし。政治というのは、そんなに甘いものじゃないことはわかっているだろう。さ、いいから、酒を持って来いよ」

「今夜はもう店じまいです」

小松は言うと、立ち上がった。

「どうしたんだ？　急におかしな態度を取りやがって……おい、待てよ」

沼津はゆっくりと立ち上がり、ふらふらとした足取りで近づいてきた。

「酒を持って来いと言っているだろ。聞こえないのか」

「一寸先は闇ですよ、先生」

「何？」

「ここに、あんたに飲ます酒はなくなったということですわ」

言うや、小松は沼津の顔にもう一発、張り手を食らわせてやった。畳の上に吹っ飛んだ沼津は、昏倒《こんとう》した。

「お休みあそばせ。これでお別れです」

鼻血を垂らして眠る沼津に言うと、小松は部屋を出ていった。

五

玉城は、自分でも呆れるほど忙しなく、あちこちへ動きまわっている。左翼陣営が大規模統一行動を予告していたその日の朝も、河辺の私邸に顔を出した。

「決して退陣など考えてはいけませんよ」

と釘を刺すためだ。

「そんなこと、考えていないさ」

着流しの和装で、オーダーメイドのソファーに寛いで腰掛けながら、河辺は暢気な笑顔で応じた。

「退陣を考えているのではないかと勘ぐられるようなことも、おくびにも出してはいけません」

茶を飲みながら、居間のテーブルに所狭しと並べられたいくつもの新聞紙に目を落としていた河辺は、顔を上げた。出っ歯をむき出す。

「そのことは、僕としても心得ているつもりだ。権力の座にある者が辞任を口にしていいのは、本当に辞めるときだ。『辞める』と言った途端、権力は求心力を失うことになるからね」

玉城はほっとすると同時に、杞憂《きゆう》を抱き、焦っていた自分を恥じた。

「それでこそ、河辺総理だ。私の惚れ込んだ政治家ですよ。やはり、あなたがいなければ、合州国との良好な関係は築けない。我が国を、真の独立国として復活させることもできない」

玉城が嬉々《きき》として言ったとき、河辺の顔色が曇ったかに見えた。

「どうかなさいましたか？」

「それがね、マッカートニー大使となかなか連絡が取れないんだ」

湯呑み茶碗の中を見ながら、河辺は言った。

「以前は向こうから、しょっちゅう連絡してきていた。ところが、大統領の迎接のことなどで相談したいと思って、私や外相から連絡しても、いっこうにつかまらないんだよ。どうも様子が変だ」

玉城は嫌な胸騒ぎをおぼえる。

「総理、デモ隊に対処するのに、警察だけに頼っていてはいけないと思います」

「専守防衛隊を出せと言うのかね？」

「大統領訪問を実現させるには、我が国がしっかりとした法治国家であることを内外に示す必要があります」

　河辺はあらぬほうへ視線を向けた。煮え切らない様子だ。

「それは、慎重に考えなければならないね……赤松《あかまつ》防衛長官も、やはり慎重だし……」

「しかしながら――」

「我が国の憲法においては、ただでさえ専守防衛隊の法的な立場はあいまいだ。国民のあいだには、拒否反応もある」

「それがおかしいのです。軍備のない国家などあり得ない。そんな非常識に、一国の総理がつき合っていてどうするのです？」

「たしかに、我が国の警察力は非常に弱い。しかしね、専守防衛隊は警備の専門家ではないんだ。彼らは武器を使って、敵を倒すのが仕事だ。そんな彼らを投入して、もし大勢の国民が傷つくことになれば、それこそ国民の信用を失うことになるだろう。改定同盟条約もそうだが、私の悲願である憲法改正も実現できなくなってしまう」

「殺傷能力のある武器など持たせなければよいでしょう。専守防衛隊を警察力の強化のために使うべきです」

「防衛長官も言っていたことだが、武器を使って戦う訓練ばかりしている彼らを、武器なしでデモ隊の前に立たせても何もできやしないよ。その結果、『あいつらは役立たずだ』などという評判が国民のあいだに立っても困るだろ？」

　自分の意見が受け入れられず、苛立つ玉城に、河辺は諭すように言った。

「君が言うのが正論であるのは、私にもわかっているよ。いまのこの国のありようは、普通ではない。しかしね、実際に国家を運営するには、正論通りには行かないこともある。現実的な配慮がいろいろと必要なんだ」

玉城はむっとしたまま、河辺のもとを辞した。例のごとく、デモ隊がいない、屋敷の裏口から出る。そして、細い裏通りに待たせてあった車に乗り込んだ。車内には、月岡が待機していた。

正論ばかり言っているのは、総理のほうじゃないか——。

車が走り出すとき、玉城は思っていた。しょせん、政治家は綺麗事ばかり言う。それでは現実的な対応などできるものか。

「いよいよ、実動隊を全面投入させる。デモを行う破落戸《ごろつき》どもを蹴散らすんだ」

玉城は月岡に指示した。

「政治家や警察にはできない仕事を、我々が引き受けなければならん。国家のためにな」

「はっ」

「正しいことをなすためには、犠牲が必要だ。血が流れねばならん。その犠牲は、敵にももちろん負ってもらうが、味方もまた負わねばならぬ」

「国のためなら命もいらぬという者を集めてあります。私も、しばらく娑婆から消える覚悟でおります」

玉城は頷いてから言う。

「娑婆を離れる前に、まずは赤松防衛長官のところへ行ってこい。専守防衛隊に治安出動を命じろ、と迫るんだ」

「へい」

「首を縦に振らないなら、『次の選挙は苦戦することになるぞ』と脅しておけ」

政界の裏金の流れに詳しい玉城にとって、立候補者の選挙資金を断つのは、わけのないことだった。

「だが、今度ばかりは脅かしても、あいつは動かないかもしれない。腰抜け防衛長官だからな……やはり頼りになるのは、お前たちだ」

「恐れ入ります」

月岡は身を縮めて頭を下げたが、それでいて嬉しそうだった。

「しかし会長、こんなときにあいつがいたら、と思いますね」

「あいつ？」

「プチが生きていたら、どんな残忍な手でデモ隊に襲いかかるかと思いましてね」

「もう死んだ奴のことなど考えていても仕方がないだろ。お前たちの手でやるしかない」

「へい……」

月岡が口をつぐむと、以降は二人とも何も喋らなくなった。

六

平屋の屋根の物干し台からは、海が見渡せた。湾内の海は、静かである。

柳田幸子《やなぎださちこ》はそこで、肩までに切り揃えた、波打った髪を風になびかせながら、洗濯物を干していた。町に一軒だけある美容院でパーマを当ててもらった自慢の髪形だ。夫は、「五十過ぎの婆《ばあ》さんの癖に」とからかうが、幸子はパーマが好きだった。

眼下の港から、一人の男がゴム製の胴付長靴を履き、自転車を漕いで坂道をのぼってくるのが見えた。幸子の夫、柳田五郎《ごろう》である。短く刈った髪には白いものが多くなり、真っ黒に陽焼けした額や頬には、遠くからでもはっきりとわかるほどの皺が刻まれている。にもかかわらず、その太い腿は相変わらず力強く、なかなかの急坂《きゅうはん》をまっすぐにのぼってくる。幸子はそれをしばらく、屋根の上から惚れ惚れと眺めた後、下へおりていった。

「ただいま」

「お帰りなさい」

五郎が引き戸を開けたときには、幸子は玄関に立っていた。

「どうしてる？」

妻の顔を見るなり、五郎は言った。

「それがねえ、やっぱり何を聞いても、『思い出せない』って言うばかり」

「名前も、歳もわからんのか？」

「わからん、って」

「そうか……」

五郎は荷台に括りつけてきた樽《たる》を幸子に渡した。幸子はそれを持って、裏の勝手口へ向かった。樽の中には、採れたての鯵《あじ》がたくさん入っていた。

幸子は台所で鯵を捌いて味噌と混ぜ、なめろうを作った。それに、昨日の残り物の、牛蒡《ごぼう》や人参《にんじん》が入った煮物、大根の漬物、味噌汁とご飯がその日の昼食である。

飯櫃《めしびつ》や、擂《す》り鉢に入ったなめろうなどを持って、大きな神棚がしつらえられた居間に行くと、すでに卓袱台に、着替えた五郎と、背の低い男が胡坐をかいていた。男は頭や腕など、体のあちこちに包帯を巻いている。

「おう、昼飯が来た。腹減ったな」

五郎が語りかけると、子供か大人かわからない風貌の男は、微笑み、さらに幸子に向かって申し訳なさそうに頭を下げた。

「さ、たくさん召し上がれ」

三人で食事をはじめたが、小男はなめろうを飯にのせ、がつがつと頬張っている。その姿は、育ち盛りの少年のようで可愛らしく、五郎も幸子も笑ってしまった。

「なめろう、好きか？」

五郎が尋ねると、小男はこくりと頷いてまた食べる。五郎はにこにこしながら、言った。

「お前、家《うち》の子になって、漁師をやるか？」

五郎と幸子にも、一人息子がいた。しかし彼は、漁師などいまどき流行《はや》らない、と言って町を出、都会の工場で働いている。

小男はにやりと笑って首をかしげたが、まんざらでもなさそうな様子だ。漁師の跡継ぎがいないことをいつも淋しがっている五郎も、嬉しそうだった。

この男が柳田家に来た経緯は、幸子にはまるでお伽話《とぎばなし》か何かのように思えた。五郎は漁師で、比較的に浅い海で、鰺や鱸《すずき》などを刺し網漁で捕っているのだが、その網にかかっていたというのだから。

引き揚げられた小男には息はあったが、全身に切り傷が無数にあり、頭部には何かに強打したのか、大きな瘤《こぶ》ができていた。そしてそのせいか、自分がどこの何者で、どうして傷だらけで海に漂い、漁網にかかっていたのか、まったく思い出せない状態だった。

自分の年齢すらわからないと言うのだが、幸子が見ても、彼がいくつなのか皆目見当がつかない。とても落ち着いた雰囲気があり、三十位に見えなくもないが、小柄な体や、皺のほとんどない顔、甲高い声などからすると、中学生くらいのようでもある。

「遠慮せずに、いつまでもここにいてくれていいんだが、しかし、お前の家族は心配していると思う」

ひと通り食事を終え、ご飯茶碗に茶を注いで飲んでいるとき、五郎は小男に言った。

「やっぱり、身元を調べてもらうために、警察に知らせたほうがいい」

途端に小男はぎょっと目をむいて、かぶりを振った。不思議なことに、男は記憶がまったくないと言いながら、「警察」という言葉を聞くたびに、非常な拒絶反応を示すのだった。

「お前、何か警察の厄介になるようなことをしたのか？」

五郎が尋ねると、小男は少し首をかしげたものの、すぐに横に大きく振った。

「だったら、かまわないじゃないか。な、悪いことは言わねえ。このあと、一緒に駐在さんのところへ行こう」

仕方なさそうながら、小男は頷いた。

五郎は微笑み、テレビをつけた。ブラウン管に、ぼんやりと白黒の映像が映る。それは、国会前に集まるデモ隊の模様だった。ヘルメット姿の警官隊ともみ合うさまは、荒海の波のうねりのようだ。

「大変なことだわな」

幸子は言いながら、卓袱台の上の食器を、盆にのせ出した。だが、ふと小男に目をやったとき、幸子ははっとなる。

小男は、目を真ん丸にして、ブラウン管の中のデモの様子に見入っていた。さらに大口を開け、ぶるぶると身震いしはじめた。

「どうしたの、あんた……」

五郎も、小男の様子がおかしいことに気づいたらしい。

「お前、もしかして、何か思い出したのか？　よし、すぐに駐在さんのところへ行くぞ」

すると小男はどういうわけか、なめろうの入っていた擂り鉢から、擂り粉木《こぎ》を取り上げた。立ち上がる。

「俺は、駐在のところなんかには行かない。他に行くところがある」

小男は呟きながら、五郎に近づいていった。

「どうした、お前……」

その途端、小男は味噌がついた擂り粉木の先を、五郎の顔面に突き入れた。ぎゃっと叫んで倒れた五郎の上に、小男は馬乗りになる。そして、なおも何発も、擂り粉木で五郎の顔を叩いたり、突いたりした。

「あんた、何するの」

幸子は慌てて立ち上がり、駆け寄った。すでに五郎の顔は血まみれで、意識はないものと思われた。それでも、小男は夫を叩きつづけている。

「やめて」

幸子は、小男の背中から、肩のあたりに摑みかかった。しかし、男が腕を振ると、幸子ははね飛ばされ、卓袱台に激突して倒れた。背中で瀬戸物が割れたのがわかる。小男は驚くべき怪力の持ち主だった。

小男は立ち上がり、幸子に迫ってきた。野球バットを構えるように擂り粉木を両手で持ち、振り上げる。

「やめて――」

小男は横薙ぎに擂り粉木を振った。側頭部を強打された幸子は、意識を失った。

7 国会前の攻防

一

帝都大学の女子学生、楡久美子は、夢幻のうちにいるような気分に浸っていた。立っている地面も、ふわふわと軟らかく、しかも波打っているようにすら感じられる。

国会周辺を、見渡す限りに人が取り巻いていた。外装に花崗岩《かこうがん》を使った、どっしりとした国会議事堂が、荒波に翻弄される、難破寸前の船のようにも見えた。

いや、国会前にデモ隊が大勢集まること自体はとくに珍しくもないのだが、改定同盟条約に反対する全国の労働者や学生たち、文化人などの諸団体が、統一行動を取ったその日、すなわち六月十五日は、やはり何かが違って感じられた。人々の息遣いの荒さや、目つきの鋭さが尋常ではない。

このままゆけばあと数日で、改定条約成立は避けられない情勢となっている。政府与党が強行採決を行った結果、下院ではすでに条約は承認されており、憲法の規定によって、上院での審議・採決を待たずとも、三十日を経れば自動的に正式承認されるからだ。

そのため、楡を含め、デモ隊に加わる者たちは、ほとんど破れかぶれになって、必ずや国会構内に突入し、そこで座り込みをしてやろうと考えている。それが何を意味するのか、それによってこの国にどのような変化が生じるのかについては、正直なところ、楡ばかりでなく、隣で叫びつづけている辛島輝之も、また他の学生たちも、わかっていないことだろう。

しかし、河辺政権は憲法の平和主義に反する条約を、国民の声を無視して成立させようとしている。しかも、政権の方針に反抗する者たちをこれまで、暴力的に封じ込めてきたのであり、学生同盟に協力する天野春男も、実力で葬ったと思われた。そうした権力の横暴に対する憤りを、自分たち若者は何らかの形で表現しないではいられないのだ。そのように思うことで、楡は自分たちの行動を正当化するほかなかった。

もちろん官憲の側も、これまで以上の厳戒態勢を敷いていた。装甲車両をずらりと並べ、その前後には制服姿の警察官が二重、三重に整列している。

睨み合い、押し合うデモ隊と警官隊とのあいだには、湯気が上がるかというほどの熱気とともに、喧しい声が満ちている。銘々が勝手に上げる怒号。みなが和して叫ぶシュプレヒコール。拡声器による警察官からの自制を求める声。それらが交錯し、すぐそばの人との会話もままならなかった。

警官隊に守られた国会議事堂は、尖塔《せんとう》を持つ建物を中心に、北側に上院が、そして南側に下院が、左右対称をなして立っている。夕方ながらまだ明るい空の下、各大学から集まった七千人ほどの学生たちは、下院側の南通用門に集結していた。そして、スクラムを組み、いっせいに前進を開始する。警官隊も束になって押し返す。

まさに押しくら饅頭のような状態となり、楡の華奢《きゃしゃ》な肋骨や腕にも、四方八方から圧力がかかる。息苦しくて咳をするあいだも、彼女の周囲には殺気立った怒号が満ちていた。学生たちは、終戦のときにはまだ小さな子供だったから、空襲の恐怖は知っていても、兵隊として戦地へ行った経験はない。しかし、男たちが敵と対峙《たいじ》し、殺し合った戦場とは、このようなところであったのかもしれない、と楡は思ったりした。

そのうちに、スクラムを組む学生たちの集団に動揺が起きた。前後から圧迫されていた楡の体に、横方向への強い圧力が加わった。楡はすんでのところでこらえたが、転倒する者が大勢出る。

楡が右方に目をやれば、新手の集団が、学生たちに殴り込みをかけてきていた。カーキ色の軍服のようなものを着た十五、六人の男たちの姿が見えたが、警察官でも、専守防衛隊の隊員でもないようだ。学生たちの胸や顔を掌で突いたり、木刀を振り上げて突進してきたりする彼らは、右翼団体の関係者と見えた。

学生のほうも、突き飛ばし返したり、襟を摑み返したりするうち、本格的な殴り合いが開始された。何人もの学生たちが殴られ、鼻血を噴き、唾を吐いて倒れる。隊列が乱れた学生たちの前進の勢いは失われて、警官隊にも押し戻される。

けれども、楡が見るところ、学生たちも右翼団体員にやられっ放しではなかった。天野から戦い方のレクチャーを受けているうちに、彼らはなかなかタフになっていたのだ。木刀で殴りかかってこられても、うまく間合いを詰め、相手の体にしがみついて、投げ倒している。倒されてしまえば、相手は大勢の学生たちに寄ってたかって足蹴にされることになった。最初は勢いにまかせて突入してきた右翼団体員だったが、学生たちの意外な強さに面食らい、かえって押されるにいたった。そしてやがては、散り散りになって逃げていった。

「失せろ馬鹿、ざまあみろ」

そばで、眼鏡を曇らせた辛島が叫ぶ。

格闘が行われていた位置と、楡や辛島が立つ位置は離れていたが、しかし、楡もまた、自分自身が敵を撃退したような気分になっていた。

ふたたび、学生たちは国会の門へと進み出した。警官隊とのもみ合いが激しくなる。だがしばらくすると、学生たちはまた動揺しはじめた。荷台に幌《ほろ》をかぶせたトラックが十数台、つぎつぎと走ってきては、学生たちの背後に停まったのだ。それぞれの車から、二十人近い男たちが降りてくる。

今度の連中は、制服は着ていなかった。デカ襟のシャツに、派手な上着を着た者もいれば、ランニングシャツや半袖シャツだけを着ている者や、上半身裸で、腹に晒し布を巻いただけの者もいた。その露出した腕や肩には、色鮮やかな彫り物が施されている。髪形も、つるつるに剃り上げてあったり、生え際の両脇に剃りを入れてあったりする。だから、ばらばらではありながらも、誰もが一致して「気をつけろ。俺を怒らせると痛い目に遭《あ》うぞ」と主張する身形《みなり》をしていると言えた。

男たちはぎらぎらとした目つきで学生たちを睨みつけ、迫ってくる。デモ隊に殴り込みをかける魂胆であるのは間違いなかった。

「なんだ、あいつら」

「また来るぞ。今度はヤクザだ」

といった声が周囲から聞こえた。

辛島もまた、

「俺たちに向かってくるとはいい度胸だ」

と息巻いている。

迫り来る男たちは、ざっと見て二百人くらいだろうか。彼らもまた、手に手に木刀や棍棒《こんぼう》、野球のバットなどを持っていた。しかし、学生たちは怯むことなく、
さあ、かかってこい――

とばかりに身構え、自分たちのほうから彼らに向かっていった。

新たにあらわれた一団を指揮していたのは、玉城寿三郎の手下、月岡だった。彼が歩く後ろへ、トラッ

クから降りた連中がどんどん集まってくる。彼らは全国の愛国団体や仁俠団体に所属する者の中でも、ヒットマンや切り込み役などとして知られた、選《え》りすぐりのヤクザ者たちである。

この暴れん坊どもを率いる月岡もまた、しばらく刑務所暮らしをすることはもちろん、ここで死ぬことも厭わない覚悟を固めていた。

国のために戦うには、敵味方に血が流れなければならないとは、玉城の言葉だった。木刀で殴り倒した学生が傷つき、場合によっては死ぬことになっても、あるいは味方のうちに返り討ちに遭う者や、官憲に捕えられる者が出ても、国の進むべき道を正すためには必要な犠牲だ。そう思うからこそ、月岡は上着の内側に、短刀すら隠し持っていた。

自分たちがやってくれれば、頭の中で理屈をこねくりまわしているだけのボンボンどもなど、恐れをなして逃げ出すだろう。月岡はそう思っていたが、予想に反して、学生たちのほうからも、勇ましくこちらに向かってきた。

「面白《おもしれ》えじゃねえか。相手にとって不足はねえ」

月岡は、右手に握っていた野球のバットを頭上に掲げた。

「者ども、やるぞ」

月岡は駆け出した。ついてくる者たちも足を速める。

国のために戦い抜く、との覚悟は定めている月岡だったが、しかし、学生たちと戦わなければならない理由については、釈然としないところがないわけではない。

学生たちは、この国が合州国につき合わされ、また戦争に巻き込まれることを恐れて、政権と改定条約に反対している。月岡に率いられた一団は、この国が合州国の支配から脱し、真の独立国となることを願って、同盟条約改定や憲法改正を目指す現政権を支持している。つまり、どちらも合州国を憎むがゆえに、戦わなければならない成り行きになっているらしいのだ。

やがて、二つの群れがぶつかった。もはや戦いの理由などを考えている暇などなく、バットや木刀、旗《はた》竿《ざお》、プラカードの棒などが激しく揺れはじめる。打撲音が響き渡り、人が叫び、倒れていった。

月岡もバットを左へ右へと振り、次々と学生たちを殴り倒していく。はじめは鼻息の荒かった学生たちも、新手の一団はさっきの連中とは違うと気づいたのだろう。殴り倒された仲間を置いて、逃げはじめた。

「もう終わりか。この親の臑かじりどもが」

月岡は叫び、なおも学生たちを追って、背後からバットを振り下ろしていった。

玉城もそうだが、月岡はエリートというものを信じていない。彼らは親がたまたま社会の上澄みに属するために、みずからも上澄みを泳ぐようになっただけの連中だ。自分たちが先頭に立ち、庶民のために革命を起こして、既存の悪しき社会制度を覆《くつがえ》してやる、などと奴らが言うのは、嘘か思い上がりに過ぎないのだ。月岡に言わせれば、学生たちこそ倒されるべき歪な社会階級の代表だった。

「何が革命戦士だ。だらしがねえぞ」

罵声を上げたとき、自分が率いている一団が、右側から崩れ出していることに気づく。

何事か――。

月岡の背筋に戦慄《せんりつ》が走る。新手の集団が登場し、自分たちに殴りかかってきていた。

五十人ほどだろうか。多くが、ニッカポッカを穿き、腹に晒し布を巻いて、鉢巻きを締めたり、ヘルメットをかぶったりしている。足下は地下足袋や作業靴で、みな、長柄《ながえ》のスコップを手にしていた。

彼らは、学生たちなどとはまるで違って、ヤクザのパンチや棍棒を二、三発受けようとも、まったく怯まない。かえってスコップの匙で突いたり、ひっぱたいたりして応戦した。やられた味方の中には、泣き叫びながら逃げ出す者もいる。学生とともに統一戦線を張るどこかの労働組合のメンバーなのかもしれなかったが、しかしそれにしても、月岡たちに勝るとも劣らず喧嘩慣れした男たちだ。

「何者だ、てめえら」

月岡はバットを握りなおし、新手の集団に向かっていった。しかし、直後にはっとなる。彼らのうちに、見知った男の姿を見たのだ。

みずからもニッカポッカに地下足袋を身につけ、スコップを手にした男は、手下たちの戦いぶりを悠然と見ながら、月岡のいるほうへ歩んでくる。背が高く、まるで骸骨のように頬がこけていた。

「海の藻くずと消えたはずじゃ――」

それは紛れもなく、玉城の宿敵、天野春男だった。

天野は、月岡のことをヤクザ隊のボスと認めたのだろう。不敵な笑いを浮かべ、ひたと視線を定めながら、駆け寄ってきた。月岡も武者震いののち、学生たちの血にまみれたバットを振りかぶって、走り出す。

「この骸骨野郎」

間合いが詰まったところで、月岡は上段からバットを振り下ろした。だが、天野はその動きを見切っており、少しだけ上体を反らして躱す。と同時に、スコップの匙を突き出してきた。

しまった――。

月岡は、首のあたりに衝撃を受けた。右の鎖骨が折れたのがわかった。バットをふたたび振り上げることができない。

「誰が骸骨だ、この禿げ坊主」

怒鳴るや、天野は匙で月岡の右顔面をひっぱたいた。

月岡は半ば気を失い、ぱったりと地面に倒れた。それでも、頭を振り、鎖骨の激痛に耐えながら、何とか上体を起こそうとした。

「これは、剃っているんだ。禿げているわけじゃ――」

言いかけたとき、またスコップで顔をガツンと殴られる。月岡は仰向けに伸びてしまった。

ニッカポッカ隊とでも言うべき集団があらわれたことによって、学生たちはひと息つくことを得たが、まだ混乱はつづいている。鼻血を流したり、唇を切ったりした多くの学生たちが、地面にへたり込んだままだ。

「休んでいる場合じゃねえぞ。戦いはこれからだ。早く、国会に走れ」

天野は学生たちを叱咤《しった》してまわった。立ち上がり、国会前に陣取る警官隊に向けて動き出す者もいたが、どうも行動がばらばらで迫力がない。

これじゃ、まさに烏合の衆だ――。

相手は組織立った警察官である。学生が三々五々ぶつかったところで、歯が立つわけがなかった。誰かの先導の下、統一的に動かなければ勝ち目はない。

天野は学生同盟の中心メンバーを探した。しかし、デモ隊の中にそれらしき者はなかなか見当たらない。若き英雄ともてはやされていた田神志郎の姿もなかった。

やがて天野は、少し離れた地面に横たわる男と、そばにうずくまる女を見た。

「おい、どけ、どけ」

天野は怒鳴り散らしながら、人の波をかきわけ、二人のもとへ駆けつけた。それは、頭から血を流して横たわる辛島輝之と、彼を心配する楡久美子であった。

天野を見るや、楡はぎょっとした顔になった。

「天野さん……ああ、天野さん……」

それまでぼんやりとしていた辛島の目も、しっかりと天野を見た。彼も同じように、

「あれ、天野さんだ。天野さん、天野さん」

と繰り返す。

「うるせえぞ。天野に決まってるだろ」

「だって、だって……死んだんじゃ……」

楡は、天野の顔を真っ赤な目で見ながら、ぼろぼろ涙をこぼしている。

「ああ、生きていたんですね」

寝ころびながら、辛島も顔をゆがめた。

自分のことをそれほど思ってくれていたなんて、可愛いところがある若者たちだ。そうは思いながら、天野は怒鳴りつけた。

「縁起でもねえことを言うんじゃねえ。生きているさ。そんなことより、てめえらは何をやっているんだ？　国会に突入するんじゃねえのか？」

楡は国会議事堂のほうへ振り返り、立ちふさがる警備車両や、大勢の警官隊を見た。それから、一時は勢いがあったにもかかわらず、いまでは隊列が崩れ、まばらになったデモ隊を見まわす。

「必ず突入します。しますけど……」

天野は舌打ちをする。

「突入するんなら、こんなところでもたもたしていちゃ駄目だろ」

「でも、みんな、どっかへ行っちゃった。男子のリーダーもいない。輝ちゃんも、こんなひどいことになって……」

天野は、楡の腕をむずと摑んだ。

「ごちゃごちゃ言ってねえで、走れ」

「え……」

「え、じゃねえ。勇気を見せろ。お前が大将だ。先頭に立って行くんだ。車両を乗り越え、柵を乗り越えて突っ込め」

　楡はぽかんとした顔のままだった。

「勇気のあるなしは、キンタマのあるなしと関係があるってのか？　てめえはキンタマがねえから、大将になれねえのか？　どうなんだ、ネエちゃん？」

　楡の目に力がみなぎってきた。天野を睨む目には、怒りがあるかに見えた。

「キンタマなんか、関係ありませんよ」

「そうだ、関係ねえ。いま、みんなが頼れる奴は、お前しかいねえ。走るんだ。お前が大将だ」

　楡は立ち上がった。国会の建物のほうへ向き、走り出した。

「久美子」

　と辛島が心配げに叫んだものの、楡はまったく振り返らず、突っ走る。

　天野も立ち上がり、周囲の男子学生たちに言った。

「おい、あのネエちゃんを見ろ。女一人を行かせるのか。それでもてめえら、キンタマがついてるのか？」

　それまでへたっていた男子学生ばかりか、女子学生も立ち上がった。楡を追いはじめる。

　天野自身も追いかけたが、楡の脚の速さには呆れるほかない。まるで狐か何かが取り憑いたようだった。

　一目散に疾駆《しっく》する楡のもとに、人々が集まっていく。もちろん学生たちもだが、警察官も、さらにはヤクザたちも集結する。ヤクザたちは後ろから学生たちに摑みかかり、殴ったり蹴ったりの暴行をはじめた。

それに気づいた天野は、楡を追うのをやめ、引き返した。他のニッカポッカの者たちも天野に従って引き返す。そして、いっせいにスコップを振り上げ、ヤクザたちに襲いかかった。木刀や棍棒とスコップがかち合う音があたりに響き渡る。

ヤクザどもをスコップで三人張り倒したのち、天野は振り返って、楡の様子を窺った。学生たちが楡に追いつき、並んで走っているのが見える。

やがて学生たちは、整列して待ちかまえる警官隊のうちへ突入した。激しい押し合いが行われる中、警察官を掻きわけ、警備車両にたどり着き、それによじ登る者があらわれた。楡である。その機敏さに、天野はまた舌を巻いた。

本当に、何かが憑いているんじゃねえか——。

すでに空は薄暗くなっており、装甲車の上に突っ立つ楡には、警察側の投光器のライトがいくつも向けられた。光の中の彼女は、華やかな舞台に立つスター女優のように見えた。警察はデモ隊に対して放水も行っていたが、楡には当たらず、その水飛沫もまた、舞台演出の一つのようだった。

楡は腕を上げ、喉に筋を立てて何かを叫んでいたが、多くの者が叫ぶ中では、彼女の声はかき消され、天野には聞こえなかった。おそらくは、仲間たちを鼓舞する演説を行っているのだろう。しかし、光を浴びて叫ぶその姿だけで、仲間を奮い立たせるに充分であるかに見えた。

激越な調子で訴えながらも、楡の表情からは恐怖やためらいが一切感じられず、日ごろの彼女とはまったく別人に見えた。天野はみずから楡に、お前が大将だ、先頭に立て、と叱咤しておきながら、

危うい——

と思った。

かつて自分自身が帯びていた危うさを、天野はいまの楡にも見た気がしたのだ。

戦前期、革命闘争に身を投じていた天野は、この国の運命や、この国に暮らす貧しい人々の運命は、自分の双肩にかかっているとの甘美な陶酔に浸っていた。だからこそ、官憲に追跡され、社会から孤立してしまっても、闘志をみなぎらせ、武器を集めて、権力に挑みつづけることができたのだ。そしてその結果、敵味方を含めて多くの者が傷つくことになったし、天野自身もそうだが、彼についてきた同志たちも、長い獄中生活を送らなければならなくなった。

そしていま、楡もまた、激しい陶酔に陥っていると見えた。しかもその陶酔は、彼女の勇ましく、美しい姿に魅せられた他の学生たちにも伝播している。天野は楡の頭を少し冷やしてやらなければならないと思って、彼女のもとへと急いだが、異様な興奮に包まれた学生たちの大群に行く手を阻まれて、そばに近寄ることができなかった。

やがて、警備車両の上から、楡の姿は消えた。車列の向こうへ、たった一人で飛び降りたのだ。

まずい――。

他の学生たちも、彼女一人に行かせるものかと、猛然と突進した。警備車両の車列を乗り越え、次々と国会構内を目指して飛び降りていく。その勢いは、もはや止めようがなかった。

警察は放水で応戦したが、勢いに乗る学生たちは門扉を門柱ごと倒し、雪崩《なだれ》を打って構内に突入した。警備用の装甲車の上も、旗を振る学生たちでいっぱいになった。誰もが「この車は我々によって占領された」と言いたげな、得意げな顔つきでいた。

しかし、学生たちが我が物顔でいられたのも、わずかなあいだだった。警察側が学生たちの攻勢に押されたままでいたのは上からの命令がなかったからだ。エリートとして未来を嘱望《しょくぼう》される学生たちに、独断で手荒な真似はできなかったのだ。しかし、首都警察の機動隊に排除命令が下されると、形勢は逆転する。

機動隊は、巷の喧嘩上手とは違う。日ごろの訓練の成果を存分に発揮し、組織として鎮圧に当たった。彼らが警棒を振りまわしてぶつかっていくと、暴徒と化した学生たちも勢いを失い、門外に押し返されていった。

その模様を伝えるラジオ放送のアナウンサーは、

「警察官の形相は、まったく人間とは思えない……警官隊のすごい暴力です。こんなことが許されてよいのでしょうか」

などと、学生側の立場で現場からの放送を行った。それほど凄まじい攻勢によって、機動隊は学生たちを完全に構外に排除した。

この戦いによって、大勢の逮捕者が出たし、また彼我《ひが》に相当の怪我人も出た。その中、学生に死者が出たという噂が、デモ隊のあいだに広がっていく。

逆上した学生たちはまた、国会構内へ突入し、「虐殺抗議集会」をはじめる。それに対して、ふたたび機動隊が殺到するということが繰り返された。このときには、催涙弾も用いられた。

機動隊によって、再度構外へ押し返されたあとも、疲れ、傷ついた学生たちはなお、国会の周囲で座り込みをつづけていた。そのあいだを、天野は部下たちと手分けをしつつ、

「おい、楡はどこだ？　楡久美子を知らねえか」

と尋ねてまわった。

嫌な予感がし、天野は焦っていた。だが、あれほど楡の姿に熱狂していた癖に、みな首を横に振るばかりだ。

「死んだのは男子学生か？　女子学生か？」

と聞いても、人によって言うことが違う。

誰もがただ「仲間の学生が殺された」と怒っているだけで、詳細についてはわかっていない様子であった。

二

国会前の暴動によって疲労困憊《こんぱい》したのは、デモの参加者だけではない。真夜中になっても任務を解かれずにいる警察官も、くたくたただった。

上院がある北側に配置され、警備や怪我人の救護などに当たってきた藤田《ふじた》という巡査は、直接、催涙ガスが漂う中で、学生たちと格闘したわけではない。しかし、緊張の中ずっと立ちつづけ、疲れ切っていた。腰が痛くてたまらない。

それでも、南側での学生たちとの攻防が一応の決着を見、国会周辺に集まる人もまばらになって、同僚たちも、藤田自身も、少しばかりほっとできる情況になってきた。勤務中に煙草を吸うわけにもいかないので、口淋しさと疲れを癒すべく、藤田はポケットに忍ばせていたキャラメルを取り出し、口に含んだ。

あと何年かで五十になろうという者の仕事じゃないな——

などと自嘲気味に思い、拳で自分の腰を叩いたときだ。暗がりの中、なお残るデモ参加者のあいだを、小さな人影が走り抜けていることに気づいた。背格好からして、小学校高学年くらいだろうか。

夜中だし、遠くには、デモ隊によって引き倒され、放火された警察車両がまだ燃えている。そのような危険な場所を、子供がうろついているのは由々しきことだ。そう思った藤田は、とっさに追いかけた。

「おい、君。どこへ行くんだ？　こんなところにいたら、危ないじゃないか」

声をかけても、子供は止まらない。藤田は足を速め、子供の肩をつかまえた。

「待ちなさい、君」

子供は立ち止まった。男の子だが、懐中電灯を当てたとき、その姿の異様さに藤田は息を呑んだ。まったく寸法の合っていない、だぶだぶの古びたシャツとステテコを身につけていた。その上、長い肩紐のついた女物のピンク色のポーチを、首から掛けている。家出人ではないか、と藤田は思った。どこかで盗んだ物を着ているのではないか、と。

しかもさらにこの子が異様なのは、頭、腕、肩など、体のあちこちに包帯を巻いていることだ。

「君、どうしたんだ？　怪我をしたのか？」

少年は下を向いて答えない。

「デモに巻き込まれたの？」

少年はかぶりを振る。

「君、名前は？」

また、答えない。

「どこから来たの？」

あっち、と適当な方向を指さす。

「幾つだい？」

少年は首をかしげる。

「自分の歳もわからないのかい？」

ますます、家出人だと思った。身元を隠そうとしている。

「ちょっと、こっちに来なさい」

警備本部に連れていこうと思った。すると、少年は突然、大声を出した。

「お兄ちゃん」

「何だい？」

「お兄ちゃんを探さないと」

「君のお兄ちゃんは、デモに参加しているの？」

下を向いて頷く。

「お兄ちゃんの名前は？」

これには答えない。

「キャラメル、食べるかい？」

黙ってかぶりを振る。藤田は困り果てた。

「とにかく、お巡りさんが一緒に探してあげるから、こっちに来なさい」

手招きしたが、少年は動かない。そこで仕方なく、藤田は腕を取って引っ張ろうとした。少年は脚を突っ張って抵抗したが、予想外に力が強い。腕だけでなく、肩も摑んで引き寄せようとしたが、びくともしなかった。子供だとばかり思っていたその男の肩には、硬い筋肉がしっかりとついていた。

「何だ、君は……」

そのとき、それまで踏ん張っていた小男が、急に藤田との距離を詰めた。と思ったら、下から拳を振り上げ、股間に叩きつけてきた。

「う、うっ」

激痛にうめき、藤田は股間を押さえながら、膝をついた。地面にうずくまって、動けなくなる。小男は駆け出した。

「待て」

声にならない声で言い、藤田は路面を這って前進しようとしたが、そのときにはすでに、小男の姿は闇に紛れ、見えなくなっていた。

夜の国会前で、月岡は地面に倒れていた。

天野にスコップでこてんぱんに殴られ、鼻骨や鎖骨を折られた上、機動隊による催涙ガスも浴びた。率いていたヤクザたちも、ニッカポッカの連中や学生たちに叩きのめされ、さらには警察官にも追いまわされて、どこかへ散ってしまった。だから月岡は、たった一人で涙と鼻水にまみれ、嘔吐《えず》きながらのたうっていた。

そこへ、

「ああ、いた、いた」

と言って、小走りに近づいてくる者がいる。聞き知った声だ。しかも、その小さな人影にも見覚えがある。

「おい、しっかりしてくれよ」

小男はそばに来ると、しゃがんだ。投光器や、外灯、火をつけられた車両の炎の明かりなどに浮かび上がるその顔を、月岡ははっきりと見た。

「プチ……やっぱり、プチなんだな。お前、てっきり死んだかと思ったぞ。いままで、どこにいたんだ？」

「漁師の家にいた。なめろうばっかり食っていた」

月岡には、プチが何を言っているのかわからない。

「話せば長いんだがね、どうやら俺は海を漂流していて、漁師の夫婦に助けられたらしい。そのあいだ、まったく記憶を失っていて……いまも、ちょっと頭がぼんやりしている」

包帯を巻いた頭に手をやりながら、首をかしげる仕草は、どう見ても幼い子供のようだ。

「記憶がまだ戻っていないのか、プチ？」

「テレビを見ていて、いろいろな思いが湧き上がってきたんだ。絶対に、駐在のところになんか行ってはいけないいって」

「駐在？」

「まずいことになる、という予感がした。それから、俺は国会前に行かなきゃいけないと思った。だから、漁師の母ちゃんの財布をかっぱらって、電車に乗って来たんだ」

相変わらず、プチの話はまわりくどくてよくわからなかったが、それは月岡にとっては、とりあえずどうでもよかった。

「お前、天野を殺るのをしくじったんだな、馬鹿野郎」

プチはそれから、アマノ、アマノと、咀嚼するかのごとく、繰り返し呟いた。

「天野を覚えていないのか？　情けねえ。あの骸骨野郎だよ。お前は、あいつを船ごと吹っ飛ばすと言っていたじゃねえか」

プチの目が大きく見開かれた。

「ああ、あの天野……あいつ、ここにいるのか？」

「いる。学生のデモ隊に助太刀するためにな。俺はあいつにぼこぼこにされて、このザマだ。骨も折られたよ。涙が出るほど痛《いて》え」

「あの骸骨、ここにいるんだな」

「そうだ。殺ってくれよ。仇を取ってくれ」

「よし」

　プチは立ち上がった。あたりを見まわす。

「ちょっと待て、プチ。お前、今度は何を使うんだ？　まさかまた、爆弾でも用意してあるのか？　国会前でそんなものを使ったら――」

　プチはかぶりを振る。

「そんなものは持っていないよ。急いで来ただけだ。まさか、ここで天野を殺るとは思わなかったから……」

「やつはスコップを使うぞ。しかも、手下を従えている。いくら何でも、素手じゃ無理だ」

　プチは肩から掛けていたピンク色のポーチに手を突っ込んだ。

「変なバッグを持ってるな」

「これも、漁師の母ちゃんのだよ」

　と言いながら、プチは黒光りした金属製の物を取り出した。また、月岡のそばにしゃがむ。

「これしかない」

　プチが握っていたのは、拳銃のように見えたが、どうも普通のものではなさそうだ。銃口がずいぶん大きく、二、三センチほどもある。

「漁師の家の物置にあった」

「ハジキか？」

「たぶん、信号拳銃だ」

「何だ、そりゃ？」

「船が遭難したときに、これで空に発煙弾を撃ち上げるんだ。ずいぶん古い物だね。戦前に使われていた骨董品《こっとうひん》さ」

面白い玩具を見つけて嬉しがっているようなプチの笑顔に、月岡は呆れ返る。

「そんなもので、天野を殺れるかよ。せめて、これを使え」

月岡は、上着の内側に隠していた短刀を差し出した。刃渡り三十センチほどで、木製の鞘《さや》に納まっていたが、柄の部分には滑り止めとして鮫皮《さめがわ》が巻いてある。

プチは鯉口《こいぐち》を切り、一、二センチだけ鞘をずらした。輝く刀身をうっとりと見てから、すぐにまた鞘に納め、シャツの下に隠した。

「骸骨を探してくるよ」

それだけ言うと立ち上がり、プチは闇の中へ走っていった。


プチの小さな体は、目立たないように人と人とのあいだをすり抜けたり、車両の下を潜ったり、物陰に隠れたりするのには適していた。しかし、大変な騒動が起きている場所に子供がいる、危ないから保護しなければならない、などと考える奴に見つかれば面倒なことになる。だから彼は、できるだけ暗がりを選んで動いた。

移動しながら観察をしてわかったのは、ニッカポッカの連中は国会から引きあげつつあるということだった。学生たちが国会構内に突入できた以上、もはや自分たちの役目は終わったと思っているらしい。

彼らのあとをついて行くと、国会前の、銀杏並木の通りのあちこちに、軽トラックが何台も停められているのが見えた。彼らはそれぞれのトラックに戻ると、運転台や荷台に乗り込んでいく。

このままでは天野に逃げられてしまう、と焦るプチは、足を速め、必死にあたりを見まわした。そしてとうとう、見つけた。背の高い、痩せた男が、軽トラックの助手席に乗ろうとしているところを。

その軽トラックは、プチが立っている位置よりも五十メートル以上、国会に近かった。つまり、プチは急ぐあまり、天野を追い越してしまっていたのだ。慌てて、プチはそちらへ向かった。

天野は助手席に乗ったが、運転席に乗った、ずんぐりとした体つきの男にも見覚えがあった。勝鬨丸に爆弾を仕掛けたときに、天野と一緒に船に乗っていて、自分を引きあげ、ひっぱたいた憎らしい男だ。荷台にも、三人くらいの男が乗り込むと、エンジンがかかり、軽トラックは走り出した。

天野を乗せた軽トラックは、スピードを上げながらプチのもとへ近づいてくる。駆け寄っても間に合わないと思ったプチは立ち止まり、銀杏の陰に隠れた。ピンクのポーチから信号拳銃を取り出す。古びたものであるので、使えるかどうかはわからなかったが、銃把《じゅうは》を握り、引き金に指をかけて構えた。

トラックがどんどん迫り、目の前を通り過ぎようとするとき、プチは引き金を引いた。火薬の破裂音とともに、閃光《せんこう》が弾《はじ》ける。腕に強い衝撃が伝わり、銃口から真っ赤な炎が飛び出した。

煙をまとった赤い炎は、トラックの開け放たれた窓から、運転台に飛び込んだ。走り去る車から、何だこりゃ、という叫びが聞こえる。赤い光と赤い煙を放ちながらトラックは蛇行をはじめ、街路樹の銀杏に激突した。

後輪が跳ね上がり、荷台に乗っていた男たちは車外に放り出された。路上に転がる。窓からの赤い煙だけでなく、ひしゃげたボンネットからも黒い煙が上がり出した。運転台の両側のドアが開き、運転手と天野が咳き込みながら降りてきた。二人とも発煙弾の煙のせいで、髪や顔、衣服などが赤く染まっていた。

天野は咳をしながら、ふらふらとトラックから離れるように歩いている。プチは短刀の柄を握ると、鞘を払った。右手に携《たずさ》えた刃を腰の位置に構え、天野に向かって走り出す。

咳き込む天野ははじめ、刺客が迫ることにまったく気づいていない様子だった。だが、二メートルほどの距離にまで迫ったとき、プチを見た。目をむく。

プチは左手を前に出し、右手の刃物は身に引きつけて天野にぶつかっていった。天野はプチの左腕を摑んだ。プチは右手を突き出す。

天野の腹を突き、さらに刃をひねって、腸《はらわた》をかきまわしてやるつもりだった。だが、とっさの天野の手刀が、プチの右腕を上から叩く。短刀の軌道がずれ、刃は天野の左腿に刺さった。

そのままの状態で、プチと天野は絡み合い、睨み合った。天野の眉が、びくびくと痙攣している。

プチは刃を引き抜き、もう一撃を加えてやろうとしたが、天野に両腕をがっちりと押さえられており、それができない。しかも、天野の血潮が刃を伝い、プチの手を濡らしていたから、下手に腕を動かせば、血液のぬめりで短刀を失う恐れがあった。

「社長」

と叫びながら、天野の手下たちが駆けつけてきた。

このままでは袋叩きにされる。逃げなければならない。そう思ったプチは短刀を手放した。体を揺すって肩でタックルしてやったが、なかなか天野の腕から逃れることができない。ようやく取り戻した右手で天野の腹にパンチをし、血まみれの左脚にしがみついた。持ち上げる。

天野は背中からひっくり返った。と思ったが、プチは天野の右足裏で股間を蹴り上げられた。プチの体は宙を舞い、背中から地面に叩きつけられた。

股間が痛いやら、背中が痛いやらで路上でもがくうちにも、ニッカポッカを着た連中が殺到し、複数の足が飛んできた。プチは何とか腕で顔面をガードしながら、力を振り絞って地面を転がり、男たちの輪の外へ逃げた。

路肩まで転がるとプチは中腰になり、下水のマンホールの蓋を持ち上げた。子供のような背丈の男が重たい鋳鉄《ちゅうてつ》製の蓋を持ち上げたため、ニッカポッカの男たちは驚いて立ち止まった。

彼ら目がけて、プチは円盤投げのように、マンホールの蓋を投げ飛ばした。男たちが後ずさりしたため、蓋はけたたましい音を立てて、彼らの前に落ちた。

そのすきに、プチはマンホールの中に体を滑り込ませた。狭い下水道を這って、少しだけ前進したが、股間から胴体へと突き上げる痛みのせいで、それ以上、動けなくなった。

「おい、出てこい」

「殺されたくなかったら、観念しろ」

マンホールから、男たちが下水のうちに怒鳴ってくる。プチは汚れた水に腹を浸しながら、じっとしているしかなかった。

やがて、天野の声がした。

「もうほっとけ。俺は大丈夫だ」

手下どもが、社長、早く手当てを、と声をかける中、スコップの先が路面をこする音がマンホールに近づいてくる。

「大丈夫だと言ってるだろ」

天野の怒鳴り声が聞こえた途端、耳をつんざくような金属音が下水管の中を通り抜けていった。天野がスコップをマンホールの縁に叩きつけたようだ。

「おう、ちんちくりん、ちんちくりん、聞いてるか」

プチは黙っていた。

「ちんちくりん、聞いているんだろ。俺がこれから言うことを、玉城に伝えろ」

天野はまた、スコップでマンホールを叩いた。

「『てめえは、チビの殺し屋を差し向けて、俺の命を二度まで奪おうとした。さすがに温厚な俺の堪忍袋の緒も切れたぜ。必ず、てめえの命を取りに行くから、首を洗って待っておけ』。これが、俺の口上だ。ちゃんと伝えろよ」

さらにまた、スコップを叩きつける音がする。しかしそれが最後だった。マンホールのそばから、男たちが去っていくのが窺われた。

その後もしばらく、プチは下腹部の痛みのゆえに、下水道に寝そべったまま動けないでいた。

三

翌日の早朝、玉城はいつものように裏口から河辺邸に入った。しかし、通常はすぐに広い居間に通され、茶や菓子、ときには酒などでもてなされるのだが、その朝は正面玄関の内側にある、面会者の待機所で、他の客たちとともに椅子に座り、長々と待たなければならなかった。

昨夜を境に、河辺邸の雰囲気がまるで変わってしまったのを玉城は感じていた。家人も、出入りする秘書官や官僚も、また河辺派の議員たちもみな、険しい顔つきだ。デモに参加していた学生が死んだということが、彼らに重くのしかかっている。

死亡したのは、帝都大学の辛島という男子学生らしい。警察の検視結果によれば、死因は圧死だった。学生たちが国会構内に突入し、機動隊と激しくもみ合ったせいで、押し潰されてしまったようだ。けれども、デモ参加者や、条約に反対する野党議員、そしてマスメディアは、「官憲による虐殺だ」と主張していた。そしてそのことが、河辺周辺を揺さぶっているのだ。

しかし、それが玉城には情けなくて仕方がない。そもそも、人類の歴史を振り返れば、政治闘争に流血はつきものなのであって、暴徒の一人が死んだくらいで何だというのだろう。

そのように苛立ちながら待ちつづけるうち、ようやく玉城は呼ばれた。だが、河辺が待つ書斎に入る手前で、秘書から、

「総理はお忙しいので、今朝の面会は五分だけですよ」

と釘を刺される。

いつも密々の会話をするときに使われる狭い書斎に入ってみれば、浴衣姿の河辺自身もまた、生気のない、青黒い顔をしていた。それまでどれほど批判されても、明るい顔でにこにこと笑っていたというのに。

先に口を開いたのは、河辺のほうだった。

「君が何を言いに来たかはわかっているよ。しかしだね、事がこうなっては、大統領の来訪は中止せざるを得ない」

「何をおっしゃっているのです」

「今日の午後の閣議で、中止を決定する腹を固めた」

それでは政権がもたない、と玉城は反論しようとしたが、また河辺は機先を制するように言う。

「警察当局も、とてもではないが警備に自信が持てないと言っているし、宮内庁もミカドを危険に晒し奉《たてまつ》るようなことは避けてもらいたい、と言ってきているんだ」

「ですから、以前から申している通り――」

「専守防衛隊は駄目だ」

「総理、私の言葉を聞いてください」

「いや、駄目だ」

河辺は木で鼻を括ったように言った。

「玉城君、ここだけの話だがね……実は、なかなかつかまらないと言っていたマッカートニー大使から、

外務省へ連絡があったんだ。大統領来訪の中止を決定してくれないか、とね」

玉城は、言葉を失う。

「大使は『外交儀礼上、我が国から中止を言い出すことはできない。貴国から中止要請をしてくれ』と言ってきた。こうなれば、もう中止するよりほかはないよ」

「それで、改定同盟条約はどうなるのです？」

「条約は何としても、私の手で成立させる」

「それで……その後は……」

そこで、ドアがノックされた。秘書が顔を出す。

「そろそろ、お願いします」

もう五分を過ぎたということのようだったが、玉城は無視した。

「総理、まさか退陣をお考えでは――」

「あの、次の方がお待ちですので」

秘書がまた言った。それでも、玉城は立ち上がれない。

河辺は微笑を浮かべた。

「それは愚問というものだよ。先日も話したようにだ、『辞める』と言っていいのは、まさに辞めるときしかないんだからね」

「本当に、もうお引き取りください」

秘書が重ねて言う。玉城は立ち上がり、書斎を出ていくしかなかった。

河辺邸の裏通りに駐車してあった、黒塗りの車の後部座席に乗り込んだ玉城は、前の助手席を蹴った。

そこには、怪物のような風貌の子分、比企が座っていた。

「糞《くそ》っ」

せっかく、警察に加勢させるために暴れ者どもを集めたというのに、デモ隊が国会構内に突入するのを止められなかった。その結果、治安維持力が不足していることを内外にさらけ出し、大統領来訪は中止されることになってしまった。

しかも腹立たしいのは、学生たちは勝手に大暴れし、死者を出しただけであって、言わば自業自得であるのに、それが世間では、政権側の責任とされていることだ。河辺はあからさまには言わなかったが、あの様子では、近々の総辞職も考えているのではないかと疑われる。

「こんな理不尽なことがあってたまるものか」

車が走り出してからも、玉城はわめき、運転席と助手席の背もたれを蹴りつづけた。運転手はびくびくしていたが、比企は広い背中で、その振動をじっと受け止めていた。

車が玉城邸に着き、その門を潜ったとき、車寄せには大勢の子分たちが出迎えていた。そしてその中に、月岡とプチがいるのを玉城は認めた。

車が停まり、外から子分の一人がドアを開ける。玉城が降りると、鼻や頬を紫色に腫らした月岡が目の前に飛んできて、土下座をした。

「会長、昨夜のことは、お詫びの言葉もございません」

するとすぐ隣に、頭に包帯を巻いたプチも土下座する。

「ごめんなさい、私もしくじりました」

「お前、やっぱりプチか。死んだんじゃなかったのか？」

「いえ、生きております。恥ずかしながら……」

それから、月岡とプチは泣き声で、お許しください、と繰り返した。

玉城は、ますますむかむかしてきた。

「月岡、てめえの汚え面など見たくもねえぞ。役立たずの屑めが。あれだけの連中を集めながら、学生ごときを抑えられねえとはな」

「天野の野郎が来やがりまして……手下とともに来やがりまして……」

「何だと……天野は死んだんじゃねえのか」

今度はプチが、地面に額をこすりつけるようにして言う。

「ですから、その、私がしくじりまして」

天野が生きている――。

今ごろあの男が、憎たらしい顔をゆがめて笑っているかと思うと、一気に頭に血が上って、玉城は眩暈すらおぼえた。

「プチ、てめえは天野を殺り損ねたあと、何をしていやがったんだ？　今ごろ、のこのこ顔を出しやがって」

「記憶をなくしておりましたが……また思い出しまして……金をかっぱらって電車に乗りまして……」

ぐずぐず言っているプチの頭を、玉城は靴の裏でいきなり蹴飛ばした。

「もっと要領よく物が言えねえのか」

「すみません……私も国会前に行ったのでございます。それで、天野を刺してやりました」

「じゃ、今度こそ、天野は死んだのか？」

「いえ、それが……刺しましたが、またしくじり、逃げなければならなくなりまして……」

「は？」

「大勢に囲まれて、逃げざるを得なかったのでございます……そのとき、天野から会長への言づけを預かりました。温厚な俺も、もう堪忍袋の緒が切れた、会長の命を必ず取ってやる、って奴は言ってました」

玉城は、自分の五体が震えるのを止められなくなった。顔や背中には汗があふれてくる。激しい恐怖をおぼえていたのだ。

天野が本気になって自分の命を取ろうとすれば、防ぐのは難しいだろう、と玉城は思った。相手が政治家や、大きな組織のボスであれば、居場所も特定しやすく、先にこちらから刺客を送ることもできる。また、そういう連中が相手なら、利をもって取り引きするという手もあった。だが、天野は山犬のような奴だ。居場所を見つけるのにも苦労するし、取り引きも難しいことだろう。「殺る」と腹を括れば、文字通りに捨て身になってかかってくるに違いなかった。

「てめえらっ」

玉城は、怒りと恐怖のない交ぜになった声を上げていた。足下で土下座をしている月岡とプチを指さしながら、周囲の子分たちに命じる。

「こいつらを捕え、中に入れろ」

月岡は泣き声を上げた。

「お願いいたします。どうか、お慈悲を。何でもいたしますから」

プチも泣く。

「ぶたないでください。お許しください」

玉城は静かに言った。

「手荒な真似はしないから、安心しろ。お前たちは、景色のいい高原で休むといい。ゆっくりと風呂にでも浸かってな」

風呂、と聞いた途端、月岡とプチは顔を上げ、固まった。二人とも、両目を大きく見開いて、それまで以上に震え出した。月岡は、ぺこぺこと頭を下げながら懇願する。

「どうか、風呂だけは勘弁してください」

だが、月岡は首根っこを比企にぐいと摑まれ、引っ立てられた。

いっぽう、プチは立ち上がり、門のほうへ逃げ出した。しかし、子分たちにすぐに追いかけられ、捕まり、押さえ込まれてしまった。

月岡とプチが恐慌を来しながら、お願いです、それだけはお許しを、と泣き叫ぶのを尻目に、玉城は悠然と玄関の中に入っていった。

四

午後に日讀新聞本社にやってきた渡瀬記者は、昨夜の国会前での攻防以来、ほとんど寝ていないにもかかわらず、まったく眠気を感じなかった。強い憤りと、達成感との両方をおぼえていて、ハイな状態にあったのだ。

河辺内閣は大統領招聘《しょうへい》中止を正式に発表したが、いっぽうで「学生同盟の暴挙は、暴力革命によって議会制度を破壊し、現在の社会秩序を覆さんとする国際共産主義の企図に踊らされた計画的行動である」といった声明も出している。つまり、一人の学生が死んだことに対する責任は、政権側にあるのではなく、学生たち自身や、国際共産主義にあると言っているわけだ。東側陣営のシンパである渡瀬としては、国際共産主義を非難する文言《もんごん》はもちろん気に入らなかったが、何よりも、有為《ゆうい》の若者の死に対する政権側の無責任な態度が腹立たしかった。

しかし、学生たちの努力によって、河辺政権が大統領来訪と、新条約成立を慶賀するセレモニーを行えなくなったことは素直に喜ばしかった。西側陣営の同盟の強固さを内外に示す機会を奪ってやったことは、東側陣営の勝利と言えるからだ。しかも、今回の騒動と、学生の死によって、「合州国との協力関係を強めようとする河辺総理と保守党政権は、血も涙もない帝国主義者だ」という印象が国民のあいだに浸透したことも、やはり東側の勝利と言わなければならなかった。河辺政権が倒れるのも、もはや時間の問題であろうし、次の選挙では、東側陣営に親近感を持つ野党が躍進する可能性も高いのではないだろうか。

そうした思いから、意気揚々と政治部のフロアに入った渡瀬だったが、違和感をおぼえた。

ほとんどの記者が取材のために出払っているオフィスの様子は、一見したところ、いつもと違いはない。しかし、オフィスに残り、机に向かって書き物をしている同僚のそばを通り過ぎるとき、声をかけたり、ハイタッチをしようとしたりしても、みな反応が悪いのだ。憲政史上における大事件が起きた直後であれば、政治部員たるもの、もっと興奮していてしかるべきなのに、誰もが通夜の参列者みたいに、冴えない顔つきで沈んでいる。

いったい、どうなっているんだ――。

戸惑いつつ、渡瀬はデスクのもとに向かった。

ここ何日も会社に泊まり込み、部下の記者たちに「河辺を叩け」と発破をかけつづけてきた四十代のデスクは、全身から不快な臭気を放っていた。シャツの襟や袖も黒ずみ、長めの髪は脂ぎっている。

「河辺にとどめを刺すときが来ました。あと一息ですね」

渡瀬が机の前に立って声をかけても、デスクは腕を組んだまま、天井を見ているだけだった。急いで書き上げた、権力の暴挙に対する批判記事を見せたり、また、デモを支持する大学教授へのインタビューなど、今後の取材計画について話したりしても、デスクは上《うわ》の空《そら》である。

「体調でも悪いんですか？」

「じゃ、どうしたんです？」

デスクは腕組みを解くと、机上に置かれてあった紙を取り上げ、渡瀬に突きつけた。

「こいつを、明日の朝刊に載せる」

渡瀬は紙を受け取った。手書きの原稿ではなく、すでに活字印刷された記事で、〈暴力を排し議会主義を守れ〉とのタイトルがつけられている。読み進めてみれば、驚くべき内容だった。

「六月十五日夜の流血事件は、その事のよってきたるゆえんを別として、議会主義を危機に陥れる痛恨事であった」とし、また「民主主義は言論をもって争わるべきものである。その理由のいかんを問わず、またいかなる政治的難局に立とうと、暴力を用いて事を運ばんとすることは、断じて許さるべきではない」などと書いてあった。

その上、「目下の混乱せる事態の一半《いっぱん》の原因が国会機能の停止にもある」として、国会審議を拒否したり、妨害したりしてきた野党を批判する文言がつづく。そして、「ここにわれわれは、政府与党と野党が国民の熱望に応え、議会主義を守るという一点に一致し、今日国民が抱く常ならざる憂慮を除き去ることを心から訴えるものである」と結論づけていた。最後には、この国の主要な七つの新聞社の名前が列記してあった。もちろん、日讀新聞も含まれている。

「何なんです、これは？」

「見ればわかるだろ。共同宣言だよ。七社でいっせいに掲載するのさ」

「それも驚きですがね、私がいちばん伺いたいのは内容のことですよ。いままで、我々は何を国民に訴えてきたんですか？」

日讀新聞を含め、この共同宣言に名を連ねる七社はもちろんのこと、それ以外の全国の新聞社のほとんども、そろって政府与党を批判し、実力行使に出るデモ隊や野党を支持してきたのだ。いや、それどころか、実力による院外の抗議活動や、院内の審議妨害を煽ってきた面もあったと言わなければならない。それがいま、まったく正反対のことを宣言しようとしているのだから、渡瀬には理解できない。

「どうして黙っているんです、デスク？　こんなものを載せたら、我々は国民の信用を失うことになりますよ。二枚舌だ、恥知らずだと言われます」

「そんなこと、俺に言ってみても仕方がねえだろ。上の指示なんだから」

「上？　部長ですか？　じゃ、これから行って、かけ合ってきますよ」

「馬鹿だな。もっと上だよ」

「誰です？　社長ですか？」

「さて……おそらく、社長よりもっと上なんだろうな」

「そりゃ、誰です？」

「さあな」

デスクは椅子から立ち上がり、どこかへ行ってしまった。

もっと上って、誰だ——。

残された渡瀬は考えつづけた。この国の大手新聞の態度をいっせいに変えることができる「上」とは、何者なのだろうか、と。しかし、にわかには答えは見出せなかった。

五

六月十九日の深夜、改定同盟条約は自然成立した。もちろんその夜も、デモ隊は国会議事堂や総理官邸を取り巻き、シュプレヒコールを上げ、投石を行い、警官隊と激しくもみ合った。しかし、もはやいかんともすることはできなかった。

そして、二十三日、外相官邸で批准書の交換が行われ、改定同盟条約が正式に発効すると、河辺信太郎は「私はこの歴史的意義ある新条約の発効に際し、人心を一新し、国内外の大勢《たいせい》に適応する新政策を強力に推進するため、政局転換の要あることを痛感し、総理大臣を辞するの決意をいたしました」と、退陣を表明した。後継の保守党総裁は、七月の党大会で選出されることに決まっている。

しかしその頃、政治の中心から遠く離れた、高原の別荘地K沢は、静寂に包まれていた。

かつて、外国人が避暑地として長期滞在したのが契機となり、のちに国内の要人たちがこぞって別荘を建てる場所となったこの地の家々は、木を植えたり、低い石を並べたりして敷地の境界を示すばかりで、基本的に塀を持たない。それが暗黙のルールとなっているのだ。

ところが、古くから開かれた別荘地のはずれに立つ、とある一軒は趣を異にしていた。植え込みの内側に、木の板塀があって、中が見えないようになっているのだ。かつて、絶大な権力をふるった陸軍の将軍や、財閥の総帥が所有していたこともあり、戦時中はミカドの一族の疎開地候補ともなっていたと言われる。そうした格式と由緒を持つ物件であるため、例外扱いをされてきた。

午前中にまとまった雨が降り、それが止《や》んだあとも、なおまた降り出しそうな午後の空模様の下、いつもは近づく人もほとんどいないその建物に、一台の小型トラックがやってきた。車体には造園業者の名前がペイントしてある。表通りから敷地のうちへとつづく私道に、トラックは入っていった。

私道の先に板塀と鉄門があり、そこでトラックは停まった。運転台から作業服の男が降り、門を開けると、男はまたトラックに戻る。そしてトラックを門内に入れると、また降りて門を閉めた。

道は門の奥にも、白樺《しらかば》の林の奥へと曲がりくねってつづいていた。それを通り抜けると、なだらかな斜面に立つ、ログハウス風の大きな屋根をもった建物が見えてくる。

トラックが玄関前に停まって、助手席から降りてきたのは、運転席に乗っていた者とはまったく違う出立ちの男であった。大柄な太った体に、黒のスーツをまとっている。玉城寿三郎だった。

玉城は一つ深呼吸をした。雨に洗われた木々のすがすがしい香りが心地よい。

建物の玄関は木製の階段の上にあったが、そこにすでに、レスラーのような体形をスーツに包んだ比企が立っていた。厚ぼったい瞼の下の瞳からは、いつものように何らの感情も窺われない。玉城は階段をのぼり、建物の中に入った。

足を踏み入れたところは、天井からシャンデリアが下がり、いちばん奥まったところに大理石の暖炉を持つ広い居間だったが、黴臭《かびくさ》かった。黒を基調とした、落ちついた色合いの絨毯も高級品なのだろうが相当に傷んでおり、ところどころ擦り切れている。テーブルや椅子などの家具には、埃除《よ》けの布が掛けてあった。

比企の先導で、玉城は奥の台所へと進んだ。大きな調理台や、オーブン、広い流しなどの設備もみな、一見豪華だが、とても古い物だとわかる。

木製の、重厚な造りの食器棚から、比企はガスマスクを取り出した。玉城にさし出す。鼻と口の部分には吸収缶がつき、目をゴーグルで覆うタイプのものだ。ストラップで頭に固定する。

玉城がそれをかぶると、比企はみずからもかぶった。さらに、食器棚を横から押し、ずらした。すると、壁に入り口があらわれる。そこから地下へと、コンクリートの階段がおりていた。比企が階段をおりるのにつづいて、玉城もおりていった。

長い一直線の階段だった。奥から、水が揺れるような音が響いてくる。

おりきったところは、天井も、ところどころに電球が埋め込まれた壁も、床も、すべて打ちっ放しのコンクリートでできていた。戦時中に要人用の防空壕として掘られたもので、ここにテーブルと椅子を入れれば、全国の愛国団体の幹部を集めた会議もできそうな広さだ。しかしいまは、ガスマスク越しにも異様な刺激臭が満ちているのがわかる。

四角い、無機質な部屋の中央に、三メートル四方ほどの、これまたコンクリート製のプールが設置されており、そこに液体が注いであった。それが、不快な臭いの発生源だった。

部屋には玉城の神経を逆撫でする、別の要素があった。コンクリートの壁に、啜り泣く声がこだましているのだ。プールの上に鉄骨で櫓《やぐら》が組まれ、滑車が設置されていた。そこから麻縄《あさなわ》が下がり、二人の男が全裸で縛られ、吊るされている。その男たちが、泣いていた。

吊るされているのは、月岡とプチだった。月岡の足は玉城の目の高さにあり、小柄なプチの足はもう少し上だった。

「すべては終わったぞ」

玉城はガスマスクで覆われた口で喋った。

「総理は退陣表明をしてしまった。あの人があんなにあっさりと辞めるとはな……。河辺信太郎と、この国を真の独立国に復活させる夢を見ていたんだが……政治家なんてものはしょせん、いい格好をしたがるだけだ。がっかりした」

月岡とプチが震え、縄がぎしぎしと軋る。

「これから、我々にとっても厳しい時代がやってくる。おそらく次に総理になるのは、沼津健人だろう。我々は、冷や飯を食わされることになりそうだ。がっかりだなあ……しかし、ここのところで一番がっかりしたのは、お前たち二人のことだ」

月岡とプチは揃って、お許しを、と言ったが、玉城は相手にしない。

「お前たちがきちんと仕事をしていれば、こんな情けない状況にはならなかった。俺にとっては、これは二度目の敗戦だ」

月岡が叫び出した。

「まさか、天野が生きているとは思わなかったんです。プチがとっくに奴を殺していると思っていました。プチがしくじらなければ――」

プチは反論する。

「何を言っているんだ。国会前で天野に負けたのは、俺の責任じゃない。あんたが無能なだけだ」

「自分の無能さは棚に上げて、何を言っていやがる、このチビ。お前は、国会前でも天野を殺しそびれたんじゃないか」

月岡が隣でわめくのを無視し、プチは玉城に訴えた。

「私は、いままで会長のために真面目に働いてきました。天野のことも、一生懸命殺そうと努めたんでございますが、人並みはずれてしぶとい男だったもので……しかし、またチャンスをくだされば、必ず奴を仕留めてまいります。私はこの禿げと違って、使い道があります」

「禿げじゃない。剃っているんだ」

二人の言い争いがコンクリートやプールの液体に反響する。耳が痛くなってきて、玉城は叱りつけた。

「うるせえぞ、てめえら」

吊るされた二人は、ぴたりと口をつぐんだ。

「お前たちが努力したってことは認めてやろう。そう思うと、なかなかいじらしい、かわいい奴らに見えてきたな」

二人が低い声で、ありがとうございます、と応じたのもつかの間、玉城は、隣に立つ比企に言った。

「風呂に入れてやれ。まずは月岡からだ」

月岡ばかりかプチまでもが、絶叫する。それだけはやめてください、何でもします、と二人がわめく中、比企は壁際に設置された金属のハンドルを回しはじめた。すると滑車に巻き取られていた縄が緩み、伸びて、月岡の体がどんどんプールに近づいていった。

月岡は泣きながら膝を曲げ、足先が液体に浸からないようにする。

「会長、お願いです。許してください」

「遠慮するな。垢を落として行け。この世の垢をな」

玉城が言ったとき、月岡の足先がとうとう液体についた。煙が上がり、月岡が絶叫する。月岡を上から見下ろすプチも、意味のわからない叫びを上げている。

「ああ、熱いっ、熱いっ」

月岡は足をばたつかせた。跳ね上がる液体を避けるべく、玉城は後ろに下がる。

月岡の体がどんどん液体のうちに沈んでいくにつれ、煙の上がり方が激しくなった。マスク越しにも、卵を腐らせたような臭気が感じられる。

「どうだ、湯加減は？」

玉城は問うたが、胸のあたりまで液体に浸かり、もうもうと煙を上げる月岡は、白目をむき、全身を痙攣させるばかりで、もはや何も返答しなかった。液体に浸かった月岡の肌は赤らみ、とろけ出している。

プールの液体は濃硫酸だった。これに人体を漬け、放置しておくと、硬い歯や骨の一部のほか、歯の詰め物などをのぞいて溶解してしまう。死体がどろどろに融《と》けたあとで下水に流してしまえば、証拠は残らないというわけだ。

月岡の体が、剃り上げた頭の天辺まで浸かると、比企はつづいて、別のハンドルを回し出した。プチの体が濃硫酸に近づいていく。

月岡の体から出る煙が染みるのか、プチは目をぎゅっとつむりながら、甲高い叫びを上げる。

「もう一度、チャンスをください。必ず、天野を殺りますから」

「もう、そんなに頑張らなくていいんだ。お前も、垢を落としてゆっくり休め」

「必ず殺ります。次は必ず。だから――」

「次だと、てめえ。二度もしくじっておいて、何を言いやがる」

プチも体を折り曲げ、足を高く上げていたが、どんどん液面に近づいていく。そしてとうとう、踵が硫酸についてしまった。煙が上がり、泣き声が壁にこだまする。

「痛い、助けて。お願い……天野を殺します。次は必ず……ああ、熱い……」

プチが苦しむ姿をしばらく黙って見ていた玉城だったが、口を開いた。

「本当に殺れるのか？　奴は俺の命を狙っている。俺が殺られる前に、天野を殺れるのか？」

「殺れます」

「誓うか？」

「誓います」

玉城はハンドルを握る比企に顎で合図をした。プチの体がするすると引き上がって、硫酸から離れていく。天井近くまで上がってもなお、プチは涙と鼻水と涎《よだれ》にまみれた顔で震え、泣きつづけている。

「天野を殺れなかったら、そのときはお前はどろどろだぞ。おぼえておけよ」

「わかりました」

玉城はそれを聞くと、プールに背を向け、地上への階段をのぼっていった。

8 獣以下

一

料亭「瓢鮎」に来た、羽織袴姿の客の前に出た女将の小松は、はっとなった。太った体といい、垂れ下がった頬といい、大きな耳朶といい、見覚えがあると思ったのだ。左右にはボディーガードだろうか、黒いスーツを着た、厳つい男たちが控えている。

「本日は、お越しくださいまして、ありがとうございます」

小松は客の前で、畳に手を突いて頭を下げた。閑古鳥《かんこどり》が鳴く店に来てくれる客は、誰でもありがたい。

「あんたが、女将かい」

顔を上げた小松のことを、客は物珍しそうに見た。

「そうですが、何か？」

「いや、予想していた印象とは違ったものだから……」

「どんな風に違ったのでございますか？　もっと小さな、かわいらしい女だと思っていらっしゃったんでしょ？」

小松は自分の腹を、帯の上から掌でぽんと叩いた。客ほどではないが、小松の胴体もなかなかの恰幅《かっぷく》である。客は噴き出した。

「なるほど、沼津先生が見込んだ女性だけのことはある。お会いできて光栄だ」

「光栄だなんて、そんな――」

「私は玉城寿三郎という。今後、よろしく頼む」

やはりそうだったか――。

この顔を、雑誌の写真などで何度か見たことがあったと気づく。たいてい、政界の裏金の疑惑を取り扱った記事に添えられたものだ。

小松は不愉快になった。騙された、と思ったのだ。予約時の名前は、別のものだった。

玉城は頭を下げた。

「突然、押しかけてしまってすまない。しかし、どうしても私の話を聞いてもらいたかったものだから……」

小松はこれまで、玉城の代理人を名乗る者から、電話や手紙を通じて、何度も連絡を受けていた。玉城寿三郎が面会したがっている、と言うのだ。玉城邸に来ないかとか、ホテルで会ってはどうかなど、いろいろ言ってきたものの、小松はすべて断っていた。

「どうかどうか、私が沼津先生にお目にかかれるよう、力を貸していただきたい」

玉城はなおも、ぺこぺこと頭を下げる。

「私を買いかぶり過ぎでございますよ。そんなことを言われましても……」

「あなたは、沼津先生の心を摑んでおられる」

「いやいや、沼津先生は、私に対してたいそうお冠《かんむり》のようでございますよ」

「お冠？　どうしたと言うんだい？」

「ひっぱたいてやったものでね。先生は、鼻血を出して気を失ってしまいました」

「あんた、見かけどお……いや、見かけによらず、恐ろしい人だな」

新聞や雑誌によれば、玉城は裏社会の大親分であるというし、天野や、彼が経営する天野組の従業員らの話では、殺人をも厭わない、悪魔のような人間だそうだ。実際、天野が世話になった人や、義兄まで玉城の手にかかって死んでいるらしい。その悪魔に「恐ろしい」と言われた小松の気持ちは複雑だ。

玉城は不躾に、じろじろと小松を見ながらつづけた。

「沼津先生は、まだあなたに未練があるというぞ」

「そのわりに、この店を兵糧《ひょうろう》攻めにしていますよ、あの人。最近、うちにはお客さんがぱったり来なくなりましたから」

かつて、小松が保守党の重鎮、沼津健人の愛人であることは、公然の秘密だった。そして、沼津みずからが「瓢鮎」を政治的談合の場として使い、沼津に近い政治家や官僚までもが、彼に気を使って頻繁に利用してくれたから、小松の懐は大いに潤ったものだ。ところが、小松が沼津をひっぱたき、「これでお別れです」と言って以来、客足は途絶えてしまった。おそらく沼津が、自分の息のかかった者たちに「『瓢鮎』には行くな」と指示したためだろう。

「女将、沼津先生は拗《す》ねているだけさ。私が聞き込んだところによれば、あの人は何とかあなたに機嫌を直して欲しいと思っている。好きでたまらないから、意地悪をしたくなるんだよ」

「へえ、そんなものですか？　だとしたら、私よりも玉城先生のほうが、沼津先生のことをよくご存じゃないですか。私のところになどいらっしゃることもないでしょうに」

「いや、私が言っているのは、男というのはそういうものだということだ。男が、裏の財布までまかせられるほどに信頼できる女というのは、なかなかいないものだ」

「でも、あちらさんがどう思っていらっしゃろうとも、私にはあずかり知らないことでございますよ。もう、あの方とは何のかかわりもありません」

「そこを枉《ま》げて力を貸してもらえないだろうか。あなたから沼津先生に、『玉城と会ってやってくれ』と口を利いてくれさえすればいいんだ。そうすれば、私もあなたのために、できることは何なりとするつもりだ」

小松は、ほっ、ほっ、と笑い声を上げた。

「たとえば、何をしていただけるんでございましょうか？」

「店の売り上げが減っているのなら、その分を補ってあげてもいい」

「うちの店の売り上げなんて、玉城先生からすればちんけなものですからね」

小松はからからと笑ってみせてから、きっぱりと言った。

「沼津先生との仲をお取り持ちすることは、お断り申し上げます」

玉城は下を向いて腕組みをし、唇を噛《か》んだ。

「そうか、それなら仕方がないな……ところで女将、天野春男とは会ったことがあるのかい？」

「ええ、ありますよ。この店にいらっしゃったことがありますから」

「天野がいま、どこにいるのかは知らないのか？」

「そんなことは存じませんよ。まだご存命なのかどうかもわかりませんわ」

「そうか……」

「では、これにて失礼いたします」

「いや、ちょっと待て。沼津先生とのことについては、もう頼まないから、逃げなくてもよいだろう。ゆっくり飲もうじゃないか」

「どうぞ、ゆっくりせずに、早めにお帰りくださいませ」

「客に対して、そういう言い方はないだろ」

「お客には店を選ぶ権利がありますが、店にもお客を選ぶ権利があると思っております」

小松は居住まいを正し、一礼すると、さっさと部屋から引きあげてしまった。

ほどなくして、玉城一行も店を去っていった。


玉城を乗せた高級外車は、屋敷の門を潜ったのち、玄関手前の、屋根付きのガレージに入った。すでに二台の車が停めてあって、蛍光灯の明かりに、磨かれたボディーが光っている。その隣に車は入り、停まった。玉城は席に着いたまま、ドアの窓を開けた。

ガレージの薄暗い隅から、その窓のそばへ、車椅子が近づいてきた。子供のように小さい体つきの男が、手で車輪を回しながら来る。

「会長、お帰りなさいまし」

窓の横に車椅子を停めた男は、甲高い声で言った。年齢不詳の殺し屋、プチである。彼の両足は、包帯に覆われていた。

「料亭の女将はどうでした？」

「駄目だ。追い返された」

「殺らせてください。必ず殺ってきます」

「その足で、焦るな」

「歩けなくったって、ババア一人を殺すことくらい、わけはありません」

プチの足裏は、濃硫酸プールに浸かったせいで、表面が爛れ、じくじくと血が滲《にじ》んでいる。その足をばたばたと揺らしながら、プチはせがんだ。

「どうか、お願いします。決して失敗はしませんから」

玉城にきつい灸《きゅう》を据えられたプチは、一日も早く殺し屋としての手腕を見せなければ、今度こそ濃硫酸に頭まで沈められることになると恐れているのだろう。

「小松は殺してはいかん。お前は天野を殺ることだけを考えろ」

玉城は今後とも政権中枢とのかかわりを維持すべく、沼津派の有力議員や、沼津と親しい官僚、財界人などを通じて、沼津本人への接近を試みていた。もちろん、つぎは沼津が総理大臣になる可能性が高いと見てのことである。ところが、玉城の工作は思ったように進んでいなかった。沼津の取り巻きたちは、それまで敵として戦ってきた玉城を排除すべくスクラムを組んでいた。

派閥のボス同士の権力闘争は、その取り巻きの政治家や、政商たちの闘争でもある。玉城をはじめとする河辺の取り巻きはそれまで、自分たちの利権を維持すべく、河辺政権を支えてきた。いっぽう、沼津の取り巻きは、沼津が河辺に取って代わることによって、玉城たちを追い落とし、その利権を奪い取ろうとしてきたのだ。河辺内閣が退陣してもなお、玉城が利権を手にしつづけることなど、そう簡単に許してくれるはずはなかった。

しかしながら、玉城はなお小松に活路を見出そうとしていた。沼津が小松に対して未練たらたらであるらしいからだ。小松の機嫌を取り、彼女を通じて沼津と直接交渉を持つことに成功すれば、次期政権に食い込むことも夢ではないと考えているのである。

「天野は殺ります。必ず殺りますとも」

悲壮な表情でプチは応じた。

「だが、天野の居所がわからない」

「私が必ずつきとめます。今度こそ仕留めます」

プチが叫ぶ声が、ガレージの天井にこだました。玉城は腕組みをしながら言う。

「どうもおかしいのは、天野のカミさんが見当たらなくなったことだ」

天野の妻、房子が国立病院で、右目につづき、左目の手術も受けたことは間違いなかった。ところが、手術を受けた以上、その後も経過観察が必要であるはずなのに、彼女の治療歴はぱったりと消えてしまっている。彼女はどこに隠れ、治療や検査を受けているのだろうか。

「カミさんの居所を探れ。それがわかれば、天野も見つけ出せるはずだ」

「はい、はい、必ず、必ず」

プチは何度も頷く。

「跡形もなくどろどろに溶けちまうのは、天野か、お前か……」

それだけ言って、玉城はガラス窓を閉めた。ガレージのシャッターが開く。

車椅子の上で震えるプチを置いて、玉城を乗せた車はまたガレージから出ていき、車寄せ玄関へと向かった。

二

弁護士の寺原正吾は杖を突きながら、帝王ホテルの玄関に入っていった。ここ最近、体調は悪くないはずだが、その日は何だか体が重く感じられる。

一階ロビーのティーラウンジは混んでいた。ビジネススーツ姿の男たちももちろんいたが、羽振りのよさそうな、洒落た身形の恋人たちや、結婚披露宴に出席しようとする、晴れ着姿の集団も目立った。中には昼間からカクテルを飲んでいる者もいて、誰もがにこやかに歓談している。

不思議なものだ――。

客たちの暢気な姿を見ていると、つい先日まで、デモ隊と警官隊とが激しくぶつかり合い、大勢が逮捕されたり、デモに参加していた学生が死んだりしたことが嘘のようだった。

いや、暢気さはこのラウンジだけに見られるわけではない。改定同盟条約が成立し、河辺信太郎総理大臣が退陣表明をするや、国中に広まっていた軍事同盟反対運動は急に下火となった。「反権力」「反軍事同盟」一色に染まってデモを正当化していた新聞や、知識人、文化人らも、「民主主義は言論をもって行われるものであって、暴力は許されない」などと言うようになっている。

国会前で「河辺政権打倒」「軍事同盟破棄」を叫んでいた人々と、寺原とは、思想的にはまったく相容れない。けれども、彼らが本気でこの国の行方を憂えていたのであれば、いまも信念を貫き、保守党政権への闘争をつづけるべきではないかと思うのだ。ところが、デモに参加していた者たちのほとんどが、一過性の感冒から回復したみたいに、けろりとした顔で電車に乗り、学校や会社に大人しく通っている。

そのように考えながら、シャンデリアが見下ろすロビーを抜け、エレベーターに乗った寺原だったが、同乗したモーニング姿の若い三人組が談笑する姿を見ているうちに考えを変えた。人々の変わりようは、それほど不思議ではないのかもしれない、と思い直したのだ。

この国の民は敗戦するや、敵に尻尾を振りだし、それまで国家のために尽くしてきた自分のような者たちを極悪人として怨み、社会から爪弾《つまはじ》きにしたではないか。節操のなさこそ、我が国民性というものかもしれない。

モーニングを着た客たちは、宴会場がある階でエレベーターを降りていった。寺原が降りたのはもっと上の、スイートルームが並ぶ階だった。そのうちのいくつかは、保守党の派閥や有力議員の事務所としても使われている。

寺原が入った部屋では、河辺側近のフィクサーとして知られる、玉城寿三郎が待ちかまえていた。

「寺原先生、お忙しいところすみませんな。よくぞお越しくださいました」

太った体を折り曲げて、慇懃《いんぎん》に寺原を迎え入れた玉城の態度は、普段と変わらない。部屋の隅に護衛が立っているのも普段と同じだ。しかし、今日は女を連れていなかったし、いつもそばにいるスキンヘッドの男の姿もなかった。

「何かお飲みになりますかな」

「いや結構」

と寺原は言ったが、護衛が緑茶を用意してくれた。

晴天のはずなのに、窓外に見える首都の建物や道路は、工場などの排出ガスのせいか、霞《かすみ》をまとっている。窓のそばのソファーで対座した玉城は、沈んだ様子で言った。

「人生とはままならぬものでございますな、先生。あっさりと河辺総理が退陣表明をされてしまって、今後の情勢も渾沌としております」

頷きながら話を聞く寺原は、玉城が自分を呼びつけた理由は何であろうかと考え、内心びくびくしている。もう、玉城とつき合うのは、その日を最後にしたいと思っていた。

「今度ほど、がっかりしたことも珍しい。多くの人に、私は裏切られたのです。私はただ、国を思って汗をかいてきただけなのに、どうしてこんなことになったのか。悲しいですな」

言いながら涙ぐんでいる玉城の姿に、寺原はぞっとする。

「この悲しみは、寺原先生のような立派な人ならば、おわかりいただけると思います。私にはわかっているのです。どれだけ裏切り者が出たとしても、先生だけは信頼できると。なぜならば、先生もまた、過去にひどく裏切られた経験をお持ちだからです。もはや私にとって信頼できるのは、先生くらいのものかもしれない」

「私に、どうしろと言うんだ？」

おずおずと寺原が尋ねると、玉城はポケットからハンカチを取り出し、目に押し当てた。

「先生……天野はいま、どうしておりますかな？」

「天野？　死んだんじゃないのか？」

「奴とは、会っていないので？」

「会っていないさ。まさか……生きているのか？」

「どこにいるのかも知りませんか？」

「知らん。本当だ」

寺原の背筋に悪寒が走った。玉城はいかに辞を低くしていようとも、思い通りにならないことがあれば、突然態度を豹変《ひょうへん》させ、残忍な本性をむき出しにする男だ。

だがこのときは、玉城は怒鳴ることはせず、がっくりと肩を落としてみせた。その姿が、ますます寺原を心理的に追い詰める。

「先生、天野を探し出していただけませんか？　奴はたしかに生きています。奴とは決着をつけなければなりませんからね」

寺原は自分の耳を疑った。

「天野が生きているとして、何のために探すんだ？　たしかに河辺さんが退陣表明したことは、あなたにとって残念なことだったでしょうよ。学生たちを支援していた天野に一本取られたと言うべきなのかもしれない。しかしね、もうすべては終わったんだ。これ以上、天野に何の用がある？　意趣返しをしようと言うのかい？」

「意趣返しなんかじゃない。私だって、もう戦いたくはないんだ。天野の奴が手打ちに応じてくれるなら、こちらとしても嬉しいんですよ」

「天野が何をするんだ？　まさかあいつが、本気で革命を起こすつもりでいるとでも言うのかい？　かりにそうだとしても、もうデモも沈静化している。マスメディアや一般の国民も支持しやしない。心配することなんかないじゃないか」

「そうじゃない」

　とうとう、玉城は大声を出した。

「天野は、俺の命を狙っているんだ」

「一本取った天野のほうが、一本取られたあなたの命を取らなけりゃならない理由は何です？」

「知らん。天野はどうかしてるんだ。あれは、ヤクザの中のヤクザだ。理屈も何もない獣だ」

　怒鳴り声を上げる玉城の姿に、寺原は怯えを見て取った。巨大な裏組織のトップが、天野をひどく恐れている。

「私の知っている天野は、獣なんかじゃない。たしかに、突拍子《とっぴょうし》もないことをやる男だが、筋道を立てて話ができる人間だ」

「だったらなぜ、国会前での騒動が終わっても、あいつは私の命を狙うんだ？　どこに筋道がある？」

「玉城さん、あなたに心当たりはないのかね？　あなたが天野をひどく怒らせることをしたか、あるいは、天野のほうが、あなたを殺さなければ、自分が殺されると思っているか」

「天野の野郎が筋道を立てて話せる人間だと言うのなら、先生が代わりに話をしてくださいよ。こっちは手打ちを望んでいることを、あいつに話してください」

「私は、天野がどこにいるかも知らないんだ」

「だから探し出して、説得してくださいと頼んでいる。先生なら、天野の人柄や習性はよくご存じでしょうしね。どうすればあいつの気がすむのか、聞き出していただきたい。金で解決できるなら、相談にも乗る。あなたにも、これまで同様、充分な報酬を払うつもりです」

また、金か――。

寺原はこれまでにも玉城から金を受け取り、学生運動の中心メンバーに接近して、そのリーダー、田神志郎を籠絡しさえした。しかしその結果、寺原はとても惨《みじ》めな気分に陥ることになった。

いや、同盟条約をめぐる、国全体を揺るがす政治闘争の背後では、想像すらできない額の金が動いていたはずで、寺原が受け取った金など、そのうちの微々たるものに過ぎない。体制側、反体制側ともに、国内外の支持勢力から莫大な工作資金を受け取っていたことは言うまでもなかった。

そうした金の収集と分配を担ったのは、保守党の大物政治家であり、また、彼らとつるんだ裏のフィクサーたちだった。あるいは、左翼活動家からミカド崇拝者へ転向した天野もまた、そのような役割の一端を担っていたのではなかろうかと寺原は考えている。

そのような大きな金の渦に思いをいたすとき、寺原はいやおうなしに惨めな気分になった。裏金で世の中を動かそうとするフィクサーたちは、金で操られる自分のような者を見下しているに違いないと思うからだ。それをわかっていながらも、金に釣られて、彼らの駒として働かなければならない立場の、何と悲しく、情けないことか。

「もう、あなたとのつき合いは終わりにしたい」

寺原は気持ちを正直に言ってみた。玉城は眉を吊り上げ、目をむいた。

「先生も、私を裏切ろうというのですか？」

「裏切るつもりなんかない。もう充分に、私はあんたのために忠実に働いてきたじゃないか。私は病身の老人だ。ゆっくり休みたいんだよ。本当に、あんたを裏切ろうなどという考えは毛頭ない。もし天野が私に接触してきたり、天野の居所がわかったりしたときには連絡しよう」

玉城の表情からは、怒りが失せたように見えた。

「天野から何か言ってくるようなことがあれば、本当に知らせてくれますかね？　裏切らないと約束していただけますかね、先生？」

「約束するとも」

玉城は頷いた。

「わかりました。いままでのことは感謝いたしますよ」

「では、これで失礼する」

「先生、車でお送りしましょう」

玉城の目配せを受けた護衛は、部屋の電話を取り上げた。


寺原は自分の事務所の前で、玉城が用意してくれた自動車を降りた。すると、運転手がトランクから大きなボストンバッグを取り出し、事務所の中まで運んでくれた。

車を見送ると、寺原はすぐに自分の仕事部屋に入った。秘書の女性がボストンバッグのほか、届いていた郵便物や、留守中の電話に関するメモを持ってきて、机の上に置いてくれた。

秘書が出ていったあと、寺原はまずはボストンバッグのファスナーを開けた。中には新聞紙にくるまれた札束と、箱入りの高級ブランディが三本、入っていた。

寺原はほっと息をつきながら椅子に座り、本棚の法律専門書や、裁判関係資料のファイルを眺めた。いつもそこにある何でもないものが、玉城と縁を切ることに成功したというだけで、新しい光を帯びたように見えた。

だがそれでも、天野のことはやはり心に引っかかる。生きているのなら、もう玉城などといがみ合うのはやめて、妻の房子と、平穏に暮らしていって欲しいと思った。

机の後ろに置いた、年代物のダイヤル式金庫に札束を仕舞い、ブランディの箱を本棚の空いている場所に無造作に置くと、寺原は秘書から受け取ったメモを読んだり、封書を開けていったりした。やがて、差出人の名前や住所が書いていない封筒があることに気づく。

中身を探るため、封筒をゆさぶってみたり、表面を指でこすってみたりする。弁護士という仕事は人の恨みを買うこともしばしばで、剃刀《かみそり》が入っていたりしかねないからだ。卓上の電灯に照らしてみたが、中を透かし見ることはできなかった。恐る恐る、鋏《はさみ》で封を切る。

中には危険な物はなく、ただ薄い便箋《びんせん》が数枚入っているだけだった。あまり上手《うま》くない手書きの文字が書き連ねてある。見覚えのある字だった。

「お前、どこにいるんだ……」

寺原は文面を読み進めながら、涙ぐんでいた。

三

平日ながら、動物園の猿山はなかなか人気があった。

象やライオン、キリンのような、大柄で派手な動物の檻《おり》の前にも人は集まっているが、小さな猿たちが寄り添って昼寝をしていたり、互いに毛繕《けづくろ》いをしたり、追いかけっこをしたりする姿もまた、多くの人を引きつけていた。家族連れはもちろん、先生に引率された、幼稚園児たちも柵に取りついて、猿たちの姿を楽しそうに眺めている。

猿山の南側には、軽食や飲み物を売る売店があった。そのそばに立つ天野春男は、北方から、鼠色の縞《しま》模様の着物を着た、ふくよかな体つきの女が近づいてくるのに目をとめた。白い日傘を差し、ファッション雑誌のモデルを気取っているような、大きな黒いサングラスをかけている。

来やがったな――。

長い髪をたくし上げてまとめた女は、ハンカチで顔や首の汗を拭いながら、猿山の前にしばらく立った後、少し離れた、木陰のベンチに向かって歩き出した。ベンチに腰を下ろした後も、鰐革のハンドバッグから扇子《せんす》を取り出し、ばたばたと動かしながら、猿たちを見つめている。

天野は売店でサイダーの瓶を二本買い、左足を引きずるようにベンチへ歩んでいった。小男の刺客に刺された腿の傷はそれほど深いものではなく、日讀新聞の渡瀬の手引きで、きちんと医者に縫ってもらっていた。

しかし、歩くとずきずき痛む。うめきを漏らしながら女の隣に腰を下ろし、天野は言った。

「何だい、そのサングラスはよう」

「極秘の話というから、目立たないように変装してきたんじゃないの」

そう言って丸いサングラスを下にずらし、長い付け睫毛をのせた目を覗かせたのは、小松だった。

「馬鹿だな。かえって目立つだろ」

天野はサイダーの一本を小松にさし出した。瓶の口にはストローが立っている。それを受け取った小松は、不満げに問うてきた。

「天野さんこそ、その格好は何です？」

天野は、作業着に地下足袋の自分の身形に視線を落とした。

「俺は、いつもこれだ」

「女との逢瀬《おうせ》のときは、もう少し洒落た服を着てきたらどうです」

小松はストローをくわえ、音を立ててサイダーを啜った。

「何が逢瀬だ、このアマは」

天野もストローをくわえる。思っていたより温《ぬる》くてがっかりした。

「ずいぶんと手が込んだやり方で連絡してきましたね。私のこと、いつから待っていたんです?」

「三日前からだよ。来ないかと思ったぜ」

天野は小松のもとにではなく、「瓢鮎」に勤める女中のアパートに封書を送っていた。「女将に渡してくれ」という手紙とともに、別の封書を入れておいた。そこに「向こう一週間のどこかで、昼の十一時に動物園の猿山に来てくれないか」と書いたのだ。

『瓢鮎』は、玉城の手先が張っているだろうと思ってな。郵便物は調べられるかもしれないし、ひょっとすると、電話も盗聴されかねない」

「だからって、どうして猿山の前なんかに呼んだんです?」

「来るか来ないかわからない奴との待ち合わせにはちょうどいいんだ。猿はずっと見ていても飽きないからな」

「たしかに、猿を見ていると心が和みますわ」

コンクリートでできた山を登ったり、山と木の丸柱とのあいだにかけられた縄を渡ったりしている猿を、小松はストローをくわえながら見ている。

「別に、俺は心が和んだりしねえな」

半開きの口でこちらを見た小松に、天野は言った。

「猿山から目が離せなくなるのは、人間の悲哀を見せつけられているようで、身につまされるからだよ。あいつらをよく見てみろ。自分より上位の者には気を使い、媚《こ》びた態度を取るいっぽう、下位の者には威《い》嚇《かく》したり、追いかけたりする。人間は、自分たちが猿より相当偉いと思っているようだが、どちらも大して変わらないじゃねえか」

「たしかにね」

小松も笑った。

「猿の群れにも派閥みたいなもんがあるらしいぞ。雌猿たちのグループや、若い雄猿たちのグループなど、一つの群れの中にもいくつもの小さな集団があって、それらをうまく糾合し、支持を集めないと、ボス猿にはなれないと聞いたことがある。まるで、どこかの国の政治状況みたいだろう」

「へえ……そう言えば、あの左側の山の上にいる、しょぼくれた顔の猿は、河辺さんに似ているわ」

小松は楽しげに言った。

「なるほど、似ているかもしれねえな……政権交代が行われるのもまた、人間の社会とおんなじだ。歳を取り、力が衰えてきたボス猿は、若い、新たなボスによって群れから追い出されちまうんだ。追い出された奴は、動物園ならいいが、自然界なら独りぼっちで野垂れ死にだぜ。ボスなんか目指さずに、群れの一員として大人しく生きる猿は、歳を取っても仲間はずれにされることはないんだがな」

「じゃあ、ボスになんかならなくてもいいのにね」

「まったくその通りだが、それでも多くの若い雄猿がボスになりたがるらしい。人間の世界と同じように、猿の世界でも権力ってのは魅力的なのさ。悲しいじゃねえか」

退陣を表明した河辺の場合、総理を辞めるからといって野垂れ死にすることはないだろうし、政治家としてはまだ若いから、今後とも保守党内でそれなりの力を保ちつづけるかもしれない。その点では、人間様の社会のほうが少しだけましにも思えるが、野性的な欲望をむき出しにして生きる猿より、表向きは上品ぶり、立派なことを言いながら、裏で他人を裏切ったり、蹴落としたりする人間のほうが、よほど醜《みにく》いのではないだろうか。あるいは有史以来、「人としての道」を説く哲学書や聖典が数多く書かれてきたのも、人間が本来、獣以下だからではないか。そのようにも天野は思った。

「でもね、悲劇的な最期が待っているとしても、頂点に立ちたがる雄猿にはやっぱり魅力を感じるわ。私も欲深い、哀れな雌猿ですからね」

そう言う小松に、天野も、

「俺もまた、欲深い、醜い生き物だが、ところで――」

と切り出した。

「ずいぶん身軽そうだが、金はどこにある？」

小松は途端に、ばつが悪そうな表情になった。

「それがね……少しなら、ここに入れてあるけど」

小松は、携えている鰐革のハンドバッグへ目をやった。

「それから、この指輪も天野さんにあげるわ。もう、私はいらないから」

右手にはめた、馬鹿でかい琥珀の指輪を小松は揺らして見せる。

「お前、何の話をしている？　俺は沼津との約束を果たしたんだぞ。河辺は退陣を表明した。改定同盟条約は成立したし、デモも収束した。報酬を受け取って当然じゃないか」

「沼津もまた、権力に憑かれたお猿さんなんですよ。総理になるために、あなたを裏切ったんです」

「何だと……」

「合州国のマッカートニー大使に言われたんです。天野さんや学生たちときっぱり手を切らなければ、あなたが総理大臣になるのを支持しませんよ、って。そうしたら、あの男、天野さんとはもともと何もないなんて言い出して」

「お前、沼津の約束は間違いないって言ってたじゃねえか。総理大臣の約束だから、って。俺には金が必要なんだ。カミさんの治療費の支払いもある。従業員に給料も払わなけりゃならねえ。それ以外にも、助けてやりたい奴がいるんだ」

「私も、天野さんを騙す片棒を担いでしまったようで、申し訳ないし、情けないんですよ。沼津があんなにだらしがない男とは、思ってもみませんでした」

「あの野郎……こっちを雑草か何かだと思っていやがるな」

ニッカポッカに包まれた、天野の脚は怒りに震えた。

「しかし、こっちにも意地があるぜ。雑草を怒らせるとどうなるか、思い知らせてやる」

「どうなるんです？」

「金よりも、権力よりも大事なものを取り上げてやる」

「何のこと？」

「命だ」

「やめときなさい、そんな馬鹿なこと」

「俺には殺らなきゃならない奴が二人いるようだ。これまでは一人しか考えていなかったが、そこに沼津が加わった」

「沼津以外の人は誰よ？」

「玉城寿三郎」

小松は顔をゆがめ、ため息をついた。

「人殺しをして、また刑務所に入ることになったら、奥さんが泣くだけじゃないの。私は天野さんのことを、奥さんのために戦う男だと思って尊敬していたのに」

妻が泣くと言われると、天野も後ろめたい気持ちになったが、この世には避けられないこともある。

「そうは言っても、じっとしているわけにはいかねえんだ。こっちが殺らなければ、向こうが殺りに来るからだ。あいつはこれまでにも、何度も刺客を差し向けてきた」

仕方がない人たちだと言いたげに、小松はまたため息をつく。

「それで、奥さんはお元気でいらっしゃるの？」

「手術も無事に終わり、大人しく療養しているらしい」

「らしいって、天野さんは見舞いには行きませんの？」

「カミさんのことは、うちの若いもんにまかせてある。俺がおおっぴらに動けば、玉城に勘づかれて、カミさんにも危険が及びかねねえしな。それに、俺が顔を出したって、カミさんはガミガミ言ってきて、喧嘩になるだけだ」

「天野さんが刑務所に入ったり、殺されたりしたら、奥さんの今後の療養生活はどうなるの？　会社の従業員の生活はどうなるのよ？　お金が必要なんでしょ？」

それを言われると、天野はまた塞いだ気分になる。どうして人間の社会には、金なんてものがあるのだろうか。金をせっせと追いかけなければ自分一人も生きていけないし、他人にも迷惑をかける仕組みになっているのは、資本主義社会も社会主義社会も変わらないようだから嫌になる。

「天野さん、私が沼津と玉城の両方から金をふんだくってきたら文句はないんじゃないの？　殺し合わなくてもいいでしょう？」

「しかし、沼津はともかく、玉城の奴は――」

「今後とも玉城さんを憎みつづけるのは勝手にしたらいいです。でも、向こうさんが天野さんを追いまわすのをやめたら、少なくともわざわざ殺しに行く必要はなくなるでしょ？」

「そんなこと、あり得ないよ」

「私にまかせてくださいよ。話をつけてくるから」

「話をつけられなかったら、どうするんだ？」

「そのときは、もう止めないから、断った張ったなり、ドンパチなり、好きにしたらいいでしょ」

小松はなかなか自信がある様子だ。

「あまり見下さないでくださいよ。私も女の細腕ながら、政治家さんや、官僚さん、会社の偉いさんなどを向こうにまわして店を切り盛りし、生きてきたんですからね」

言い放つと、小松は決して細くはない腕を動かしてバッグの中を探り、袱紗の包みを取り出した。天野に突きつける。

「沼津から預かっていて、まだ返していない金です。少ないけれど、とりあえずこれを使ってください」

金を受け取った天野に、さらに念を押すように小松は言った。

「いいですか。とにかく、しばらくは私にまかせるんですよ」

天野は左腿の痛みをこらえながら黙って立ち上がり、歩き出した。その背中に、小松は、

「サイダーご馳走さま」

と言ったが、天野は振り返らずに立ち去った。

四

警察署の狭苦しい面会室には、収容者の逃走を避けるため、窓は設けられていない。よって、椅子に座って待つ寺原は、蒸し風呂のような暑さにじっと耐えるしかなかった。面会者と収容者とを隔《へだ》てる金網の裾の壁に、小さなゴキブリがとまっていて、長い触角を動かしているのも気分が悪い。心の中で、あっちへ行け、と念じつづけていた。

やがて、金網の向こうのドアが開いて、楡久美子があらわれた。対座した彼女もまた、汗まみれだった。おでこや頬にかすり傷があり、そこにヨードチンキが塗ってあるのがわかる。以前に会ったときより痩せているようだ。

「ご飯、食べているか？」

寺原が尋ねると、楡は首をかしげた。

「あんまり……」

「ここの食事はおいしくないかい？」

「変な弁当ばっかり」

そうだろうな、と寺原も思った。警察署には調理場はないから、収容者の食事は、外部の業者から購入することになる。予算にも限りがあり、それほどおいしいものにありつけるはずはない。

「眠っているか？」

ぼさぼさの髪を揺らして、楡は首を横に振った。

「暑くてたまらないから」

彼女は、体に両腕を巻きつけるような格好をしていた。まるで裸体を恥ずかしがっているように見える。おそらくは、収容者に支給される「官服《かんぷく》」をみっともないと思っているのだろう。洗濯はしてあるが、誰が着たかもわからない、伸びきった、灰色のシャツとズボンである。

「できるだけ早く保釈されるよう、努力するよ」

ありがとうございます、と言って、楡は頭を下げた。

「でも、どうして?」

「え?」

「どうして、私を助けてくれるんです?」

「君が僕のクライアントだからに決まっているじゃないか」

「でも、報酬はいらないなんて……」

無報酬で弁護を引き受けてもよいという旨の手紙を、寺原は楡に送っていた。

「着手金はすでに受け取っているんだよ」

「誰から?」

「誰かな?」

寺原は上着の内ポケットから、便箋を取り出した。金網に近づける。

「私の事務所に、差出人不明で届いたものだ」

楡は顔を金網に寄せて、文面を読みだした。そこには、次のような文章が綴《つづ》られている。


楡久美子女史の弁護をご依頼申し上げる。同封の金は着手金としてお受け取りください。残りは後日、お届けいたします。

楡女史の為人《ひととなり》について一言申し添えれば、彼女は決して悪人などではなく、また、権力者にとっても、さしたる危険人物ではありません。かえって権力を握る側にこそ、邪悪で、恥ずべき者が多い中、女史は他より少しばかり勇気があっただけの、有為の若者であります。お題目としては「男女同権」が謳われた戦後社会において、真の同権を実現すべき先駆者であります。逮捕されたり、罪を受けたりすることは、まさに社会の損失と言わなければなりません。

どうぞ、楡女史のことを、呉々《くれぐれ》もよろしくお願い申し上げます。


便箋から目を離すと、楡は充血した目で言った。

「これ、天野さんからですか？」

「さて、どうだろうね」

寺原は笑いながら応じた。

「君は、天野と国会前で会っていたのかい？」

「ええ」

「あいつやはり、生きていたんだな」

「私たち学生のもとに、ヤクザたちが殴り込んできたとき、天野さんが仲間を引き連れて駆けつけ、助けてくれたんです。それから私に『お前が大将だ。先頭に立って走れ』って言って」

「で、君は走ったんだな。警備車両を乗り越えて、国会構内に」

一人の女子学生が他の学生たちを煽動した結果、国会の門が破壊され、国会構内で機動隊との激しい衝突が行われて、死者すら出た。それが新聞などで報道されたことだったから、楡はいま、破壊活動の首謀者として官憲に厳しく睨まれているのだ。だが、目の前でうなだれる楡は、とても凶悪事件の首魁《しゅかい》のようには見えなかった。

　あらためて、寺原は便箋の文字を眺めた。横暴な権力者に対する憎しみや、仲間を擁護しようとする態度など、義俠心にあふれた文面だ。

　俺が惚れた男だ――。

　戦前に、片や思想検事として、片や武闘派の活動家として対峙しながら、敬意を抱かざるを得なかった男が変わらずにいる。そのことが寺原には嬉しかった。

　楡は言った。

「でも、どうして天野さんはこんなことをしてくださったんでしょう？　着手金まで払ってくださって……」

「責任を感じているんだろう」

「責任？」

「この手紙の差出人が天野だろうが、別人だろうが、あるいは着手金が同封されていようが、いまいが、私は君の弁護を引き受けていたよ……この手紙を読んで、私は正直なところ、やましい気持ちになったんだ。いままで自分がしてきたことは何なんだ、と恥ずかしくなった」

　楡には、寺原の言葉はよく理解できない様子だった。だが、涙を流しながらこう言った。

「自分は、退学処分になってもかまいません。実刑判決を受けたっていいんです。私はそんなに立派な人間ではありませんし、今後は、一労働者として、多くの底辺の労働者とともに闘いをつづけていきたいとも思っています……それが、生き残った者の責任だと思います」

　青臭いことを言いやがって、と寺原は苛立つ。

「君は、辛島輝之君を死なせたことに自責の念をおぼえているのかい？」

楡は激しい嗚咽《おえつ》を漏らし、返事ができなくなった。

「君の責任なんかじゃないと思うからこそ、この手紙の差出人は、私に君の弁護を依頼したんだと思う。この人物こそが、罪悪感をおぼえているのさ。自分が唆したことで、辛島君が亡くなり、君が捕まることになってしまったと思っているんじゃないかね？」

なおも泣きつづけていた楡は、落ち着きを取り戻すと、尋ねてきた。

「天野さんは、いまどうしているんでしょう？」

「さあ、それはわからない」

「心配です。もし、天野さんが私たち学生に対して、本当に罪悪感を抱いているなら……天野さんは、玉城という人と非常に憎しみ合っているみたいでしたし……」

玉城自身が、天野に襲われるのをひどく恐れていたことだし、寺原もまた、天野のことは心配だった。だが、わざと笑顔を浮かべる。

「大丈夫さ。君は今後とも一労働者として闘いつづけると言っていたが、もうデモは終わったんだよ。改定同盟条約は成立し、河辺総理は退陣表明をした。天野と玉城が対立する理由なんかなくなったのさ」

ほっとしているのか、淋しくなったのか判別のつかない表情を浮かべた楡に、寺原は次の面会の予定などを話し、別れを告げた。

面会室から出ようとしたとき、ゴキブリは見当たらなくなっていた。


警察署の前の通りは、同じ側に消防署や税務署が、反対側には魚屋や八百屋などの商店が多く並んでいた。

楡との面会を終えた寺原は、タクシーを拾おうと思って、配達用の軽トラックやオートバイが何台も路上駐車された車道に近づいていった。そのとき、右手の電信柱に寄りかかるように立ちながらこちらを見ている、ハンチング帽をかぶった男に気づいた。歩み寄ってくる。

「弁護士の方ですか？」

そばまで来ると、三十代と見える男は、寺原の上着の、向日葵の花をモチーフとしたバッジを見ながら語りかけてきた。

「あんたは誰だい？」

「日讀新聞の渡瀬と申します」

男は名刺をさし出してきたが、寺原は受け取らなかった。自由が利くほうの手は、杖を握っていた。

「誰に面会なさっていたんです？　楡久美子さんですか？」

うるさい奴につかまってしまった――。

寺原は答えなかった。車道に目をやっていたが、こういうときに限って、タクシーはまったく来ない。

「お答えにならないということは、楡さんと会っていたということですね？　彼女、どんな様子ですか？」

「君も知っているだろ。弁護士には守秘義務がある」

「差し支《つか》えのない範囲でかまわないですから」

「職業倫理からだけでなく、個人的感情からも答えたくない」

「どういうことです？」

「私は新聞記者ってのが大嫌いなんだ」

「その理由を伺ってもいいですか？　差し支えなければですが」

「『真実を追い求める』などと正義漢面で言っておきながら、今も昔も、ただ世におもねり、ころころと態度を変えているだけだからだよ。戦争をやれやれと煽っていた癖に、敗戦と同時に、国民に懺悔《ざんげ》をしろと言ったり、デモをやれやれと煽っていたと思ったら、民主主義は言論をもって行われなければならないと説教をはじめたりする。それが、あんたらだ」

渡瀬は神妙な顔で頷いた。

「同感です。私もそれについては、記者の一人として恥ずかしく思っています……ところで、あなたは寺原弁護士ではないですか？」

どうして自分のことなど知っているのだろう。虚を衝《つ》かれて驚く寺原に、渡瀬はつづけた。

「私は、楡さんだけでなく、軍事同盟反対運動の先頭に立っていた学生同盟の人々の取材をしてきました。その過程で出会った方なんですが、『戦前に、寺原先生には夫婦で大変世話になった』とおっしゃっていまして……」

寺原が言葉を失っていると、渡瀬は躊躇なくこちらを「寺原先生」と呼ぶようになった。

「寺原先生、車を待たせてあるんです。立ち話もなんですから、車の中で話しませんか？　これから、どこかへいらっしゃるなら、お送りいたしますよ」

寺原が返事をしないうちに、渡瀬は先に立って歩き出した。迷いつつも、寺原も渡瀬のあとについていくことにした。

渡瀬が連れて来たのは、警察署のほど近くに路上駐車された、黒いボディーのセダンだった。渡瀬は後部座席の右側のドアを開け、寺原を乗せると、反対側にまわって隣に乗り込んできた。

ソファーには灰色の、ビロード地のカバーがかけられており、運転席には制服制帽姿に、白手袋をはめた運転手が座っている。大企業の重役が使う社用車のような雰囲気だ。

「大手新聞社の記者というのは、ずいぶんいい車に乗せてもらっているんだな」

「いや、これは新聞社とは関係ありません。ある会社が、お得意さんを店舗まで送り迎えするときに使っている車です」

寺原が戸惑っていると、渡瀬は申し訳なく思っているのか、面白がっているのか、苦笑を浮かべた。

「いろいろと込み入った事情があるんですが……先生、お時間ありますかね？」

「どの程度かによるが……話があるなら、さっさとはじめたらどうかね」

「直接、ある人のところまでお連れしたほうが話が早いようにも思いましてね。向こうも、ぜひ寺原さんにお会いしたいとおっしゃっていますし」

「もう車に乗せられてしまったんだ。さっさと連れていったらどうだ？」

「その前に一つ、約束していただきたいことがあります。その人に会ったことを、誰にも言わないでいただきたいんです」

「そりゃ、弁護士には守秘義務があるからね」

渡瀬は安堵したような顔で頷くと、運転手に合図をした。車は走り出した。


ちょうどその頃、警察署の向かいにある八百屋の葦簀《よしず》の陰に、双眼鏡を手にした小さな男がいた。西瓜《すいか》をのせた棚と葦簀のあいだに挟まるように胡坐をかき、警察署の玄関を見張っている。プチだった。

玉城の命を受けて、天野夫妻の行方を追っていたプチは、ここのところずっと、楡久美子が勾留されたこの警察署の前で張り込んでいた。学生同盟や、天野組の関係者がやってくるかもしれないと期待してのことである。

そしてその日、見覚えのある帽子をかぶった男がうろついているのに気づいた。勝鬨丸に潜んでいた天野のもとにしばしば訪れていた新聞記者だ。記者はやがて、警察署から出てきた、杖を突いた年配の男と連れ立って国産のセダンに乗り込んだ。

車が走り出しても、足裏に傷があるプチは追いかけはしなかった。けれども、双眼鏡を通して、ナンバープレートの数字はしっかりと記憶した。

五

寺原と渡瀬を乗せた車がやってきたのは、百貨店や高級服飾店などが建ち並ぶ、戦前からの繁華街だった。車はやがて、表通りから一本裏通りに入り、老舗《しにせ》の洋食店の脇に止まった。

車を降りた寺原は、そこが有名な宝飾店のビルの裏手であることを悟った。ビルの上には時計塔が立っているはずだったが、寺原の位置からは見えなかった。

「こっちです」

と渡瀬が指さしたのは、まさにそのビルの裏口だった。おそらく、自分が乗ってきた車は、この宝飾店のものではないか、と寺原は思う。

二人はビルの中に入って蛇腹式扉のエレベーターに乗り、最上階で降りた。目の前に大理石の階段がある。

「のぼれますか?」

渡瀬が心配げに尋ねてきたが、寺原は黙って階段に近づき、手摺りに掴まりながら、ゆっくりとのぼっていった。

折れ曲がった階段をのぼりきったところは、時計の機械音が頭上から響くフロアであった。渡瀬は寺原を、ある金属製ドアの前に導いた。

渡瀬がノックをすると、ドアが少し開き、中から一人の男が顔を覗かせた。がっちりとした、熊のような体つきの男は、こちらの人体《にんてい》を確認すると、ドアの内側に入れてくれた。

部屋のいちばん奥には、アラベスク模様の、ブロンズの装飾に囲まれた、大きな窓があった。その日の窓外も霞《かす》んでいる。

左側の壁に沿ってベッドが設置してあり、右側には、大型の金属アームに、望遠鏡のような筒を吊った機械が据えてあった。大砲や魚雷の照準器を思わせたが、それを挟んで両側に丸椅子が置かれ、片側に白衣を着た男性が、片側には寝巻き姿の女性が座っていた。機械からは強い光が放たれ、女性の左目に注ぎ込まれている。男性はレンズを通して、女性の目の中を覗き込んでいるようだった。

「先生、眩しいですよ」

「少し我慢して。じっとして、じっと……」

診察するほうも診察されるほうも、寺原や渡瀬が入ってきたことには気づいていない様子である。

「はい、いいですよ」

医者に言われ、機械から顔を離した女性は、寺原を見てはっとなった。

「あら、お久しぶり」

すると渡瀬が誇らしげに、

「お連れしましたよ」

と言った。

女性は天野春男の妻、房子だった。手術直後のためだろう、左の白目はペンキで塗りたくったみたいに真っ赤になっている。

寺原と同じ六十絡みと見える、頭が薄くなった医者は、寺原を一瞥しただけで、すぐに房子に言った。

「前に手術した右目にはゆがみが出ているね。これは再手術の必要があるかもしれない。左のほうは炎症は残っているけれど、まあ順調かな」

「いつ、ここから出してもらえるんですか？」

「あと一週間くらいは安静にしていないと」

「冗談じゃありませんよ。私はもう、ここから出ていきます」

房子は立ち上がり、寝巻きのまま、部屋の出口に向かって歩き出した。脇に控えていた、熊のような体つきの男が慌てて止める。

「おかみさん、我儘《わがまま》を言わないでください。先生も安静にしなければならないとおっしゃっているじゃないですか」

「だったら、普通の病院に戻せばいいでしょ。何でこんなところに閉じこめられなきゃならないの？」

房子のこの言葉を聞いて、どうやら彼女はここに「入院」しているのだ、と寺原は悟った。宝飾店の中に、このような高度な医療機器が持ち込まれていることには驚かざるを得ない。

「いや、これにはいろいろと事情が……」

と、男が言いかけたのに、房子はぴしゃりと言い返した。

「天野がまた危ない、馬鹿なことをしているだけでしょ。山科さん、あなた、何で天野の言いなりにばかりなっているの？　だいたい、その腕の怪我も、天野のせいなんでしょ？」

山科と呼ばれた男の左腕には、包帯が巻かれてあった。彼がそこを右手で押さえながら二の句が継げないでいると、房子はこんどは寺原に言った。

「こんなところに閉じこめつづけるなんて、人権蹂躙《じゅうりん》ですよね。助けてくださいよ」

事情がまったくわからないながらも、武装闘士であったときと同じ、鼻っ柱の強さを見せる房子には、寺原は苦笑せざるを得ない。

　山科がなお困惑していると、代わって渡瀬が口を開いた。

「天野さんからあなたを預かっているのは私なんです。あなたがここからどこかへ行ってしまえば、私が天野さんに叱られることになります」

「そんなこと、知りませんよ」

　聞きわけてくれない房子に、渡瀬は優しい口調になってなお説く。

「せっかく、寺原先生に来ていただいたんです。ひとまず座って、相談をしませんか。今後のことを」

　渡瀬はそれから、医者と、山科に耳打ちをし、部屋から出ていってもらった。その上で、寺原に言った。

「奥様だけでなく、私からも天野さんのことでご相談したいことがあるのです。あの人は、このままでは危ない」

　すると、房子も言った。

「前にも申しましたけど、あの人、玉城さんのことをとても憎んでいます。憎むあまり――」

　そこでまた、渡瀬が興奮した様子で言う。

「私は以前に、天野さんが変なことを言ったのを聞いたんです。殺りたくなくても、殺らなきゃならないときがあるって」

「ちょっと二人とも、落ち着いて。順番にゆっくり話してくれ」

　寺原はそう言うと、丸椅子の一つに腰掛けた。

　その夜、房子は時計塔の下の部屋で、ラジオを聴いていた。流れているのは、流行の歌謡曲だ。

　ここでは何でも好きな物が食べられるし、ベッドの寝心地も悪くなかったが、外部との連絡はいっさい禁止され、昼も夜も監視されていた。まさに監禁状態である。しかも、目を手術したばかりでは、好きな小説や雑誌も思うように読めず、ぼんやりとラジオでも聴いているしかない。

だがその夜は、房子はいささか興奮状態にあって、ディスクジョッキーの言葉も頭に入ってこないし、音楽にもあまり関心を持てなかった。

まったく、あの人ったら――。

天野を怨みつつも、その身を案じないでいられない房子だったが、その日の昼、渡瀬が寺原を連れてきてくれたのは嬉しかった。他の人の言葉は聞かない天野も、寺原の忠告なら聞く気がして、ずっと会いたいと思っていたのだ。

寺原は房子の話をじっくりと聞いてくれただけでなく、彼自身、天野らしき人物から手紙を受け取ったことなどを話してくれた。また、天野についてわかったことがあれば、見舞いがてら報告するとも約束してくれた。それによって、房子の胸のつかえはどれほど取れたかわからない。

房子はラジオのスイッチを消し、目をつぶったが、なかなか眠れそうになかった。そのうちに、部屋のドアが開き、誰かが入ってくる気配を感じた。部屋の外で見張っている天野組の社員だろう。

「何の用？」

ところが、つけっぱなしの、枕元のスタンドの光にぼんやりと浮かぶ影には見覚えがなかった。背格好からして、子供のようだ。

「あなた誰？」

「外に出られなくなっちゃって……」

男の子だ。

「え？」

「かくれんぼしていたら、暗くなって……家に帰りたいよ」

小学生だろうか。腕を目に押し当て、しくしく泣き出す。

「あら、可哀想に。部屋の外に誰かいるでしょ。その人に頼めば帰れるわよ」

「誰もいないよ」

「ほんと？」

房子はベッドから起き上がり、スリッパを突っかけて、男の子のもとに近づいた。

「おばさん、一緒に探してくれる？」

「ええ、一緒に行きましょう」

房子は男の子の手を握り、歩き出した。彼はよちよちとしか歩けない。

「あなた、脚が悪いの？」

「足の裏が痛いんだよ」

「怪我をしているの？」

男の子は頷いた。そこで、房子も彼の足を気づかってゆっくり歩きながら、部屋の外に出た。

「本当に誰もいないの？」

ドアから放たれたスタンドの光の帯が、フロアに伸びている。その中に、仰向けに倒れている人の姿があった。

「あら、山科さん、どうしたの？」

房子はそばにしゃがみ込み、口を半開きにしている山科の肩を揺すぶった。反応はまったくない。

「眠っている」

男の子が言った。房子が振り返ると、彼は注射器を握りしめていた。

「あなた、何者……」

その途端、子供は房子の髪を摑み、喉に注射器の針を突き刺した。

あっ、と叫んだ直後から、房子は気分が悪くなった。液体が首の中に勢いよく注入されるのがわかる。

注射器を引き抜いた男は笑っていた。やがて、視界が霞んでゆき、房子はその場にぱったりと倒れ込んだ。

9 旦那の罰

一

旅館の窓からは、絶景が見渡せるという触れ込みだった。しかし、山と海に挟まれたわずかな土地にひしめく多くの旅館の屋根の上に、海原《うなばら》は少し見えるだけだった。都心から列車で二時間もかからない温泉地でもあり、眼下の通りには、観光客が喚声を上げ、群れをなして歩いていて、風情などというものもなかった。

けれども、少しだけ顔を覗かせた海を、窓際の広縁に立つ天野春男は、飽きもせずに見ていた。

俺は、広い海が好きだ——。

若い頃から、狭苦しいところにばかり身を置いてきたように思う。反体制活動家であった頃は、官憲から身を隠すために薄汚いアジトを転々とし、逮捕されてからは、長らく監獄につながれた。そして、いまでは自由の身になっているはずなのに、またしても隠れ家から隠れ家へと移動する日々を送っている。玉城寿三郎が差し向ける殺し屋から身を隠すためだ。温泉宿にいながらも、つねに逃げられるよう、天野は浴衣姿になることもなく、いつもの作業着を着ていた。

しかし、窮屈な思いばかりしてきたからこそ、海への憧れは強まっているのだ。何の遮《さえぎ》るものもない、広々とした海原を飛びまわる海鳥を見るにつけ、ほとんど陶然たる気分になる。

だが、夏の陽光にきらめく海に没入していた天野の意識も、現実に引き戻された。背後でドアをノックする音がしたのだ。すぐにテーブルの上の、鉄の栓《せん》抜きを握りしめる。そして、足音を忍ばせて座敷を通り、ドアに向かった。

広縁の二脚の籐《とう》椅子のうち、一脚はドアの前に移し、背もたれをノブに引っかけてあった。誰かが合い鍵を使っても、すぐにはドアが開かない工夫である。

天野はドアの正面を避けて移動し、横の壁際に立った。ドアの向こうに銃器を持った奴がいるかもしれないからだ。

栓抜きを握った右手を胸に引きつける。素手で殴るより、何か硬い物を持って殴るほうが、よほど破壊力がある。相手が敵ならば、栓抜きをその鼻柱に突き入れ、頭蓋骨を叩き割ってやるつもりでいた。

「誰だ？」

「渡瀬です」

天野は細くドアを開け、外を確かめたあと、椅子をどけた。いつものようにハンチング帽をかぶった渡瀬は、さっと部屋に入ったが、もう一人、白いTシャツの上から、紺色のサマージャケットを粋《いき》に羽織った、見知らぬ男も一緒に入ってきた。

「一人じゃねえのか？」

「高円《たかまど》さんです。仲間ですよ」

「お邪魔いたします」

頭を下げた男のたたずまいを見て、なかなか手強《てごわ》い奴だ、と天野は察した。

年齢は四十前だろう。天野より少し背は低かったが、その体はよく鍛え上げられており、立ち姿にも隙が感じられない。天野が手にした栓抜きをちらりと見た、太い眉の下の、奥まった目の輝きにも、余裕が漂っている。

日讀新聞記者の渡瀬は東側陣営のエージェントであり、国内に根を張る、革命インターナショナル配下の工作員たちとつながっている。おそらくは、高円もそうした工作員の一人なのだろうと天野は思った。ひょっとすると彼は、海外で正式な軍事訓練を受けているのかもしれない。

「とりあえず、中で話しましょう」

渡瀬はそう言って靴を脱ぎ、上がり框から部屋の奥に入った。高円もついていく。天野はドアの鍵を閉め、椅子をノブに引っかけてから、座敷に入った。

「おい、コーヒーをいれる道具はどうしたんだ？」

「すみません。今日は持ってきていません」

渡瀬の返事に、天野は大いに失望した。コーヒー豆はもちろん、ミルやポット、ドリッパーなど、自分でコーヒーをいれられる材料や道具を揃えてくれと頼んであったのだ。

「俺はコーヒーを飲まないと死んでしまうんだぞ。まったく、こんなくたびれた宿に閉じこめやがって」

「ちゃんと、テレビ付きの部屋にしたじゃないですか」

と渡瀬は言い返す。

「テレビったって、白黒じゃねえか。山の上のほうには、カラーテレビはもちろん、クーラーがついている宿だってあるんだぞ。東側の実力も大したことはねえな」

「急いでいたから、この宿になっただけです。実力がないわけじゃありませんよ」

天野と渡瀬のやり取りを、高円は渋い顔で、所在なさげに見ている。天野は苦笑しながら話を変えた。

「ところで、房子は大人しく療養しているだろうな？」

渡瀬の表情は険しかった。

「天野さん、それが……落ち着いて聞いていただきたいんですが、房子さんがいなくなってしまって……」

「どういうことだ？」

「今朝方、あの部屋の管理をまかせていた者から連絡があったんです。『誰もいない。もぬけの殻だ』って」

渡瀬が「あの部屋」と言ったのは、時計塔を持つ、宝飾店のビルの一室だった。店のオーナーは東側のシンパである。乗っていた船を玉城の手先によって爆破されたあと、渡瀬たちに救出された天野も一時、その部屋に匿《かくま》われていた。今度はそこへ、天野は妻の房子を預けておいたのだった。

「目を離したのかよ？　房子の馬鹿め……」

一般社会から隔離されることに、房子はずいぶん反発していたと聞いている。我儘な奴だ、と天野は呆れた。

「いや、ちゃんと見張りは置いてありました。あの夜も、山科さんがそばにいたはずなんですが」

天野は舌打ちをした。

「あいつは房子には弱いからな……」

「いや、そうじゃないんです。房子さんと山科さんは、連れ去られたものと思われます。房子さんのベッドの上にこれが」

渡瀬は持参したバッグから、折り畳まれた紙を取り出した。広げてみるとカレンダーか何かに使うような、大きなものだ。そこに、新聞から切り抜いたと思しき、様々な大きさや太さの文字が、糊で貼りつけて並べてあった。文面は次のようなものだ。

アマノへ
二人の身がらはあずかつた　還《かえ》してほしければ
明日の午前八時四〇分　U駅中央改札前にひとりで来い
仲間をともなつてきたり　警察に知らせたりすれば　二人を殺す

P

字体から足がつくのを防ぐべく、誘拐犯などがこうした手を使うのを、新聞や映画などでは見たことはあるが、実際に自分がこのようなものを突きつけられるなど、天野は想像すらしたことがなかった。しかしいずれにせよ、この紙に躍った文字を見るに、送り主は身元を割り出されることを恐れているのではなく、わざと劇的な演出をして楽しんでいるように感じられた。

Pとは誰だ――。

天野の脳裏には、すぐに一人の男の姿が浮かんだ。これまでに二度、襲いかかってきた、年齢不詳の小男だ。都合のよいところにこちらをおびき寄せた上で、殺すつもりだろうが、そうした恐ろしい業《わざ》も、あの男にとっては楽しい遊びのようなものなのかもしれない。

「警察には知らせていないな？」

と天野は渡瀬に問うた。

「まだ知らせていませんが、私は知らせたほうがよいと――」

「駄目だ。玉城は、警察にも多くの人脈を持っている。警察に知らせれば、こちらの動きは向こうに筒抜けだ。U駅には、俺一人で行く」

「では、離れたところから、高円さんに見張ってもらいます」

「そんなものもいらん」

「私たちは、思想的な違いを超えて共闘関係を結んだはずです。遠慮なく、我々に頼ってください」

「相手は素人じゃないんだぞ。玉城の手下は大勢いる。少しでも俺のまわりに人がうろついているのを察知されたら、それでおしまいだ」

「向こうが大勢なら、人質だけでなく、天野さん自身の命が危ないじゃないですか。だいたい、まだ腿の傷は治っていないでしょうに」

「こんなものはかすり傷だよ」

するとそれまで無口だった高円が口を開いた。

「信頼してください。私も素人じゃありません。向こうにはバレないように追尾します」

「これは政治とは無縁の話だ。俺と玉城との問題なんだ。あんたらには関係ない」

「関係ありますよ」

きっぱりと、高円は言った。

「協力者を敵に殺されたとなったら、我々は面目を失うことになる。今後、誰も我々には協力しないことになるでしょう」

「知るか、ボケ」

「かりにここで私に、『ではこの問題から手を引きます』と言わせたとして、意味があると思いますかね？　西側も東側も、素知らぬ顔をしながら、日々、様々な情報ソースを使って敵味方の動きを探りつづけているじゃないですか」

「俺が何を言っても、あんたらは俺を監視下に置くということか？」

「人質救出のために、我々に協力を求めるかどうかは、あなたの勝手です。いっぽう、あなたが人質救出に成功するかどうかを観察するのは、我々の勝手でしょう」

高円の態度はふてぶてしかった。冷戦下における自分たちの陣営の勝利の前には、お前の意向などどうでもよい、といった言い草だ。

「じゃあ、勝手にするがいい。だがな、俺も勝手にさせてもらう。明日、U駅にお前がいるのを見つけたら、容赦はしねえ。人質を助けるためなら、場合によっては、俺はお前を殺すからな」

渡瀬が慌てて、二人のあいだに割って入るように言う。

「そんなにかっかしなくてもいいでしょう、天野さん。一人で動くより、高円さんと連携したほうが、人質を助ける上で都合がよいはずです」

「どうやって助け出そうとするかは、俺の勝手だ。俺に命を取られたくないと思ったら、この問題から手を引くことだ」

天野が木で鼻を括ったように言うと、渡瀬と高円は憮然《ぶぜん》とした顔つきで引きあげていった。

二

U駅は首都の北の玄関口などと言われる巨大ターミナルである。よって、朝の改札前は人でごった返し、切符切りの鋏の音が響き渡っている。

中央改札口の前に立つ天野は、切符を販売する窓口や、弁当や茶などを扱う売店、さらには、自動車が行き交う駅前の通りへ目をやったり、電車の行き先や、乗り場の案内などがいくつも掲げてある構内のほうへ振り返ったりと、絶えず視線を動かしていた。すでに指定の八時四十分をまわっていたが、誰からも接触はなかった。

あるいは、向こうは自分がどこにいるのかわかっていないのではないか、という不安も抱く。ひょっとすると、今日の衣服が死に装束になるかもしれないという思いから、いつもの作業着ではなく、得意先へ挨拶に行ったり、営業活動をしたりするときに着る、灰色のジャケットを着ていたからだ。

それにしても、いまの自分の境遇を思うと情けなさが身に染みた。妻や従業員のためを思って政治運動に身を投じたというのに、沼津健人には裏切られ、房子と山科をさらわれる始末となってしまった。危ない現場をいくつもわたってきた天野も、今度ばかりは精神的にかなりこたえていた。せっかく駅のスタンドで買った新聞すら読む気がしない。二人のことが心配で、開いてみても内容が頭に入らなかった。指定された時間を十分ほど過ぎた頃だ。忙しく行き交う人々の波の向こうから、こちらをじっと見ている男女がいることに気づいた。

二人とも、六十はゆうに超しているだろう。揃ってよく陽に焼けた、皺だらけの顔をして、リュックを背負い、首には手拭いを巻いている。二人の背丈は同じくらいだが、麦藁帽子《むぎわら》をかぶった男は痩せ、手拭いで頬《ほ》っかむりをし、もんぺを穿いた女はふっくらとした体つきをしているから、蚤《のみ》の夫婦と言いたくなる。

二人ははじめ、天野の顔を見ながら、ひそひそと喋っていたが、やがて男のほうが意を決したように近づいてきた。

「あんた、天野さんかね？」

「そうだが」

「一人だけだね？」

「一人だ」

「ああ、よかった」

男は不精髭だらけの口元をゆがめて笑った。それから、女のほうへ振り返る。

「お母さん、やはりそうだ。天野さんだ」

女も愁眉《しゅうび》を開いて笑う。

「よかった、よかった。お腹《なか》が減っていたから。お父さんも減っているでしょう」

「ああ」

二人は並んで、物欲しそうに天野を見る。

「何だ、てめえら」

「あんた、天野さんなんでしょ？」

「そうだと言っているだろ」

「だったら、そこの蕎麦《そば》屋で、ご馳走してもらえるはずなんだが……」

すぐ近くに、立ち食い蕎麦屋があった。そこを指さしながら、男は天野の顔を見守っている。

「なぜ、俺のことを知っている？」

わけがわからない天野が荒い声を出すと、二人は少し後ずさった。そして、顔を見合わせる。やがてまた、男のほうが近づいてきて、麦藁帽の鍔《つば》を手でつまみながら、ひそひそと言った。

「大きな声では言えねえことだが、私らが腹を空《す》かせたままでは、あんたの奥さんがひどい目に遭わされるらしい。何とも因果なことで、すまないが……」

「誰にそんなことを言われたんだ？」

「それは言ってはいかんことになっている」

「てめえ……」

「すまんが、あんたのためだ。事情は私らにはよくわからんが、あんたがしつこくそういうようなことを聞くなら、こう言ってやれと言われているんだ。『二人がどうなってもいいのか』と」

天野は戦慄した。敵はこちらを完全に愚弄《ぐろう》している。

周囲へ目をやったが、誰かがこちらを見ている様子はない。高円の姿も見当たらなかった。

「あんたに、いろいろと伝えなきゃならんのだが、私ら夫婦ともども、ここのところ、ろくなもんを食べておらんでな……まずは蕎麦をご馳走になってから、話をつづけるんでよいかな？」

天野は観念した。

「わかったよ。食え、食え」

「あの、丼《どんぶり》に卵を落としてもいいかね？」

男は、恐る恐る尋ねてきた。

「ああ、二つでも三つでも落としてもらえ」

「え、いいのかね？」

信じられない、というように男は目をむく。

「ああ、いいさ。その上、油揚げものせたらどうだ。二人とも、好きな物をさっさと注文しな」

「頼んでみるものだな、ありがたい」

男が言う横で、女も、

「まあ、ご親切にありがとうございます」

と、腰を折り曲げて頭を下げた。

それから二人とも、いそいそと蕎麦屋のカウンターへ行き、蕎麦を注文した。

天野は金を払ってやったあと、二人が箸を動かしているあいだ、少し離れたところに腕組みをして突っ立っていた。べつに腹は減っていなかった。泥だらけの長靴を履いた老夫婦は、幸せそうに蕎麦を啜っている。

食事を終えて、天野のもとへ来た二人は、あらためて何度も頭を下げ、礼の言葉を述べた。

「お代わりはいらなかったのか？」

天野が聞いてみると、二人とも苦笑して首を横に振る。男が言った。

「あまり長いこと腹を空かせていると、胃袋が小さくなってしまうものでしてな」

いったい、どういう連中であろうか。二人ともひどい体臭を漂わせている。

「聞かせてくれ。房子たちは元気なのか？」

「あなたの奥さんは、房子さんと言うのかね？」

「生きているんだろうな？」

「のはずだ」

「はず？」

「まずは、切符を買ってください」

「どこへ行く？」

返事もせずに、男は切符売り場の窓口を指さし、歩き出した。妻もついていく。天野もあとを追うしかなかった。

窓口の前まで来ると、男は言った。

「T駅まで急行の切符を買ってください」

首都近県の中核都市の駅だ。

「そこに、房子と山科はいるのか？」

「さて……とりあえず、切符を三枚、買ってくださいよ」

「三枚？　お前たちも一緒に行くのか？」

「そうしろというのが、旦那の言いつけでね」

「旦那？」

　Pか――。

「もたもたしてはいけねえ。九時十分発の列車に乗らなきゃならんから」

　腕時計を見ると、針は九時四分くらいを指している。

　一時はこの薄汚れた夫婦も、あるいは殺し屋なのだろうかとも思ったが、どうもそういう雰囲気ではない。やはり、ただの貧窮者に過ぎず、敵に拾われただけなのだろう。

　言われた通りにするしかないと腹を括った天野は、急行の切符を三人分買い、左腿が痛むにもかかわらず、急いでホームに向かおうとした。だが、苛立たしいことに、夫婦はもたもたとしか歩けない。天野が、

「おい、急げよ」

　と言うと、彼らはかえって足を止め、

「年寄りで、脚が悪いでな。すまんことだ」

「息が切れてしまって……」

　などと言い訳をはじめるから、なまじ急《せ》かすこともためらわれた。三人が乗車できたのは、発車ベルが鳴っている最中のことだった。

　列車は空いていた。天野たちが乗り込んだ車両では、二、三人連れが四組ほど離れて座っているだけだった。

「ところでそろそろ、あんたらの正体を明かしたらどうだ」

　四人掛けのボックス席に、老夫婦と向かい合わせに座った天野は、列車が走り出したところで尋ねた。

自分の名前を知っている二人が、いまだに名乗らないことに、天野は痺れを切らしていた。

「正体と言われてもな……私らなど、何者でもない。見ての通りの百姓の爺《じじい》と婆《ばばあ》でね」

と言って笑ってから、男は名乗った。

「オダと申します。私はオダ・ジロウで、こっちはオダ・マサエですわ」

それから男は、二人の名前は漢字では「小田次郎」「小田正枝」と書くと教えてくれた。その上で次郎は、名前の通り、自分は小さな田んぼしか持たない貧乏百姓の次男坊だ、と楽しげに語った。正枝もその話を、面白そうに聞いている。

「房子や山科には、会ったことはあるのか？」

「いや、ない」

「居場所は知っているのか？」

次郎は首を横に振った。

「居所も知らないのに、何で俺についてくる？」

さっきまで、楽しげに喋っていた癖に、次郎は急に険しい顔になり、

「そういう質問はやめてもらいたい」

と言った。

「なぜだ？」

「話しちゃならない、って旦那に指示されているからさ」

「旦那って誰だ？」

「それも、言っちゃならないことになっている」

腕組みをし、口をつぐんだ次郎の隣で、正枝が頭を下げた。

「ごめんなさいね。あなたのために言うんです。そういうことをしつこく聞くようなら、あなたは罰を受けなきゃならんそうなので……」

「旦那がそう言ったのか？」

　正枝は頷く。

「しかし、俺が聞いてはならんことを聞いた、ということが、その旦那にはどうしてわかるんだ？　お前たちが告げ口をするわけか？」

「そんなんじゃない」

　次郎が語気を強くして言った。それから、彼は声を潜める。

「旦那は、見張っているのさ」

「どこで？」

　次郎は首を横に振った。知らない、というよりは、それも聞いてはならない、と戒《いまし》める仕草に見えた。

　天野は思わず、車両内を見まわしていた。ひょっとすると、まばらに座っている客のうちに、「旦那」が交じっているかもしれないと思った。後方へ目をやったとき、車両の入り口からすぐの席に座っていた者が立ち上がった。紺のジャケット姿の男は顔を伏せていたが、高円に間違いなかった。彼は車両の外に出ていった。

　天野はあとを追いかけ、張り倒してやりたいと思った。だが、そうはしなかった。いま急な動きを取れば、「旦那」に仲間を連れてきたと思われるかもしれないと恐れたからだ。

　仕方なく、天野は質問を打ち切ることにした。

「それにしても、あんたら、ひでえ臭いだな」

　彼らの体臭は、まったく堪《た》え難いものだった。小田夫婦は進行方向側に座っていて、窓は開いていたから、彼らの臭いが、風にのって天野に吹きつけてくる。

「やはり臭うかね？」

「あら、やだ」

夫婦は、自分の首に巻いた手拭いを鼻に近づけ、その臭いを嗅《か》いだ。天野にとっては、二人が自分の体臭に気づいていなかったことが驚きだった。

次郎は言った。

「恥ずかしい話だが、ドヤ街の宿も追い出されて、お母さんと二人で水っ腹《ぱら》を抱え、川辺の公園で暮らすようになっちまってね」

「小さい田んぼだろうと、田舎で百姓をしていりゃよかったじゃないか」

「いまさら、そんなことを言ってもなあ……田んぼは二束三文で売って、こっちへ出てきたんだがね、歳を取るとなかなか若いもんと同じようには働けなくなるし、体を痛めてしまってな……」

「こっちでは、何の仕事をしていたんだ？」

「もちろん、力仕事だ。荷物を運んだり、スコップや鶴嘴《つるはし》で穴掘ったりよ……学も何もなく、体が丈夫なだけが取り柄だったから」

正枝も言った。

「本当に、お父さんは体だけは丈夫で、医者になんかこれまで、かかったことはなかったけれど、腰を痛めてしまったからねえ……私たち、身寄りもないから」

「捨ててあったビニールシートを拾ってきて、テントを張ってなあ」

と次郎が語りかけると、正枝も、

「ええ、ええ」

と相槌を打つ。

それから小田夫婦は、公園での生活をいろいろと語り出した。公園で暮らす者はけっこう多いとか、傷痍軍人の誰々さんは親切で、いつも食べ物をわけてくれたとか、「かつて俺は男爵様だった」と威張《いば》っていた人は逆にケチだったとか、話はつきなかった。

「なるほど、そんな暮らしぶりじゃ、臭くなるわな。……旦那とは、その公園で会ったというわけか？」

天野があらためて問うと、次郎はしばらくためらっていたものの、せっかく話が盛り上がり、打ち解けてきた雰囲気を壊したくないと思ったのか、

「まあ、そうだ」

と返事をした。

「旦那には、何て言われたんだ？　もちろん、話せる範囲で教えてくれればいい」

「私らは、本当に何も知らん。ただの食い詰め者だ。仕事を引き受ければ、飯も食わせてくれるし、ちゃんと言われた通りの仕事をすれば、新しい生活をはじめるための何がしかのものもくれる、と旦那が言うもんでなあ」

「どんな仕事だ？」

「道案内をしながら、あんたと一緒に旅をすることさ」

「道案内ってことは、やはり、房子らのいるところを知っているんだな？」

と聞いてみたが、また二人とも黙ってしまった。

「知らないのか？」

「そこは、いろいろと込み入っていてね」

と、次郎は曖昧に答えた。

「その旦那は、若い人か？」

教えてくれないかもしれないと思いながら、天野は聞いてみた。すると、正枝が応じた。

「私らよりは、ずっと若いですよ」

「そりゃ、そうだ。こっちは爺と婆だからな」

次郎も和し、二人でけらけらと笑う。

「俺と比べたらどうだ？」

また、正枝が言う。

「さてな……ありゃ、変わった人だから」

「どんなふうに？」

「子供みたいに背が低くて、可愛い顔をして……だけれども、子供にしては世慣れ過ぎておって――」

正枝がそこまで言いかけたとき、次郎が目をむいた。

「この、馬鹿。余計なことを」

次郎は正枝の肩を手で強く突いた。正枝はしまったという顔で黙り、下を向いた。

「お喋りが」

言うや、次郎は頰っかむりをした正枝の頭を、したたかにひっぱたいた。

「やめろ」

天野が怒鳴りつけると、次郎は振り上げた手をおろした。そっぽを向く。

それからしばらくは、ほとんど何も話すことなく、列車の揺れに身をまかせるだけの時間がつづいた。

やはり、あいつか――。

窓外を流れる田畑や瓦屋根の家々を眺めながら、今度こそ、殺すか殺されるかの戦いになるに違いない、と天野は思っていた。

T駅には十時四十五分に着いたが、そこは目的地ではなかった。次郎はすぐに、それより西方へ行く列車に乗り換えるように言った。旦那からは前もって、いろいろと指示を受けているようだが、次郎はそれを少しずつしか明かさない。突然、乗り換えろと言われたから、新たな切符は、次の列車の中で車掌から買った。

次郎が降りるように言ったのは、最寄《もよ》りに大きな町があるわけでも、観光地があるわけでもないY駅だった。天野も駅弁を買うためにホームに降りたことはあっても、駅構外に出たことはなかった。

「ここからどこへ行くんだよ？」

天野が問うても、次郎は麦藁帽子をかぶり直して、どんどん歩いていくだけだ。正枝も何も言わずについていく。

T駅で乗り換えて以降、天野はつねに周囲に気を使っていたが、高円を見つけることはできなかった。Y駅のホームに降り立った者のうちにも、高円の姿はないようだった。

改札で切符を渡し、小さな駅舎の外に出ると、そこは南北から山並みが迫る狭い通り沿いに、小さな売店や食堂などが立つばかりの、文字通りの田舎町だった。

「道案内のためについてきたんだろ。いい加減に、どこへ行くか教えてくれよ」

天野が急かすと、次郎は、

「すまねえが、そろそろ昼飯だ」

と言った。

時間はちょうど、正午過ぎである。

「あんたら、胃袋が小さくなっていたはずじゃねえのか」

人質のことが心配で、食欲などまるでない天野は嫌みたらしく言ってみたが、次郎はすました顔で、

「人間は、昼には昼飯を食うものだろ」

と言った。

正枝も、すみません、と頭を下げる。

「お父さんとこの仕事を引き受けることにしたのは、ご飯が食べられると聞いたからなもので……」

「わかったよ」

この二人が臍《へそ》を曲げれば、人質のもとにはたどり着けないかもしれないと思うと、天野はこらえるしかない。

「そこでいいか？」

天野が駅前の食堂へ顎をしゃくると、小田夫婦は嬉しそうに頷いた。

板ガラスのはまった引き戸を開けて入った店内は、四人掛けテーブルが六つ並んでいたが、昼時だというのに、客はほかにいなかった。壁の上部に、薄汚れた品書きが並べられており、天井から吊ってある、べたべたと蠅が貼りついた蠅取り紙が、扇風機の風に揺れていた。

暖簾に隔てられた奥の厨房に、夫婦らしき中年の男女が働いており、二十歳くらいの女性が、一人で接客係を務めていた。彼女も、次郎と正枝の体臭に気づかないはずはなく、迷惑そうに顔をしかめていた。

入り口に入ってすぐの、扇風機のそばの席に座るや、次郎が、

「カレーライスがある」

と興奮を帯びた声を出した。正枝も、

「おいしそうね」

と応じたから、天野はカレーを三人前注文した。

銀色の皿にのったカレーライスは、湯に溶いた小麦粉を米にかけただけのような、コクも塩気も、香辛料もまったく感じられない、まずいものだった。じゃが芋だらけで肉などほとんど入っていない。ところが、次郎と正枝は一口食べるごとに、恍惚《こうこつ》たる表情を浮かべ、

「こんな旨い物を食べたのは久しぶりだ」

「ああ、幸せ」

などと感激の声を上げた。

食べ終わってからも、老夫婦は天野に対して、

「すっかりご馳走になりました」

「ずいぶんと散財させることになってしまいましたな……」

と何度も謝意を述べた。

「昼飯を食ったら、今度はこっちが頼みを聞いてもらう番だ。案内しろよ」

「はい、はい」

勘定を払い、次郎と正枝をともなって店を出たあと、天野が振り返れば、それまで彼らがついていた椅子とテーブルを、接客係の女性が雑巾でせっせと拭いているのが、ガラス戸越しに見えた。

「さ、連れていけ。行き先はわかっているんだろ?」

「いま、何時かね?」

と次郎が聞き返す。

天野は腕時計を見た。

「一時十五分くらいだ」

「そろそろだな」

次郎は山々や鉄道の線路などへ目をやった後、往来を西に歩き出した。

「そろそろってどういう意味だ?」

天野が追いかけながら尋ねても、二人とも何も言わない。しかしほどなくして、正枝が、

「これかしら、お父さん」

と言った。

正枝が足を止めたのは、建物は立派だが、人の気配がまるでない米屋の脇の、赤い郵便ポストのそばだった。

「ああ、これかな」

少し先から、次郎も戻ってきた。

円筒形のポストの左隣には、朱色の屋根をのせた、黄色い電話ボックスが立っていたが、二人が見入っているのは、ポストと電話ボックスに挟まれた石仏だった。苔《こけ》むした、三、四十センチの石板に、地蔵菩《ぼ》薩《さつ》らしき姿が彫られている。

「やはり、これだろうかね、お母さん。鼻も欠けているし」

不安そうに正枝に尋ね、さらにあたりを見まわす。

「何をしているんだ?　ここが目的地なのか?」

「いや、これからどこへ行くのか、教えてもらうんだ」

と次郎は言う。

「お地蔵さんが、行き先を教えてくれるってのか?」

「お地蔵さんのところへ来ればわかる、と言われた」

そのとき、錆《さ》びた電話ボックスの中の赤電話がけたたましく鳴った。

焦り、不安になっているところで突然、大きな音を聞いたため、天野も胸がつかえるほど驚いたが、次郎と正枝もうろたえた様子で身を硬くしている。三人とも、しばらく電話を見つめた。

電話は鳴りつづけている。天野がボックスに駆け寄り、ドアに手をかけようとしたとき、

「待った」

と次郎が天野の前に立ちふさがった。

「あんたは出ちゃ駄目だ。罰を受けるぞ」

次郎がドアを開け、ボックスの中に入った。受話器を取り上げる。話の内容はよくわからなかったが、次郎は、はい、そうですか、などと返事をしていた。

会話は一分もかからずに終わった。次郎は受話器をおろし、ボックスから出てくると、西を指さした。

「こっちです」

次郎について、天野と正枝も歩き出す。

「誰と話していたんだ？　旦那か？」

次郎は黙って歩く。

「どこへ行くんだ？」

次郎が答えないため、天野はため息をついて後方へ振り返った。すると、次郎が前を向いて歩きながら言う。

「あまり、きょろきょろせんでおきなさい。私らは、見られているんだから……そっちが変なことを聞いてきて、私らがそれに受け答えしたと思われたら、えらいことだ。あんただけでなく、私らも罰を受ける」

道はやや左へ湾曲していた。やがて、床屋の前に来ると、次郎は表通りから右へ曲がった。道の先に、木々に覆われた山が聳えている。その裾に、鳥居が立ち、石段が山の上にのぼっているのが見えた。

鳥居の前に来ると次郎は左に曲がり、山裾を迂回《うかい》するような道に入った。車がすれ違うのも難しいほどの、藪《やぶ》に囲まれた細い道で、左手にぽつぽつと大きな農家が立っている。

この通りの家のどこかに、あの残忍な小男が隠れているのだろうか。そう思って、天野は緊張をおぼえていると、突然、右側に藪を切り開いた場所があらわれ、車が停めてあるのが見えた。目の覚めるような水色ボディーの、四人乗りコンバーティブルだ。幌屋根は開け放ってある。

「いい車だ」

次郎も驚きの声を上げて車に近づくと、天野に言った。

「あんた、運転はできるんだろ？」

「これに乗るのか？」

「鍵は車の中にあるそうだ」

「行き先は？」

「道案内するさ。旦那の言いつけで、私らは後ろに乗るから」

次郎と正枝が後部座席に座ったところで、天野は運転席に座った。キーはハンドルにテープで貼りつけてあった。鍵穴に差し、回すと、エンジンがかかる。ガソリンはほぼ満タンである。

「これは、オープンカーというやつかね？」

次郎が後ろから、嬉しそうに声をかけてきた。

「ああ」

「こんなハイカラな車に乗るのは、生まれてはじめてだ」

「どこへ行くのかを教えてくれなければ、車を出せねえぞ」

「まずは、いま来た道を引き返して、大通りに出るんだ」

天野はローギアに入れ、車を発進させた。藪から出るときに、車はがたがたと大きく揺れた。それから細い道を進み、鳥居の前を右に曲がる。風が前から後ろへと流れるため、小田夫妻の体臭を天野はほとんど感じなくなった。

「そこを右へ」

駅前の大通りを走りはじめると、後ろから次郎が声をかけてきた。

「ところで聞くがね」

次郎は顔を天野の耳元に近づけ、エンジン音や風音に負けないように声を張る。

「あんたに、誰かついて来ているのかい？」

「え？」

天野はミラーを通して後方を窺った。高円が追いかけて来ている気配はない。こちらは突然、車で走り出したのだから、かりに高円もY駅で降りていたとしても、追いかけられないだろう。

「何度も言っている。俺は一人だよ」

「途中で、誰かに連絡を取っていないね？」

「あんた、俺とずっと一緒にいたからわかるだろ。取っていないさ」

「そうかね」

ミラーに映る次郎は憂い顔だ。

「旦那が、そう言ったのか？　俺をつけている奴がいるって」

次郎は黙っている。正枝も心配そうな雰囲気だ。

「旦那は、罰を与えると言っているのか？　さっき、そんな話を電話でしていたのか？」

次郎は何も言わない。

「おい、どうなんだよ」

天野が怒鳴ると、次郎も、

「そういうことは、聞かんことだ」

と怒鳴り返してきた。

天野はむっとしつつ、シフトダウンした。車は峠へとつづく上り坂を、加速しながら進んでいった。

三

料亭「瓢鮎」はいまなお閑古鳥が鳴いている状態だったが、その日は昼間から、客の来訪があった。

小松が挨拶に出向いたとき、呆れたことに、客はすでに赤い顔で、酒臭い息を吐いていた。来たばかりなのに、卓上の灰皿はすでに吸い殻でいっぱいだ。

「来たな」

客は小松の顔を見るなり、煙草をふかしながら、憎々しげに言った。沼津健人である。

「いらっしゃいませ」

「何が、いらっしゃいませだ。今ごろになって、呼びつけたりしやがって」

「呼びつけられて気に入らないとおっしゃるのなら、いらっしゃらなければよかったじゃないですか」

「こいつめ……やっぱり淋しくなって連絡してきたくせしやがって」

小松はうんざりしている。もうじき総裁選を控えた正念場の時期だというのに、すでに酔って管《くだ》を巻いている沼津の姿に、あらためて興ざめしたのだ。

「前々から先生に言いたいと思っていたことでございますが、すぐに感情的になるようでは、一国の指導者としては失格ではありませんか」

「お前にそんなことを言われたくはない。感情的になって、俺に暴力をふるったのはお前のほうじゃないか。あのあと、俺は大変な思いをしたんだぞ。口の中が切れて、飯もろくに食えなかった」

「私などは、ただの料亭の女将でございます。総理大臣になろうとは考えておりません」

「だったら、偉そうに言うんじゃない。国の指導者について、お前なんかに何がわかる。まったく、そういうところがむかつくんだよ、お前は」

「ああ、そうでございますか。では目障《めざわ》りでございましょうから、私はこれにて失礼いたします」

小松は一礼すると、さっさと立ち上がり、部屋の外に出ようとした。すると、沼津が慌てて立ち上がり、追いかけてきた。

「待て、待て、待ってくれ」

沼津は小松の肩を両手で摑み、押しとどめる。

「お前も知っての通り、これから総裁選だ。俺が総理の座につくことは二人の夢だったじゃないか。いよいよ、その瞬間が来ようとしているというのに、そんなつれないことを言わんでくれよ。しかも、総理になってからこそ、俺にはお前の助けが必要なんだ」

「そうですか」

「俺は、どうしてお前がそんなに怒ったのか、よくわからないんだ。天野のことで機嫌を損ねたのか？たしかにあいつのことでは、お前の顔を潰してしまったかもしれない。はじめは俺も、天野を援助するように言っていたんだからな」

この男は何もわかっていない、と小松は思う。小松にとって、自分の顔などどうでもよかったのだ。簡単に人を裏切る沼津を、男として見損なっただけのことである。

しかし、こちらの気持ちなどまったく気にせず、沼津は話しつづけた。

「お前もわかってくれるだろう？　まずは天下を取らなきゃならないんだ。総理になって、しばらくしたら、天野に対してだって、いろいろな形で報いてやれるはずだ」

「そうですか」

「とにかく、機嫌を直してくれ。また、二人でパッとやろうじゃないか」

沼津は唇を尖《とが》らせて、顔を近づけてきた。小松はのけ反《ぞ》る。

「ちょっと、やめて」

小松は、足を後ろへ動かして逃げようとしたが、沼津は肩にしがみつき、なおも前進して唇を重ねようとする。

「待ってくださいって」

「何を待つ必要がある」

「まず、聞いてもらいたいことがあるんです」

「何でも聞くさ」

どんどん後ずさりしていったため、小松の背中は襖戸にぶつかった。

「本当ですね？」

「何度、言わせる」

沼津のすぼめた唇が顔に迫ってくる。

「危ないから、落ちついて」

と言っても、沼津はぐいぐい押してくる。とうとう小松は平衡《へいこう》を失った。襖戸の桟《さん》が鴨居《かもい》からはずれ、二人はもつれ合って、隣室に倒れ込んだ。

「ああ、痛い」

襖紙が破れてしまっているのもかまわず、沼津は荒い息で小松にのしかかり、顔を近づけてくる。

「やめて。落ちついてください」

「何を気取っているんだ、小松」

「ちょっと、ちょっと、ほれ、ほれ」

小松は下から沼津の肩を叩き、左へ顎をしゃくった。沼津も、ようやく不審げに小松が顎で指し示したほうを見る。途端に、がばと小松から離れ、膝立ちになった。

その部屋の隅には、別の男が正座していたのだ。たっぷりと脂肪をまとった体つきで、羽織袴を着た男は、うろたえた顔を隠すように、畳に両手を突いて平伏した。

痴態を見られた沼津は、男のその慇懃な態度が、かえって癪に障ったらしい。怒鳴り声を上げた。

「誰だ、こいつは?」

小松も体を起こすと、裾と襟元を整えて、崩れた襖の横に座った。さらに、大きく結った髪を撫でながら言う。

「玉城寿三郎先生でいらっしゃいますよ」

玉城も、畳に顔を伏せながら、

「沼津先生、玉城でございます」

と挨拶した。

「小松、いったいこれはどういうことだ?」

沼津はさらに声を荒らげたが、玉城は顔を半ば上げながら、あくまでも冷静な口調で話した。

「沼津先生、女将を責めないでやってくださいまし。すべて私が悪いのでございます。どうしても先生に一献《いっこん》差し上げたく存じ、私が女将に無理を申したのでございますから。それで、このような無粋なことにあいなり……」

沼津は玉城には反応せず、小松の手を取った。無理に立ち上がらせ、隣室へと引っ張っていく。そして声を低めて問い詰めてきた。

「小松、説明しろ。何だこれは？」

「何だと言われましても……」

「俺は、大恥をかいたんだぞ。総理の座を目指そうというこの俺が――」

「私はただ、お二人が膝を突き合わせ、じっくりお話しなされるよう、お取り計らい申し上げたまでです。それなのに、先生が盛りのついた犬みたいに、いやらしいふるまいをするから、恥をかかれることになったのでございましょう」

「いやらしいふるまいだと？」

沼津はつい、大声を出した。

「お隣に聞こえますよ」

小松に窘められた沼津は舌打ちをすると、また声を低めた。

「俺は、玉城となんか会わないぞ。あいつは河辺派じゃないか」

「あいつは誰の仲間だなんて言っている場合じゃないのではありませんか？　国のため、人々の力を結集するのが総理大臣でしょうに。玉城先生は、『ぜひ沼津先生のお力になりたい』っておっしゃっているんですよ」

「お前もわかるだろ。そんな理屈は通用しない。会えないんだよ。俺がひそかに玉城君と会ったなどということを知られたら、これまで支えてくれていた人たちが、俺のそばから離れていくことになる。とりあえず、今日はこれで帰るぞ」

「だったら、ご自分で玉城先生にそうご説明なさったらいいでしょう。ここで逃げたら、何を言われるかわかりませんよ。かえって大恥をかくことになります」

大恥をかく、と聞いた途端、沼津は歯噛みをした。それから、玉城のもとへ戻っていった。小松もついて隣室に入る。

玉城は沼津の姿を見るや立ち上がった。沼津に上座を譲るように位置を変え、また座って平伏する。

「あらためまして、先生、ここでお目にかかれて光栄でございます」

「君は、今日見たことをあちこちで言いふらすんだろ」

沼津は立ったまま言い放った。

「いえ、滅相《めっそう》も……」

小松は部屋の隅に座って二人のやり取りを見ていたが、恐縮する玉城の姿からは、「極悪人」という印象はまるで感じられなかった。

「沼津先生、どうか少しだけ、私にお時間を頂きたく存じます。私が申し上げるのは、決して損にはならない話でございます」

「君が小松に何を言ったのかは知らん。また、小松から、君が何を聞いたのかも知らんが、結論から言えば、どんな話を聞いたところで、君の期待には応えられない。これまでの行きがかりというものがあるだろう。だから、失礼する」

沼津が立ち去ろうとすると、玉城は顔を上げ、少しだけ沼津のほうへにじり寄った。

「私は、小さな商売の話をしようとしているわけではありません。国益に関する大事をお話し申し上げようとしているのです。宰相になろうという方のお耳に入れておかなければ、国家が危殆《きたい》に瀕《ひん》することになる。そういうお話なのです」

沼津を睨むように見て話す玉城には迫力があった。自分の話には価値があるという自信に満ちあふれているように小松には感じられる。沼津も気圧《けお》され、足を止めていた。

「合州国との、武器関連の取り引きの問題です。これは、一筋縄ではまいりませんぞ。申すまでもなく、多方面との調整が必要となるわけですが、そこにはすでに、長年にわたる複雑な慣行ができあがっております。それを無視して、雑な交渉を行えば、沼津政権は素人集団であり、相手とする必要なしと見下されましょう」

玉城が、戦前から軍部や民間の軍需企業と深いつながりを持ってきたことはよく知られている。敗戦によって旧国軍は解体されたが、再武装が行われた際、玉城はかつての人脈を足がかりに、また安全保障関係のフィクサーとして復活を遂げた。そして、西側陣営の盟主、A合州国からの武器輸入や、その国内でのライセンス生産などの裏で、大きな影響力を及ぼしてきたのだ。

玉城自身が言うように、武器の取り引きは金額も大きいし、関係者の数も多い。自国と相手国双方の国防当局、外交当局、軍需関連企業、そして政界の有力者たちはもちろんだが、彼らのまわりには、大小のフィクサーたちもいる。有力者Aに会う場合と、有力者Bに会う場合には、別々のフィクサーを通し、それなりの利益を与えなければならないのだ。そうしたフィクサーには、裏社会の危険な連中もいるから、下手に扱えば竹篦《しっぺ》返しがあったり、抗争に発展したりしかねない。

関係者が多くなればなるほど交渉が複雑になるのは言うまでもないが、同時にマージンなどの諸経費も嵩《かさ》み、そしてそれが、表向きの取り引き額に加算されることになる。その計算式もまた、部外者には窺い知ることのできない、複雑怪奇なものだ。

「天下国家のため、どうぞ、この玉城を使ってください」

玉城の言い方は低姿勢だが、小松にはその真意がわかっていた。「あなたが総理大臣になれたとしても、自分を頼らなければ政権は短命に終わるだろう」と脅しているのだ。

玉城の言葉を聞くうちに、沼津の態度に変化が生じていることも、小松は感じ取っていた。その面《おもて》から、さっきまでの強い拒絶は失せているどころか、

「君が、そうした方面で国家に貢献してきた評判については、私だってよく知っている」

などと、玉城を持ち上げるようなことまで口にしている。だが、沼津は合州国に睨まれることを恐れ、やすやすと天野と手を切った男なのだから、それも当然だ、と小松は思った。

「先生に、詳しい話をお聞かせいたしたいのでございます。その上で、『やはり玉城など必要ない』とおっしゃるならば、私はただちに退散いたします」

沼津はしばらく考えてから応じた。

「私は周囲からは、数字には非常にうるさい男と言われている」

沼津は財務官僚としてのキャリアを持ち、保守党内でも屈指の経済通として知られていた。経済関係の閣僚を歴任してきたし、「実質的に財務省を支配している」と言う向きさえある。沼津が「瓢鮎」に官僚たちを呼びつけ、資料に書かれた数字に間違いがあることや、データに不足があることを厳しく指摘するところを、小松も何度も見ていた。つまり沼津は、マージンの金額などについていい加減なことをお前が言っても、俺の目は誤魔化《ごまか》せないぞ、と脅しをかけたのだ。

小松は、玉城に対してはもちろん、いまや沼津に対しても好意はいっさい持てなかった。けれども、男と男が相手より少しでも優位に立とうとして言葉の応酬を行うさまには、いつもながら興奮をおぼえた。

「それはもちろん、心得ております。まずは、しばらく玉城にお時間を頂きたく……」

また、玉城は畳に手を突いて頭を下げた。すると沼津は、

「小松、席を外してくれ」

と言って、床の間の前の座布団に座った。

ようやく商談がはじまった。これで、私も二人から金をふんだくれる――。

小松は腹の中でほくそ笑みながら、

「承知いたしました」

とすまして一礼し、退出した。

四

水色のコンバーティブルのハンドルを握る天野は、うんざりしている。もう一時間半も田舎道を走らされつづけていた。

電話ボックスはもちろん、煙草屋、郵便局など、公衆電話のあるところで何度も停車させられる。するとそこで次郎が車から降り、電話を受けて、また新たな目的地が「旦那」から指示されるのを繰り返した。しかも、登りの山道に入ったかと思えば、また下り、田んぼの中の平坦《へいたん》な道を抜けると、また山へ登らされるという具合に、同じところを何度も通っているように思えてならなかった。

敵は、こっちをからかっていやがるな――。

山あいの鄙《ひな》びた民宿の帳場に置かれた電話から次郎が戻ってきたとき、運転席の天野はハンドルを叩いて言っていた。

「いったい、いつまでこんな馬鹿なことをつづけなきゃならないんだ」

ところが、後部座席に座った次郎はそれには反応せず、血の気が失せた顔でこう言った。

「あんた、本当におかしなことをしておらんかね？」

「何の話だ？」

「警察には知らせておらんかね？」

「知らせていない。くどいぞ」

次郎の表情は暗いままで、二人のやり取りを聞く正枝もひどく心細そうだ。

「朝からずっと一緒にいて、俺が誰かに連絡を取ったところを見たか？」

「いや、それはないが……」

「旦那は、何と言っているんだ？」

「罰を与えなけりゃならないって……」

次郎は目を赤らめている。

「罰だ？　俺が何をしたって言うんだ？」

高円がつけてきている気配はない。あるいは、渡瀬が気を利かせて警察に知らせた可能性も考えてみたが、その気配もなかった。

「しかし、旦那がそう言うんだよ。罰を与えるって」

皺だらけの次郎の唇が震えている。

「かりに俺が罰を受けるとして、あんたが怖がる必要はないだろ」

「何がどうなるか……」

次郎が呟くと、正枝も真っ青な顔で頷く。ずいぶん経ってから、次郎は震える声で言った。

「とりあえず、車を出して。もたもたすると、また叱られるもので……旦那は私らを見ている」

天野はギアを入れ、車を発進させた。

次郎の指示に従い、ふたたび山の中を進む。見通しの悪いトンネルやカーブの多い道を、ギアシフトを繰り返しながら走りつつ、天野は後部座席に語りかけた。

「旦那ってのは、そんなに恐ろしい奴なのか？　お前たちにひどいことをしたのか？」

二人とも黙っている。

「おい、どうなんだ？」

天野はハンドルを叩いて怒鳴った。

「俺たち、一緒に旅をしているんだぜ。いくら旦那がどこかから見ていると言っても、どうして車を走らせているときでさえ、あんたらは俺を虚仮《こけ》にするような態度を取るんだ？　頭に来るぜ。俺は人質を取られ、脅されているんだぞ。二人とも、俺にとっては大事な奴だ。あんたらには、良心ってものがないのか？」

天野が怒りを爆発させる姿に申し訳なく思ったのか、正枝が応じた。

「私らは、そんなひどいことはされてないけども、別の人がねえ——」

そこで突然、ぴしゃりとひっぱたく音が聞こえた。ミラーを覗くと、次郎が目をむき、正枝の頬を何度もはたいている。

「このお喋りが」

「ごめんなさい。だけど——」

「お前は命が惜しくないのか、この野郎」

次郎は、拳で正枝の頭を殴りだした。

天野はハンドルを握りながら怒鳴りつけたが、次郎は殴るのをやめない。

「お前は、全身真っ黒焦げになって死にてえか？」

「ごめんなさい。ぶたないで……もう、ぶたなくてもいいでしょ」

天野は急ブレーキを踏んだ。次郎も正枝も、体が浮き上がり、前の座席にぶつかった。

車が停まったのは、ちょうど左手の林が切れ、眼下に、遥《はる》かな谷あいの町が見下ろせる場所だった。空には黒雲が垂れこめている。

車を降りた天野は、後部座席へ行く。

「ぶたないで。もう、いや。お父さんは、すぐにぶつから……」

正枝は泣きながら言ったが、次郎は殴りつづけている。

「やめろ、てめえ」

天野は車の外から、次郎の首を摑んだ。

「やめろって言っているのが聞こえねえのか？」

言うなり、次郎の頰に往復びんたを食らわせる。

「あんたは関係ないだろ」

次郎が言い返してきたのが、たまらなく腹立たしかった。

「女を叩くとは、てめえは最低だ」

もう一発、ひっぱたいてやろうと思って天野が腕を振り上げたとき、次郎も泣きながら叫んだ。

「女を殴るのはいけなくて、年寄りは殴ってもいいのか、この野郎」

「てめえの暴力を止めるためだ」

「そうかい。あんたは、私らよりはよっぽど立派な人間だろうからな。まだまだ若くて、元気で、屋根のあるところにも住んでいるしな」

　それから、次郎は下を向き、指で瞼を押さえた。

「ああ、悲しいよ。こっちは、こんなことにはつき合わされたくないんだ。あんたの奥さんがどうなろうと、知ったこっちゃねえや。だが、人間は落ちぶれるとな、どこまでも損な役回りを引き受けなきゃならねえ。あの子が生きていてくれてりゃな……」

「あの子ってのは？」

「倅《せがれ》だよ、私らの……兵隊に取られて、南方へ行って、死んじまった……優しい子だった」

　次郎がしんみりと言う隣で、正枝も落涙している。

　天野は言った。

「いいか、よく聞け。いくら悲しんだり、悔しがったりしていようが、俺が車を運転している以上、キャプテンはこの俺だ。この車で、カミさんに乱暴を働くのは許さねえ」

　すると、次郎は鼻のまわりに皺を寄せて言った。

「わかったよ。せいぜい、旦那とやり合うがいいさ……偉そうに言っていられるのも、命のあるうちだけだ」

「何だと、てめえ……」

　まるで、誘拐犯人の肩を持つような言い方に腹が立ったが、天野はぐっとこらえて運転席に戻った。

　罵り合ったあとながら、天野が運転をはじめると、次郎はまた道案内をしてくれた。山の斜面を切り開いた、舗装されていない道を進んでいく。渓流をまたぐ短い橋へと近づいた頃、とうとう雨が降ってきた。橋を越えた先に、屋根付きのバス停が見えるから、近くに集落があるものと思われた。

「ここだな……この橋の上で停めて」

次郎が言った。橋の上に何があるのかはわからないが、十メートルほどの長さの鉄橋のど真ん中で、天野は車を停めた。他の車はいっさい走っていない。

次郎は車を降りた。雨が降ってきたので、天野も降りた。後部に折り畳まれている幌を広げ、座席の上にかける。後部座席にじっと座る正枝が、その様子を珍しそうに見上げていた。

幌屋根を叩く雨音が、どんどん大きくなってゆく中、天野は車のドアを開け、急いで運転席に戻ろうとした。すると、橋の柵に手をかけ、崖下を覗き込んでいた次郎が、鋭い悲鳴を上げた。

「どうした？」

次郎は何事かを言ったが、声が裏返っており、よくわからない。

「どうしたんだよ？」

「罰だ……罰が下ったんだ……」

濡れた柵にしがみついて何とか体を支え、立っているという様子の次郎のそばへ、天野は駆けていった。そして、みずからも柵から上体を乗り出すようにして、橋の下を見た。

ごつごつとした岩のあいだを、山下に向かって流れる水流が真下にあった。その流れに腕や肩を浸しながら、ジャケットを着た男が仰向けに、脚をこちらに向けて寝そべっていた。

事切れていることは明らかだった。岩のあいだに挟まれるようにして、口を半開きにしているが、その下にもう一つ口があるかのように、喉が切られ、ぱっくりと開いている。喉からあふれた血の赤黒さと、顔の白さが鮮やかな対照をなしていた。

「誰だ、この人は？」

次郎は言ったが、天野は黙ったままでいた。眉が太い、彫りの深い顔立ちのその男は、高円にほかならなかった。

「何かありましたか」

二人がいつまでも橋の柵によりかかりつづけているため、正枝も淋しくなったのだろう。大雨の中、車から降りてきた。

そのとき、橋の反対側から電話の音がした。音は、バス停のあたりから来ているようだった。天野はそちらへ走った。

「待ちなさい。行っちゃいかん」

後ろから次郎が追いかけてきたが、天野はかまわず、左足を引きずりながら走った。

木造の屋根の下に、四人掛けほどの短いベンチが置かれたバス停の板壁には、時刻表のほか、地元の民宿の電話番号などが書かれたブリキのプレートや、インスタントラーメンのポスターなどが雑然と貼られてある。その隅に、二段になった鉄骨の台がしつらえられ、下には電話帳が、上にはコイン式赤電話がのっていた。鳴っているのは、その電話である。

「あんたは出ちゃいかん。また、罰を受ける」

荒い息で言った次郎が、背中にぶつかってきた。だがそのときには、天野は受話器を取り上げていた。

「てめえ、俺と勝負したいんなら、こそこそ隠れていねえで、出て来やがれ」

天野が送話口に叫んだ途端、電話は切れた。受話器を叩きつけるように電話機に置いた天野に、次郎が怒鳴ってきた。

「あんた、何てことをしてくれたんだ」

正枝も雨に濡れながら、泣き顔でバス停に近づいてくる。

「知らんぞ、どんなことが起きても」

次郎がなおも叫んだとき、また赤電話が鳴った。天野は振り向き、手を伸ばす。

「おい、やめろ」

次郎は天野を押しのけ、受話器を取った。

「もしもし……」

次郎は、視線を右へ左へと動かしながら、話を聞いている。そして、

「わかりました」

と言ったと思ったら、

「おい、正枝」

と妻を呼ぶ。

「はい、私です」

電話を代わった正枝が、受話口からの言葉を聞きはじめた。瞬《まばた》きを繰り返しながら、じっと耳を傾ける彼女の横で、次郎は天野の胸を突いてきた。

「あんたは、まるでわかっちゃいない。私はこれ以上、死体なんか見たくない」

次郎がなおも両腕を突き出してくるので、二人はもつれて屋根の外に出た。

「落ち着け、馬鹿野郎」

「落ち着いていられるか」

正枝が電話を切った。天野と次郎は離れ、正枝のほうを見た。

「お前、それは……」

言いかけて、次郎は黙った。

正枝は振り返り、こちらへ歩いてきたが、その手には、リボルバー式の黒い拳銃が握られていた。三十

八口径だろうか。正枝はそれを両手で支え、銃口を男たちに向けている。

「おい、待て」

天野がぞっとして言ったと同時に、正枝は引き金を引いた。発射音とともに、銃口から火が出た。衝撃で正枝は後ろへ倒れ、濡れた路上に尻餅《しりもち》をついた。

天野の左に立つ次郎が、うっ、とうめき、前屈みになった。腹を押さえた両手の指のあいだから、血が滲んでいる。

「お母さん、どうして……」

火薬の臭いが立ちこめる中、次郎はよろよろと足を前に進めた。正枝は尻餅をついたまま、また銃を両手で構え、銃口を次郎に向けた。

「やめろ」

天野が言ったのも虚しく、正枝はまた引き金を引いた。至近から胸を撃たれた次郎は、両手を振り上げ、くるりと天野のほうへ向いた。さらに、正枝は次郎の背中にも一発を見舞った。次郎は地面に崩れ、仰向けに伸びた。

いっぽう、正枝はなおも銃口を前に、すなわち天野のほうへ向けつづけている。

「どうしてだ？」

「罰です」

正枝は茫然《ぼうぜん》と言う。

「そいつを、どこで？」

「旦那が『レンコンが電話帳の奥にある』って」

田舎の嬶《かかあ》である正枝の口から、「レンコン」というリボルバー式拳銃の隠語が出てきたことに、天野は驚く。

「レンコンを、俺に寄越せ」

天野はゆっくりと正枝に近づいていった。そして、黒い拳銃にそっと触れた。熱を帯びたシリンダーのあたりを、銃口を自分から逸らして握る。正枝はまったく抵抗することなく、拳銃を手放した。

天野は取り上げた拳銃のシリンダーを振り出した。六発入りのシリンダーには、薬莢《やっきょう》が三つだけ入っていた。もう弾はない。

「これは、罰です……罰なんです」

降りしきる雨の中で、地面に両脚を投げ出して座る正枝は、虚空を見つめて呟いていた。

10　攻守逆転

一

「どうしよう。お父さんを殺しちゃった」

　小田正枝は放心状態で呟いた。雨の中、路上に尻餅をついたままでいるから、モンペはぐっしょりと濡れてしまっている。

「お父さん、死んじゃった」

　彼女の視線の先には、胴に三発の弾丸を撃ち込まれ、仰向けに倒れる小田次郎の姿があった。

　正枝から取り上げたリボルバー式拳銃を手にしながら、天野春男は次郎のそばに歩み寄った。田舎から都会に出てきて、路上生活者に転落した、痩せこけ、襤褸を着た老人は、目をむいている。雨滴に洗われても、瞬き一つしなかった。

　午後の山道はしんとして、車も人もまったく通らない。ただ、すぐそばにあるバス停の屋根を叩く雨音と、

「ああ、えらいことになっちゃった」

　という正枝の呟きだけが聞こえている。

「今ごろ、そんなことを言ってもなあ……あんた、これまでにハジキを撃ったことあるのか？」

天野は手にした拳銃に目を落とした。それは熱を帯び、硝煙の臭いを漂わせている。

「ないですよ。私は女だし、兵隊にも行っとらんし」

「はじめてにしては、うまく撃ったな」

いま、人質に取られている自分の妻、房子のことを天野は思った。もちろん房子も兵隊に行ったことはないが、ともに革命運動に身を投じていた頃、彼女はつねに拳銃を携帯していた。逮捕される直前には、警察官を相手に大立ちまわりをやらかし、発砲したこともあった。幸い弾は当たらなかったため、殺人犯にはならなかったが。

「後悔するなら、引き金を引かなきゃよかったのになあ。旦那ってのは、そんなに恐ろしい奴なのかよ?」

「旦那も恐ろしいけれど、お父さんのことが憎たらしかった。私のこと、ぶってばかりだから、憎くて、憎くて……」

正枝は下を向き、しくしく泣き出した。かけてやる言葉が見つからなかった天野は、ぞんざいに言った。

「もう泣いても仕方がないだろ。立ちなよ」

「仕方がないって、私が殺しちゃったんですよ」

「そんなことは、わかっている。だが、殺った以上、いくら泣いたところで、もう生き返らせることはできねえ」

天野は正枝の腕を取ると、強引に彼女を立ち上がらせた。正枝はなおも、鼻を真っ赤にして泣いている。

「私、自首します。警察に全部話します」

「わかった。じゃ、車に戻ろう。警察署まで送っていくよ」

それまで興奮状態だった正枝が、はっと顔を上げた。

「え、でも……」

「どうした？」

「いまから警察に行ったら、大変なことに……」

旦那の天野への指示は、警察には連絡するな、仲間を呼ばずに一人で来い、小田夫妻を通じて指示したところ以外へは行くな、というものだ。それを破れば、罰を与えるという。だから、もしここで天野が正枝を警察署に連れていけば、人質は殺されるかもしれない、と正枝は言いたいのだろう。いや、正枝自身も旦那の怒りを買い、罰を与えられるかもしれないのだ。

「あんたは言わば、旦那に洗脳されているのさ。警察へ行けば、保護してもらえる。心配はいらない」

「でも、人質がどうなるか」

「もう、この遊びは終わりだ。あんたを警察に届けたら、俺も引きあげるさ」

「助けなくていいんですか、人質を？」

「そりゃ、助けたい。だがね、人質を助けるために、他の奴がどんどん殺されたり、また殺人を強要される奴が出たりしてよいとは思わない。あんたが言う旦那は、完全にいかれているぜ。いかれた奴の楽しみにつき合いつづけるのは、まっぴらだ」

バス停は高台にあり、眺望が開けている。山下の家々や、田んぼ、さらにその先には連なる山々が見えた。天野は弾の入っていないリボルバーの銃口を、山の端に向けた。両手で銃把を支え、右手の人さし指を用心金《ようじんがね》に添える。照準の先には、黒い雨雲と、青い空との境目があった。

「おそらくもう、房子も、山科も殺されているさ」

銃把を握る天野の手は、怒りのために震えた。

「天野さん、本当にいいんですか、このままで？」

「このままでいいわけはねえ。必ず落とし前はつけてくれるさ。俺の分だけじゃない。あんたや、あんたの夫の分もな」

「ここで引きあげてしまったら、旦那はどこかへ行ってしまいますよ」

「旦那なんて、ただの駒だぜ。駒を倒したところで、また別の駒が出てくるだけだ。俺は、その駒を使っている親玉のところへ行って、弾をぶち込んでくるさ」

もちろん、天野が言う親玉とは、玉城寿三郎のことだった。旦那もいかれているが、いちばんいかれているのは、そのいかれた奴を使っている玉城なのだ。

「さ、行こう。こんなところにいつまでもいたら、風邪を引いちまうぞ」

正枝は頷いたものの、次郎のそばにしゃがみ込んだ。

「ごめんなさい……」

「お父さんは、そのままにしておけ。あとは警察にまかせるんだ」

正枝は、首に巻いていた手拭いをはずすと、次郎の顔にかぶせた。一度合掌すると立ち上がり、天野について歩き出す。連れ立って、少し離れた橋の上に停めてある、水色のコンバーティブルに向かった。

だが、そのときだった。バス停の公衆電話がまた鳴った。天野も正枝も、びくりとして振り返る。

天野は、バス停に足を進めた。正枝が前に立ちふさがる。

「あなた、駄目です。また罰を受ける。電話には、私が出ます」

「いいんだ。もうゲームは終わりだ」

「だったら、電話はほっといて行きましょう」

「いや、旦那にはっきりと言ってやるさ。人を馬鹿にするのもいい加減にしろって」

天野は正枝を押しのけ、鳴りつづける電話に近づいていった。

屋根の下に入り、電話の前に立つ。一息ついてから、受話器を取り上げた。受話口を耳に当てたが、何の音もしない。

「天野だ」

さっきは、天野の声を聞いただけで電話は切れた。ところが、今度は切れなかった。

「おい、聞いているか？　聞いているんだな？」

何の反応もない。だが、間違いなく電話は通じているようだ。

「俺は引きあげるぜ。あんたの遊びは、俺の趣味には合わないんでな。あばよ」

「もしもし」

受話口から突然、女の声がした。

「もしもし、あなたなの？」

「房子か？」

天野は、頭をガツンと叩かれたような衝撃を受けた。

「お前、無事なのか？」

「無事と言えば、無事ですけど……」

そのとき、男の声も聞こえた。少し遠くから、社長、社長と叫んでいる。

「山科もそこにいるんだな？」

電話を代わったのか、山科の声が大きくなった。

「社長……社長なんですね？」

「山科、お前、生きているんだな」

「申し訳ない、社長。俺がついていながら、こんなことになっちまって」

山科の声は、最後は嗚咽に変わった。

「いま、どこにいるんだ、お前ら？」

山科は泣き崩れて話ができない様子だ。

「おい、しっかりしろ。泣いてちゃ、わからねえ」

すると、山科の泣き声は遠ざかった。別の怒鳴り声が大きく聞こえ出す。

「私たちがこんな目に遭ったのも、あなたのせいでしょ」

また房子だった。かなり怒っている。

「その話はあとだ。どこにいるんだよ、お前たち？」

ところが、返事がない。

「もしもし、聞こえているのか？」

だいぶ経ってから、房子の声がまたした。先ほどとは打って変わって、感情を抑えた声音で、

「次は、峠の茶屋に行きなさいって」

と言う。

「何だ？」

「峠の茶屋」

「どこにある？」

「そのまま山道をまっすぐ登りなさいって。二キロくらい行った先に、大きな杉の木があって、道が分岐しているから、それを右に進むんだそうよ」

「誰に指示されている？」

房子はそれに答える代わりに、

「あんたは、本当に馬鹿。頭に来る」

　と言った。

「何だと、てめえ」

　そこで、電話は切れた。

　天野は舌打ちをし、受話器をおろした。しばらく待ってみたが、もう電話は鳴らなかった。

　気づくとすぐそばに正枝が突っ立ち、心配そうに見ていた。天野は大きなため息をつく。考えがまとまらなかった。

　ついさっきまでは、房子と山科を助けにいくのはやめ、引きあげる決心を固めたつもりだった。だが、二人の声を聞かされると、やはり心が揺れる。

「畜生め」

　と呟いた天野は、なおも動くことができないでいた。

二

　男は鉄格子から受話器を引き離すと、木製テーブルの上に置かれた電話機におろした。それから、格子越しに山科徹を睨みつけ、

「何だ、その目は？　やるってのか？」

　と言った。さらには、両拳を顔の前に構えた。

　大柄な男だった。まっすぐに立てば、体格自慢の山科よりも背は高いだろう。しかしながら、背骨に疾患でもあるのか、ひどい猫背で、首を前に突き出すような立ち方をしていた。肩まで垂れた、白髪交じり

の髪はひどく脂ぎっており、顔は真っ赤で、いつも酒臭い息を吐いている。鉄格子を隔てていなければ、いつでも相手になってやるさ――。床の上に胡坐をかき、男を見上げていた山科は、歯嚙みをしながら目を逸らした。すると、男もファイティングポーズを解いた。今度は、山科の隣に座る天野房子に向かって言う。

「紙を返しな」

房子は、ノートの切れ端のような紙を手にしていた。それを格子に近づけると、赤ら顔の男はひったくった。天野への指示を書いたメモだった。

山科と房子は、地下室に作られた薄暗い牢《ろう》に閉じこめられていた。打ちっ放しのコンクリートの壁と床、天井に囲まれた、六畳ほどの広さの部屋で、入り口側には頑丈な鉄格子が嵌《は》めてある。

牢に入って右奥隅には、木板の衝立《ついたて》があり、その向こうには、木桶《きおけ》を置いただけの便所がしつらえられていた。その上方の、天井のあたりには、これまた鉄格子の嵌まった、横に細長い窓がある。昼間はそこから、外光が入ってきた。

眠らされて捕まり、気づいたときにはここにいた。だから山科には、ここがどこなのかも、地上部分にどのような建物が立っているのかもまったくわからなかった。けれども、外側からは、この窓は床下換気口のように見えているのではないかと思った。

とにかく、ひどい境遇だ。蒸し暑いところで、窓からは絶えず蚊が入ってくる。しかも二人とも、捕まったときから着たきりで、作業着姿の山科はまだしも、房子はずっと寝巻きで過ごしている。山科には、それが可哀想で仕方がなかったし、腹立たしかった。

ときどき食事を届けたり、様子を見たりするために地下室に降りてくる赤ら顔の男は、このときは電話機を抱え、コードを引っ張りながらやってきた。そして、受話器を鉄格子に突きつけ、二人に喋るよう命じたのだ。

「おい、お前、いつまで、俺たちをこんなところに閉じこめておくんだ」

山科がわめくと、赤ら顔の男は鉄格子を掌で叩いた。

「ここでガミガミ言うなって言ってるだろ、バーカ。耳がおかしくなるわい」

鉄格子の向こうも、コンクリートで囲まれた空間がつづいており、声がよく反響するのだ。牢からは見えなかったが、鉄格子から七、八メートル行った先の右手には、地上への階段があるようだった。

「お前たちがいつまでここにいるかなんてことは、俺に聞いたってわかるわけねえだろ、バーカ。そういうことはみんな、旦那が決めるんだ」

それから、男は身を屈めた。鉄格子の一角には扉があり、さらにその下側には、小窓が作られてあった。男はそれを開けようと鍵を鍵穴に差し込んでいるのだが、酔っぱらって苦しいのか、ふうふう言っている。やがて小窓が開くと、紙袋に包まれたものを中に押し込んできた。さらに、平べったい薬罐《やかん》も、床を滑らせながら中に入れる。

「飯だぞ」

男はまた小窓を閉め、鍵をかけた。

山科が袋の中を覗いてみれば、黒っぽい、丸い物がいくつも入っている。チョコレートクッキーのようだ。

「何だ、これは。もっとましな物を持って来いよ」

山科は怒鳴った。男が運んでくる食事は、いつも煎餅とか、乾パンのようなものと、薬罐に汲《く》んだ水だけなのだ。

「文句があるなら、食べなきゃいいだろ」

男は怒鳴り返すと、威嚇するつもりか、格子を両手で摑み、扉をがたがたと揺らした。不快な金属音が、地下室に響き渡る。男の目には、軽蔑の色が見て取れた。支配する側に自分が立っていることが、楽しくて仕方がないらしい。

「せめて煙草を吸わせてくれよ」

山科が言うと、男はにっこりと笑い、ベストのポケットから箱を取り出した。そこから紙巻き煙草を一本抜くと、口にくわえ、鼻歌をうたいながらマッチ箱も取り出し、一本、擦る。

山科に笑顔を見せながら、くわえ煙草の先に火をつけた。口をすぼめ、目を細めて煙を吸う。

「ああ、やっぱり煙草ってのは旨いね」

言うや、男は火のついたマッチを山科に投げつけてきた。山科は慌ててよける。

「てめえ、何しやがる」

「煙草の煙を吸おうなんて、十年早い。お前みたいな間抜けは、まずはマッチの先でもありがたく舐めときゃいいんだ、バーカ」

「こいつめ」

叫ぶや、床に胡坐をかいていた山科は立ち上がった。格子に体当たりをする。また金属音が響いたが、格子扉はびくともしなかった。

男はげらげらと笑い声を立てた。それからまた、ああ、旨い、旨い、とこれ見よがしに煙を吐いてから、卓上の電話機を抱えた。そして、電話線を引きずり、鉄格子の前から去っていった。

男が廊下を右に曲がり、姿を消した後も、山科の気持ちは収まらない。牢内を行ったり来たりし、ときおり床を踏み鳴らしたり、鉄格子を叩いたりした。

「ちょっと落ち着きなさい」

房子が窘めてきた。

「私だって、落ち着けるもんなら、落ち着きたいですよ。しかしね――」

「あいつは、あなたを怒らせて面白がっているんだから、かっかしたら思う壺《つぼ》じゃないの」

「それは、わかってますよ」

「わかっていたら、じっとしていなさい」

山科はしばらく立ったまま、腕組みをして、荒い息を吐いていたが、何度か、房子に座りなさいと言われて、ようやく腰をおろした。

「私は、社長に合わせる顔がありませんよ。私がついていながら、おかみさんをこんな目に遭わせることになってしまって……」

うな垂れる山科に、房子は冷たく言い放った。

「天野が無茶をしないようにあなたがちゃんと見張っていれば、今ごろはこんなことにはならなかったんですよ。天野も馬鹿なら、あなたも馬鹿よ。どうしてくれるの？」

天井近くの窓から、鋏や鋸《のこぎり》の音が聞こえてきた。雨が止み、また、庭木の手入れがはじまったようだ。ここはかなり広い屋敷であると思われた。大勢の庭師が木々の剪定《せんてい》に当たる音が、昨日から断続的に聞こえるからだ。一度、山科はその庭師に聞こえるように「助けてくれ」と叫んでみたことがあった。ところが、窓からは「うるせえぞ。そこでいくら叫んだって、誰にも聞こえない。助けなんか来るものか」という声が返ってきた。庭師たちもみな、「旦那」の一味であるらしい。

「どうすればいいんだろう」

呟きながら、山科はまた立ち上がり、うろうろと歩き出してしまった。やがて、衝立の奥に置かれた桶を足がかりにして、跳び上がった。窓の格子に取りつき、懸垂をして、窓に顔を近づけた。

ない。

房子が言うのもかまわず、山科は表をじっと見た。それは、ここに閉じ込められてから何度も見た光景だった。芝生が短く広がっており、そのすぐ先に黒い板塀が立っていた。塀の先に何があるのかはわからない。

どうやってここを抜け出せばよいだろうか。あるいは、どうすれば外部の人に自分たちがここにいることを伝えられるだろうか。鉄格子に摑まりながらそのようなことを考えていたとき、突然、窓の向こうに顔があらわれた。

「何をしていやがる」

例の赤ら顔の、酒臭い男だった。山科はびっくりして、窓枠から手を放した。着地した途端、よろけ、床の上に尻餅をつく。

「てめえのようなデブが、こんな狭い窓から出られるわけがねえだろ、バーカ」

男は窓から叫んだ。アルコール漬けの、間抜けの癖をして、人を馬鹿にし、むかつかせることにかけては、抜群の才能を持っていると見える。

糞っ――。

しばらくすると、窓からがさがさ音がしたと思ったら、地下室内が暗くなった。男が、伐《き》った木の枝を窓の前に、どっさり積み上げてしまったようだった。

「外を覗こうなんて、百年早いぜ、バーカ」

そう言い残して、男は立ち去っていった。

またしても、山科は地団駄《じだんだ》を踏む。

「あの野郎。ここから出たら、ぼこぼこにして、歯を一本残らず折ってやる」

いっぽう、房子はじっと座って、淡い光が入ってくるばかりになった窓を見上げていた。

「山科さん、ちょっと……」

「いくらおかみさんに言われても、落ち着くことはできません。絶対に許しちゃおけない、あの野郎」

「いいから、話を聞きなさい」

房子は、大きくはないが、非常に鋭い、迫力のある声で言った。

「私、目がよくないんだけど、あれは木の枝？」

房子は、細めた目を窓に向けている。山科も見ると、格子のあいだからは、緑の葉っぱが出ていた。

「何の枝かしら？」

山科はまた窓の下に歩いていき、桶を足がかりにジャンプをした。葉っぱをいくつか摑み、着地する。

「何だろう？　檜《ひのき》ですかね。それに、これは松かな」

「見せて」

と房子が言うので、山科は歩み寄り、渡した。房子は目に近づけ、角度をいろいろと変えながら観察している。さらに肌触りを確かめるように、両手の指で葉をこすり出した。

「一《いち》か八《ばち》か、やるか……」

「何です？」

「山科さん、私の言う通りにしてくれる？」

「おかみさんのおっしゃることなら、何でもしますよ」

「失敗したら、痛い目に遭うかもしれないけれど、私ももう、あのアル中の『バーカ』には我慢できない」

「いったい、何をしろと言うんです？」

「あの窓のところの木を、できるだけたくさん中に引っ張り込んで」

「あれ、ですか……」

「早くして」

「わかりました」

それから山科は、またジャンプして窓格子に取りついた。格子を片手で掴みながら、もう片方の手で枝葉をむしるように、地下室内に引き入れていった。

長い枝は格子に引っかかり、中に引き入れるには、なかなかの力が必要だった。しばらくすると体を支える腕がくたびれ、痺れてくる。だから、いったん飛び降りては、また飛び上がるのを繰り返さねばならなかった。しかも、枝葉は濡れて、汚れており、作業中、葉とともに滴《しずく》や泥がひっきりなしに跳ねて目に入るため、思った以上に大変な仕事だった。

蒸し暑さもあって、壁際に一メートル以上の高さの枝葉の山ができ上がったときには、山科は息が上がって、両膝に手を突いたまま、動けなくなった。

いっぽう、房子はその傍らで、山科が引き入れた木の枝を触ったり、折り曲げたりして、何やら熱心に調べている。

「おかみさん、枝はまだ必要ですか？」

「とりあえず、もういいわ」

せっかく山科が苦労して働いたというのに、房子はねぎらいの言葉の一つもかけてくれなかった。枝の山のすぐそばに腰をおろすと、首にかけていた麻紐を触り、ネックレスを寝巻きの外へ出した。それは、縦十センチ近くもある、黒い十字架のようなものだった。

材質といい、大きさといい、デザインといい、女性のアクセサリーには似つかわしくないものだと山科は思った。十字の頭の部分は円形の大きな輪になっていて、そこに紐が通っていた。

房子は首から紐をはずすと、錆や汚れをまとった黒々とした十字の、輪の部分を捻《ひね》った。輪は、下の十字の部分とは螺子《ねじ》でつながっているようで、くるくると回りはじめる。

やがて、輪ははずれた。房子が十字を逆さまにすると、接続部の穴から、銀色に輝く、鋸状の細い刃が出てきた。刃の下側もまた螺子になっていて、それを輪に回してはめ込むと、房子は松の枝を手に取った。輪の部分を把手にし、刃を使って枝を削っていく。

あまりにも細い刃なので、頼りない印象だったが、房子は手際よく、マッチ棒か、牛蒡の笹搔《ささが》きかというような細長い木片を作っていった。やがて、刃は松脂《まつやに》がたっぷりついて、あまり切れなくなったようだが、その頃には、両手に山盛りに抱えられるほどの木片ができ上がっていた。

「おかみさん、まさか火を起こすので？」

「そのまさかよ」

枝はほとんど生木だし、表面は雨水に濡れていたが、松は脂を多く含んでおり、昔から松明《たいまつ》に使われてきた。中身をこれだけ細く削《そ》いだものなら、火種さえあれば燃やすことは可能だろうと山科も思った。だが、大きな問題がある。

「本気ですか、おかみさん？　地下室で火を起こしたら、我々も煙に巻かれて死んでしまいますよ」

「あなた、私が言うことなら、何でもやるって言ったじゃないの」

「そりゃ、そうですが、しかし——」

「何もしなくたって、私たちはじきに殺されますよ。どうせ死ぬなら、相手にひと泡吹かせてやりましょう」

「でも、しかし——」

「あんた、男でしょ。覚悟を決めなさい」

山科は、房子というのは本当に不思議な人だと思っている。細くて、小さい女性なのに、恐ろしく腹が据わっているのだ。

「でも、そもそも、どうやって火をつけるんです？」

「そのあたりの、紙屑の束を持ってきて。それから、例のクッキーも」

見張りの男は、いつも煎餅などを新聞紙や油紙などに包んで運んできた。そのため、くしゃくしゃになった紙屑が牢の隅に散らばっていたのだ。山科がかき集めた紙屑を受け取ると、房子は枝の山のそばに置いた。つづいてクッキーの袋を受け取ると、中から一枚をとり出し、齧《かじ》る。

「サクサクしていて、なかなかおいしいわ。あなたも一枚どうぞ。この世での最後の食事になるかもしれないし」

袋の中には大きめのクッキーが十枚くらい入っていた。そのうちの一枚を山科も取り出して食べた。

房子は言ったが、山科は首をかしげた。緊張しているせいか、ほとんど味を感じない。

「おいしいでしょ？」

「口の中がぱさぱさです」

「そう？　おいしいわよ」

房子はまた、山科からクッキーの袋を受け取ると、それも丸めた紙屑や小刀で作った木片とともに、枝の山のそばに寄せて置いた。

「火種は？　ライターもマッチもありませんよ」

房子は慌てずに、細い刃をネックレスの輪から外した。そして輪と、十字の長い部分とをごしごしこすり合わせた。十字から黒い粉が削り落ちて、紙の上に溜まっていく。

「山科さんも、まだまだ子供だね。私らの若い頃は、しょっちゅう山の中で野宿をし、火を起こしたものよ。天野につき合って、特高警察から逃げまわっていた頃の話ね」

房子はへらへら笑いながら話す。

「このネックレスも、当時、天野委員長殿から支給されたものですよ。あの人から、まともに指輪なんてもらったこともないから、この古ぼけた首飾りが、あの人との絆の証みたいなもの……腐れ縁の証と言うべきかしらね」

そこまで言ったところで、房子は勢いよく輪と十字をかち合わせた。ぱちぱちと火花が飛び散る。しかし、何度か火花が出ても、なかなか火はつかなかった。房子は目が悪いせいか、黒い粉を集めた場所に、火花をうまく飛ばせないのだ。

見かねた山科は言った。

「おかみさん、私に貸してください」

「お尋ね者の過去を持つ私が、あんたみたいな子供の手なんか借りなくて大丈夫ですよ」

そう言って、房子は火花を散らしつづけるが、一向に火はつかない。

「いいから、貸してください。私も焚《た》き火くらいはできますから」

そう言って、山科は輪と棒をひったくるように房子から取り上げた。そして、二、三度強くこすり合わせたところで、紙の上の粉が強い光を放ち、ぱっと燃え上がった。おそらく、この粉はマグネシウムなのだろう。

火は新聞紙を焦がし、膨れ上がっていく。さらにそこから、松の木片に移っていった。その火は、クッキーの袋にも移る。バターなどの油を含んだクッキーは、火の勢いをさらに強めた。

大きくなってきた火が、松や檜の枝や、葉の端を焦がしはじめた。しかし、やはり湿っているため、水蒸気を含んだ白い煙は出るものの、なかなか本格的には燃え出さない。山科は火を消さないよう、必死に枝を動かし、息を吹きかけ、さらにはシャツを脱ぎ、両手でばたばた振って風を送った。やがて、枝がぱちぱちと爆《は》ぜる音がし、濃い煙がもうもうと上がりはじめた。

「なかなかうまいじゃないの。その調子」

房子が褒めたときには、山科は咳き込み出した。目も痛くてたまらない。積み上げられた枝の量に比べて、驚くほどの煙が出ていた。煙を自分のほうへ寄せつけまいと、さらに強くシャツを振りつづけると、ますます炎が高く上がり、煙の量が増えた。

濃厚な煙はどんどん立ちのぼり、天井付近の窓に吸い込まれた。しかし、窓は狭く、外に出きらない煙が天井に滞留し、渦を巻きながら下へ、下へと厚みを増していく。

「どうなっているんだ。すげえ煙だ」

山科が叫ぶと、房子もぜいぜい言いながら、

「狼煙《のろし》よ」

と応じた。

二人とも、火とは反対側の鉄格子に身を寄せ、頭を低くした。煙は格子を抜け、すでに地下室全体に充満しはじめている。

「大昔から、檜は狼煙に使われていたのよ。いっぱい煙が出るから」

「これも、お尋ね者の知恵ですか？」

目をつぶりながら山科が聞くと、房子は楽しそうな声で、

「そうよ」

と言った。

「無線とか電話が使えないときに、『ポリが来た』って仲間に伝えなきゃならなかったからね。あの頃のアカは大変だったのよ。いまのデモ隊の若造なんか楽なもんよ」

この人にはかなわない。さすが、社長の奥さんだ——。

呆れる山科の耳には、枝が爆ぜる音に紛れ、庭にいる人々の声も聞こえた。「火事だ」と慌てふためき、走りまわっている。

やがて、窓から水が降ってきた。庭にいた者がホースで水を注ぎ込みはじめたようだ。水は火を上げる枝の束にもかかったが、かえって白い煙と、熱い煤が巻き上がるようになった。シャツを脱ぎ、上半身裸でいる山科にはたまらない。

「なんじゃ、こりゃ。何していやがる」

慌てる声が地下室内にこだました。例の赤ら顔の男の声だ。地下室へ下りる階段で叫んでいるようだ。

「『バーカ』が来たよ。奥に下がって」

山科の耳元で、房子が言った。二人は身を伏せながら、鉄格子から離れ、部屋の中ほどに移動した。上からざぶざぶ降ってくる水で、全身びしょ濡れになりながらも、じっとこらえる。

「ふざけやがって。こんなこと、旦那が知ったら、ただじゃすまされないぞ」

赤ら顔の男は咳交じりに言いながら、床に溜まった水を蹴って、鉄格子に近づいてくる。やがて、鉄格子を摑み、がたがたと揺らした。

「おい、どこにいる？　姿を見せろ」

おそらく煙のせいで、男には自分たちのことは見えていないのだろう。

「いるなら、返事をしろ。聞こえねえのか？」

声の調子や、扉を揺らす音から、男が非常に動揺しているのがわかる。

「意識はあるか？　起きているなら、何か言えよ」

やがて、扉の鍵穴に鍵が差し込まれる音が聞こえ、さらに扉が開くのがわかった。男はげえげえ噎《むせ》びながら、牢の中に半ば身を入れた。

いまだ——。

うずくまり、顔を低くしていた山科は立ち上がった。男に体当たりをする。

左肩が、男の肋骨に激突したのがわかる。男はうめき、後ずさりした。二人はもつれ、鉄格子の外に出た。

「この野郎、逃げられると思っているのか、バーカ」

「うるせえ。黙ってろ」

山科は右手で男の首根っこを摑み、左手で男の右腕をとらえて、コンクリート塀に押さえつけた。そして、その腹に膝蹴りを何発も見舞った。さらに、男の頭をコンクリートの壁に叩きつける。ぐったりした男に、山科は言った。

「これまでの礼をしてやるよ」

男の顎に、山科は肘打ちを食らわせた。男の前歯が折れた振動をおぼえる。

「お前が歯を生やすなんて、百年早いぜ」

山科はまた肘打ちを食らわせた。本気で全部の歯を折ってやるつもりだった。さらにもう一発、肘打ちを見舞おうとしたとき、背中を叩かれた。

「もういいでしょ、それくらいで。早く行くわよ」

房子だった。

山科が手を放し、距離を取ると、男は壁にもたれかかったまま、しゃがみ込んでしまった。気を失っているようだ。

山科と房子は連れ立って煙の中を進んだ。右手の壁を触りながら歩く山科は、やがて、壁の切れ目に行き当たった。その切れ目に入ると、そこからさらに右に折れ曲がるように、急な階段が上に延びていた。薄まった煙もまた、そこをのぼっている。

山科と房子は、できるだけ身を屈めながら階段を上がっていったが、やがて納屋《なや》の中らしき場所に出た。板床を囲むように棚が並び、発電機やストーブ、ランプ、工具箱、さらには薪《まき》の束などが雑然と詰め込まれている。そこの空気も白濁していたが、その中を光の筋が通っていた。

出口だ——。

山科は房子の手を引き、光源へ走った。両開きの扉の合わせ目から、外光が差し込んでいる。扉を押すと、軋みながら開いた。

外へ躍り出て、綺麗な空気を吸い込んだ山科は、そこが予想以上に豪壮な屋敷であることに驚いた。自分たちが閉じこめられていた納屋は、白煙に包まれており、それが高々と上空に立ちのぼっていた。そして、納屋の前には、なだらかに下る、芝生の地面が広がり、二十メートルくらい下った先には、ログハウス風の、大きな母屋があった。ヨーロッパの貴族の邸宅みたいだ、と山科は思ったが、母屋の反対側にも敷地はなおもつづいていた。

黒塀に囲まれた敷地の外側には建物は一つも見えず、ただ林があるだけだから、おそらくここは高原の別荘だ、と山科は思った。納屋のすぐ横の壁の先には、濃い緑をたたえた丘が聳えている。

壁の内側にも植木が多く生えていた。その手入れに当たる二人の男と、一人の女の姿が見える。男のうちの一人は、山科たちが納屋から出てきたことに気づくと、竹梯《たけばしご》を持ち上げて走り寄ってきた。

「こっちです」

山科は房子の手を取り、すぐ近くの黒塀に向かって走った。とりあえず、塀を乗り越え、木々の中に身を隠すつもりだった。

ところが、納屋の陰になっていた左手から、別な人影があらわれた。男が鉈《なた》を振り上げ、襲いかかってくる。

梯を持った男に気を取られていた山科は、体のバランスを崩しながらも、左の手刀を出した。鉈を手にした相手の右上腕を、下からチョップし、右腕で相手の首を抱える。

何とか第一撃は避けることができたが、お互いに組み合ったまま動けなくなってしまった。背後からは、複数の足音が迫る。

房子も加勢して、鉈を持った男の手を両手で押さえた。男の手首を捻り、鉈を取り上げる。その刹那、山科は男の体をみずからの腰にのせ、投げ飛ばした。地面に背中を打ちつけた相手の顔を踏んづけ、気絶させる。

山科は房子から鉈を受け取ると、言った。

「早く、あの壁をよじ登って」

「あなたも一緒に来なさい」

「いいから、行ってください。あとからすぐに追いかけます。早く、早く」

房子は壁のほうへ走り出した。

山科は逆方向へ振り返り、鉈を振り上げる。そして、迫り来る男二人に向かって駆けた。だが直後に、山科の体は大きく右へ傾いた。右足が踏みしめたはずの地面が、沈んだのだ。

落とし穴だった。藁と緑の芝をかぶせてあった穴は、縦横三、四十センチほどもあり、深さは山科の膝上まであった。だから、右膝を打ちつけた途端に、さらによろけ、左足も穴にとられてしまった。山科は横向きに倒れた。

さらに、ちくりとした痛みが、山科の左臑のあたりに走った。穴の中を見た山科はぞっとする。そこには、三匹の蝮《まむし》がおり、そのうちの一匹が臑に食らいついていたのだ。他の二匹も鎌首を持ち上げ、戦闘態勢を整えている。

山科は右足を穴の外に出し、地面を踏んで左足を引きあげた。蝮はなおも臑に食らいついたままだ。

「この野郎」

山科は鉈を振り下ろした。蝮の体は両断され、断面から血が迸り出たが、頭はなおも山科の臑から離れなかった。山科は左手で蛇の頭を摑み、引き離した。そのとき、竹梯で頭を叩かれた。うつぶせに倒れたところで、上から二人がかりでのしかかられ、動けなくなった。

見れば、黒塀の近くで、房子も二人がかりで押さえ込まれていた。


コンバーティブルのハンドルを握り、山道をドライブする天野は、運転席の窓を開けた。後部座席の正枝の体臭がきついからだ。

山の天気は変わりやすい。尾根を越え、房子が電話で言っていた、杉の木が立つ分岐点を過ぎると、ガラスに付着する雨滴はなくなった。それどころか、空に晴れ間も見えはじめる。どこかに駐車できるところがあれば、また幌屋根を開けたいものだ、と天野は思っている。

天野は結局、房子が電話口で言った「峠の茶屋」を目指して車を走らせていた。相手の術中にはまることになったのは癪だが、もう少し「旦那」のゲームにつき合うことにした。

後部座席の正枝は、夫を殺してしまった罪悪感に嘖《さいな》まれているのか、ときおり嗚咽を漏らすほかはずっと黙っている。ところが、車がまた見晴らしのよい、高台の道に入ったとき、

「あれ」

と大きな声を出した。

「何かしら？　霧じゃないですよね？　煙突かしら？　火事かしら？」

ミラーに映る正枝は、左側の窓へ顔を向けている。カーブを曲がるべくハンドルを切りながらも、天野も左へ目をやった。山下から、まるで一頭の龍のように、真っ白な煙が上空に立ちのぼっているのが見えた。

天野は道幅の広い場所へ来ると、路肩に車を停めた。ドアを開け、外に出ると、空気がうまかった。ガードレールのすぐそばに立ち、上昇している煙を見つめる。

非常に濃厚な、白い煙だ。地形や、鉄道の線路などとの関係から考えると、煙の発生源は、有名なK沢の別荘地のあたりではないかと思われた。風光明媚《ふうこうめいび》なことで知られたその地には、大きな工場などはないから、煙突の煙とは思えなかった。目を凝らすと煙は広い敷地の邸宅から上がっているように見えるが、もし火事だとしたら、もっと黒々とした煙になるはずだと天野は思った。

正枝もまた、車から降りてきた。もっと離れてくれればよいものを、天野に寄り添うように立った。天野は顔を背け、二、三歩脇に歩いたが、正枝は気にした様子もなく、ただ煙に見入っている。

「何の煙かしら？」

「狼煙だな」

天野は、武闘革命家として活動していた若き日のことを思い出していた。仲間に「特高が来た」と知らせる合図として、狼煙を上げたことがあった。

「もう、峠の茶屋に行くのはやめたぜ。山を下りる。警察には送り届けてやるから、心配するな」

「それで、あなたはどうするんです？」

「これまでは、向こうが主導権を握っていて、こっちは振りまわされるばっかりだった。だが今度は、こっちが先手を取る番だ」

訝しげな顔つきの正枝に、天野は、

「さあ、車に戻るぞ」

と促す。

幌屋根を開けてから、天野はまた車を走らせた。

三

ベルが鳴ったので、男は白樺の木立の中を通る、長い露地を歩いて門へと向かった。

まったく、ついてねえ日だ——。

男は口を手拭いで押さえながら歩いた。口の中は血の味でいっぱいで、手拭いも血まみれだった。上の前歯が三本、折れていた。右側の肋骨も深呼吸するだけで痛く、地面を踏みしめるとずきずき響くから、おそらく罅が入っているものと思われた。

ようやく屋敷の表門まで来ると、手拭いで口元を押さえながら、門外へ言った。

「はい、ご用件は何でしょう?」

「K沢消防署ですが」

男はため息をつく。

「ですから、何のご用です?」

「通報があったものですから」

「何も異常はないって言ったでしょ」

言葉が不鮮明だったのか、門外の相手は、

「何ですか？」

と聞き返してきた。ますます頭に来る。

「さきほど、電話で説明したじゃないですか。火事なんて起きていないって」

しばらく前に、消防署から屋敷へ電話がかかってきた。煙が上がっているとの通報があったが大丈夫か、と言うのだ。それに対して男は、別に何も起きてないから消防署には用はない、と返事をしておいた。それで話はすんだものと思っていた。

「みな様、ご無事ですか？」

「お騒がせして申しわけありません。焚き火をしたところ、ずいぶん煙が出てしまったようで……しかし、それだけのことですので、どうぞもうお引き取りください」

丁重に言ってみたが、門外の者は引き下がらない。

「門を開けていただけますか。通報があった以上、我々も中を調べないわけにはいきません」

うるさい奴だ――。

男は地面に唾を吐いた。たっぷり血が混じった唾を見つめ、しばらく考えてから、鉄門の通用口の閂《かんぬき》をはずした。扉を開けると、紺色の制服を着て、帽子をかぶった二人の男が立っていた。その後ろには、小型の消防車が停まっているのも見える。

二人のうち、用箋挟《ようせんばさみ》の板を手にした壮年の男が通用口に近づいてきた。

「お忙しいところ、恐れ入ります。火元を確認させてください。何も異常がなければ、すぐに引きあげますので」

その男の後ろに立っていた若い隊員は、板塀の内側を窺うように背伸びをしている。

「じゃあ、どうぞ」

男は、消防隊員を門の内側に招き入れた。門を潜ってきた隊員二人は、男の顔をじろじろと見た。

「どうかしたんですか？　怪我ですか？」

「大したことはありません。木から落ちまして……枝を伐っていたところが、しくじって」

折れた歯を手拭いで隠しながら、男は返事をした。

「病院に行ったらどうです？　顔がだいぶ腫れているみたいですが」

「ええ、たしかに腫れています。顔から落ちましたから。でも、本当に大したことはありません」

「出血もひどいな」

「血くらい平気。生きている証拠です。さ、どうぞこちらへ」

これ以上、会話をするのは面倒だと思って、男は二人の先に立ち、敷地の奥へ足早に進んでいった。しかしそれでも、隊員は用箋挟の資料に目を落としながら、いろいろと尋ねてきた。

「こちらの所有者は、登記上、興亜《こうあ》共栄《きょうえい》貿易となっていますが……」

「らしいですね」

男は他人事のように応じた。

「私は管理業務を行っているだけですから。庭木を伐ったり、掃除をしたり」

「失礼ですが、お名前は？」

「私？」

「そう。あなたのお名前」

本当は答えたくなかったが、男は仕方なく、

「庄司《しょうじ》と申します」

と言った。

「いま庄司さん以外に、ここにいらっしゃるのは？」

「別荘の管理会社から派遣された者が何人かいるだけですが……」

はぐらかしながら答えるうちに、消防隊員たちは、前方に見えてきた大きな屋根の建物に注目した。その左後方には納屋があり、反対の右奥にはコンクリートブロックを組み合わせ、中に黒い鉄板を嵌め込んだ焼却炉もあった。

「火元は、あれですか？」

隊員は、焼却炉を指さした。

「ええ……」

二人の消防隊員は、庄司のことはかまわずに焼却炉に足を進めていった。炉の中には炭化した、燃えかすの枝がたくさん詰まっており、周囲のコンクリートブロックはかなり高い位置まで煤だらけだった。しかも、炉の中も外も水浸しになっている。

「ここで火を焚いたら、ずいぶん煙が出てしまいまして、ご心配をおかけいたしました……どうか、オーナーには内緒にしていただけますかね？」

二人の隊員は、それには反応しなかった。敷地内を見まわしている。

「本当に、火を使ったのはここだけですか？」

「ええ、ここだけです」

用箋挟を持った隊員は、また庄司の顔をしげしげと見た。

「やはり、ひどい傷ですね。病院に行ったほうがいい。車でお送りしますよ」

「いや、いや、病院なんて大袈裟な」

いくら言われても、庄司は拒否しつづけた。

消防隊員は敷地の中をさんざん歩きまわった揚げ句、ようやく帰っていったが、引きあげる際に署名を求めてきた。嫌だったが、庄司は自分の名前を書類に書いた。

庄司は門から戻ってくると、母屋に入った。広い居間の椅子やテーブルはいま、埃除けの布をかけ、左側の壁に移動させてあった。絨毯もはがしてあるため、部屋の中央の板床はむき出しになっている。天井からは、たくさんのクリスタル・ガラスをあしらった、豪華なシャンデリアが吊り下げられていた。

部屋のいちばん奥には大理石で化粧された暖炉があったが、その前に、一人の男が椅子を据えて座っていた。椅子に深く腰掛けた男は背が低く、足は床についていない。カーキ色のズボンや、だぶだぶの長袖シャツを着た身形も、短く刈った髪形も、子供のようだ。

椅子の右後ろには、執事のように、太った男が立っていた。戦時中に用いられた国民服に似たデザインの服を着て、帽子までかぶっているから、将校の身のまわりの世話をする当番兵のように見えた。

庄司は、居間に入ってすぐのところに立ち止まり、頭を下げた。

「申し訳ありません、旦那。こんなことになってしまって」

小さい「旦那」のそばに立つ、太った「当番兵」は、鼻で笑い、軽蔑したような目を向けてきた。しかし、旦那、すなわち殺し屋のプチは、まるで話を聞いていないように、

「ここはいい屋敷だよね。俺もこんなところに住める身分になりたいな」

などと言った。

「まさか、あいつらが火をつけられる道具を持っているなんて知らなかったものですから……」

「何を言っているのか、よく聞こえないよ」

とプチが言ったものだから、庄司は声を張り上げた。

「まさかあの女が、ああいうネックレスを持っているとは――」

「庄司君、だいぶ滑舌《かつぜつ》が悪くなったね」

前歯は折れてしまったし、口の中は傷だらけだから、庄司の言葉が不鮮明になるのは致し方なかった。

「すみません、旦那。まさか――」

「よく聞こえないよ、庄司君。もっと近くに寄りなよ」

数歩だけ、庄司は前に進んだ。

「旦那、本当にすみません……」

「庄司君、もっとこっちへ来てよ」

「あ、はい」

「もっと、もっと」

庄司はプチのもとに近づいていった。ところが突然、プチは叫んだ。

「止まれ」

庄司は右足を前に出したところで、ぴたりと止まったが、ゴム靴の爪先が触れた床板が下に落ちた。ぽっかりと暗い空間があらわれる。一メートル四方くらいの床板が、蝶番に引っかかってぶら下がり、揺れている。

庄司はよろけた。両腕を大きく後ろへ回して穴に落ちないように踏ん張る。やがて、後ろに倒れ、尻餅をついた。頭上のシャンデリアのクリスタル玉が、ゆらゆらしている。

プチと当番兵の笑い声を聞きながら、庄司は肋骨の痛みをこらえ、ゆっくりと立ち上がった。猫背をさらに曲げ、首を伸ばして穴の中を覗くと、眩暈がするほど深い位置に、コンクリートのプールがあるのがわかった。その横に、二人の人間が座っていた。二人とも、逃げられないように腕と壁とを鉄の鎖でつながれている。庄司が納屋の地下で管理をまかされていた、房子と山科だった。

上半身裸の山科は、体調が悪そうに見えた。汗まみれで、青い顔をしており、震えながら、うなされたような声を上げている。蝮に嚙まれて、熱が出ているせいだろう。自分に逆らい、歯を折りやがった相手だから、庄司は「いい気味だ」とも思った。だが同時に、奈落に落とし込まれた彼の姿が、自分自身の運命を暗示しているようにも思え、戦慄もする。

プチは、それまでとは打って変わった、沈んだ声で言った。

「僕はさ、庄司君を最低の境遇から助けてやったはずなんだよね。それなのに、どうして君はこんなへまをやらかすことができたのか……こういうのを、恩を仇で返すと言うんじゃないかと思うんだけど、君はどう思う？」

庄司は長年、アルコール依存症を患い、ヤクザにこき使われる身分だった。違法カジノ店の掃除をしたり、ヒロポンの売買の仲立ちをしたりして、何とか生き永らえてきた。そこへ、プチの旦那はあらわれ、別荘の管理人の仕事を斡旋《あっせん》してくれたのだ。たしかにここでの待遇は、それまでとは雲泥の差と言えた。

「しかし困ったね。天野が、どこかへ行っちゃったよ」

そう言ったプチは、がっくりとうな垂れた。非常に落ち込んだ様子だ。

ここ数日、天野という男をおびき寄せ、殺害するために、プチは非常に多くの手下を集め、使っていた。この別荘のほか、近隣各地の眺望のよい場所などに人員を配置した上、みずからも精力的に動きまわっているようだった。プチは足を痛めているらしく、よちよちとしか歩けないから、移動するときには、当番兵に自分を担がせていた。

あのデブめ――。

庄司は、当番兵が嫌いだった。あいつもまた、社会の底辺で暮らしていたところを、プチに拾われたに決まっていた。言わば、庄司と同じ「役立たず」のはずだった。ところが、いつもプチのそばにいられるというだけで、自分がとても偉くなったように思い込んでいるらしく、いつも庄司には、あざけったり、威嚇したりするような態度を取った。

「あいつらに煙を出させ、その上、消防署なんかが来ちゃったってことが、どういうことか、庄司君はわかっているの？　すごくまずいことなんだよ」

プチはねちねちと詰ってくる。

「旦那、本当に許してください。私は、言われた通りに仕事をしていただけです。あいつらを牢の中に閉じこめ、食事を与えていただけで――」

「君はさ、この穴の下のプールが何だかわかっているの？」

「いえ……」

「硫酸プールだよ。君は、硫酸に浸かったことないだろ？」

「ありません」

「僕はあるんだよ。会長を怒らせてしまってさ……もう、足の裏はずるずるで、まだ痛くてたまらないよ」

庄司はぞっとして、穴からまた後ずさりした。当番兵も、強ばった顔で穴を見つめている。

「旦那、天野って奴の捜索に、俺を加えてください。こんなところでじっとしていたくありません。俺は、必ず見つけてきます」

庄司は懇願したが、プチは鰾膠《にべ》もなく、

「もう、その必要はないよ」

と応じた。

「探さなくても、天野はきっと、ここへ来るからね」

するると、当番兵は笑った。

「馬鹿な奴ですな、天野は。飛んで火にいる夏の虫とはこのことだ。ここは要塞ですからな」

たしかにこの屋敷には、動物用の括り罠や、竹槍や蝮を仕込んだブービートラップがたくさん仕掛けてあった。だがプチは、不機嫌そうに当番兵を睨む。

「馬鹿は君だよ。もう、こっちのペースで天野をおびき寄せることはできなくなっちまったんだ。攻守所を変えたんだよ。向こうが攻めてくるのを、こちらは待ちかまえて守らなければいけないんだ」

「旦那、天野が言うことを聞かなくなったのなら、人質を殺してはどうです？」

当番兵はプチにそう進言した。庄司は反論した。

「そりゃ、まだ早い。奴がここへ乗り込んできたとき、人質には使いようがあるかもしれない」

当番兵はむかっとした目を庄司に向けると、すぐにプチの顔色を窺った。庄司もプチを見た。どちらも、プチが自分の肩を持ってくれるのを期待しているのだが、当のプチは黙ったままだ。

沈黙に耐えられなくなってか、当番兵はまた口を開いた。

「自分たちは、このままここにいていいのでありますか？　天野が仲間を連れてきたらいかがいたします？　あいつは、警察に連絡するかもしれません。いったん、ここを撤退したほうが――」

「やはり、君は馬鹿だね」

とプチは当番兵の言葉を遮る。

「天野は、すでに僕たちを見張っていると考えなければならない。もう逃げ場はないんだよ。天野が仲間を連れて来ようが、警察が来ようが、ここで迎え撃つしかないんだ。闘うしかないんだ」

庄司は、大嫌いなはずの当番兵と目を合わせていた。庄司自身も怯えていたが、当番兵の目にも怯えがあるのがわかった。

「いいかい、二人とも。警察に捕まることなんて恐れている場合じゃないんだよ。しくじれば、僕も君たちも、会長に見放されちゃう。それがどういうことかわかるかい？　あのプールに沈められ、跡形もなくなってしまうということなんだよ……それが嫌なら、天野を待ちかまえて、必ず仕留めるしかないのさ」

庄司も当番兵も、沈んだ声で、はい、と返事をしたが、それ以上に、プチ自身が生気のない、暗い表情をしているように見えた。

四

コンバーティブルは、山道を離れ、道沿いにガソリンスタンドや飲食店などが散見されるあたりに来た。すでに夕闇が迫りつつあり、天野がヘッドライトをつけたとき、後部座席の正枝が言った。

「私のせいではないですよね？」

「え？」

「お父さんを殺せって命じられたから、殺しただけで……私は脅かされて、仕方なくやっただけで……」

「たしかにな」

ハンドルを握りながら、天野は相槌を打った。

「わかってもらえるかしら、警察に。私には罪がないということが」

「まったく罪がないってことにはならないだろうな。撃っちまったのは、あんた自身なんだから。だけど、出頭して事情を説明すれば、情状酌量の余地はあるさ」

「そうですよね……無罪ではないですよね」

正枝の落胆ぶりに、天野は可哀想になった。

「拳銃はあんたの物ではなかったわけだし、あんたは脅されて、まともな判断ができないうちに、撃たざるを得ない情況に追い込まれたんだ。それを、出頭してきちんと説明するといい。俺には、昔から世話になっている、偉い弁護士の知り合いもいるから、紹介するよ。俺自身も、あんたが銃を撃ったときの情況について証言してやるさ……まあ、そのときまで生きていられればの話だがな」

天野は、人質を救い出すべく、あの煙が立っていた屋敷に乗り込もうと考えている。それが、命が幾つあっても足りない、向こう見ずな行いであることは、わかりきっているが。

「ところで、いま、どこへ向かっているんです？」

あらためて、正枝は周囲を見て言った。天野は、あの屋敷とは違う方向に車を進めていた。

「知り合いのところへ挨拶に行くんだ」

「弁護士さん？」

「別の知り合いだ。近くにいるはずなんだがな……あんたの今後のことを頼んでおこうと思って」

やがて、天野の視界に、一つの看板が入ってきた。道端の柱の上に、赤い電飾で「大井《おおい》運送」という文字が浮かび上がっており、それを取り囲む四角い枠状の青やピンクの電飾が、点滅したり、ぐるぐる回ったりを繰り返している。

「あれだな」

近づいていくと、派手な看板の割に、建物は安っぽい、プレハブのものだということがわかった。ガレージに三台のトラックが停まっており、その前に狭い広場があった。そこへ、天野はコンバーティブルを滑り込ませた。

　一台のトラックのボンネットを開け、中を覗き込んでいた男が、車がやってきたことに気づき、振り返った。

　車を停め、降りた天野は、男のもとへ歩いていく。

「すみません。ちょっとお尋ねいたしますが、大井社長はいらっしゃいますか？」

　すると相手は、

「兄弟かい？」

　と言った。

「大井さんか？」

「久しぶりだな」

　男は駆け寄ってきた。

　そばでよく見れば、紛れもなく目当ての相手だ。リーゼントスタイルの前髪も、昔のままだった。二人は互いの両手を取り合った。

「突然、すまない。近くに来たものだから」

「何を水臭いことを言っている。よく来てくれた。嬉しいよ」

「立派な会社だな。羽振りよくやっているようで安心した」

「羽振りなんかいいものかね。なかなか厳しい世の中だが、とりわけ津長のオヤジが死んでからというもの、かつかつさ。でも、何とか渡世の荒波を凌《しの》いで、生き延びている」

　大井智明《ともあき》は、にたりと笑ってみせた。苦しくても、負けてたまるかという気概を感じさせる。

　大井はかつて、もっとたくさんのトラックを擁した運送会社を経営しており、多くの現場に砂利や鉄骨などの建設資材を運搬していた。その関係で、天野とも十年近いつき合いがあった。そして二人とも揃って、首都圏ではよく知られていた建設業界のフィクサー、津長宏一を慕っていた。

とくに杯などを交わした間柄ではないけれども、大井は昔から、天野のことを「兄弟」と呼んでくれていた。天野のほうも、ほとんど歳が同じの大井のことを、何となく本当の兄弟のように思って親しく交際してきた。だが、玉城と対立していた津長が横死《おうし》したあと、大井はかつての会社は畳み、故郷へ帰ってしまったから、ここのところはしばらく会っていなかった。

「それにしても、いい車に乗っているな。兄弟こそ、羽振りがいいんだろ」

大井はコンバーティブルを惚れ惚れとした目で見ている。

「ありゃ、俺の物じゃないんだ」

「そうかい……ところで、あの人はどなただい？」

車のそばに、正枝が所在なげに立っていた。

「ちょっと、わけありでね」

そのとき、正枝が言った。

「あの、お手洗いを借りていいかしら」

「ああ、いいですとも。あっちだ」

よほどせっぱ詰まっていたのか、大井が指さしたガレージの左端へ、正枝は小走りに去っていった。

「あの人は、兄弟のこれかい？」

大井は、笑って右手の小指を立てて見せた。

「房子さんという糟糠《そうこう》の妻がありながら、あんたも隅に置けねえな」

「からかうんじゃねえ」

なおも笑っている大井に、天野は言った。

「兄弟に折り入ってお願いがあるんだ」

「何だい？」

「あの婆さんのことなんだが……最寄りの警察署まで届けてやって欲しい。出頭したがっているんだ。その後のことも、いろいろ面倒を見てやってくれないか」

「出頭？　あの婆さん、何をやらかした？」

「夫を殺ったんだ。ハジキをぶっ放して」

「そいつはたまげたな」

「面倒を持ち込んですまねえが」

「なに、そんなことはお安いご用だが、兄弟はこれからどうするんだ？」

「急ぎの用があるんだ」

「せっかく久しぶりに会えたというのに、すぐに行くつもりかい？」

それまでにこにこしていた大井が、急に鋭い目つきになった。

「出入りかね？　相手は誰だ？」

天野は黙っていた。

「急ぐと言っても、少しくらいは時間があるんだろ。茶くらい飲んでくれよ」

大井について、天野は歩いた。ガレージの右側に建てられた、これまたプレハブの建物に向かう。引き戸を開け、中に入ると、簡易なテーブルと椅子が置かれた事務所になっていた。

「まあ、掛けてくれ」

天野は椅子の一つに座ったが、大井は茶をいれてくれるわけでもなく、突っ立ったまま、真剣な表情で尋ねてきた。

「相手は誰だ？」

「これは、俺の個人的な問題だ」

「俺と兄弟との間柄で、ずいぶんと水臭いじゃないか。事情くらい話してくれてもいいはずだ」

そう言われると、天野も良心の咎《とが》めのようなものをおぼえた。

「つまらない話さ。カミさんと、長く俺に仕えてくれている社員をさらわれたんだ。それを取り返しに行くまでだ」

「さらったのは誰だ？」

「玉城の手下だよ」

大井は大声を出した。

「ますます水臭いじゃないか」

大井がそう言うのはわかっていた。津長派とでもいう者たちのあいだで、オヤジを葬った黒幕が玉城であることを疑う者は、まずいない。

だが、今度のことに、大井を巻き込みたくはなかった。彼には彼の生活があり、面倒を見なければならない家族や従業員がいるのだから。

「相手は何人だ？」

天野は首を横に振った。いったい、あの屋敷に何人の敵がいるのかは、見当もつかない。

「あんた、一人で行くつもりか？」

天野は頷く。

「殺されに行くようなもんじゃねえか。俺にも手伝わせてくれよ」

「車を取り換えてくれればいい。あのコンバーティブルと」

「うちには、運送用のトラックしかない。あの格好いい車とでは、つり合わねえぞ」

「それでいいんだ。あの婆さんの面倒も見てもらわなきゃならないし」

「ほかに、餞別はいらないのか？」

「餞別？」

「俺も若い頃とは違って、大した物は持ってねえが、ハジキくらいならあるぜ。旧式の奴だが、奥の倉庫にある」

来い、来い、と大井が急かすので、天野はまた立ち上がり、連れ立って事務所の外に出た。そこで、大井が左右を見ながら言った。

「そう言やあ、あの婆さん、どこへ行った？」

天野もまた、敷地内のあちこちに視線をやったが、正枝の姿は見当たらない。

「いくら婆さんのションベンの切れが悪いと言っても、ここまで長くかかるわけでもあるまい」

冗談めかして言う大井について、便所の前まで来たが、人の気配はなかった。

天野は言った。

「逃げたんだろう、おそらく。出頭するのはやめたんだ」

「探し出さなくて、いいのかい？」

「ああ、いいさ。本人が出頭したくないって言うなら、それでいい」

大井は頷くと、言った。

「あの婆さんの面倒を見なくていいなら、あんたの仕事の手伝いができるぜ。人質救出の」

「駄目だ。これは、俺の問題だ」

「じゃ、あんたの手伝いではなく、俺個人の意趣返しをしに行くぜ。玉城には、たっぷり礼をしてやらなきゃならねえ」

「いや――」

「俺の問題に首を突っ込まねえでくれ」

天野は返す言葉を失った。見上げれば、雲間にはすでに星が瞬いており、事務所の脇の道路を、ひっきりなしにヘッドライトが通りすぎていく。

「なあ、兄弟……俺と兄弟との仲だ、お互いに変な意地を張るのはやめねえか？　俺には、兄弟が奥さんや社員を助け、男を上げようとするのを邪魔するつもりなんかねえんだ。俺はただ、兄弟のあとへついて行って、ごく控えめに助太刀をしようと思っているまでなんだ。頼むから、あんまり意固地にならねえでくれ」

「ごく控えめねえ……」

天野が呟いたとき、またトラックが横を通りすぎていった。そのヘッドライトに照らされた大井の顔は、言葉とは裏腹に、やる気に満ちた、ぎらぎらとした笑みをたたえていた。

11　突入

一

「本当に申し訳ないです」

日讀新聞の渡瀬記者は、机の上に手を突いて頭を下げた。

「別に驚きはしないさ。左翼の新聞記者なんてのは、信用ならないと相場は決まっているからね」

と、寺原正吾は冷ややかに応じた。

「あんたらと手を組むなんて、天野も焼きがまわったんだよ。それだけのことだ。だがね、房子たちが可哀想でしょうがない」

そこは、寺原の弁護士事務所である。法律書や裁判関係の資料が雑然と並ぶ本棚に囲まれて、二人は机を挟み、座っていた。そろそろ仕事を切り上げようと思っていたところに、渡瀬から電話があったため、寺原は迎え入れることにしたのだ。

「山科さんという、天野さんの信頼する方が不寝番をすると言うので、私も安心していたんですが、朝になったら、二人とも姿が消えてしまって」

「どうして、警察に相談しないんだ？」

「天野さん自身が、『決して知らせるな』と言ったのです。『もし知らせたら、玉城に自分の居所を教えるようなものだ』って」

「誘拐犯の指定するところへ一人で行くなんて、天野もどうかしている」

「我々としても、腕利きの護衛はつけたんですが、死体で発見されて……」

東側の工作員など間抜けなものだ、と寺原は思った。

「警察にはすぐに知らせるんだ。玉城には、俺が話してみよう」

「何とかなりますか？」

「そんなこと、やってみなければわからん」

寺原はきつい言い方をしていた。もうつき合いたくないと思っていた相手に、また接触しなければならないのは憂鬱だった。けれども、天野夫妻を救うためならば仕方がないだろうと思う。

「玉城は政商で、裏取引のフィクサーだ。結局のところ、損得で動く男なんだ。天野と睨み合うことが得にならないと思えば、手を引く可能性はある。それより、天野をどう抑えるかだよ」

「天野さんだって、ここで手を引いたほうが得だと思えば――」

「あいつは義憤を晴らすためならば、損なことも平気でする男だ。人質まで取られたんだぞ。簡単に引き下がるとは思えない。このままでは天野は殺されてしまうか、運がよくても刑務所送りだ」

「利益を得られるだけでなく、玉城や、沼津経済大臣をぎゃふんと言わせられる策ならば、天野さんも聞いてくれるかもしれません」

渡瀬にはなかなか自信があるようだった。

「何か、手を打っているのか？　どういう策だ？」

「ちょっと込み入った話ですが、ある料亭の女将がいましてね。ついこのあいだまで、沼津大臣といい仲だった人なんですが……」

渡瀬の腹案をひと通り聞いた寺原は、言った。

「それで、うまく行くかね？」

「わかりませんが……」

と、急に自信なさげに応じたあと、渡瀬はこうつづけた。

「その小松っていう女将は、きっとうまく行くって言うんですよ」

「そうだろうかねえ」

と言ってから、寺原は話を別の方向へ転じた。

「ところで、聞きたいことがある。かりに天野と玉城との手打ちが達成された場合、あんたらにはどんな利益があるんだ？」

寺原が言った「あんたら」とはもちろん、東側陣営のことだ。

「天野さんは、私たちの仲間ですよ。仲間の無事を願うのは当然じゃないですか」

綺麗事を言いやがって、と寺原は腹中で罵る。

「ミカド崇拝者の天野と、戦前からの武器取引のフィクサー、玉城が戦って共倒れになれば、この国で革命を起こそうと画策するあんたらにとっては嬉しいんじゃないのかね？」

寺原は自分が怒りにとらわれているのを感じている。国家などの大きな組織が掲げる、美しいお題目のせいで、人生を狂わされた者がいかに多いかを考えると、腹が立ってくるのだ。

「たしかに、革命インターナショナルも損得で動くことは私も認めます。労働者を資本家の搾取から解放し、帝国主義を終わらせて、世界平和を実現すると言いながら、革命インターナショナルの幹部たちが真っ先に考えているのは、S連邦の勢力拡大でしょうしね」

「君の口からそのような言葉が出るとは驚きだな」

「革命インターナショナルや、S連邦は私たちに『天野さんを助けよ』と指令してきていますが、その理由は、天野さんを革命運動家として高く評価しているからではないでしょうね。彼が玉城に殺されてしまえば、『革命インターナショナルは恃《たの》むに足らない』という印象を世の中に与えてしまう。それを恐れているんです」

「それも『いまのところ』ということであって、指令なんてものは、ころころと変わるんだ。幹部たちの判断がたとえば、天野が玉城に殺されてしまったほうが、革命戦士を死にいたらしめた帝国主義者の残酷さを宣伝する上で都合がいい、というものに変われば、天野はすぐに見殺しにされる」

渡瀬は頷いた。

「たしかに、組織や権力なんてそんなものですね。だけど私は、かりに〝上〟が『天野さんを見殺しにしろ』と言ってきたとしても、天野さんを助けるためにできるだけのことをするつもりです」

「東側のシンパが、それでいいのか？」

「上と末端の構成員の考えが違うなんて、どの組織でもあるでしょう。組織がどうだろうと、私は私なんですから」

寺原はにやりと笑った。

「君は私情に溺れ、堕落している。革命家として不徹底だ。プチブル的だ。自己批判せよ」

渡瀬も笑顔になった。

「はい、自己批判します。私は天野さんを助けるためなら、率先して堕落するような男です」

「けしからん奴だ」

寺原が笑いながらそう言うと、今度は渡瀬が問い返してきた。

「かつて官吏であった寺原先生に伺いたいのですが、国家公務員は、国家の命令に身も心も捧《ささ》げなければなりませんか？　国家の命令に忠実に従ったのに、国家の方針が変わり、それまでの忠節が非難されるようになったとしても、国家に対して恨みを抱いてはいけませんか？　それは、公務に就く者として堕落ですか？」

「すまじきものは宮仕えか？」

寺原は自嘲も込めて鼻で笑った。

「俺だって、天野の馬鹿めを助けたいさ。房子も助けたいさ。天野が犯罪者であろうとなかろうと、政治的な立場がどうであろうとね」

寺原は卓上の電話の受話器を取り上げた。ダイヤルを回しながら、さらに渡瀬に言う。

「あんたは警察に連絡してくれ。房子たちが誘拐された情況についても、警察に詳しく話すんだ。いいな」

渡瀬が、はい、と返事をしたとき、電話はつながった。

「あ、弁護士の寺原だが、会長の予定を伺いたいんだがね――」

二十分ほど後、事務所の前に一台の黒塗りの自動車が到着した。外国産の大きなもので、事務所の呼び鈴を鳴らした運転手も、真っ黒なスーツを着た、厳つい雰囲気の男だった。

寺原の秘書は、彼がどこへ出かけるつもりなのかを察したらしく、心配そうに言った。

「先生、できるだけ早いお帰りを」

「そのつもりだ。君は先に上がってもらっていい。渡瀬君には、帰す前に菓子でも出しておいてくれ」

そう言い残して、寺原はすでに暗くなっている表に、杖を突きながら出た。そして、黒スーツの男の案内で車に乗った。

行き先は、玉城寿三郎の屋敷だった。大きな門を潜り、大きな車寄せ玄関の前で車が停まると、鉄筋コンクリート造りながら、和の趣の建物の中に寺原は案内された。

通されたのは、長い廊下の先の一室だった。建物全体の雰囲気とは異なり、何となく、海の向こうの大陸にかつてあった、租界地《そかいち》の高級住宅を思わせる部屋である。中央の円卓や椅子も、そのまわりの棚や箪笥も、黒檀《こくたん》製で、華美な螺鈿《らでん》細工が鏤《ちりば》められている。その黒々とした家具類と、赤い絨毯が鮮やかな対照をなしていた。

棚の上には無数の表彰状や勲章、トロフィーなどが置かれてあった。案内役が出ていったあと、寺原はそれらをじっくりと見てまわった。

戦前にミカドや軍から授与された勲記《くんき》勲章や、戦後の慈善事業への貢献などを賞する表彰状、また、戦後になって独立した発展途上国からの勲章類もあった。受賞者の名はみな、玉城寿三郎だ。

やがて、部屋の外に慌ただしい足音が聞こえた。ドアが開き、飛び込んできたのは、小袖と袴を身に着けた玉城だった。

「先生、ようこそお越しくださいました。お待たせしてすみません」

荒い息で、太った体を弾ませながら、玉城は言った。寺原が来たことを、心底喜んでいるような笑顔だ。

「いや、いろいろと興味深く拝見させてもらっているよ」

「お恥ずかしい」

とは言ったが、玉城は嬉しそうだ。

「私は、大した人間じゃありませんがね。貧乏な親のもとに生まれ、学問もまともにできず、ずっと下積みの暮らしに甘んじてきた。惨めな敗戦も経験し、苦汁を舐めました。だが、国と弱い人々のために誠心誠意、働かなければならないという使命感だけは片時も忘れず、地道に努力を重ねてきました。その結果、少しは褒めていただける人間になれたようです」

「たしかに、すごい数の勲章だね……ところで今日は、突然、無理を言ってお邪魔をすることになってしまったんだが」

「とんでもない。いつでも歓迎ですよ、先生。さ、お座りください。晩ご飯はまだですかな？　鮨《すし》でも取りましょうか？」

「食事はいらん」

「では、菓子などをご用意しましょう。よい花林糖があるんです。銅鑼焼《どらやき》もありますよ。私の知り合いがやっている店が作っているんですが、最高の小豆《あずき》を使っていましてね……あ、先生にはお酒のほうがよかったか。これは失礼しました」

「喉が渇いたから、冷たいお茶だけいただければいい」

「果物《くだもの》でも――」

「いや、いい」

「そうですか……」

卓上には灰色の電話があって、部屋の外にいる使用人と話せるようになっていた。斜向《はすむ》かいに円卓に着いたあと、玉城は受話器を取り上げ、茶を持って来いと命じた。それがすむと玉城はまた、先生が最近は元気そうで嬉しいとか、朗らかに喋りつづける。

「とにかく私は、公のため、人々のために尽くすことを考えてきましたし、今後とも、そういう生き方をつづけていきたい。それしか能のない人間ですからな。河辺総理の退陣表明のときは、私の人生ももう終わりかと思いましたがね、ありがたいことにここへ来て、少しばかり光が見えてきましたよ。ある親切な女性が、いろいろと骨を折ってくれましてね」

「そうか、それはよかった」

「しかしもちろん、まだ完全に安心というわけにはいきません。もうひと勝負、乗り越えなければなりませんが」

茶が運ばれて、話は一時中断したが、給仕係の女性が出て行くと、寺原は本題に入った。

「そんな忙しいときに、押しかけて来てしまってすまない。相談したいことがあったものだから……」

「私にできることならば、何なりとおっしゃっていただきたい」

「それが……天野のことなんだ」

玉城は目を見開いた。

「妙なことを聞いた。あんたが、天野の奥さんと、天野組の社員の身柄を預かっていると言うんだがね」

「何ですって？　私は何も知りませんよ」

「本当に？」

玉城は急に不機嫌な顔つきになった。

「先生、検事に復職でもしたんですか？　まるで私に尋問しているみたいだ」

「そんなんじゃない。ただ――」

「いったい、誰がそんなことを？」

「天野の知り合いという者から接触があった」

「誰です？」

「それはいまは言えないが、その者の話では、あんたが人質を取り、『命を助けたければ、一人で来い』と言ったために、天野は非常に怒っているということだ」

「私がなぜ、そのようなことをしなければならないとおっしゃるんです？」

「言っていたじゃないか。天野が自分の命を狙っているって。だったら、あんたが何らかの対抗措置をとってもおかしくないだろう」

「たしかに、天野は困った野郎ですがね、しかし、私があんな下種《げす》野郎とは違うことは、先生もよくご存じでしょう」

にっこり笑って、玉城はしゃあしゃあと言った。

「何なら先生、この屋敷に天野のかみさんがいるか、探してもらってもいいですよ。そういう捜索は、先生は得意でしょう」

「そりゃ、ここにはいないかもしれないが――」

「じゃ、ほかにどこにいるとおっしゃるのです？」

「あんたには、多くの部下がいる。あんた自身にそのつもりがなくても、部下のうちの誰かが心得違いをするかもしれないだろう」

玉城の顔から笑顔が失せた。

「たしかに、先生のおっしゃる通りかもしれませんな。私が経営にかかわっている企業はたくさんあるし、その従業員も大勢だ。自分で申すのも何ですが、慕ってくれている者も少なくはないようです。私自身は、そのいちいちの動きを把握しているわけではないし、名前や顔すら知らない者も多いのです。ですから、そうした連中のうちで、おかしな動きをする者がいないとも限りません。とりわけ、相手が天野のような破落戸ともなればね……だが、そういう奴がかりにいたとして、その責めを、私がいちいち受けなければならんとおっしゃるので？」

「私はそんなことは言っていない。あんたの身内で、不心得者がいるかどうか調べてくれないか。そして、もしいたら、人質を解放するよう働きかけて欲しいんだ」

「先生は、わざわざそんなことを言うために、ここにいらっしゃったのですか？」

「そうだ」

玉城はまた、卓上の電話機の受話器を取り上げた。

「ブランディのボトルと、グラスを二つ持ってきてくれ」

「酒はいらん」

寺原は言ったが、通話を切った玉城は相手にしなかった。

「まあ、いいじゃないですか、先生。つき合ってくださいよ」

酒が運ばれてくると、玉城は二つのグラスに注いだ。そして、酒に口をつけてから、声を低めて語り出した。

「かりに、私の知らないところで誰かが私によかれと思ってか、あるいは単にそいつ自身の、天野に対する個人的な怨みからかは別にして、天野のカミさんたちを人質に取ったとします。そして、天野を人里離れたところへ連れ出し、殺そうと計画しているとしますよ。それを、私が止めなければならん理由がありますかね？」

寺原は、酒のグラスには触れなかった。

「止める必要はないと言うのか？」

「私と天野は憎しみ合っているんだ。ずっと昔からね。もし誰かが天野を殺してくれるんなら、私としては願ったりかなったりではありませんかな？」

「その誰かが、天野を仕留めるのに失敗したらどうするのかね？」

「そんな奴と、私には何の関係もないんだ。私のあずかり知らんことですよ」

これぞまさに蜥蜴《とかげ》の尻尾切りと言うものだ、と寺原は思った。

「しかし、天野はそうは思わないぞ。ますます怒り狂い、本気になって、あんたを仕留めに来るだろう」

「人質を取られようが取られまいが、奴は私の命を狙っている」

「それをやめさせる方法を考えようじゃないか」

玉城は、本気で言っているのか、と問うような目つきで寺原を見た。引きつった笑みを浮かべる。

「たとえば、どんな方法があるんですかね、先生？」

「前にも言ったが、あいつは獣でも何でもない。ただ生業を順調にこなし、妻や、信頼する従業員たちと平穏に暮らしたいと思っている、どこにでもいる人間に過ぎん。その願いがかなっていたなら、あいつはあんたと事を構えることもなく、大人しくしていたはずだ」

「天野の平穏な暮らしと、私には何の関係もありませんよ」

よくもそのような嘘が言えるものだ、と寺原は思ったが、それについては黙っていた。

「少なくとも天野は、あんたに平穏な生活を奪われたと思っている。それが思い違いだと言うのなら、きちんと話をし、天野を納得させたらいい」

「かりに私のしたことが、奴にとって気に入らなかったからといって、私は私の活動をやめるわけにはいきません。マスコミの薄っぺらな報道を信じ込んでいる馬鹿な連中が何と言おうが、私は国家、国民のために働いているんです。私は愛国者であり、国士なんですよ。天野のような国賊とは闘わないわけにはいかないのです」

玉城の演説を聞いた寺原は、どっと疲れている。

「その戦いはいつ終わるんだい？　敵がいなくなるときはいつ来るんだ？」

「いつ？」

予想外の質問だったのか、玉城はしばらく黙った。

「天野を倒したって、国家に仇《あだ》なす奴なんて次から次へとあらわれるだろう。私も、かつては国家を守るための職務についていたからよくわかるが、一人を捕まえ、裁判にかけて監獄に送ったって、また別な奴があらわれる。共産主義者、アナーキスト、右翼、過激青年将校、反社会的な宗教家、汚職政治家、汚職官僚、スパイ、悪徳財界人などなど、捕まえても捕まえてもきりがないんだよ」

「だから何ですかね？　敵があらわれれば、倒して、倒して、倒しつづけるのが真の愛国者じゃないですか？」

「天野だって、自分のことを愛国者だと思っているかもしれないぞ。そしてあんたを国賊と見なし、『国賊は倒して、倒して、倒さねばならん』と言っているとしたら――」

「受けて立つまでです。こっちも、徹底的にやってやります。死ぬか、生きるかだ」

「そしてまた、新手の天野があらわれて、死ぬか、生きるかの戦いを繰り返すわけか？」

玉城は呆れ顔だ。

「先生が、そんな生ぬるいお考えでいたとは、私にはショックです。国家のために命がけで働き、敵と戦ってきた先生が、たかだか敗戦と公職追放を経験したというだけで……私は先生を同志だと思ってきました。いつの日か、敵がいなくなることを夢見て戦う同志です」

「我々は本当に、戦いが終わることを望んでいるのだろうか？」

と、寺原は語気を強めて言った。

「あんただけでなく、私も含め、人間はみんな自分のことをなかなか立派な者だと思い込んでいる。そして、立派な者にふさわしい、何か有意義なことをしなければならないと思って、際限のない戦いに身を投じるのじゃないか？　しかし、私たちはしょせん、踊らされているだけだ。対立や戦いのドラマに出演し、演出家の指示通りに動く役者と言ってもいい。代役がいくらでもいる役者だ。しかも、愚かなことに、自分が役者であることを忘れ、役にのめり込んでしまっているんだ」

「私には、先生が何を言おうとしているのかわからない。私はこの国の民がふたたび戦争に巻き込まれないようにと願って、国防のための仕事を担ってきたんです。戦いを望んでなどいない」

「それは本当だろうか？　人々にとって重要なのは、戦いがあり、それがつづいているということなのではないかね？　戦いがあれば、自分の価値を実感していられるじゃないか。たとえば野党の政治家は、政府のやり方に反対することによって、マスメディアに取り上げられ、支持者から票や寄付を得られるだろう。政府与党の政治家や、権力を守る警察官は、反政府的なデモ隊がいるからこそ、仕事にあぶれることはない」

玉城は、あなたは正気なのか、と疑うような目をしている。しかし、寺原は語らずにはいられなかった。

「そもそも、戦いがあるから金儲けもできるんだ。実際、今度の同盟条約問題の裏で、途方もない金が動いていたことは、あんたなら当然ご存じのはずだ。あんた自身、こんなに大きな屋敷に住んでいられるのも、戦いのおかげだろう？　戦いに身を投じる役者として、ギャラを受けてきたんだ」

寺原は思っている。この世には対立を必要としている者がどれだけいるのだろう、と。平和のための戦争に意味を見出す者もいれば、戦争に反対する戦いに意味を見出す者もいる。どちらも、無意識のうちでは、戦争がなくなっては困ると思っているのではないだろうか。

「さきほどから先生は、まるで週刊誌やタブロイド紙が好む陰謀論みたいな話をなさっている。そこで、お考えを伺いたいんですが、その戦いの台本を書き、演出しているのは誰なのでしょうかね？　A合州国やS連邦の政治家ですか？　あるいは軍需産業の経営者ですか？」

「戦いを作り出している黒幕が誰なのかは、私にもわからん……あるいは、黒幕なんていないのかもしれないな。指導者から一般庶民まで、世界中の多くの者が戦いが大好きであって、その願望の大きなうねりが、戦いを生み出しつづけているのかもしれない」

馬鹿にするように、玉城はにやけた。

「ほう、それは面白い見解ですな。しかし、かりにみんなが戦いを望んでおり、戦いがやむことはないとするならば、戦いつづけるしかないじゃないですか。私は自分が負けて死ぬときまで、必死に戦いつづける覚悟でいますよ」

「それは奴隷根性だ。死ぬまで追い使われるのは自分の運命だと言って、あきらめているだけではないか」

「では、どうすれば奴隷は解放されるんです？　階級闘争をしろと言うんですか？　支配階級を倒すために。ついこの間まで国会前で息巻いていた、学生たちや天野と共闘しろとでも？」

「そうじゃない。そう考えることが奴隷根性なんだ」

玉城が自分の言うことを理解してくれなくて、寺原はじれったかった。

「何かと戦ったところで、勝っても負けてもまた戦いがつづくだけだ。支配者は『戦い』そのものなんだ。本当に奴隷をやめようと思えば、戦いのドラマの外に出るしかない」

「外？　それはどこですかな？　山奥ですか？　絶海の孤島ですか？」

酔って血走った目で、玉城は問うた。

「どこでもない。ここだよ。あんたは奴隷をやめるだけであって、玉城寿三郎のままだ。天野と戦うのは今日限りやめればいいんだ。天野には、俺から説得する。お前も奴隷をやめろ、って。お互いに奴隷でなくなる以外に、あんたらのいがみ合いをなくす方法はないんだ。わかるか？」

「へえ、そうですか。ヒューマニズムあふれるご高説を伺って、私も大変感激いたしました。心が洗われるようだ」

玉城は微笑を浮かべて言った。

「そうか、わかってくれたか。嬉しいよ。手を尽くして、天野の奥さんの居場所を探し出してくれ。そして、天野に連絡し、和解をするんだ」

そこでにわかに、玉城は椅子から立ち上がった。そして、寺原の顔面に拳を叩きつけてきた。寺原は床に、横向きに倒れた。

「この野郎、天野の肩を持つあまり、くだらねえ説教を聞かせやがって。愛国者を奴隷呼ばわりするとは許せん」

体の不自由な寺原は、すぐには立ち上がれない。顔がじんじん痛み、意識がぼんやりする中、寺原は床から玉城を見上げたまま言った。

「どうして奴隷に甘んじていられるのか、わからん。あんたほどの誇り高き男が……」

「うるせえぞ。奴隷はてめえだ。家族を殺され、公職から追放されただけで、意気地をなくしやがって」

玉城は、グラスの中のブランディを寺原の顔に叩きつけるように浴びせた。寺原は、その冷たさに耐え、じっとしているしかなかった。

二

大井運送のプレハブの事務所で、社長の大井智明と天野とが待っていると、四十絡みの女性がやってきた。手には重そうな風呂敷包みを提げている。

「お、来た。家内だ」

と大井は紹介した。

大井の妻はかつて、クラブを切り盛りしていたという。店に出なくなってだいぶ経ってはいるが、パーマをかけた髪といい、化粧の仕方といい、水玉模様の入った緑色の洒落たシャツといい、シックな黒のパンツといい、垢抜けた印象の女性だった。

「おい、こちらは天野さんだ」

「これは、これは、いつも大井がお世話になります」

と妻は挨拶をした。天野も立ち上がって頭を下げる。

「こちらこそ、大井さんには昔からお世話になっていまして」

挨拶もそこそこに、大井は妻に言った。

「焼酎、持ってきたか?」

「はい」

妻は事務机の上に、風呂敷に包まれた瓶を置いた。その顔が、どうも面白くなさそうだ。

「それからな、例のやつを、どこか別の場所に隠しといてくれ」

「ハジキですか?」

平然と、妻は言った。

「ドスと、花火の類《たぐい》もだ」

と言ってから、大井は天野を見た。

「兄弟、本当にハジキやドスは持って行かなくていいんだね?」

「そんなもの、いらないよ」

旧友で、いまは小さな運送会社を経営する大井は、隠し持っている拳銃や刀を持って行けと天野に言った。だが、天野は断っただけでなく、それらをどこかに隠すようすすめたのだ。天野が大井の力を借りれば、のちほど大井のもとに、警察の捜索が入るだろうからだ。それで大井に、妻に連絡させたのである。

大井の妻は、むっとした目で天野の顔を見ている。やがて、大井に問うた。

「何か、面倒でも？」

「お前には関係ねえことだ」

「今度のお勤めは何年くらいですかね？」

天野は慌てて口を挟んだ。

「いや、そういうことじゃないんです、奥さん」

ところが、大井は喧嘩腰で妻に言い返す。

「お前には関係ねえって言ってるだろ」

「関係ないわけないでしょ。あなたが捕まったら、この会社だってどうするのよ」

「ぐたぐた言ってんじゃねえよ」

そこでまた、天野は割って入った。

「ご主人がムショに入るようなことはありません。ただちょっと、ここにガサが入るかもしれないので……」

「ああ、そうですか」

投げやりに、妻は言った。天野のことを歓迎していないのはあきらかだった。

「すみません」

天野が頭を下げたいっぽう、大井は、

「言われた通りにすればいいんだ」

と妻を怒鳴りつけた。それから焼酎の瓶を摑む。

「さ、兄弟、行くぞ」

大井はさっさと事務所の外に出た。天野は大井の妻に深く一礼してから、あとを追う。その背中に、大井の妻は言った。

「男の人はいいですね、気楽で」

天野は一瞬、立ち止まったが、振り返らずに事務所の外に出た。大井について、一台のトラックに向かう。

カーキ色の中型トラックの運転席に、大井は乗った。天野は、助手席に乗り込んだが、そのときに左腿に痛みが走った。顔をゆがめたためか、それを大井に気づかれた。

「怪我しているのかい？」

「玉城の手先にやられた。だが、かすり傷だから心配いらない」

「しかし兄弟、すまねえな。あいつ、生意気な口を利きやがって、まったく……」

「何を言っている。奥さんに申し訳ないよ。やはり、ここからは俺一人で行く。大井さんに迷惑はかけられない」

「恥をかかせないでもらいたい。ここまで来て、引き下がれるかよ。しかも、その脚で」

言うや、大井はエンジンをかけ、トラックを発進させた。

車は町中から山道へ向かった。

三十分ほど後のこと――。
土の上に砂利をまいた道には、ぽつぽつと外灯はあるものの、あたりは暗かった。数メートル先の外灯のまわりに、霞がかかったように、たくさんの羽虫がたかっているのがわかる。道の両側には、闇をまとった木々が迫っていた。

その路上にトラックを停めていた大井は、生《き》のままの焼酎を、瓶からラッパ飲みしている。

「そんなに飲んで大丈夫か？」

助手席の天野は、心配でならない。

「大丈夫でないくらいに飲んでおきたいんだ」

酒臭い息で大井は言う。暑いから、窓を開けっぱなしだが、その息に蚊が集まってくるから、天野はたまらない。

「兄弟、すまねぇことだ。こう酔っぱらっちまっては、まともな助太刀もできねえからな」

「それは、いいんだ。あんまり派手過ぎるのも困る。あんたは、奥さんのもとに早く帰らないといけない」

「わかっているよ。ごくささやかなことしかしない。警察の厄介になっても、短い日数で帰れる程度のものだ……本当は、兄弟にはハジキも持っていって欲しかったが」

「こいつを貸して貰えればいいさ」

天野は足下に置いてある長柄のスコップを摑んだ。柄にはロープがきっちりと巻いてある。

「だが愉快だね、兄弟。事が終わったあと、警察も大弱りだよ。俺はぐでんぐでんで、しばらくは何を聞いても、さっぱりわからねえだろうからな」

酔いがまわるにつれ、大井はますます饒舌《じょうぜつ》になっている。

「おい、酒はいい加減にしろ」

「さ、行きなよ、兄弟」

「本当に大丈夫なのか？　呂律がまわっていないぞ」

「見損なってもらっちゃ困るぜ。へまはやらかさない。このあたりの土地の事情は、俺はよくわかっているんだ。しかも、兄弟とは違って、俺はどちらかと言えば、物を作るより、壊すほうが得意なんだ。さ、行った、行った」

天野は、スコップを手にしてトラックを降りた。

道はなだらかに下っていた。右側は森で、左側は大きな別荘の敷地だった。昼間の白い煙は、この敷地内から上がっていたと思われる。

天野が降りるとすぐに、トラックのエンジンがかかり、ヘッドライトがついた。砂利道が白く浮かび上がる。

天野はその運転席側にまわった。ヘッドライトのせいで、藪蚊や、白蟻《しろあり》の羽虫などがさらに集まって来る中、大井は自慢のリーゼント頭をいじりながら、もう行け、と天野を盛んに促す。

「そりゃ、行くが……」

「心配すんなって。早く屋敷に忍び込みな」

大井はギアを入れ、トラックを発進させた。天野は二歩、後ずさりをしたが、そこで立ち止まってトラックを見送った。

トラックはエンジン音を高め、加速していった。荷台には幌がかぶせてあったが、それをがたがた揺らしながら、別荘地の脇に立つ、木製の電信柱に向かって進んだ。そして、正面から電信柱に激突した。地面にその振動が伝わり、木々が揺れる。

切れた電線とともに、弾けた火花がトラックに降ってきた。排気口から黒いガスを噴きながら、トラックはなおも、傾いた電柱に乗り上げるように前進する。電柱を完全に横倒しにしたところで、ようやく停まった。

エンジンは停止したものの、ヘッドライトはついたままだ。大井が車内で動いているようには思えない。天野は心配になり、トラックに向かって走り出した。だが、運転席側の窓から、懐中電灯を持った手が出てきた。顔もあらわれる。

大井は天野に向かって、懐中電灯を回して見せた。その明かりにちらちらと浮かび上がる顔は、鼻血を流しているようだ。

「大丈夫なのか……」

大井は車の中に顔を引っ込めた。喘ぐようなモーター音が何度か響いたのち、エンジンはふたたびかかった。車体を大きく揺らしながら、トラックは少し後退した。それからまた、前進する。排気口からひときわ黒々とした煙を上げ、加速していった。

トラックが坂道を疾駆しつづける中、運転席側のドアが開いた。大井が飛び降りる。彼の体は砂利の上を丸太のように転がって、藪のそばで止まった。

トラックはなおも、かなりのスピードで坂道を下りている。道はゆるやかに右へ湾曲していたから、トラックの進路は左の側道にずれていき、邸宅の敷地に突っ込んでいった。大きく左右に揺れながら木々をなぎ倒して進み、やがて車体は右へ傾いた。横倒しになって停まった直後、閃光が走った。爆風がやってきて、天野はよろけた。トラックから真っ赤な炎が空高く立ちのぼっている。

「派手過ぎるぜ」

大井が荷台に、軽油を入れた缶や、掘削用のダイナマイトを載せていたのは天野も知っていた。だが、これほど大掛かりな仕掛けを施していたとは、まったく予想外だった。

一瞬、あたりを真昼のように照らした炎は、いったんはしぼんだものの、爆発によって油が周囲に飛び散ったせいか、屋敷の敷地の木々に広範に燃え移り出した。ふたたび強くなった光に、大井の影が浮かび上がっている。立ち上がり、炎を見つめているから、死んではいないとわかる。

このままでは大きな山火事に発展しかねないと天野が恐れるいっぽう、大井の影は嬉しそうに跳び上がり、手を叩いている。

「呆れた酔っ払いだ」

と呟くと、天野は屋敷の敷地内に走り込んだ。

しばらく進むと、板塀に行き当たった。柄に巻いたロープをほどいた上で、スコップを壁に立て掛けた。そして、ロープの端を口にくわえ、スコップの把手を足場にして塀に取りつき、乗り越えた。

飛び降りた内側は、藪の中だった。ロープをたぐり、スコップも塀の内側に引き込む。そしてまた、邪魔にならないよう、スコップの柄にロープを巻きつけた。

全身を蚊に食われながらも、天野は藪に身を潜め、しばらくあたりの様子を窺った。敷地のあちこちから、炎が上がっていることに驚き、慌てる声が聞こえる。

目の前に露地があったが、やがて二人の男が左から走ってきた。二人とも、大変なことになった、などとわめきながら、目の前を通り過ぎていく。

その直後、天野は陰から出て、スコップを握りしめたまま、敷地の奥へと走った。

三

表通りで大きな激突音が響いた後、屋敷内は停電し、真っ暗になった。

そのとき、敷地の中央に立つ母屋の一階には、庄司とプチと、その側近の「当番兵」がいた。暖炉の前に据えられた、背もたれの高い椅子に腰掛けたプチは、自分の護衛と思ってか、他の二人をそばから離そうとしなかった。だから、庄司は、ピアノの前にあった背もたれのない椅子を、窓際に置いて座っていた。当番兵はいつものように、プチのそばに直立している。

停電それ自体は、珍しくもなかった。とりわけ雨が降った日などには、よくあることだ。だが、そのときはみな、「天野が来るかもしれない」と身構えていたし、電気が消える前に変な音がしたため、居間には異様な緊張が走った。中でも、いちばん取り乱したのは当番兵だった。

「何だ？　どうしたんだ？」

とわめきながら、あっちへこっちへと動き、どたどたと床を踏み鳴らす。

「何をうろうろしているんだ。早く、懐中電灯を持って来な」

とプチに窘められたものの、

「懐中電灯、懐中電灯――」

と言うだけで、右往左往するのをやめない。

「台所にあっただろ。早く持って来いよ」

「はい、わかりました。ただいま、ただいま」

返事はよいのだが、当番兵は台所へは行かなかった。完全に平静を失ってしまっている。

そこで仕方なく、庄司は、

「私が取ってきます」

と言って立ち上がった。

みずから台所へ向かいながら、庄司は内心、不愉快でたまらなかった。働こうとしない当番兵のことも気に入らなかったが、そもそもなぜ、あんなチビの若造に仕えなければならないのか、という不満をおぼえたのだ。だが不満ながらも、プチに逆らうわけにはいかない。

庄司は早足に動いたが、台所へたどり着く前に、また異変が起きた。爆発音がして、建物が大きく震えたのだ。赤々とした光が、窓から屋内に入ってきた。

庄司は咄嗟に、窓際に置かれた、高さが自分の胸くらいまである壺の陰に隠れた。恐る恐る顔を上げ、窓の外を見ると、門のほうで火の手が上がっている。

だがそのときも、最も取り乱したのは当番兵だった。

「静かにして」

とプチに窘められたが、

「ああ、大変だ。来たんだ。とうとう、あいつが」

とわめきつづける。

「慌てても仕方がないだろ。あいつが来ることは、はじめからわかっていることなんだ。さ、返り討ちにしてやろう」

当番兵を落ち着かせようと思ってか、プチは明るく言い、腰のホルスターから拳銃を抜いてみせた。八ミリ口径の自動拳銃である。だが、当番兵はかえって興奮したようだった。

「これは大変だ」

と叫び、玄関のほうへ走り出す。

「どこへ行くんだ。待てよ」

プチは銃口を当番兵に向けながら言ったが、引き金は引かなかった。当番兵は扉を開け、外に駆け出してしまった。

プチは脚が短いため、足裏は床についていない。その足をぶらぶら動かしながら、

「戻って来い、馬鹿」

と怒鳴った。だが、当番兵は帰って来なかった。

「あいつがいなくなっちゃったら、僕はどこにも行かれないじゃないか」

憤慨をあらわにして言ったあと、プチは庄司を見た。庄司はぞっとする。足裏を怪我しているプチは、当番兵を乗馬のように使い、いつも自分を担いで歩かせていた。その代役を押しつけられるかと思うと、庄司は暗澹《あんたん》たる気分になる。

「君、ちょっとこっちへ来て」

プチは拳銃を振りながら言った。

「あの、私は腰を悪くしておりまして」

「別に、君におんぶしてもらおうなんて思っていないから」

「そうですか……」

「ただ、ここに座ってくれればいいから。早く」

プチはゆっくりと椅子から下り、床に立った。そしてまた、拳銃を振る。旧軍の将校が持っていたような自動拳銃は、プチが持つと非常に大きく見えた。

庄司は足を前に出すことができなかった。プチは自分を惨めな境涯から救い出してくれたが、何をしでかすかわからない、危険な男だ。

「早く来てよ」

仕方なく、庄司はゆっくりと歩き出した。椅子の前には、秘密の落とし蓋がある。踏むと床板が落ち、地下の濃硫酸プールがあらわになる仕掛けになっているのだ。プールに落ちれば、どろどろに融けて死ぬとプチは言っていた。だから、庄司はこわごわ足を進め、椅子へと近づいた。

「さ、庄司君、ここに座って」

食卓用と思われる、どっしりとしながらも洗練された椅子を、庄司は見つめた。背もたれの外枠の中には、花模様を彫り出した一枚板が嵌めてある。

「言葉がわからないの？　座ってて」

「私が、ですか？」

「この部屋に、僕と君以外の誰がいるの？」

庄司が腰掛けると、プチは背後にまわった。そして庄司の手首を摑み、背もたれの木枠と中央の板とのあいだに引き入れる。

「何をしていらっしゃるんです？」

両手の手首に、ひんやりとしたものが触れた。金属音とともに、両手は動かなくなった。手錠をかけられてしまったようだ。

「どういうことです？　旦那、やめてください。お願いです」

両手を背もたれの後ろで括られてしまった庄司は、椅子から離れることができなくなった。もがきながら、懇願する。

「やめてください、旦那。何でも言う通りにしますから」

プチは聞く耳を持たず、庄司の両膞にさっさと縄をかけ、椅子の脚と結びつける。

「あんまり動くと、椅子ごと奈落の底に落ちてしまうぞ」

「これでは、天野から旦那をお守りできないじゃないですか」

プチはさらに、手拭いを猿轡《さるぐつわ》状にして庄司に嚙ませ、首の後ろで結わいてしまった。

「君みたいな、もたもたとしか動けないアル中が何の役に立つんだよ？　君には餌になってもらうんだ。獲物をおびき寄せる餌だ」

そう言うと、プチはよたよたと椅子から離れ、庄司から見て右手にあるピアノに近づいた。ピアノにはビロードの布がかけてあったが、その下にプチは潜り込んだ。

四

天野は木の陰から陰へと移りつつ、敷地の奥へ進んだ。やがて、なだらかに下った、広い庭に来た。電線が切れて、停電しているから、邸内に電灯の明かりはなかったが、正門付近の火事のせいで、庭の中ほどに、ログハウス風の、高い屋根の母屋が見える。

邸内の者たちがあらかた火元に走っていったためか、母屋の周辺に人気《ひとけ》は感じられなかった。天野は一気に母屋まで走ろうと、木陰を飛び出た。だがそのとき、母屋から人が出てきた。

「大変だ、えらいことだ」

と叫びながら、男が猛烈な勢いでこちらへ走ってくる。

しまった——。

こうなれば、相手を殴り倒すしかない。天野はスコップを握る手に力を入れ、足を速めた。そのとき、走ってくる男の体が左へ傾いた。彼が踏んだ地面がへこんだのだ。男は絶叫を上げる。足を外に出せないらしく、穴の縁に座り込んでしまった。

「助けてくれ、痛い」

天野が近づいていくと、国民服のようなものを着た男は、仲間が駆けつけてくれたと思ったのか、

「助けてくれ。助けてくれ」

と懇願した。

天野が穴の中を覗き込むと、そこには猪などを捕えるときに使われる、金属の罠があった。ぎざぎざに尖《とが》った歯を持つ、バネ仕掛けの輪が、男の足首に噛みついていた。

「こりゃ、ひでえな」

天野が罠に見入っていると、男はじれったそうに言う。

「見てねえで、外してくれよ」

だが直後に、男ははっとなった。

「あんた、誰だ……」

「誰でもいい。お前はしばらく寝てな。鎮静剤を射《う》ってやるから」

天野はスコップを振り上げると、匙で男の頭をひっぱたいた。男は仰向けに昏倒した。

天野は地面をスコップの先で突きながら、母屋に向かって進んだ。他にも罠が隠されているかもしれないからだ。

やがて案の定、スコップの先が地面に飲み込まれた。藁筵《むしろ》の下に、落とし穴が隠してあったのだ。穴の中から、息を強く吹き出すような音がした。と思ったら、蛇の頭があらわれた。鎖状の文様を持つ蛇は、スコップの柄に絡むようにのぼってくる。

天野は慌ててスコップを振り、蛇をはね飛ばした。蛇は地面を這ってそばを離れていく。穴からは別の蛇も這い出てきた。どれも蝮のようだった。眠りを覚まされたことに憤るような様子で、体をうねらせながら闇に消えていく。

まるで、地雷原だな――。

天野はさらに慎重に、スコップの先で地面を確かめながら進んだ。

一段高くなった、平らなテラスの先に母屋の玄関はあった。その前の三段の階段を、天野は足音を忍ばせてのぼった。

テラスを進み、木製の両開きのドアに近づいて耳をすます。だが、中に人がいるのかどうかはわからなかった。

弓状に湾曲した、長い金属製のハンドルを握り、引くと、ドアは開いた。暗い中に、天野は足を踏み入れる。大井に渡された懐中電灯は上着のポケットに突っ込んであったが、つけることはためらわれた。敵が潜んでいた場合、自分の居所を知らせるようなものだからだ。

玄関には狭いエントランスホールがあり、それを通り抜けると、広い居間にいたった。右手の窓から入る炎の赤い光で、左側に家具らしきものが寄せ集めてあることがわかった。窓のそばには、大きな壺が置かれてある。

天野は、息の音が聞こえるのに気づいた。天野が中に入ってきたことに気づき、怯えているような息遣いだった。

リビングの奥まったところに、誰かが椅子に座っている。その者は荒い息をし、震えているから、椅子の脚と床とが摩擦し、ぎしぎし音を立てていた。あるいは、房子か山科かもしれないと思って、天野はリビングに足を踏み入れた。

近づいていくと、椅子に座っているのは知っている者ではないとわかった。ぼさぼさ髪の男だ。ベストのようなものを着ている。椅子に縛られ、猿轡をされて、喋ることもできないらしい。天野を見ながら、ますます椅子を揺らし、唸《うな》っている。

部屋の中に、別の人影は見えなかった。天野はまた、スコップの先で床をこすったり、突いたりしながら歩いた。暗い床に、針金などで罠が仕掛けられているかもしれないと思ったからだ。

そのうちに、違和感をおぼえた。スコップの先と床板との摩擦音が、それまでと違う場所がある。音が、地中に吸い込まれていくように聞こえるのだ。

天野は足を止めた。スコップの先で、少しずつ位置を変えながら、床を突く。建設業に携わっている者ならば、床下の構造がそこだけ違っていることはすぐにわかった。しかも、別の異変にも気づく。猿轡をされた男は相変わらず唸っていたが、別な声が下から響いてきているように思われた。

天野はなおも、こつこつと床を叩きつつ、不審な場所を迂回しながら男の椅子の左手にたどり着いた。猿轡をはずしてやった途端、男は獣が吠《ほ》えるような叫びを上げた。

「静かにしろ」

天野が怒鳴ると、男は叫ぶのをやめた。だが、一頭の狼《おおかみ》が遠吠えをすると、それに和して、別の狼たちが吠えるように、下からまた他の男の叫びが湧き上がってきた。

「お前は誰だ。なぜ、ここにいる？」

男は首を横に振りながら、また意味不明なうめき声を上げた。

「地下に誰かいるのか？」

「何も言えない……」

震えながら言った男の目が、右へ向いたのに気づいた。

天野もその方向へ目をやったとき、闇の中で爆音がし、火花が散った。赤い火が天野の頬をかすめる。窓際の棚に置かれてあった大きな壺が割れ、床に倒れて砕けた。

天野は咄嗟にスコップを振り上げながらしゃがんだ。すると、今度はスコップの匙に火花が弾けた。衝撃が腕に走る。

畜生め——。

匙には、指をつっ込めるくらいの、丸い穴が開いていた。弾丸だ。

椅子に縛られた男は泣き叫んでいる。すまないとは思いつつも、天野は身を小さくして男の背後に隠れるしかなかった。

三発目が放たれたとき、温かい飛沫が天野の顔にかかった。椅子の男がひときわ大きな叫びを上げる。弾丸が男の脚を撃ち抜き、血が飛び散ったのだ。

縛られた男が敵の一味なのか、あるいは彼自身もまた、哀れな人質の一人なのかはわからない。しかしいずれにせよ、こちらを倒すために、縛られた者に弾丸を当てるなど、銃を撃ってくる奴が血も涙もない外道であるのは間違いなかった。このような奴に虜にされている房子や山科のことが、天野は心配でたまらない。

これなら、ハジキを借りておけばよかったか——。

天野が椅子の左後ろに肩を押しつけて、弾丸をよけるうち、椅子は床をすって、じりじりと前に動いた。縛られた男は、脚の痛みに耐えながらも、

「押したらいかん。押したらいかんって」

と叫ぶ。

こちらが飛び道具は持っていないと思ってか、敵は動いた。明かりの中に相手は立ち、身を晒したのだ。小さな奴だった。

あいつだな——。

「天野さん、待っていましたよ」

小男が、甲高い声で語りかけてきた。

「久しぶりだな、ちんちくりん」

「もう逃げ場はありませんね。死んでいただきますよ。僕とあなたのどっちかは、死ななきゃならない運

命なんですから」

「だったら、俺に殺される覚悟を固めな」

「さすが、すごい鼻息ですね。絶体絶命なのに」

「お前は、自分の置かれた立場をまったくわかっていないようだな。逃げる算段をしたほうが利口だぞ」

明らかに自分のほうが不利な立場にあるのをわかっていながら、天野はわざとはったりをかました。驚いたのか、小男はしばらく黙ってから、また言った。

「かりに僕のほうが不利だったとしても、逃げるわけにはいかないのですよ。逃げれば、僕は殺される。だから、僕にはあなたと戦い、倒す以外に寿命を延ばす道はないのです」

小男はゆっくりと、こちらへ向かってくる。その足取りがおかしいことに天野は気づいた。まるで、立ち上がったばかりの赤ん坊がよちよちと歩いているみたいだった。

「そいつは哀れだな、ちんちくりん」

余裕を見せて言いながら、天野はどうやって小男に立ち向かおうかと考えている。飛び道具と戦うには、とにかく間合いを詰めなければならない。

「それは、お互い様ですよ。僕たちはどちらも、長生きはできないでしょうし、ろくな最期を遂げられそうにありませんよ」

小男がそう言って笑い声を立てたとき、遠くでサイレンが響いた。複数の緊急自動車が近づきつつあるようだ。小男がそれに気を取られ、視線を逸らした瞬間、天野は椅子の陰から身を出した。床に転がる、壺の口から肩にかけての大きな破片を素早く摑む。そしてそれを、小男の足下に向かって投げつけた。破片はさらに小さく砕け、床に飛び散る。

驚いた小男は、破片を踏んづけてしまった。うめき、よろめいて、また、がりがりと破片を踏む。

「ああっ」

小男は痛みに震え、直立したまま動けなくなった。

天野は椅子の背もたれを回り込んだ。立ち上がりざま、スコップを振り上げる。そして、小男めがけて跳んだ。横薙ぎに、穴の開いた匙を見舞う。

小男は身をよじり、躱した。しかし、平衡を失い、さらによろける。前のめりになって、一歩を踏み出した途端、床板ががたんと鳴った。と思ったら、小男の影は、天野の視界から消えていた。

床に、四角い穴が開いている。小男はここに落ち込んでしまったのだと気づき、天野は中を覗き込んだ。すると、穴の入り口近くに小男はいた。縛られた男が座る椅子の脚に、左手をかけてぶら下がっていたのだ。

目が合った途端、小男は右手に持った銃を天野に向けてきた。天野が椅子の裏に身を伏せた刹那、轟音《ごうおん》が響いた。

「痛えっ」

縛られた男が叫ぶ。弾丸は彼の左肩に当たった。椅子は穴のほうへじりりりと動く。

建物の外で、

「銃声だ」

という声がした。

隠れながら天野は窓外へ目をやった。複数の者が遠くから、母屋に向かって庭を走ってくる気配がする。どうやら、この屋敷にもともといた者たちではなく、消防隊員や警察官ではないかと思われた。

天野は、小男が銃口を向けられない場所へ移動する機会を窺った。しかし、椅子の陰から少しでも顔を出すと、小男の銃口がぴたりとこちらに向けられている。左手で自分の体をできるだけ持ち上げ、右腕を伸ばして狙ってくるのだ。

そのあいだにも、椅子は少しずつ、穴に近づいていった。

縛られた男は、

「引っ張っては駄目です。落ちる……」

と、小さい殺し屋に懇願するとともに、天野にも、

「押したらいかん」

と怒鳴る。

だが、天野も、小男も必死だ。片や殺そうとし、片や逃げようとして動くから、椅子が穴に向かって前進するのを止めることはできなかった。

やがてまた、小男が一発、弾丸を放った。弾は椅子の背後の暖炉の縁に当たった。縛られた男が絶叫する中、とうとう椅子の前側の脚が穴に滑り落ちた。

椅子は前に倒れたが、後ろ側の脚と背もたれの上部が穴の縁にひっかかり、下には落ちなかった。座っていた男も、ロープや手錠で椅子に括られているせいで宙づりになり、泣いている。

小男も、縛られた男の、銃弾で打ち抜かれた脚を右手で摑んでいた。拳銃は下に落としてしまったようだった。

天野は立ち上がり、穴の縁に近づいた。小男は悔しそうな目で、こちらを見上げている。

天野はスコップを取り上げ、柄に巻いてあるロープをほどいていった。そしてその端を、暖炉の金具に括りつけた。ロープの反対の端は、自分の胴に巻きつける。

さすがの小男も、腕が疲れてきたのか、もう体を持ち上げることはできず、かろうじてぶら下がっているだけだった。椅子は、穴の左に寄って倒れており、右側には小男を引きあげられるくらいの隙間があっ

た。天野はそこへ、スコップの匙を入れた。

「摑まれ」

「何の真似だ」

小男は目をむいて言った。

「助けてやるから、人質のところへ案内しろ」

「あんたがそんなに優しい人とは知らなかったな」

「俺は殺し屋じゃない」

「へえ。革命のための殺人なら、英雄的行為だって言いたいのかい？」

「減らず口を叩いている場合か。もう逃げられんぞ。潔く負けを認めろ。警察に全部話すんだ。玉城の悪事の数々を」

小男はせせら笑った。

「そんなことができるものか。あんたは何もわかっちゃいない」

「玉城に忠節を尽くしてどんな得がある？　さ、これに摑まれよ」

「いままで玉城会長の命令でしてきたことを警察に話せば、僕は死刑になるだけだ。しかも、僕は殺し屋なんだぜ。この世界でプチと言えば、ちょっとは知られた存在だ。それが殺しをやめたら、死んだに等しい」

「お前が何も語らずに死んじまえば、玉城が喜ぶだけだろう。それでいいのか？　お前は、玉城の野望のための捨て石になっていいと言うのか？　それほどつまらない人間なのか？　どうせ死ぬしかないなら、全部話して死刑になったほうがよくはないか？」

小男はひときわ大きな笑い声を立てた。絶体絶命の立場にありながら、天野を見下すような笑いだ。

「あんたは、自分のことをどれだけの人間だと思っているんだい？　僕らはみんな、捨て石に過ぎないんだよ。偉い人も、庶民も、善人も、悪人も」

それだけ言うと、小男はにっと微笑んだ。と思ったら、縛られた男の脚を摑んでいた右手を離した。暗い地下に落ちていく。

馬鹿な――。

やがて下から、どぶん、と液体に飲み込まれる音が上がってきた。縛られた男は、まるで自らが落ちたみたいに叫んでいる。

すると、穴の底からも、別な叫びが上がってきた。

「あなた」

と言っている。

「房子か？　どこだ？」

「ここよ」

それにつづいて、がらがらにかすれた、男の声も聞こえた。

「社長」

下の様子は暗くてよくわからなかったが、そこに部屋があり、房子と山科が生きて閉じ込められていることは間違いない。

だがまずは、椅子に括りつけられ、逆さまにぶら下がっている男を助けることが先だった。穴の縁に引っかかっている椅子は、いまにも木材と木材のつなぎ目がはずれ、壊れそうだ。

腹に括りつけた命綱をもう一度確認すると、天野は腰を落とし、椅子の背もたれを摑んだ。そして、ゆっくりと椅子を起こしていった。さっきまで叫びつづけていた男は、頭に血がのぼって気を失ってしまったのか、何も言わなくなっている。

ようやく背もたれが垂直近くに立ち上がったとき、穴の縁に引っかかっていた脚が折れた。慌てて、天野は男のベストを摑んだ。それから、腕も摑む。崩れた椅子の部品が、ばらばらと下に落ちていったが、男は落とさずにすんだ。暖炉と結んだ命綱は、ぴんと張り、軋んでいる。

男がまた大声を上げ、体をくねらせた。

「息ができない」

ベストが、男の喉に引っかかっている。

「動くな。腰が痛えだろ」

叱りつつ、天野は男の胴を抱えた。そして、投げ飛ばすように体をよじる。男ともつれながら、床の上に倒れ込んだ。

穴に落ちずにすんだ――。

二人は荒い息をしながら、しばらく並んで横たわった。

「命拾いしたな。しかし、腿が痛えぜ」

と言って、天野は起き上がった。

「ありがとう……」

叫び疲れ、しわがれた声で言った男は、なおも壊れた背もたれに手錠でつながれ、横たわっていた。脚や肩の弾傷《たまきず》からは血を流し、ぐったりしている。天野は男のベストやシャツの生地を引きちぎり、傷に巻きつけてやった。

「ところでお前、何者だ。あの殺し屋に誘拐されたのか？」

「そ、そうなんだ。助けてくれて、本当に感謝する」

「誘拐された理由は何だ？　お前、何をした？」

「それが、その……」

男は言いよどんでいる。怪しい男だと思いながら、天野はスコップを取り上げ、匙の先を床につきながら、立ち上がった。その音に驚いた男はびくびくと震え、

「信じてくれよ。俺はあんたの味方だ」

と言った。

「わかったよ。信じてやるから、聞かれたことに答えろ。下に、人質がいるな」

「いる」

「下の部屋への行き方を教えろ」

「台所の食器棚を右にずらすんだ。下へ行く階段がある」

「台所はどこだ」

「あっちだ」

「そこでじっとしていろよ。もうじき、助けが来る」

と言って、天野は男の視線の方向へ進んだ。

大勢の来客にも対応できる、広い台所に入ると、左手に大きな食器棚があった。食器棚と壁とのあいだを覗き込むと、下側にレールがあるのがわかった。棚全体を左から右へ押すと、思ったよりも簡単に、棚はレールの上を移動した。

背後からあらわれた壁には、男が言っていた通り、通路が開いていた。階段が下へ降りている。天野はポケットから懐中電灯を取り出すと、点灯し、階段を下りていった。

まるで洞窟のようなコンクリートの階段を進むにつれ、天野は気分が悪くなった。じめじめしているだ

けでなく、不愉快な臭いが鼻腔《びこう》に強く感じられる。食べ物が腐ったような臭いと、薬品の刺激臭とが合わさったような感じだ。次第に目も、頭も痛くなってきた。

下り切ったところは、西洋の古いチャペルを思わせる、がらんとした空間だった。中央にコンクリートで造られたプールがある。プールは泡立っているような音を立てていた。

「房子、どこだ？」

あなた、ここよ、と助けを求める声が、周囲の壁に反響する。

懐中電灯の光を動かすと、プールの右側に房子と山科が座り込んでいるのがわかった。近づいていくと、二人とも手首に頑丈な鉄輪《かなわ》を嵌められ、壁にしつらえられた鉄輪と鎖でつながれている。

天野はスコップを何度も打ちつけ、鎖を断ち切ろうとした。だが、鎖の輪は潰れ、よじれるものの、なかなか切れない。最後はゆがんだ部分を手で捻り、輪と輪を外して、房子と山科を解き放った。

「立てるか？」

天野は房子の手を取り、引っ張った。

立ち上がった房子は、天野の頬をしたたかにはたいた。

「何をする、馬鹿」

「馬鹿はどっちです？　あなたのせいで、私たちはひどい目に遭ったわ」

天野は頭に来たが、いまは喧嘩をしている場合ではないと思い直す。

いっぽう山科は、鎖を解いてやったのにしゃがんだままだ。

「大丈夫か、お前」

「山科さんは、蝮に嚙まれているの。熱がある」

と房子が言った。

「しっかりしろ」

天野は、山科に肩を貸して立たせた。

歩き出しつつ、ライトをあちこちへ動かすと、液体を張ったプールの中ほどで、泡を立て、煙を上げているものが見えた。どうやら、上から落ちた小男の体のようだ。

じっとライトをそこへ当てていると、耳元で山科が言った。

「もう、行きましょう。助かりませんよ、あいつは」

「このプールは何だ?」

「濃硫酸です。玉城は、葬った奴の死体をここに漬けて融かしていたんですよ」

「何だと……」

あの小男は、血も涙もないいかれた野郎だし、何度も死闘を繰り広げてきた相手だった。しかし、薬品の中で融けていく姿を見ると、哀れでならなかった。不思議なことに、自分の一部が融けて失われていくようにすら感じられた。

「急いでここから出ないと、我々がまいってしまいますよ」

山科に促されて、天野はまた歩き出した。

房子と山科の腕には鉄輪が嵌まったままで、そこから鎖が垂れ下がっている。それを引きずる音を喧しく立てながら、一同は上階への階段をのぼっていった。

12 鉄の鎖

一

サイドテーブル上の電話が鳴ったとき、玉城寿三郎はまだ、全裸に夏掛けをまとっただけの姿で寝ていた。窓のカーテンの隙間から強い白光が入っているから、すでに陽はだいぶ高くなっているようだ。

キングサイズのベッドの右隣には、これまた裸の女がうつぶせに横たわっており、その尻の曲線が、窓から入る光に浮かび上がっていた。女は電話の音に顔をしかめ、体をくねらせたが、起き上がりはしなかった。

上体を起こしたとき、玉城の頭はきりきりと痛んだ。アルコールのせいだ。ここしばらく、浴びるほど酒を飲み、女を抱いてからでないと寝られない、異様な興奮状態がつづいている。

電話と玉城とのあいだに横たわる女は、いくら電話のベルが鳴りつづいても、いっこうに起き上がろうとしない。セックスの相手をする以外は、自分の仕事ではないと思っているらしい。

頭痛への苛立ちもあって、玉城は女の尻を蹴飛ばした。

「どけ」

女は悲鳴を上げ、掛け布団にくるまりながら、ベッド下に落ちた。玉城はベッドの上を這い、受話器を取り上げる。

「もしもし」

「やあ、沼津だがね」

「これは、これは……」

玉城は受話器を握りながら、頭を下げる。

「まだ休んでいたのかね？」

女は膝立ちになった。顔はすっかり布団に覆われているから、てるてる坊主のような格好でわめいている。

「うるせえぞ。出て行きやがれ」

受話器の送話口を押さえて言うと、玉城はまた、てるてる坊主を蹴飛ばした。女は壁に激突して、床に尻餅をつく。

受話口の沼津健人の声は怪訝そうだ。

「どうしたんだ、君？　いま、忙しいのかい？」

「いえ、猫がいたずらをするものですから……それより沼津先生、情勢はどうですかな？」

女は大きな胸をあらわにして布団を振り払うと、床に落ちていたガウンを羽織った。ぼさぼさの髪で、泣きべそをかきながら寝室を出て行く。

「それがねえ――」

沼津は、ため息交じりに語り出した。

「まず間違いないと思っていたが、党人派もなかなか勢いがあるようなんだ。君も知っての通りだが、連中は『官僚出身者が総理になれば、河辺亜流政権ができる』などと公言しおってな。官僚派打倒のための会合をしばしば持って、気勢を上げているよ」

沼津が語っているのは、近々行われる予定の総裁選挙のことだ。

河辺内閣の閣僚の一人であった沼津が、内閣を退陣に追い込むための裏工作を進めてきたことは、公然の秘密であった。ところが、河辺信太郎総理が退陣を表明し、保守党内で次期総裁をめぐる駆け引きが行われ出すと、それまで敵対していたはずの河辺やその弟、伊藤英三は、みずからが率いる派閥を挙げて、沼津を推す動きを見せるにいたっている。この三人は官僚出身者だが、彼らに対抗すべく、党人派の人々が共闘する姿勢を見せていたからだ。党人派に政権を譲って冷や飯を食うくらいなら、それまでの経緯はともかく、官僚派でまとまったほうがよいという計算が働いたわけだ。

いや、玉城自身もまた、かつては河辺政権を守るために沼津と敵対していたが、沼津が次の総理総裁になりそうだと見るや、彼に接近し、支援を表明するにいたっていた。表向きは高邁な政策や理念を語ろうとも、政治はしょせん、利害で動くものなのだ。

「沼津先生、それほど心配することはないでしょう。数の上では、党人派連合の劣勢は明らかです」

「いや、いろいろと面倒なことがあってね。たとえば、大山《おおやま》の爺さんは、河辺から『次期政権はあなたに譲る』という念書を貰ったと触れまわっている。河辺派の中にも動揺が広がっているようなんだ……君は念書について何か知っているかね？」

同盟条約改定反対運動が巻き起こったことで、党内外の倒閣運動に直面した河辺は、政権維持のため、「次期総理はあなただ」などといった約束をあっちにもこっちにもしていた。党人派の大御所、大山伴六《ばんろく》に渡した念書の存在について、玉城も知らないはずはなかったが、そもそもそうしたものは、その場凌ぎの空手形に過ぎないことくらい、政界に身を置く者にとっては常識と言っていいだろう。

「そんなものがあったって、どうということはありませんよ」

「しかし、念には念を入れたほうがよいと思う。やはり昔から、政治の世界では『一寸先は闇』と言われるからね。いろいろな騒ぎが起こっているうちに、情勢が大きく変わるということもまったくないわけではない」

　玉城には、沼津が「金をもっと出してくれ」と言っているのがわかっていた。党人派に属しつつも切り崩せそうな奴には、無駄になったとしても金を渡しておきたいし、官僚派に属しつつも裏切りそうな奴には、すでに金をやっていても、さらに上乗せして渡してやりたい。それが、沼津の考えていることに違いなかった。

「わかりました。弾薬はおまかせください」

「ありがたい。圧倒的な強さを敵に見せつけて勝ちたいんだ。それによって、沼津内閣のスタートは勢いづく」

「お急ぎですね？」

「ああ、急ぐ。だが、目立つやり方は困るよ。最近はブン屋どもがうるさいからね」

「心得ております。『瓢鮎』にお届けするのはいかがです？　小松さんなら、ブン屋がいても、うまくあしらってくれるでしょう」

「まあ、それでもいいんだがね……」

　沼津の声には、不満の色があった。

「どうかなさいましたか？」

「あいつは最近、どうも態度がよくない」

「まだ拗ねていらっしゃるのですね。しかし、あの方は玄人《くろうと》ですし、信頼を置けるものと思いますが」

　すると沼津は、意外なことを言い出した。

「君のほうで、何とかならんかね？」

「と、おっしゃいますと？」

「あの女を宥めてくれんかと思ってさ。君と私がつながったのは、君が小松に近づいたからなんだろう？ 小松は君には心を許しているのではないかね？」

「とんでもない、心を許すなど……」

面倒な話だ、と玉城は思った。だが、せっかくつながりができた沼津の機嫌を損ねるわけにはいかない。

「小松さんのお好きなものは何でしょう？」

「脂っこいものかな。鰻《うなぎ》とか、天麩羅《てんぷら》とか、豚の角煮とか。あのふくよかな体を見ればわかるだろ」

「じゃあ、好みは私と一緒ですな」

みずからも太っている玉城は、いささかおどけた口調で言った。

「あとは金目のものかな。宝石とか、バッグとか。いや、いちばん好きなのは現金だろう……そう考えると、君と小松はますます似た者同士だな」

自分だって、金は大好きだろ――。

腹の中で罵りつつも、玉城は丁重な態度を保ちつづけた。

「私のような不調法者に何ができるかはわかりませんが、小松さんに喜んでいただけそうな手土産《てみやげ》を持参することにいたしましょう」

「そうしてくれ。では、小松のところならば、私自身が出向くことにするよ」

「このお忙しいときに――」

「いいんだ。今夜、八時頃ではどうだろう？」

「承知いたしました。八時に『瓢鮎』に伺います」

「じゃ、予約はこちらで入れておく。よろしく頼んだよ。我が国の未来のためだ。党人派の間抜けどもに、国政の舵取りをまかせるわけにはいかない」

電話を切ったあと、玉城は浴衣を着て、寝室の外へ出た。これから忙しくなりそうだが、まずはさっぱりと風呂を浴びて、酔いを醒ましたかった。

すると、風呂場へ向かう廊下の前方から、一人の男が、

「会長」

と呼びかけつつ、急ぎ足にやってくる。

癇癪《かんしやく》を起こし、スキンヘッドの月岡を硫酸プールに沈めてしまって以降、玉城が最も信頼を寄せ、そば近くで使っている比企だった。SF映画の怪物みたいな、表情のない、長い顔をしているが、忠誠心に富み、しかも、強靭《きようじん》な肉体も持っていた。

「元検事の先生が死んだのか？」

比企の慌てた様子を見て、玉城はそう尋ねた。

「寺原先生ならご無事です。お帰りになりました」

元検事の先生とは、寺原正吾のことだ。会いたいと言ってきたから、玉城は昨日、わざわざ時間を割いてやったのだが、寺原の言葉を聞くうちに腹が立ってきて、張り倒してしまった。

日ごろ、自分が周囲の者に怒りをぶつけるときに比べれば、撫でてやったようなものだと玉城は思っている。けれども相手はもともと体の悪い男だから、予想外の痛手を与えてしまうこともないわけではないと思ったのだ。

「土産は持たせたか？」

「はい」

治療代として金を渡したのであれば、寺原が文句を言ってくることもあるまい。だが、それ以外の問題

とはいったい何だろうか。

「例の別荘のことです。プチに貸した……」

厚ぼったい瞼の比企の顔からは、その心中はわかりづらいが、玉城には相当に緊張しているように見えた。

「昨夜、火事が起きて、警察と消防が捜索に入ったようなのです」

あの別荘には、世間に知られてはまずいものがいろいろと隠されていた。人を閉じこめる檻もあるし、死体を融かすための硫酸プールもある。

「なぜすぐに手を打たなかった？」

関係先を買収したり、脅したりして、警察や消防に踏み込まれないよう工作するのが当たり前ではないか、と玉城は怒る。

「大きな爆発が起き、こちらが手を打つ前に地元では大騒ぎになってしまったようです」

「爆発？」

「外部からトラックが突っ込んできて……その荷台に、爆発物が積んであったようで」

玉城の脳裏にはすぐに、骸骨のように頬がこけた天野春男の顔が浮かんだ。

殺し屋のプチが別荘を貸してくれと玉城に頼んできたのは、そこに天野をおびき寄せ、消し去るためにほかならなかった。他の家から離れた場所に立っているし、敷地も広いから、その奥に引き入れてしまえば、殺害しても気づかれずにすむ。しかも、地下の硫酸プールで融かしてしまえば、遺体が露見することもないだろう。そうした理由から、プチはそこを決戦場にしたいと言ってきた。玉城も、天野を抹殺できるならばと、プチにその使用を許したのだった。

そこに可燃物が持ち込まれ、大爆発が起きたとなれば、天野の仕業と考えるべきだと玉城は思った。だが重要なのは、天野とプチのうち、勝者はどちらであるかということだ。

「プチは？　あいつは、いまどうしている？」

「何の連絡もありません」

「天野は？」

「現地の警察関係者に問い合わせてみても、二人とも行方がわからないようです」

「プチがかどわかした人質は？」

比企はかぶりを振った。

「警察には保護されていません」

浴衣一枚を羽織った姿で、玉城は廊下に突っ立ち、考え込んだ。いったい、あの別荘で何が行われたというのだろう。

「誰も彼もが消えてしまったなどということはあり得んだろ」

「庭の手入れをしていた従業員が何人か、警察の厄介になっています。そのうちの一人は、椅子の背もたれに縛られた状態で見つかったとか。それから、酔っ払いが一人」

「誰だ、そりゃ？」

「地元の運送会社の経営者のようですが、爆発したトラックのそばで、べろべろに酔って倒れていたとのことです」

玉城は確信した。そいつはきっと、天野の仲間に違いない、と。

「それから――」

と、比企は声を低めた。

「警察はどうやら、あの敷地内で遺体を発見したようです」

「天野か？　プチか？」

「わかりません。複数の遺体が発見されながら、ほとんどが身元不明のようです」

硫酸プールが暴かれたのだ、と玉城は思った。これまで、あそこに何人を沈めたかわからない。殺したあとに沈めて融かした者もいるし、生きたまま沈めた者もいる。大方は下水に流したが、まだ融けきっていない遺体の一部が残っている可能性はあった。

しかし、硫酸プールが発見されたこと自体には、玉城はそれほど動揺も、困惑もしてはいなかった。あの別荘を管理している企業はペーパーカンパニーだが、それと玉城との直接的な関係は容易には摑めないような工夫が施されているからだ。便利に使ってきた場所が一つなくなるのは残念だが、また別に造ればよいだけのことだった。

それよりも、玉城にとって気が気ではないのは天野の行方だ。

あの屋敷で天野とプチとの対決が行われ、天野が生き残ったとすれば、あるいは天野自身は死んだとしても、人質が生き延びたとするならば、プチの凶行について警察に訴えるはずだった。さらには、プチを背後で操っていたのは玉城だと訴えてもおかしくはないし、そうなれば、いまごろ玉城邸に捜査員が来ていたかもしれないのだ。

「天野やその仲間は、いったいどこで何をしているんだ？」

いくら考えてみてもわからない。

「誰も生きていないのではありませんか？　プチと共倒れになって、みんな死んでしまったのでは？」

そう言った比企は、少しだけ安堵の笑みを浮かべたかに見えた。だが、玉城は、

「若い衆を集めろ」

と命じた。

「油断してはならん。天野は何を考えているかわからん糞野郎だ」

畏まる比企を残して、玉城は風呂場へと向かった。

二

夜の八時前、羽織袴姿の玉城を乗せた車は、料亭「瓢鮎」の前に着いた。いつもは、何台もの車を連ねて移動する玉城だったが、そのときは目立つのを避けるべく、一台だけの外出である。けれども、比企が子分たちを集め、「瓢鮎」の周囲を固めているはずだった。

玉城の車に同乗していたのは、大きな黒いドクターズバッグを提げた、金庫番の小柄な男に、これまた腕利きの、二人の護衛である。

護衛が助手席と後部座席の右側から降り、左側のドアを開けた。玉城がそこから降りようと、白足袋と草履をはいた足を地面につけたとき、カメラのフラッシュがいくつも焚かれた。目の前に、三人のカメラマンがいて、中央にハンチング帽をかぶった、三十代らしき男が立っていた。

「玉城さん、今日はどなたとの会合ですか？」

ハンチング帽の男は、手帳とペンを手にし、不躾に問うてきた。

「お前は誰だ？」

玉城が怒鳴りつけるように問うと、相手は、

「日讀新聞の渡瀬と申します」

と名乗った。

「K沢の別荘地で不審な遺体が見つかったのはご存じですか？　あそこは、玉城さんとかかわりがあると

噂されているようですが」

玉城は無視して歩こうとしたが、記者はほかにも三、四人いて、カメラマンたちとともに押し寄せてくるから、身動きが取れなくなった。護衛の一人が渡瀬の前進を手で押さえたところ、彼は「痛い」と大袈裟に叫んだ。周囲の記者たちも、「暴力はいけない」などと言うから、護衛も困惑した様子だ。

だがそこへ、例の比企が六人の若者を引き連れて駆けつけた。ためらうことなく、記者たちと玉城とのあいだに割って入る。

「暴力はやめてください」

「どっちが暴力をふるっているんだ」

もみ合いが行われる隙に、玉城と金庫番は急ぎ足で進み、「瓢鮎」の門内に入った。

なぜ、あの別荘と自分とのかかわりを知っているんだ——。

テレビなどでもまだ、死体発見のことはほとんど報道されていないようだ。ましてや、玉城とあの別荘との関係に言及する者などいないし、捜査関係者からの連絡もない。それなのに、どうして新聞記者が突然、これから沼津大臣と会おうという場所の前に大挙してあらわれ、あのようなことを聞いてきたのだろうか。女中の案内で、玄関を上がってからも、玉城はずっとそのことを考えていた。

控えの間がついた大きな部屋に案内されると、玉城は金庫番とともに下座《しもざ》につき、護衛の一人は控えの間に待機させた。もう一人は、室外の廊下の警護にあたらせる。

「何か、お持ちしましょうか」

と女中は言ったが、玉城は断った。

「女将を呼んでもらえないかな？　沼津先生がいらっしゃる前に、相談したいことがあってね」

「はい」

女中は畏まって出ていったものの、女将はなかなかやって来ない。だいぶ経って、また件の女中が顔を出した。

「すみません。女将は今日はちょっと忙しいもので……いましばらく、お待ちください」

「大事なお客さんだね」

「おかげさまで、また忙しくなりまして」

玉城としては、自分よりも大事な客がいるのかと思うと、面白いわけがなかった。しかし、小松は沼津健人とのあいだをつなぐ大事な人物だ。機嫌を損ねるわけにはいかない。そう思って、玉城は笑顔を作る。

「商売繁盛はいいことだね」

その後も、小松は一向にあらわれず、そしてとうとう、部屋に沼津健人がやって来てしまった。

「やあ、やあ」

沼津は警備担当者や秘書などを連れずに、一人で部屋に入ってきた。金のことや、女のことなど、かなり突っ込んだ、秘密の話をするつもりなのかもしれない。

当然のように床の間の前の座布団に尻を据えた沼津は、眉間に皺をつくって、

「君は誰だ？」

と金庫番に尋ねた。

鼠のように前歯が二本突き出た金庫番は、恐縮した様子で、丸眼鏡の奥の目をしばたたいている。

「これは、金を扱わせている者です。私の信頼する男ですから、心配はありません」

玉城が説明すると、沼津は頷いたが、険しい表情を崩すことはなかった。

「ここで話すことが漏れては困るよ。君と会っていること自体、内密にしておかなければならんのだから」

「わかっております」

「その割に、表はずいぶん賑やかじゃないか」

「まだ、新聞記者がいましたか？」

「新聞記者？　いや、それは見なかったが、君のところの者と思しき連中の姿がだいぶあったようだ。君はそんなに敵が多いのかね？　総理大臣でもあれほどの護衛は引き連れていないんじゃないか」

「私の不徳のいたすところでございまして……それがその、天野の奴めが……」

玉城はひそひそと、自分の手下と、天野とが果たし合いを行ったようだ、と打ち明け出した。

「天野がいま、どこにいるかがわからないのはたしかに不安かもしれない。手負いの獣は厄介だからな」

話を聞き終えた沼津は、そうは応じたものの、表情をほころばせた。

「だがね、姿が見えなくなってしまったということは、天野はもうこの世にはいないということじゃないかね？」

「そうかもしれませんが……」

「ありゃ、思い上がった男だった。ちょっと俺が声をかけたら、ずいぶん偉くなったみたいに勘違いしやがってまいったよ。ああいう図々《ずうずう》しい手合は、昔から滅びることになると相場は決まっているのさ」

沼津はあっけらかんと言うと、すぐに話題を変えた。

「で、小松のほうはどうなんだ？」

「それが、お忙しいようで」

「まだ来ないのか？」

「ええ。小松さんにも、土産を持って来てはいるのですが」

「困った奴だな……ま、とりあえずビールでも飲もう」

玉城は女中を呼び、酒と酒肴《しゅこう》を運ばせた。酒が入ると、沼津は総裁選の対抗馬たちの悪口をさんざんに喋り出した。あんな田舎者が総理になろうなどと噴飯物《ふんぱんもの》だとか、あいつは人望がない、あいつは無能だなどと、よくもこれほどの悪口が言えるものだと、玉城も驚いた。戦いを前にして、沼津はよほど鬱屈《うっくつ》した感情を溜めているのかもしれない。

自分が総理大臣になったら、どのような政治を行うかなどという話も、沼津は上機嫌に語った。沼津のことだから、経済政策についての話が中心になるのはわかるが、その中身というのが、国民の所得を倍増させるとか、ほとんど大法螺《おおぼら》としか思えないようなことばかりだった。

「いいかい、玉城君、それだけ我が国の経済が発展すればだ、今回の君の支援に対する礼は充分にできる」

などといった、利権配分についての話も、沼津は杯をつぎつぎと呷《あお》りながら、あからさまに語った。

玉城や金庫番が控えめにしか飲んでいないいっぽう、速いペースで飲んできた沼津はそのうちに、さかんに欠伸《あくび》をするようになった。

「先生、お疲れでございますか？」

「大丈夫だ。それより、小松の奴は遅いな。俺が来ているというのに、挨拶もしないとはどういうことだ」

沼津が据わった目でそう言ったところで、玉城は金庫番に耳打ちをした。

「わかりました」

金庫番は立ち上がり、入り口の襖を開けて、

「ちょっと、すみません」

と外へ声をかけた。それから、首を動かして廊下の左右を見る。護衛の一人が立っているはずだったが、

その姿が見えないようだ。

　金庫番は部屋の中へ振り返り、

「憚《はばか》りへでも行ったのですかね？　ちょっと私、見て来ます」

　と言うと、外へ出て、襖を閉めた。店の誰かをつかまえて来るつもりらしい。

　ところが今度は、その金庫番がなかなか帰ってこない。彼の座布団の隣には、ずんぐりとしたドクターズバッグが置きっ放しになっている。中身はもちろん、札束だ。

　どいつもこいつも、何をしているんだ――。

　沼津はほとんど目をつぶり、大欠伸を繰り返している。それを見ていると、玉城自身も何だか眠くなってきた。

　玉城は欠伸を嚙み殺し、

「おい」

　と、控えの間にいる、もう一人の護衛に声をかけた。

「おい、おい。聞こえているか？　外の様子を見てきてくれないか」

　ところが、いくら呼びかけても返答がない。

「お前、いるのか？」

　玉城はむかっ腹を立てて立ち上がった。歩いていって、襖を開ける。

　護衛はたしかに隣室にいた。しかし、卓の脇の畳にうつぶして倒れている。

「どうした？　しっかりしろ」

　玉城は護衛のそばにしゃがみ、肩を揺すぶった。だが、彼は顔を畳に押しつけ、寝息を立てるばかりだ。

　卓上には、飲みかけの茶碗と、急須が置かれてある。

睡眠薬を盛られたか――。

自身も胃に強いむかつきをおぼえていることに玉城は気づいた。頭も重い。

「まずい……」

玉城はふらつきながらも立ち上がり、足をゆっくりと進めて、元いた部屋に戻った。

沼津は火のついた煙草の先を天井に向けて持ちながら、大口を開け、床柱にもたれかかっている。火はいまにも沼津の指を焦がしそうだ。

「先生、しっかりしてください」

玉城は沼津のそばへ行くと、手から煙草を取り上げ、灰皿に捨てた。

「玉城君か……ちょっと飲み過ぎたみたいだ」

つかの間、玉城を見た沼津は、また目をつぶってしまう。

玉城はおぼつかない足取りで、部屋の出口へと向かった。引き戸に取りついたが、何かが引っかかっているのか、びくともしなかった。

「誰かいるか？」

外に向かって叫んだが、返事はない。

「おい、ここを開けてくれ」

襖戸をがたがた揺らして叫んだが、何の反応もなかった。

「いったい、何の真似だ。ここを開けろ」

息が苦しく、びっくりするほどの汗が全身から噴き出して、目にも入ってくる。こうなっては戸を破って外に出るしかない。そう思って、玉城が拳を振り上げたとき、目の前が暗くなった。部屋の電気が消えたのだ。

停電か――。

「少し、落ち着けよ」

背後から声をかけられた。

「誰だ？」

振り向いた途端、玉城は両側から強い力で押さえ込まれた。畳に膝をついて倒れる。

「この野郎、俺を誰だと思っている」

跪《ひざまず》かされながら、玉城が怒鳴ったとき、目の前に眩しいライトがともった。誰かが前から、懐中電灯を向けてきているのだ。玉城は目をぎゅっとつぶり、顔を背ける。

「静かにしねえか、玉城」

いったい、どこからあらわれたのか、懐中電灯を持った相手は、行儀の悪いことに座卓の上に腰掛けていた。高級料亭にはまったくふさわしくない、半袖の白いシャツに、ニッカポッカを着ているようだ。いや、自分を取り押さえている、両脇にいる男たちも、建設現場からやってきたというような格好に見えた。

「天野、てめえ……」

風貌といい、声といい、座卓に座っている男は天野に違いなかった。

「光を当てるな。眩しいだろ」

「聞いたぞ、玉城。お前はこういう遊びが好きらしいじゃないか」

嫌みたらしく、天野は言った。実際、玉城は寺原らを痛めつけるとき、暗闇に引き据え、光を浴びせて震え上がらせていた。

「自分がやられると、やっぱりびびっちまうわけか」

「畜生め、どこからあらわれやがった」

「この部屋にはな、いろいろなからくりがあるんだ。ここの女将は恐ろしいぞ」

壁や床下に、秘密の通路でもあるということだろうか。

「つまらねえ遊びは、もう充分だろ、天野。やめろ」

玉城が精いっぱいの声を上げたとき、右手から、寝ぼけたような声が聞こえた。

「なぜ、こんな乱暴をする？　痛いじゃないか。やめてくれ」

沼津の声だった。彼も四つんばいの状態で、ニッカポッカを身に着けた男に押さえられ、別なニッカポッカ姿の男に光を浴びせられていた。

「天野、いい加減にしろ」

「玉城寿三郎ともあろう男が、何をきいきい叫んでいる。いくらわめいてみても、誰も助けには来ないぞ。店の中までついてきたお仲間は、みんな眠っちまっているんだ。外にいる連中にも、ここでの声は聞こえやしないさ」

「てめえ、こんなことをして、ただですむと思っているのか？」

「そりゃ、どういう意味だ？　あとで子分たちを差し向けて、俺たちを殺すってことか？」

「いますぐに解放しなければ、ただ殺すだけですますものか。八つ裂きにしてくれる」

「そして、あの硫酸プールで融かしちまおうってわけか。あのちんちくりんの殺し屋が、どろどろになったように」

プチは敗れて死んだのだ。そう知った玉城ははっとなったが、怯んだ様子を見せてなるものかと怒鳴り返した。

「俺や沼津先生に乱暴すれば、当然そうなるだろう」

そこで天野は、乾いた笑い声を立てた。

「俺がこうやって、目の前に姿をあらわさなくたって、てめえは俺を殺そうと躍起になっていたじゃねえか」

「命を狙ってきたのは、お互い様じゃないか。てめえは、俺をずっと怨んでいた」

「怨まれるような生き方をしてきたのは誰だ？」

「怨まれる覚えなんかねえよ。俺はただ、国のために全身全霊で働いてきただけだ。それなのに誤解をされて、人の怨みを買うことはあるがね」

「てめえは『国のため』ってのを言い訳に、私腹を肥やしてきただけじゃねえか。そして、人をゴミみたいに使い捨てにしたり、邪魔者を消したりしてきたんだ。そんな悪党は、嬲《なぶ》られ、殺されて当然だな」

玉城はぞっとした。天野の言い方が静かであるだけに、残忍な響きを持って聞こえたからだ。

「物の見方は人によりいろいろだ。だがな天野、俺はてめえとの手打ちをずっと考えてきたんだぜ。てめえが応じてくれるなら、もう互いに矛を収めようじゃないか」

そのとき、沼津が欠伸交じりの声を上げた。

「天野君か？　この私に、どうしてこんなことをする？」

「どうして、だと？　てめえこそ、人をいいように使い捨てやがって。『私は嘘は言わない』などと、聞いて呆れるわ」

「君が何を言っているかわからん。きっと、小松に何か吹き込まれたんだな……君と玉城君の争いには、私は関係ないはずだ。悪いようにはしないから、私だけは放してくれ」

「まずは、沼津大臣の命から頂くかな」

左手に懐中電灯を持っていた天野は、右手を前に突き出した。その手には大きなリボルバー式拳銃が握られていた。銃口を沼津に向ける。

「総裁選の前に最有力候補が銃殺されたとなれば、世の中は大騒ぎだ。愉快この上ねえな」

沼津は震える声で言った。

「待ってくれ。望みは何だ？　私にできることなら、何でもする。約束だ」

天野はため息をついて、拳銃を振って見せた。それは手下への合図だったようで、沼津を押さえつけていた男たちが、彼を立たせ、玉城の右隣に連れてくる。

「な、何だ。おい、手荒な真似はやめてくれ」

沼津が言うのもかまわず、手下は天野の足下に彼を引き据えた。

天野は、あらためて沼津に銃口を向ける。

「てめえは自己の権勢のためなら、人を平気で使い捨てる、下種野郎だ。人の上に立つ器じゃねえ。ミカドの宰相になろうなどと、おこがましい」

つづいて天野は、銃口を玉城に向けた。

「てめえはもともと、骨の髄まで悪党だがな、よくも俺にとって大事な者を捕まえ、鎖につなぎやがった。てめえは変態サディスト豚野郎だ」

「鎖がどうのなんて話は、俺は知らねえ」

玉城が言い返したとき、天野は目の前の畳に、何かを放った。重たい衝撃音がするとともに、金属がかち合う音がじゃらじゃらと響く。鉄の鎖だった。鎖の両端には、これまた鉄製の、頑丈そうな手枷《てかせ》がついている。

天野の手下の一人が進み出て、玉城の右手首と、沼津の左手首に手枷を嵌めた。眠気のせいと、懐中電灯のせいで白く滲む玉城の視界で、鎖が鈍く光っている。

「どうだ、お二人さん、家畜みたいに鎖につながれる気分はよ？」

天野の勝ち誇ったような声に対して、沼津はぐったりと畳にうずくまっているだけだった。だが、玉城は吠えた。

「てめえを必ず殺してやる。てめえのカミさんも、手下のお前たちも、みんな殺してやる」

「人殺しも、死体を消しちまうことも、お手のものだからな」

「そうとも。てめえの義理の兄貴のように、お前もゴミのように死ぬんだ」

「もうそろそろ、いいんじゃねえか」

天野が愉快そうに言った直後、玉城の目がさらに眩《くら》んだ。部屋の電気がついたのだ。眩しさに耐え、薄目を開けると、天野の右側の畳がぽんと飛び、めくれ上がったのが見えた。

「ふー、暑い」

と言いながら、一人の男が床下から顔を出した。男は畳の上に這い上がると額の汗を拭い、どこからかハンチング帽を取り出して、頭にのせた。さきほど店の前で会った、日讀新聞の渡瀬だと玉城は気づく。

渡瀬は、箱型の機械らしきものを、肩から革紐で提げていた。それを卓上に据える。

「録《と》れているかどうか確かめますね」

機械は録音機のようだった。渡瀬は手際よく機械のスイッチを操作し、テープのリールを巻き戻して、音を出した。

聞こえてきたのは、玉城自身や沼津の声だった。裏金の授受の話や、利権配分の話、他の候補者への悪口など、二人がさっきまで交わしていた会話だった。また、渡瀬はテープを先にも進め、ところどころで止めて再生したが、天野の声も聞こえ、それに対して「てめえを必ず殺してやる」と叫ぶ玉城の声も飛び出した。

「そんな録音が何だというのだ？　そんなもので俺を罪に落とせるとでも思っているのか？」

「心配しなくていい。他にもいろいろと録ってもらってあるからな」

天野が言うと、渡瀬が話を引き継いだ。

「今日の分だけでなく、これまでにここで行われたあなたと沼津大臣との会談の内容は、ほとんどすべて録音させてもらいました。毎度、マイクを仕掛けましてね」

天野が言う。

「政治の裏にはいろいろなことがあるのを、俺も勉強させてもらったぜ。沼津大臣とは、えげつねえ話をしていたな。全部はとてもじゃないが聞き切れないから、渡瀬君に解説してもらったが、いまも昔も汚え世の中だ。あれほど多くの裏金の作り方があるとは知らなかったぜ。その裏金が、権力者である政治家に流れる以上、お前たち裏のフィクサーは、いくら汚え金を集めて使っても、足がつかねえようになっているってわけだな」

玉城は、天野には何を言っても仕方がないと思い、渡瀬を脅すことにした。

「盗み聞きをするなんてのが、昨今の新聞記者の正義ってやつか？　だいたい、誰の許しを得て、こんなことをした？」

「これは、新聞記者としての仕事とは別です。あなたと沼津大臣との会話を全部録音しておいてくれと言ったのは、小松さんですよ」

すでに鼾《いびき》をかいている沼津を見て、天野がにやけて言う。

「だから言っただろ。あの女は、てめえが思っている以上に怖《こえ》えんだよ。てめえと沼津の両方から、たんまりとふんだくろうって考えていやがるんだろう」

玉城は怒りに震えた。薬と、大勢に取り囲まれた熱気のせいで喘ぎながらも、叫ばずにはいられない。

「なめた真似しやがって。潰してやる。必ず、潰してやる。お前たちも、女将も、全員葬ってやるから覚悟しておけ」

「そう言われると思って、テープはいくつもダビングしてあります」

と言ったのは、渡瀬だった。

「私や天野さん、小松さんに何かあれば、それが公表される手筈《てはず》になっていましてね」

「糞っ、潰してやる。潰してやるぞ」

そこでまた、天野が口を開いた。

「やれるもんなら、やってみな。世の中には、てめえや沼津に取って代わろうという奴は掃いて捨てるほどいるんだ。こんな録音テープがあるってことが少しでも世に知られれば、みんなが寄ってたかって、てめえらの足を引っ張り、葬ろうとしはじめるぞ」

「こんな卑怯な手を使わず、この俺をひと思いに殺したらどうだ」

「俺は忙しいんでね。刑務所に入っているわけにはいかないんだ。てめえみたいに、みずからはじっと座って、人を追い使えばいいデカ尻野郎とは違うんだよ。会社を潰さないように走りまわらなきゃいけねえ。まったく因果な人生だ」

玉城は笑ってやった。

「それは、てめえが死に損ないの間抜けだからだよ。骸骨みたいな面をしているわけだ。ははははは」

すると、それまで余裕を見せていた天野の態度がにわかに変わった。表情に憤怒をむき出しにする。

「俺はな、自分の面のまずさについて言われるのが一番むかつくんだ。気が変わったぜ。やっぱり、ここでてめえの命を頂こう」

天野は銃口を玉城の顔にまっすぐに向けると、撃鉄を起こした。

ひと思いに殺せ、と言っていたはずの玉城だったが、あと少しで自分の命は終わると思うと、背筋が凍った。

天野は、引き金を引いた。撃鉄がかちりと落ちる音がし、玉城はぎゅっと目をつぶる。だが、弾は出なかった。

目を開けると、天野がにやりと笑い、立ち上がっていた。

「あばよ」

と言うや、天野は銃把を玉城の顳顬に叩きつけた。

それまで何とか意識を保っていた玉城は、眠りに落ちた。


天野が手にしていた拳銃は、プチの指示に従って、路上生活者らしき小田夫妻とドライブをしていた際、山中のバス停に置かれてあったものだった。すなわち、プチの命を受けた小田正枝が、夫の次郎を射殺したときに使ったもので、弾丸は撃ち尽くしていた。ちなみに、途中で姿を消した正枝の行方は、いまだに杳《よう》として知れない。

玉城を気絶させた天野は、空の拳銃を腰のベルトに差すと、つき従う天野組の社員たちに命じた。

「おう、お前たち、こいつらを涼しい格好にしてやれ」

社員たちは、玉城の袴や沼津のズボンを脱がしはじめた。上着もはがし、腹や下半身をむき出しにする。つづいて、渡瀬がカメラを構え、鎖につながれて眠る二人の、あられもない写真を何枚も撮っていった。

「二人とも、幸せそうな顔して眠っているな」

天野が笑って言うと、社員の一人が言った。

「ざまあみろと言ってやりたくなりますが……でも社長、これっていったい、何の写真なんですかね？」

「さあな……何だかわからないけれども、二人で恥ずかしい遊びをしている写真には違いあるまい」

「どんな遊びですか？」

「知らねえよ。すげえ変態プレイに興じている雰囲気の写真が残りゃ、それでいいだろ」

「まあ、そうですが……」

天野はそれから、渡瀬に言った。

「現像した写真を、玉城の家と、沼津の事務所に送っておいてくれよ」

「ええ、わかっています」

例の録音テープとこの写真のネガを押さえておけば、玉城も沼津もそう簡単には動くことはできないだろう。もし向こうがこちらを潰すべく動けば、刺し違いになりかねない戦いが再開されるまでだ。

「よし、みんな、行くぞ」

天野は出口に歩き、戸をノックした。すると、外にいた社員が戸を開けた。天野につづいて社員たちや渡瀬も部屋の外に出る。

天野は廊下を歩き、別の部屋の引き戸を開け、中に入った。そこには、和装の女性が座っていた。扇風機の蔽いのように大きく膨らませて髪を結い、顔を真っ白に塗りたくった小松である。天野の顔を見るなり、真っ赤な唇をゆがめて言った。

「殺ってませんな？」

「殺ってねえさ。ズドンと音が聞こえたか？」

天野は腰のベルトに挟んでいた拳銃を抜いて見せた。

「こいつは拾い物だが、もともと弾は入ってねえんだ」

「そんなもの、ちゃんと処分してくださいよ」

「鋳《い》潰して、釘にでもするかな」

天野は冗談を言ったのだが、小松は真面目な顔で話を引き取った。

「釘でも金槌《かなづち》でも何でもいいから、警察には見つからないようにしてくださいよ。あなたが捕まったら、奥さんも、会社のみなさんも、苦労することになりますからね。そんなこと、私が許しません」

許さないって、どうするつもりだ――。

小松は言葉の勢いでそう言っただけかもしれないが、天野は内心、何とも言えない恐怖をおぼえた。

「人質になっていた方たちはいま、どうしていますか？」

「山科は蝮に噛まれたが、もともと丈夫な男だから、もうだいぶ元気を取り戻しているよ。カミさんのほうは、ちょっと元気過ぎて困るくらいだ。顔を合わせるたびに『あなたが馬鹿だったせいで、ひどい目に遭った』と文句を言われてかなわないぜ」

「これ、持っていって」

小松は満足そうに笑いながら、膝元に置かれたドクターズバッグを指さした。その指には、沼津から貰った琥珀ではなく、大きなエメラルドがきらめいていた。

バッグは、玉城のお供が持ってきたものだった。そのお供自身は、天野に絞め技で落とされ、別室で気を失っている。

「そっくり貰うわけにはいかないよ。今度のことは、あんたの才覚に負うところが大きいんだから」

「それくらいは当然、天野さんの取り分ですよ。私は何なら、まだこれから、沼津さんや玉城さんから絞り取れますしね」

しゃあしゃあと言ってのけた小松のことを、あらためて恐ろしい女だと天野は思う。

「じゃあ、山分けにしようぜ。あんたも、金は嫌いじゃないだろ」

天野は拳銃を腰のベルトに戻すと、バッグのそばにしゃがみ、開けた。中の札束を畳の上に出す。煉瓦《れんが》のような新聞包みの固まりが十個入っていた。それを五つずつに分ける。

「これで半々だ」

片側の五つをまたバッグに戻し、腰の拳銃もそこに放り込むと、天野は把手を掴んで持ち上げた。

「じゃあな」

と言って部屋を出ようとすると、

「ちょっと待ちなさい」

と、小松が呼び止める。

「お金の半分は頂くことにしますが、あなたたちはまだここから出て行ってはいけませんよ。周囲には、玉城さんの子分やら、沼津さんの護衛の警官やらが大勢いるんですから」

「押し通るまでよ」

「また、チンピラみたいなことを言って」

と、小松は顔をゆがめた。

「ここは私にまかせなさいって。あなたたちは、この店の中にしばらく隠れていてください」

「どうするんだ？」

「玉城さんの子分に、『玉城さんと沼津さんがえらいことになった』って教えてやるまでですよ」

高笑いする小松のことを、天野は呆然と見つめるしかなかった。

それからしばらくして、玉城と沼津の横たわる部屋に、強面《こわもて》の二人の男が駆け込んできた。「瓢鮎」の下足番が、表をうろつくそれらしき男に声をかけ、呼び入れたのだ。

「会長っ」

と声をかけて絶句したのは、顔の長い、瞼の厚ぼったい男である。彼と一緒にいる男も、声を出せずにいる。二人が見たのは、鎖につながれ、裸にむかれて眠る玉城と沼津の姿だった。

「いったい、これは……」

「それは、私が伺いたいんでございますよ」

部屋の隅に座る小松は、眠る二人から恥ずかしそうに目を背けつつ言った。

「沼津先生にも、玉城先生にも、これまでご贔屓《ひいき》にしていただき、ありがたく存じておりましたが、まさかお二人して、こんな〝おいた〟をなさっていたなんて」

「〝おいた〟って……」

顔の長い男が問うたのに対して、小松は袖で顔を隠し、うつむく。

「そんなこと、私は存じませんわ」

「他の者はどうしているのです？　会長にお供していた者どもは？」

「隣室にてお眠りでございます。みな気持ちよさそうに……変なお薬でも使われたのでしょうか？　私には思いも寄らないお遊びでございます」

男たちは立ち上がり、控えの間を覗きに行った。そこには玉城の護衛二人と金庫番が並んで寝転がっている。男たちは雷に撃たれたように震え、小松のもとに戻って来た。

「それで、私もどうしようかと迷いまして……沼津先生にとって、いまは総裁選前の大事な時期だと伺っておりますし、玉城先生とこんなことになっているなんて世間に知られてもねえ……でもやっぱり、警察にはお知らせしたほうがよろしいですわね」

そう言って、小松が立ち上がったとき、長い顔が叫んだ。

「待った」

「え？」

「待った、待った」

「でも……」

「女将さん、ここは私らにおまかせください。ご迷惑はおかけいたしませんから」

「いいえ、迷惑なんてとんでもない。お客様が店の中でお倒れになった以上、私どもにも責任がございます。外聞がいかになろうと、当局にもお知らせし、しっかりとお客様にお手当てをしなければなりません」

「お待ちを、お待ちを……」

二人の男は、小松の前にひれ伏している。

「女将さん、お願いいたします。我々におまかせください。ご恩は一生、忘れませんから」

その後、「瓢鮎」の前には、引っ越し業者が使うようなトラックが何台もやってきた。それらの荷台から、大勢の男たちによっていくつもの長持が降ろされ、店内に運び込まれた。錠前のついた大きなもので、金具に棹《さお》を差して担げるようになっている。

男たちはその長持に、鎖でつながれた玉城と沼津を苦労して並べ入れ、蓋をした。また、控えの間で眠っていた玉城の供たちも、いくつかの長持にわけて収めた。そして、棹を肩にのせて担ぎ、列をなして長持を次々と運び出していった。

引きあげる前に、例の長い顔の男が小松のもとに挨拶に来て、

「このことはぜひご内密に」

と、また新聞紙にくるまれた札束をさし出した。

「いいえ、こんなものは頂けません」

「そこを枉げて、お納めください」

「いえいえ、いけません」

「どうぞ、そんなことはおっしゃらず」

といった問答がしばらくつづいたのち、彼は金を置いて去っていった。

トラックが去り、店の周囲から、玉城の子分らしき姿も、沼津を警備する警察関係者らしき姿もまったく見られなくなったあと、天野たちと渡瀬は「瓢鮎」の玄関に出ていった。

見送る小松は、新たな札束を天野に見せた。

「やはり、私がさっき言っていた通りになりましたよ」

「何だい、そりゃ？」

「玉城さんの子分の一人が『枉げてお納めください』って言って、置いていったんですよ。玉城と沼津との〝おいた〟については内密にしてくれ、ということのようです」

「口止め料か。まだまだふんだくれそうかね？」

「たぶんね」

小松は大きなエメラルドを見せびらかすように、口元を手で覆った。

「まったく、たまげた女だよ、あんたは。ああ、恐ろしい」

「天野さんほどではありませんよ」

二人のやり取りを聞いて笑っている渡瀬と、小松の二人に、天野は言った。

「いろいろと世話になったぜ。だが今後とも、立場はそれぞれ異にしながらも、同盟関係はつづけよう。もし、玉城や沼津が俺たちのうちの誰かを潰しにかかったときのために」

渡瀬も、小松も頷いた。

「じゃあな」

と言い残すと、天野は従業員たちを引き連れて、「瓢鮎」をあとにした。

三

入り口の扉の鈴を鳴らし、喫茶店に入ってきた楡久美子は、地味な黒っぽいズボンを穿き、冴えない灰色のブラウスを着ていた。鍔《つば》の広い、茶色の帽子をかぶって、黒縁眼鏡をかける姿からは、世間から身を隠したがっているような印象を受ける。顔色も青白く、年齢の割に窶《やつ》れて見えた。

カウンター席に座る寺原に会釈した楡は、カウンターの中にいる天野を認めると、大きく目をむいて、

「あれ、何で……」

と言った。

「座れや」

楡は寺原の左隣に腰掛けた。

「無事だったんですね、天野さん。死んじゃうかもしれない、って心配していたけど」

「何とか生きてるさ」

と天野は応じるとともに、隣に立っている山科徹を指す。

「こいつもな」

あの別荘から救出した直後は、山科は全身痣《あざ》や生傷だらけであった上、蜱に嚙まれて高熱を発していた。だがいまではすっかり回復して、天野の隣で湯を沸かしたり、カップを拭いたりと、忙しく働いている。

「あれから、危ない目には遭っていないのか？」

と尋ねてきた寺原に、天野は、

「何もありません。仕事もそこそこ順調ですよ」

と言った。

晴れた昼下がりながら、すでに秋の気配が漂っており、窓から見える通りの電柱や行き交う人の影もだいぶ長くなっている。しかし、あれからいまのところ、玉城が刺客を差し向けてくることも、仕事の邪魔をしてくることもなかった。「録音テープ」と「写真」が抑止力になっているようだ。

保守党の総裁選は、出馬に意欲を見せた者が乱立し、現金の弾丸が飛び交う混戦となったものの、結局、沼津が勝利した。沼津内閣が発足して数週間後に、総理秘書を名乗る男から、「一度会って話がしたい。天野さんにとっても悪い話ではない」という連絡があったが、天野は断っている。しかしその後、とくに不利益を被ったおぼえは天野にはなかった。やはりこれも、「録音テープ」と「写真」のおかげなのかもしれない。

あの写真には、鎖につながれた沼津と玉城の姿が写っており、テープには政治家とフィクサーとのずぶずぶの関係を示す会話が記録されている。だが、その写真とテープのおかげで命脈を保っていられると考えると、みずからもあの二人と鎖でつながれているような、不思議な感慨に天野は浸るのだった。

「今日は、何の話なんですか？」

保釈中の楡は、寺原に呼ばれた理由は、裁判関係の話あたりだと思っていたのかもしれない。寺原との面談の場に天野や山科がいることに、単に驚いているだけでなく、抗議するような口調だ。

「まあ、飲めや」

天野はカウンターから、二つのコーヒーカップをさし出した。

「ここは、天野さんの店なの？」

「ああ、これからは多角経営の時代だからな。なかなか、いい雰囲気だろ」

「嘘ですよ」

と隣から、山科が口を出す。

実のところ、ここは天野組が建設を請け負っている最中の物件だった。国有鉄道の駅のそばにあり、まわりにはオフィスビルも多い。近所には大手の新聞社や広告会社の本社もあるから、開店後はきっと賑わうだろうと天野は思っている。

テーブルが三つ置かれただけで、まだ内装も整っていない、こぢんまりとした喫茶店の内部を見まわしてから、楡は正面に視線を戻し、カップを持ち上げた。寺原も持ち上げ、二人はほぼ同時に口をつけた。

そして二人とも顔をしかめる。

「苦い」

と楡が言うと、寺原も、

「これはかなり強烈だな」

と言った。

「コーヒーは苦いから旨いんじゃねえか」

天野は言い返したが、楡も寺原も同意しないばかりか、隣に立つ山科も苦笑しているから腹立たしい。

「これくらい苦いほうが、元気が出て、大学にも行こうという気になるだろ」

天野がそう言ったのは、楡が授業にも出ず、アルバイトもせず、ほとんど下宿に籠もりきりだと聞いたからだ。

楡は黙って下を向いてしまった。

「体の調子が悪いのか？」

「別に……」

「体調が悪いわけでもねえのに、何でそんなしけた面をしているんだ？　勉強するために大学に入ったんじゃねえのか？」

「天野さんには関係ないでしょ」

不機嫌に言うと、楡は寺原を責めるように見た。何でこんな人のところに連れて来たのだ、騙したな、と言いたげな目だ。

「お前が元気がないっていうから、心配しているんじゃねえか。それとも何か、お前、俺とつるんでいたことを後悔しているのか？」

楡は不貞腐《ふてくさ》れたような顔で、黙っている。ずいぶん経ってから、ようやく、

「わからない」

と言ったとき、楡の頬に涙が伝った。

「やはり、後悔しているんだな」

学生同盟に対しては、メディアや識者のあいだで、批判の声が上がりはじめていた。

彼らの活動は当初、帝国主義や軍拡主義に対抗し、平和を追求する真摯なものと目されて、多くの国民からも支持された。ところがここにきて、それほど純粋なものではなかった、という指摘がなされるにいたったのだ。

批判のいちばんの矛先は、彼らがいかがわしい相手から運動資金を得ていたということだった。週刊誌などによれば、保守党の政治家や、それとつるむ財界、あるいは、合州国政府の関係者までが資金源となっていたという。そして、そうしたいかがわしい者の中に、天野の名前も含まれていた。

天野がかつて、革命前衛党の委員長でありながら、ミカド崇拝者に転向したことはよく知られている。しかも、戦後の混乱期には、労働運動潰しを行ったことさえあるから、労働組合関係者からは目の敵にさ

れてきたのだ。帝国主義に対する労働者の闘争の先頭に立ち、やがては社会主義革命を目指すと嘯いていた学生同盟の連中が、その天野から金を受け取っていたとなれば、批判する声が上がるのは当然だろう。あるいは、あの条約改定反対運動そのものが「やらせ」であり、茶番劇ではなかったのか、とまで疑われても仕方がなかった。

うな垂れて泣く楡の姿は、さすがに哀れだった。だが、かけてやるべき言葉が見つからない天野は、突き放すような言い方をした。

「何をめそめそしているんだ。すべてはすんだことだ。社会のエリート様が、そんな湿っぽい態度でどうするんだ」

するとと寺原が、

「そういう言い方はないだろ」

と口を挟んできた。

「彼女は、あの闘争の最中、恋人を失ったんだぞ。あのときの混乱に、お前も何がしかの責任があるだろう。もう少し、物の言い方を考えろよ」

恋人の死についての話を聞くと、楡は顔をゆがめて、さらに激しく落涙した。天野の心は痛んだが、しかしどうしても厳しい言い方をしてしまう。

「じゃあ、俺のような汚れた人間と手を組んでいなければ、辛島は死んでなかったと言うのか？　今ごろは改定同盟条約は成立していなかったか？　保守党政権は終わっていたか？　あるいは、条約反対闘争で負けたにしても、正義のために戦ったことは、みんなにわかってもらえたか？　くだらねえ話だ」

楡が強い口調で言い返してきた。

「そんなことは、言ってません。言ってませんよ……ただ……」

で」

「ただ、何だ？」

「ただ……整理がつかなくて……いったい、あの日々は何だったのかって……まるで夢を見ているようで」

「自分のことを大衆の先頭に立つ英雄だと思っていたら、大衆からそっぽを向かれた上に、前科者になっていたってか」

言いながら、天野は笑っていた。自嘲の笑いだった。それこそまさに、転向者の自分が通ってきた道だからだ。

「俺を怨みたければ、怨んでいい。世の中ってのは、ガキどもが思っている以上に複雑で、汚くできているのさ。敵・味方とか、正義・不正義なんてものは、そう簡単に割り切れるものじゃねえんだよ。理想に燃える純粋な奴らを焚きつけ、争わせて、利益を得ようとする邪《よこしま》な者がこの世にはうじゃうじゃいるんだ。よく勉強して、忘れないようにしておくことだ、エリート学生さんよ」

「あなたも、その抜け目のない、悪い奴の一人だったと言うわけ？」

「そうかもしれねえなあ」

天野が冷ややかに言ったとき、寺原は大きなため息をついた。

「天野、彼女をここに呼んだのは、そんなことを言うためじゃないだろ」

天野は腕組みをして黙った。その通りだった。しかし、楡を見ていると、複雑な感情が湧き上がってきて、自分を抑えられなくなるのだ。

「すみません。どうも、心の奥底の傷が疼いちまいましてね」

と言うと、天野は腕組みを解き、態度をあらためた。

「楡氏よ、聞いてくれ。あの騒動の中、辛島君が死んだことは、俺だって悲しくてたまらないんだ。もちろん、その責任の一端は、自分にもあると思っている。彼は立派な若者だった。いや、彼だけじゃない。俺は君も含め、学生同盟の人々を尊敬しているんだ」

尊敬、と言ったとき、楡は不審げに顔を上げた。

「俺は本気で言っているんだぞ。君たちは、なかなか大した奴らだ。中でも楡氏はよくやった。真っ先に国会へつっ走り、飛び込んだ姿は見事だったぜ。たしかに君らは青臭くて、単純だったかもしれない。あの運動は結局のところ、失敗であったかもしれない。だがな、一度失敗したくらいで何だって言うんだ？若者が理想に燃え、義憤にかられないでどうする？　若いのに元気のない奴なんて、使い物にならねえぞ」

目と鼻を真っ赤にして聞いている楡に対して、天野はさらに言った。

「俺は、君を尊敬する。まだまだこれから、修行を積む必要はあるだろう。だが、それでも尊敬する……まあ、若者に対してそういうふうに思わなければ、昔の自分を思い出すたびに死にたい気分になるしな」

苦笑する天野を、みずからもにやりと笑いながら見ていた寺原は、楡に言った。

「その『修行』ってやつを、天野のところでしたらどうだい？」

寺原は天野に視線を戻すと、もっと言葉を足せというように、

「そういう話をしに来たんだろ？」

と言った。

天野は楡に尋ねた。

「楡氏、将来をどう考えている？」

「どうって？」

「せっかく大学まで入ったのに、前科者とあっては就職も難しいぞ。もちろん、希望のところが見つかれ

ば、それはそれでいいんだが、うまく行かない場合には、もしよかったら、うちで働かないかと思ってな」

　意外な申し出であったせいか、楡はぼけっとした顔つきで黙っている。

「天野組なんてのは、小さな会社だし、そこで働くとなれば、また批判を受けることになるかもしれないがな」

「どうして、そんなことを言うんです？　馬鹿な若者が哀れだからですか？」

　そう言った楡を、寺原が窘める。

「そんなひねくれたことを言わなくてもいいじゃないか」

　天野は言った。

「俺のカミさんがな、『楡さんは見どころがあるから、つかまえておいたほうがいい。とりあえず、事務員としてアルバイトしないかと誘ってみて』って言うんだ。カミさんはなかなか人を見る目があるんだよ。カミさん自身も前科者だから、官憲に睨まれたことがあるかどうかなんてことで人を判断したりはしないしな」

「天野は、奥さんには頭が上がらないからな」

　寺原が楽しそうに言う横で、楡は沈んだ表情で、なお黙っている。

「まあ、すぐに返事をしなくてもいい。考えてみてくれ」

　すると、楡は言った。

「ほかに、話はあるんですか？」

「いや、別に」

「じゃあ、今日のところは帰ります」

楡はにわかに立ち上がると、扉の鈴を鳴らして、店から出ていってしまった。

「何だあいつ、このまままた下宿に閉じこもるつもりかよ。こっちが『うちは小さな会社だ』なんて下手に出りゃ、いい気になりやがって」

「まあ、そう言うなよ。心の整理には、もう少し時間がかかるだろう」

かつて、多くの反体制分子と渡り合い、またその社会復帰の面倒も見てきた寺原は、そう天野を窘めた上で、しみじみと言った。

「俺は、お前が生きて帰って来てくれて、嬉しかったぞ。しかも、お前が楡君に優しい言葉をかけたのも嬉しかった」

「へえ、そうですか……」

「お前が、お前自身の人生を、まるまる受け入れたような気がした。俺もまた、救われた気がしたよ」

今日の寺原は何だか変なことを言う。そう思って、天野が照れ臭い気分に浸っていると、寺原はさらに言った。

「もう、玉城とのこれまでの経緯については忘れることだ」

「玉城との休戦がつづく限り、大人しく本業に打ち込みますがね……しかし、忘れられはしませんよ」

「忘れるんだ」

「寺原さんは、玉城を許せるんですか？　何度も殴られたんでしょ？」

「許せはしないかもしれない。だがもう、誰かを責めたり、憎んだりという面倒からは卒業したいんだ。だから、いっさいを忘れることにするよ。だいたい、俺自身、そんなに立派な人間じゃないからな」

「寺原さんは偉い。そんなに偉い人だったかな？　俺はそんなに偉くはなれませんよ」

「お前にはいい奥さんもいるし、慕ってくれる社員や友人もたくさんいるんだぞ。それがどれほど幸せで、ありがたいことかを考えるんだ。無事がいちばんだぞ」

　そこで、寺原は思い出したように言った。

「大井社長のことだがな、あの人は、それなりの期間は娑婆には戻れないぞ」

　楡の弁護だけでなく、K沢の例の別荘の敷地にトラックを突っ込ませた大井智明の弁護もまた、天野は寺原に依頼していた。大井は単なる酔っ払い運転による事故を装ったつもりだったようだが、あれほどの大爆発を起こしてしまっては、そのような言い逃れは難しいことだろう。

「大井社長のことも、お前がきちんと仕事をしながら支えてやれよ。大事な仲間だろ」

　寺原は杖を突いて立ち上がった。

「俺も引きあげよう」

「そうですか。いま、車を呼びますよ」

「この前の通りで待てば、タクシーが来るさ」

　山科がカウンターから出ていって、寺原のためにドアを開けた。外へ出る前に寺原は振り向き、笑顔を見せた。

「お前のいれるコーヒーは、やっぱり濃過ぎたぞ」

「自分は苦汁を舐めつづけてきたもんでね。怖い検事さんに絞られ、監獄に送られたこともあった。また、これからも甘くない人生を送りそうなんで、コーヒーも相当苦くしないと、苦味を感じないんですよ」

　腹を揺らして笑った寺原は、山科にエスコートされて、店を出ていった。

　一人になった天野は、自分のためにコーヒーをいれ出した。その最中に、またドアの鈴が鳴った。山科が帰って来たと思って、ポットからフィルター上のコーヒー豆に湯を落としながら、

「タクシーはつかまったか？」

と問うた。

ところが、返ってきたのは女の声だった。

「あの――」

入り口に立っていたのは楡だった。

「忘れ物でもしたのか？」

「考えたんですけど」

「何だ？」

「天野組でアルバイトさせてください」

「俺のことが気に入らないんじゃないのか？」

「奥さんのもとで修行したいんです」

「この野郎――」

「嘘です。天野さんのもとでも修行したい。前科者の先輩だし」

生意気を言うのも若者らしさの一つだと思って、天野は苦笑した。

「明後日《あさって》の午後あたり、空いてるか？」

「ええ」

「じゃ、履歴書を持って来い」

天野は天野組の住所と電話番号を教えてやった。それを手帳に書き留めた楡は、さっきよりずっと元気そうに見えた。目にも輝きがある。

「でも天野さんも、コーヒーのいれ方については、もっと修行したほうがいいと思う」

「何だと」

「じゃ、明後日に」

帽子の鍔をひらめかし、鈴を鳴らして、楡は去っていった。

天野はコーヒーをカップに注ぎ、飲んだ。

「旨いじゃねえか、馬鹿野郎」

独り言《ひとりごと》ちてから、にたりと笑う。

「俺には、これでもまだ甘いくらいだよ」

天野は呟いて、誰もいない店に一人突っ立ち、濃厚で、苦いコーヒーを啜りつづけた。

中路啓太

（なかじ・けいた）


一九六八年、東京都生まれ。東京大学大学院人文社会系研究科博士課程を単位取得の上、退学。

二〇〇六年、『火ノ児の剣』で第一回小説現代長編新人賞奨励賞を受賞。

二〇一五年、『もののふ莫迦』で第五回本屋が選ぶ時代小説大賞を受賞。

戦国時代から近現代まで、多彩な事象を扱った時代・歴史小説を手がける。

近著に『ゴー・ホーム・クイックリー』『ミネルヴァとマルス　昭和の妖怪・岸信介』

『昭和天皇の声』など。

初出　「小説宝石」二〇一九年十月号〜二〇二〇年十月号

※この作品はフィクションであり、実在の人物・団体・事件とはいっさい関係がありません。

革《かく》命《めい》キッズ

2021年7月30日　初版一刷発行

著者　中路啓太《なかじけいた》

装幀　坂野公一（welle design）
装画　西川真以子

発行者　鈴木広和
発行所　株式会社 光文社
〒112-8011　東京都文京区音羽1-16-6
電話　編集部　03-5395-8254
書籍販売部　03-5395-8116
業務部　03-5395-8125
URL　光文社　https://www.kobunsha.com/
組版　萩原印刷
印刷所　堀内印刷
製本所　ナショナル製本

ISBN978-4-334-91413-4

REVOLUTION KIDS